THORSTEN BECKER

Der Untertan steigt auf den Zauberberg

Roman

Rowohlt

1. Auflage Oktober 2001

Lektorat Thomas Überhoff
Umschlaggestaltung any.way, Cathrin Günther
(Abb.: «Weyerberg mit Sommerwolken» von Hans am Ende,
um 1899, Archiv für Kunst und Geschichte, Berlin)
Satz Aldus PostScript, PageMaker bei
Pinkuin Satz und Datentechnik, Berlin
Druck und Bindung Clausen & Bosse, Leck
Printed in Germany
ISBN 3 498 00621 5

Es ist nichts unmöglich in diesem Land
Und auch das Unwahrscheinliche empfängt von der Fülle der Himmel
die Gegenständlichkeit und Wahrhaftigkeit wirklicher Dinge

Rainer Maria Rilke

Dem Andenken Hans Mayers

VORWORT DES HERAUSGEBERS

Nicht ohne Überwindung innerer Widerstände und erst nach langer Bedenkzeit habe ich mich dafür entschieden, Ulf Blüthenreichs Hefte der Öffentlichkeit zugänglich zu machen. Im fünften der Hefte, deren Edition ich nun diese Einleitung voranstelle, hat Blüthenreich dem Maler Henning Fischeler einen angeblich fernöstlichen Spruch in den Mund gelegt, dem zufolge es, wenn man nicht wisse, was man tun solle, das schicklichste sei, *nichts* zu tun. Ich hätte mich wahrscheinlich an diese Maxime gehalten, wäre nicht Frau Prof. Dr. Hahnemann in ihrer Eigenschaft als geschäftsführende Vorsitzende im Vorstand der Roland-Lisarius-Stiftung wieder und wieder in mich gedrungen, für die Publikation der Manuskripte zu sorgen. Ihrer Überzeugungsarbeit ist es zu danken, daß ich die Risiken, die mit der Herausgabe eines solchen Buches verbunden sind, inzwischen gering schätze und bereit bin, die volle Verantwortung für die Folgen zu übernehmen.

Wollte ich auflisten, was es mir hatte ratsam erscheinen lassen, den Inhalt von Blüthenreichs Heften diskret zu behandeln, anstatt, wie es nach reiflicher Überlegung nunmehr geschieht, das Publikum geradewegs darauf zu stoßen, so wäre dazu wohl mehr Platz nötig, als einem Vorwort angemessen ist. Ich bin mir selbstverständlich im klaren darüber, daß das hier vorgelegte Material geeignet ist, dem Ruf Orbeswendens als eines Horts der Kunst und der Seelenruhe zu schaden. Da Blüthenreichs Injurien jedoch hauptsächlich meine eigene Person und die meines verstorbenen Schwiegervaters Roland Lisarius zum Ziel haben, fühle ich mich berechtigt, ja, nach den eingehenden Beratungen, die ich in dieser Frage mit Prof. Dr. Hahnemann abgehalten habe, sogar verpflichtet, die von der Paranoia des Autors ins Infame überzogenen Verdächte nicht länger der öffentlichen Diskussion vorzuenthalten.

Es war dieselbe Erwägung, die Prof. Dr. Hahnemann und mich bei der Redaktion darauf hat verzichten lassen, etwa jene Passagen, die Roland Lisarius' enge Beziehungen zu den Nationalsozialisten, ja eine bis in den Dialog ausgemalte persönliche Bekanntschaft mit Hitler nachsagen, zu unterdrücken oder auch nur abzumildern. Es wird nicht nur in Orbeswenden, sondern auch andernorts verschiedene geben, die sich darüber wundern und vielleicht auch empören, daß ich dem an dieser Stelle nicht mit einer wenigstens skizzierten Apologie entgegenzutreten versuche. Dazu will ich bemerken, daß, was an Blüthenreichs Text Rektifikation, Kritik oder Kommentar zu sein wünscht, unweigerlich fehlgehen muß, nicht, weil es sich um die Hervorbringung einer Geisteskrankheit handelt, sondern weil uns nach meinem Dafürhalten hier ein Kunstgeschaffenes vorliegt.

Ulf Blüthenreich, der, wie der geneigte Leser auf den folgenden Seiten von ihm selber erfahren wird, auf dem Gerhard-Rolf-Gymnasium in Vegesack mein Klassenkamerad war, ist zwar durch die tragische Entwicklung, von der seine Blätter Zeugnis ablegen, heute zu meinem Patienten geworden, doch stand er über viele Jahre als erprobter Seelenarzt und geschätzter Kollege Seite an Seite mit mir, hat unzähligen an Schizophrenie Leidenden geholfen und ihnen das Leben erträglich gemacht, nicht wenige von ihrer Psychose befreit. Auch wenn die Lektüre seiner Hefte einen gegenteiligen Eindruck erweckt, möchte ich unser mehr als vier Jahrzehnte bestehendes Verhältnis als ein freundschaftliches bezeichnen. Ich habe seit den von ihm beschworenen Jugendtagen, die uns einst zusammenbrachten, eine stille Bewunderung für seine Prosa, später besonders für seine wissenschaftliche Prosa gehegt. Seine Dissertation «Vom Niederschlag der Psychosen in typischen Deformationen der Handschrift» möchte ich auch bei dieser Gelegenheit als ein stilistisch selten geglücktes Kabinettstück der geisteswissenschaftlichen Literatur empfehlen.

Gewisse Anzeichen einer möglichen schizoiden Entwicklung konnte ich an meinem Freund beobachten, lange bevor jene Patientin zu uns nach Orbeswenden gebracht wurde, die ihn mit dem Mann-Komplex infizierte. Um diesen eigentlich harmlosen Symptomen gegenzusteuern, riet ich ihm zu intensiver Beschäftigung mit der Kunst, vor allem mit jenen Künstlern, denen Orbeswenden seine Bekanntheit verdankt. Leider nahm er diesen wohlmeinenden Hinweis nicht auf, vielmehr formierte seine fortschreitende Anomalie eine Abwehr gegen meinen Wunsch. Nun schon in ernster Sorge um Blüthenreich, erteilte ich ihm formell den Auftrag, eine literarisch inspirierte Gesamtdarstellung der Künstlerkolonie Orbeswenden zu wagen und dabei die Freiheiten des Dichterischen zu nutzen. Er erhielt dafür Dispens von der klinischen Arbeit, und wir schlossen sogar als Verleger und Autor einen regelrechten Verlagsvertrag miteinander über dieses Projekt.

Blüthenreich blieb damals das versprochene Manuskript schuldig. Daß wir nach langer Verzögerung das Thema doch noch von ihm bearbeitet finden, möchte ich als ein großes Geschenk betrachten, wenngleich die Umstände, die den Schreibprozeß herbeiführten, und die Nebenwirkungen, die Blüthenreich in Kauf nehmen mußte, hochgradig bedauernswert sind.

Mit Autoren wie Prinzhorn, Dubuffet und Navratil gehe ich konform in der Auffassung, daß eine Einteilung der Kunstwerke in solche, die von Geisteskranken, und solche, die von Normalen hervorgebracht sind, nur in den Köpfen kunstbeflissener Banausen und psychologischer Ignoranten stattfinden kann. Ulf Blüthenreich hat die Aufgabe, die ich ihm gestellt hatte, ganz und gar anders gelöst, als ich mir das vorstellen konnte, und ebendamit sein Künstlertum bewiesen. Ich bin stolz darauf, sein Werk herausgeben zu dürfen, und ich bin überzeugt, daß dieses Buch à la longue Orbeswenden nicht zur Schande gereichen wird, sondern zu weiterer Mehrung seines Ruhms.

Zuletzt möchte ich dem engeren Kreis der fachlich Interessierten, die Blüthenreichs Protokolle unter psychopathologischen Gesichtspunkten lesen werden, die Frage stellen, ob ihnen seit Schreber ein ähnlich ausführliches und eloquentes Zeugnis des Verlaufs einer Schizophrenie vor Augen gekommen ist, und ich schließe mit der Versicherung, daß ich diesbezüglichen Zuschriften und den Aufschlüssen, die uns die weitere Korrespondenz bescheren mag, freudig entgegensehe.

Orbeswenden, im August 2001
Cornelius Burfeind

DAS ERSTE HEFT

Der Fall, der mich durch das Geschehnis der vergangenen Nacht in den Kreis seines Interesses gezogen, wird mir entweder helfen, Bahnbrechendes bei der Erforschung der Schizophrenie zu leisten, oder aber es geht mein eigenes Selbstbewußtsein zum Kuckuck dabei. Schließlich wäre man nicht der erste Nervenarzt, dem der Kontakt mit seiner Patientin zum Kontagium würde.

Eigentlich wollte ich mich gar nicht mit ihr befassen. Ihr Mann, ein Schauspieler, der mich von ferne an Gründgens erinnerte, reiste persönlich an, blieb vier volle Tage im Hotel, bis ich ihn empfing. Er selbst machte den unaufgeräumtesten Eindruck, sprach in abgehackter Rede von irgendeiner Fernsehserie, für die man ihn engagiert habe, von dem Schiffbruch, der seiner Karriere drohe, wo nicht unverzüglich eine Lösung gefunden werde für seine Frau, deren Zustand seine komplette Lebensenergie absorbiere.

Aus der Beschreibung einzelner Abnormitäten und aus dem, was ich in seinen Ungereimtheiten etwa als ihre Krankengeschichte erahnte, ließ sich mit einiger Zuverlässigkeit Schizophrenie diagnostizieren, und ich erklärte ihm deshalb, daß die Seelenheilkunde bis heute nicht die Berechtigung beanspruchen darf, dies Gebrechen wirksam kurieren zu können. Er ließ sich aber durch meinen wohlbegründeten Einwand in keiner Weise beirren, glaubte vielleicht, ich spräche taktisch und in einer auf Wirtschaftliches zielenden Reihung meiner Gedanken. Diese Auffassung verleitete ihn dazu, mir ein exorbitantes Sonderhonorar anzubieten, sollte ich, ganz unabhängig von jeglicher Perspektive einer Genesung seiner leidenden Gemahlin, mich zu ihrer Eingliederung in das Therapiesystem von Orbeswenden durchringen können. Daraus vermochte ich nur zu folgern, daß es ihm darum ging, sich die Alte um jeden Preis – buchstäblich – vom Halse zu schaffen. Mehrfach und ausdrücklich versicherte er mich, daß er an seine Zahlungen keinerlei Bedingungen in Hinsicht auf eine Wiederherstellung seiner Frau knüpfe, und mit einer stattlichen Summe, die er gleich an Ort und Stelle erlegte, vermochte er unter Ausnutzung einer Gelegenheit von Sekunden mir wider Vorsatz und Laune die Einwilligung zu ihrer vorläufigen Aufnahme in unser Institut zu entwinden.

Zwar war außer dem beengten und heruntergekommenen Besucherapartment im Lindenhof, zu dessen Renovierung wir schon die Handwerker bestellt hatten, gar keine Möglichkeit zu ihrer Unterbringung vorhanden, aber selbst das störte ihn nicht, brachte ihn nicht einmal auf den Gedanken, nach einer Reduktion des Tagessatzes zu fragen. Noch dazu ließ ich ihn wissen, daß ich, zumindest während der ersten Wochen ihres Aufenthaltes bei uns, infolge meiner Überlastung kaum die Zeit finden würde, mich um ihre Behandlung zu kümmern. Durch diese Nachricht nicht mehr gerührt als durch die vorige, schüttelte er mir sogar beim Abschied lange die Hand, bedankte sich, plötzlich wortreich und gefaßt, daß er mit mir hatte sprechen dürfen und daß ich unter den gewiß schwierigen Umständen dennoch bereit sei, etwas für seine Liebste zu tun.

Ich war sehr erleichtert, als sich die Tür hinter ihm schloß und mich von seiner Gegenwart löste. Die blasiert-affektierte, durch und durch kranke Manier, mit welcher sich die Schauspieler nahezu ausnahmslos tragen, geniert mich doch immer weit empfindlicher als eine solide Tobsucht oder ein gediegener Schwachsinn. In der Tat war es einzig das ökonomische Argument, was mich bewogen hatte, mich einzulassen auf diese Verbindung. Anamnese, Diagnose und Therapie übertrug ich Dr. Jungblut, meinem unerfahrensten Assistenten.

Zur Erörterung nun des Ereignisses, wie es sich zutrug, als die heutige Morgendämmerung ihren Kampf aufnahm mit der, wie ich spüre, für mein Künftiges so bedeutsamen Nacht: Gegen Mitte der fünften Stunde zerriß Jungblut mir Sturm läutend den Schlaf, was einen ans Cholerische streifenden Ärger in mir hervorrief, sonderlich deswegen, weil er damit die Sequenzen eines Traumes durchschnitt, den ich nicht nur für analytisch ausnehmend fruchtbar, sondern auch bezüglich seiner poetisch-künstlerischen Qualitäten für ungewöhnlich wertvoll zu halten geneigt war. Ich war bei Zara in ihrem Pariser Atelier, wo sie sich aus den Zwängen der Ehe mit Wolkenberg, aus der Engstirnigkeit der Orbeswender Ideologie herauszumalen versuchte. Tröger besuchte sie dort, und noch im Traum nahm ich mir vor, den Dialog zwischen den beiden nach dem Aufwachen zu notieren.

Fluchend also entstieg ich der wohligen Wärme meiner Wonnestätte und schlüpfte in den ausgekühlten Stoff meiner ärztlichen Uniform. Aber ungerecht war mein Zorn gegen Jungblut, den ich an meiner Schwelle mit vor Erregung geweiteten Pupillen und heftig durchbluteter Gesichtshaut betraf. Sie halluziniere, die «Neue», wie er sie nannte, da er sich ihren türkischen Namen nicht hatte einprägen können, halluziniere auf eine so sensationell klassische Weise, daß er es als ein unverzeihliches Versäumnis empfand, mir dies Phänomen vorenthalten zu wollen.

Schon bei der Auffahrt zum Lindenhof hörten wir vom Speisesaal ihre markerschütternden Schreie, untermalt vom Geräusch zerspringenden Porzellans. Ich knurrte, als wir im Laufschritt hinzueilten, zu Jungblut ein anerkennendes Wort durch die Zähne. Der Anblick der Szene, deren teilhaftig zu werden uns also vergönnt war, entbehrte nicht einer komischen Seite. Eine Verfolgungsjagd war im Gange, bei der es Frau Ehlers, unserer Nachtschwester, trotz dem Vorteil ihrer langen Beine und Arme nicht gelingen wollte, der pyknischen, noch durch Latschen gehandicapten Patientin habhaft zu werden.

Auch ohne die einschlägige Erfahrung gemacht zu haben, vermeine ich, mich nicht einer Redensart zu bedienen, wenn ich vermerke, daß Sezen Yenigül, so also der Name der Gejagten, schrie: wie am Spieß. Schon hatte die Schwester einen Zipfel ihres Nachthemds erwischt, doch konnte sie sich vermittels eines Stuhles, den sie zwischen sich und die Verfolgerin riß, losmachen und entkam auf Händen und Knien unter die Tische.

An einem Ende des Saals, wo Jungblut und ich sie so wenig vermutet hatten wie unsere Pflegerin, tauchte sie auf. Über die Distanz mehrerer Reihen versuchte Frau Ehlers, augenscheinlich ermüdet vom Rennen und durch den Schlag vor ihre Schienbeine unlustig zur Fortsetzung der Hatz, ihr zuzureden wie einem unbändigen Füllen, was aber die andere mit einem Gebrüll aus unverminderten Leibeskräften, die kurzen Arme auf dem Tisch vor sich aufstützend, quittierte: «Halten Sie den Mund, Sie gottverfluchte Drecksau!»

Jungblut wollte eingreifen, aber ich hielt ihn zurück, gab auch der Pflegerin einen Wink, dem Treiben unserer Patientin nicht weiter zu wehren. «Sie bringen ihn um, Sie gottverfluchte Drecksäue!» war das nächste, und man hätte vermuten können, daß diese Anrede auf Jungblut und meine Wenigkeit sich bezog. Allerdings wurde es in eine ganz andere Richtung gekreischt mit sich überschlagender Stimme, daß es fast klang wie Jodeln. Noch eine Weile blieb irritierend für meinen Assistenten und mich, daß die Halluzinierende ihre Erscheinungen, die sie etwa bei der Anrichte fixierte, zwar nicht expressis verbis, aber doch mit umschreibenden Schimpfwörtern als Ärzte identifizierte. «Weißkittel», «Schinder-Chirurgen», «Sezierer», «Quacksalber», «Scharlatane» waren die Ausdrücke, die sie erwählte, und immer wieder das eher unspezifische «Drecksäue». Merkwürdig und auch wieder zum Schmunzeln anregend war, daß sie, ob sie schon in ihrer Suada die Gestalten ihrer Vision des öfteren des Mordes bezichtigt hatte, sich nicht dazu verstieg, die Höflichkeitsform zu verlassen.

«Sind Sie wahnsinnig?!» hieß es dann. «Sie wollen ihm die Beine abschneiden! Nehmen Sie das Messer weg! Nein! Sie schneiden ihm nicht die Beine ab! Nicht dem Zauberer! Zauberer, hörst du? Hab keine Angst. Ich bin hier. Solange ich hier bin, tun sie dir nichts. Sie wagen es nicht!»

Worauf sie von einem der aufgelegten Frühstücksgedecke das Messer ergriff und sich langsam, drohend zur Anrichte hinüberbewegte. Was sie dort aufführte, wäre im einzelnen recht kompliziert zu beschreiben; vielleicht gebe ich annähernd eine Vorstellung davon, wenn ich sage, daß es mir bestimmten fernöstlichen Ausdrucks- und Waffentänzen sehr ähnlich erschien, die sie mit lautem Stöhnen, martialischen Exklamationen und Kraftwörtern akkompagnierte. Jungbluts und meine Anwesenheit wurde von ihr bei alledem durch keinerlei Geste, ja nicht einmal durch die Andeutung eines Blickes gewürdigt. Um so wirklicher mußten die Ärzte sein, mit denen sie in ihrer Einbildung focht. Sie waren wohl stärker oder wenigstens übermächtig durch Zahl, weshalb die Patientin zu fürchten hatte, ihren «Zauberer» nicht vor dem Zugriff der feindlichen Skalpelle bewahren zu können. So erinnerte sie sich der Schwester, indem sie sich verzweifelt ihr zuwandte und schrie: «Was stehen Sie da herum, Sie gottverfluchte Drecksau! Sehen Sie denn nicht, daß sie ihn umbringen wollen?! Helfen Sie mir, verdammt noch mal! Sie schneiden ihm ja die Beine ab!»

Frau Ehlers suchte nun ihrerseits durch flehenden Blick Hilfe bei mir. Ich wies sie an, ruhig zu bleiben und auf ihrem Fleck zu verharren. «Man müßte es filmen», meinte Jungblut sehr passend, denn ich hatte selbst erwogen, meine Videokamera zu holen, es nur unterlassen, weil nicht anzunehmen war, daß der Anfall lange andauern würde.

«Zauberer!!» schrie im nächsten Moment die Patientin in einer Steigerung ihrer Exaltation, die wir schon nicht mehr für möglich gehalten hätten. «Zauberer!! Was haben sie mit deinem Bein gemacht, die gottverfluchten Drecksäue?! Sie haben dein Bein abgeschnitten ...» Worauf ihre Tonart vom Markerschütternd-Aggressiven ins Herzerweichend-Jämmerliche sich umzustimmen begann, während sie mit beiden Händen einen, uns Zuschauern freilich unsichtbaren, durch den Zusammenhang aber doch leicht zu imaginierenden Gegenstand, eben das abgetrennte Bein ihres «Zauberers», über ihrem Kopf in der Luft hin und her schwang. Der nächste Einfall ihrer Halluzination – den ich zum Zweck ihrer Analyse, auf die ich mich jetzt doch, fast hätte ich gesagt «von Herzen», freue, registrieren will, übrigens nicht ohne jenen feinen Stolz des Theoretikers, der seinen Hypothesen Bestätigung findet – bestand darin, daß sie die phallische Verwendbarkeit der amputierten Extremität entdeckte und sich, dieselbe mit Armen und Schenkeln umklammernd und sie dabei liebkosend, am Boden herumwälzte.

Jungblut zeigte sich ebenfalls völlig auf der Höhe der Situation und bekräftigte durch ostentatives Nicken meine unausgesprochene Deutung. Martina Ehlers hingegen verzog das Gesicht, und man glaubte, von ihren zusammengepreßten Lippen ablesen zu können, was sie dahinter zurückhielt. («Was machen Sie denn da, Sie gottverfluchte Drecksau!») Aber unsere Somnambule hatte sich bereits wieder vom Teppich erhoben.

Es war nicht schwer zu erraten, daß die Geisterchirurgen dem Zaubergeist nun auch das zweite Phantombein absäbeln würden. Also geschah's, recht plastisch auch für uns, die Beobachtenden, durch die entsprechenden Demonstrationen und die geschrienen Kommentare der Frau Yenigül. Damit aber nicht genug, der

«Zauberer» mußte auch noch dulden, daß erst sein linker, dann sein rechter Arm den metzgernden Skalpellen zum Opfer fiel. Wie nun aber die Abtrennung des Rumpfes vom Kopf – und nicht etwa umgekehrt diejenige des Kopfes vom Rumpf! – durch unser Medium zur Darstellung kam, daraus will ich, wenn ich erst soweit bin, das in diesem Heft gesammelte Material ausarbeiten zu können, eine Modifikation der gängigen Auffassung vom Wiedererscheinen phylogenetischer Muster in den Psychopathologien kristallisieren. Die Darbietung legte, auch im Stil, jenen an Tempeltänze gemahnenden Charakter ab, nahm dafür ganz unverkennbar die Züge schamanischer Handlungen an, was bei der Analyse, besonders im Hinblick auf die türkische Abstammung der Patientin, erregende Aufschlüsse verheißt. Die Halluzinierende tat, als hätte sie eine Dramatisierung gewisser Passagen bei Eliade einstudiert, wich dann aber doch wieder ab von dem sibirischen Schema, indem sie am Kopf des «Zauberers» die Operation fortgehen ließ, bis von ihm nur das Gehirn übrig war.

Wenn es als unangemessen erscheint, daß ich eine klinische Schilderung in Vergleichen mit dem Theater und in seiner Begrifflichkeit halte, so ist dies nicht durch etwaige medizinische Unzulänglichkeit auf meiner Seite, sondern durch ein falsches und oberflächliches Verständnis des Theaters und seiner Geschichte begründet. Man nehme meine heilige Versicherung, daß diese Vergleichung in vollem Bewußtsein und sine ira et studio geschieht. Auf der Bühne, als welche der Kelim vor der Anrichte ergo betrachtet sein will, fand, nachdem die bösen Geister ihr Werk vollendet, dem «Zauberer» den Schädel aufgemeißelt und sein Cerebrum freigelegt hatten, ein für Jungblut und die Ehlers sicherlich nicht hörbares, aber nicht nur von der Halluzinierenden, sondern seltsamerweise auch von mir wahrgenommenes vielfüßiges Abgangsgetrampel statt, welches die Protagonistin allein auf dem Schauplatz zurückließ. Oder doch nicht allein, denn der «Zauberer», dessen Rest sie hamlethaft auf der ausgestreckten Handfläche hielt, blieb, wie sich gleich offenbarte, trotz seiner somatischen Reduktion psychisch zur Gänze präsent.

Mit der Diktion einer Tragödin sprach sie ihn voll Zärtlichkeit an, und zwar – was, wie ich bemerkte, Jungblut stark verblüffte, für mein Gefühl jedoch bloß folgerecht und, nun, «echt» nicht erschien, sondern *war* – mit folgenden Worten: «Zauberer, du mein geliebtester, mein umschlungener altehrwürdiger Vater.» Dieses gesprochen, wischte sie sich sehr effektvoll die Tränen aus den Augenwinkeln und führte dabei ihre von der Natur dazu wenig geschaffenen Finger mit fabelhafter Eleganz. «Ja. Sie können wohl töten», ging es dann hauchend fort. «Doch haben sie Gewalt nicht über dich. Denn du stehst höher als jede Gewalt. Der sanfte, freie und friedliche Geist wolltest du werden. Und siehe, Geist bist du geworden. Sie wollten dich töten und waren doch nur dein Werkzeug.»

Plötzlich ließ sie die Hand, auf der sie das Gehirn oder den Geist ihres Vaters gehalten, fallen und sprang erschrocken einen Meter zurück.

«Aberr – wie – wirrd – mierrr», sprach sie gezogen mit rollendem Bühnen-R, und obwohl das, wie ich einräume, leicht possenhaft und kabarettartig wirkte, erzürnte mich Jungblut doch sehr, weil er an dieser Stelle auflachte in der Art, wie man in der Komödie die Pointen quittiert. Ich blitzte aus verdunkelter Miene, er zuckte. Zum Glück geriet jedoch davon unsere Patientin/Darstellerin nicht aus ihrem Takt.

«Du bist wieder ganz.» Das bereitete ihr verständlicherweise Vergnügen, was sie auskostete, indem sie ein jedes der zurückkehrenden Glieder gesondert begrüßte. Die schmückenden Attribute, mit denen sie die einzelnen Körperteile ihres Vaters umschmeichelte, sind mir leider entfallen. Für den Uneingeweihten mag es kurios sein, steht aber doch in dem wünschenswertesten Zusammenklang mit den Vermutungen der Theorie, die ich zu entwickeln gedenke, daß das Genitale weder zuvor bei der Dekomposition des väterlichen Leibes noch jetzt bei seiner Rekonstruktion eine eigenständige Rolle spielte, noch überhaupt Erwähnung fand.

Nachdem sie sich in dieser Weise ihren Vatergeist wieder vollständig zusammengebaut, entwickelte er ein Vermögen, das ihm vorher nicht geeignet hatte, nämlich dasjenige, mit ihr zu sprechen. Allerdings sehr zum Nachteil und zur Enttäuschung unserer Patientin: «Vater? Erkennst du mich nicht? Und ‹Sie› sagst du mir? Ich bin doch die Eri, deine Erstgeborene, dein Liebling. Das ist das rote Buch, und dies ist das grüne Buch. Salz gehört in die Suppe ... Zauberer, was ist dir?»

Hier machte sie eine Pause, in der sie mit gespannter Aufmerksamkeit lauschte. Bei Gelegenheit, gleich in einer der ersten Sitzungen, will ich sie fragen, was die Stimme zu ihr gesagt hat. Ihre Repliken waren mir nicht eingängig, ich zitiere lückenhaft und unpräzise: «Vom Flachland bist du zurück? Ob ich neu bin hier oben? Die Eri bin ich, deine Tochter.» Es war weiter die Rede von einem gewissen Eissi und von einem Mielein. Auch über die Garderobe des Geistes erhielten wir Aufklärung: «Aber du trägst ja den Plaid. Bist du etwa ...»

Hier bedauerten wir, daß sie sich unterbrach, denn wir waren inzwischen doch sehr erpicht, seine Identität zu erfahren. Jedenfalls eine veränderte, soviel war klar, und für die Delirierende offenbar auch eine höchst schockierende, da sie in Ohnmacht fiel und regungslos auf dem Kelim liegenblieb. Damit war – entschieden zu früh für meinen Geschmack – der Vorhang gefallen. Ich überließ es Jungblut und Frau Ehlers, die Kranke auf ihr Zimmer zu transportieren, suchte meinerseits meine Wohnung auf und ging zu Bett, nicht ohne den festen Vorsatz zu fassen, unmittelbar nach dem Frühstück all diese Vorgänge möglichst genau und ausführlich niederzuschreiben, was ich, wie zu sehen, auch zur Tat gemacht habe.

Die verfluchten Kongresse! Ich finde die Ausdrücke nicht, um es zur Sprache zu bringen, wie sehr sie mich anöden, aushöhlen, einen Geck aus mir machen, den spätestens am dritten Tag kein Jota mehr unterscheidet von diesen zynischen Hypokriten, die die analytische Psychologie in den Schmutz zerren mit ihren Sarkasmen wie der gewöhnlichste Pfaff seinen christlichen Glauben. Und diesmal war es schlimmer noch als in Helsinki oder Bern. Dabei habe ich Turin eigentlich gern. Nur wird die edelste Trattoria bald zur Kaschemme, der feinstgewürzte Ossobuco vergällt, wenn man so einen Blumenfeld an seinem Tisch hat, der sich einen Abend lang mit Gorokowski Analytikerwitze erzählt. Schon in Helsinki hätte ich den Strich ziehen sollen und der Vereinigung meinen Austritt erklären. So spricht man jetzt, aber wenn dann im Frühling das Jahrbuch erscheint und man überliest seinen Artikel, ist geblendet von der Autorität, welche ihm die makellose Typographie und die gelehrten Fußnoten verschaffen, darüber den eigenen Namen in um drei Punkte größerem Satz, dann ist es doch wieder die eitle Freude des Schulbubs, der sich von der Lehrerin sein Fleißkärtchen holt. Ein Carl Gustav Jung hatte wenigstens noch den Mumm, den Vorsitz niederzulegen. Jungblut – ich schäme mich für die Assoziation, aber das ist es eben, diese Verblödung durch das Zotenreißen und das Allotria, daß man von Jung spricht und an Jungblut denkt! Jungblut also hätte ich hinschicken sollen. Aber der Vortrag, der Vortrag! Blumenfeld ist nicht so plump, zumindest in dieser Beziehung nicht, da ist er schlau und hökert mit seinen Stunden. Blumenfeld hält keinen Vortrag. Ein paar abgedroschene Phrasen zu unserer Begrüßung und: Bitte, meine Damen und Herren, der Kongreß ist eröffnet! Und dann noch einmal am Abschiedsabend: Bitte, meine Damen und Herren, das Büffet ist eröffnet. Das war's dann. Für Blumenfeld. Der setzt sich nicht wochenlang hin und tüftelt an einem Thema herum. Und wenn man dann doch wieder zu Rande gekommen ist, mit letzten Kräften und förmlich in der letzten Minute, und es dort vorträgt, das mühsamst Errungene und Erkämpfte, dann sitzt er unten, die Lider über die Augen gesenkt, die Arme vor dem Magen gekreuzt, wo gerade irgendein Leckerbissen verdaut wird, und man glaubt, daß er in aller Friedlichkeit ein Nickerchen hält. Weit gefehlt aber, denn er ist auf der Hut, auf der Pirsch, dieser Luchs, und hat seine Ohren gespitzt. Irgendein Haar wird schon drin sein in der Suppe, die man ihm aufträgt. Und er findet es auch. Er ist der erste, der sich putzmunter erhebt, sobald man zu Ende gekommen ist mit seinem Referat, der in dieser ironischen Art, die ihm jeder leicht nachmachen könnte, die sich aber außer ihm niemand anmaßen würde, dies und jenes von dem Gehörten lobend hervorhebt, um dann erbarmungslos zuzustechen mit seiner Frage, nur zu seinem besseren Verständnis natürlich und in der vorzüglichsten Hochachtung des geschätzten Kollegen. Und wenn man dann nicht ins Stottern gerät und nur unter den Achseln schwitzt und nicht auf der Stirn, dann hat man sich tapfer geschlagen und tritt ruhmreich vom Podium ab. Und vielleicht geht dies Glück gar noch so weit, daß er einen am Abend in der Trattoria beim Trester nach der Zuppa inglese zwischen zwei Witzen auffordert, für die nächste Auflage seines Handbuchs irgendeinen Beitrag zu liefern. Gerade, daß ich noch widerstanden habe, mich in den Vorstand wählen zu lassen.

An besagtem Abend mit Blumenfeld und Gorokowski in dem Restaurant, wo die Fiatbosse verkehren, war mein Tischnachbar der Vertreter der türkischen Sektion, und obwohl ich ihn erst für einen Langweiler hielt, brachten wir uns noch in sehr angeregte

Konversation. Zufällig kamen wir auf das Thema der Namen und ihrer Bedeutung. Zwar hatte ich mir mächtig eingehämmert, mit dem ganzen Komplex sorgfältigst hinter dem Berge zu halten, dann tat aber doch die Grappa auch auf meine Zunge die bekannte lösende Wirkung. Die türkischen Namen seien samt und sonders sprechend, hatte der Kollege erklärt, und zwar nicht, wie etwa die deutschen, Beruf oder Topographie der Herkunft angebend, vielmehr bestimmte Tugenden unmittelbar oder durch Symbole bezeichnend. Nun erkundigte ich mich, immer noch vorsichtig genug, um nicht zu verraten, daß es meine Patientin ist, die diesen Namen trägt, nach der Bedeutung von «Yenigül», was bei meinem Nachbarn zur Ursache eines Heiterkeitsausbruches wurde. Er hielt es für einen Scherz à la Blumenfeld & Gorokowski, wurde aber, da ich ernst blieb und wohl sogar ein wenig Bitterkeit sich in mein Mienenspiel legte, unwirsch, sagte auch das Wort «Quatsch», das mich stets so übermäßig beleidigt, und behauptete, es gebe auf der Welt keinen Türken, der sich so nenne. Wörtlich übersetzt heiße es «neue Rose», daher seine Reaktion wegen «Neurose».

Einerseits stachelte diese Enthüllung die Neugier in mir, andererseits mußte ich fürchten, mich vor dem Kollegen aus Ankara, zu schweigen von Blumenfeld und Gorokowski, die ihr Gespräch unterbrachen und aufzuhorchen begannen, noch mehr zu blamieren, und verzichtete also lieber darauf, auch den Vornamen entschlüsseln zu lassen. Immerhin, was «Yenigül» angeht, weiß ich Bescheid und darf mir deswegen schmeicheln, die Exkursion nach Turin nicht ohne wissenschaftlichen Zugewinn unternommen zu haben.

Erdgeschichtlich gesehen relativ spät zog sich das Nordmeer von unserem Landstrich zurück, und der Geierberg, die einzige Erhebung in der ausgebreiteten Fläche und heute gute fünfzig Kilometer entfernt von der Küste, ist eigentlich eine Düne. Eine praktisch unbesiedelte Moorwüste war dies weite Gebiet noch, als über die schiffbare Weser die Hansestadt Bremen schon Welthandel trieb. Im 18. Jahrhundert erst leitete der königliche Moorkommissar Finndorff die umfänglichsten Maßnahmen zur Kultivierung der Landschaft ein, ließ Kanäle graben, gründete Siedlungen, wodurch im Verlauf des 19. Jahrhunderts der Torfabbau für die Ansässigen und Zugezogenen zu einer wenn auch dürftigen Lebensgrundlage wurde. Auch Orbeswenden, das Dorf, das am Fuße des Geierberges in begünstigter Position seit dem Ausgang des Mittelalters fünf Bauern und ihre Familien zu ernähren vermocht hatte, wuchs an. Neben Ackerbau und Viehzucht trat das Geschäft mit dem Torf, Schiffer fanden ihr Brot mit seinem Transport über Finndorffs Kanäle zur Lunne und weiter zur Weser in leichten Kähnen mit schwarzen Segeln, welche auch wiederum gebaut werden mußten, was kleinen Werften zur Entstehung verhalf, und so fort. Vor dem Hintergrund der großen industriellen Revolution, welche in den Geschichtsbüchern dies Jahrhundert für sich beansprucht und das Antlitz des Kontinentes von Grund auf verwandelte, indem sie überall in den Städten die Schlote der Fabriken über die Türme der Kirchen hinauswachsen und den Himmel anstelle des Weihrauchs ihre kräftiger gewürzten Abgase schmecken ließ, nimmt sich das bescheidene Wachstum der Torfwirtschaft immer noch aus wie Stagnation. Nicht für die Gegend, aber für jenes Dorf sollte dies relative Zurückbleiben hinter der rasanten Beschleunigung des Lebenstempos zum Anlaß werden für eine Entwicklung, deren reiche Folgen innerhalb weniger Jahre aus der Ansammlung hart um die Existenz ihrer Höfe kämpfender Bauern und unter unsäglichen Mühen und Entbehrungen plackender Torfstecher ein weithin beneidetes Kuriosum machten.

Einer inspirierten Theorie der Wechselbeziehungen, in welchen der gesellschaftliche Prozeß mit der Abfolge bestimmter Kunststile steht, darf es zugetraut werden, die Notwendigkeit der Entstehung einer Kolonie von Künstlern, die sich auf eine neue Programmatik der Landschaftsmalerei einschwören, an der Scheide des 19. zum 20. Jahrhundert auch für Deutschland aus dem Begriff zu konstruieren; es hatte dergleichen schon in Schottland und Frankreich gegeben. Warum aber ausgerechnet Orbeswenden zu dem Platz wurde, welcher diese gleichgesinnten Talente anzog und festhielt, dies müßte selbst der gescheitesten kunstsoziologischen Explikation des Phänomens Orbeswenden unerklärlich rätselhaft bleiben, denn verschlafene und daher auch verträumte Käffer gab es landauf, landab wahrhaftig genug. Man mag es der Einfachheit halber als einen Zufall ansehen, als eine Ursache, die eine andere Wirkung zeitigte als die, die sie hervorbringen sollte. Den heutzutage legitimierten Disziplinen der Wissenschaft wird man jedenfalls kaum eine sinnvolle Begründung dafür abringen können, warum nicht erst die Dissidenten der Malakademien, sondern schon die Sandmassen, welche den Geierberg bilden, herangezogen wurden an diesen Fleck und gebannt, trotz aller widerstrebenden Tendenzen zur Flucht.

Kurios auch, daß die Stunde der zweiten und eigentlichen Geburt Orbeswendens gar nicht am Ort im Glockenturm der Zionskirche geschlagen wurde, sondern in einer zwar noch dem platten Teil Deutschlands zugehörigen, aber dennoch reichlich entfernten Gegend, wo der Rhein, nachdem er sich durchgewunden zwischen Eifel und Westerwald, in die Weiten der Ebene einfließt, ein Stück noch flußabwärts an seinem rechten Ufer, in einer Bürgerwohnung in Düsseldorf. Dort verkündete zu Mittag ein Gong, das Essen sei auf dem Tisch. Diesem, der bronzenen Schale von der Hausfrau mit sanftem Tupfer des Klöppels entlockten Geräusch würde selbst der tollkühnste Phantast nicht abgehört haben, welche Lawine ausgelöst wurde von ihm. Die Sache war nämlich die, daß Dörte Siebel, geborene Knickrehm, herstammte aus diesem Dorf, in das auf schlechten Wegen nur zweimal im Monat die Postkutsche kam.

Lüder Knickrehm, ihr Vater, war in Orbeswenden der Kaufmann, und durch seine Bücher ging alles, was hier den Besitzer tauschte, vom Torf bis zum letzten Nagel und Bleistift, und ein jeglicher Posten hinterließ beim Saldieren zwischen den Spalten sein Profitchen. Zwei Gründe bewegten Knickrehm, der selbst Sohn eines Moorbauern war und ganz allein sein Geschäft aufgebaut hatte, seinen Reichtum nicht in Orbeswenden zur Schau zu stellen. Einmal hätte ihn ein prunkvoller Lebensstil das Vertrauen der Bauern, Torfstecher und -schiffer gekostet, von denen er abhing. Zweitens hätte es außer diesen am Ort niemanden gegeben, den er damit hätte beeindrucken können. So bestimmte er seine schon als Kind vielversprechende Tochter Dörte, seinen Wert in der Gesellschaft zu repräsentieren. Er schickte sie auf ein Pensionat nach Bremen, wo man ihr die Bildung höherer Töchter angedeihen ließ. Ihr angeborener Liebreiz, die gute Erziehung und nicht zuletzt die Höhe der Mitgift machten sie zu einer geradezu glänzenden Partie, so daß Jakob Siebel, Sproß einer Familie der rheinischen Schwerindustrie, sich nicht unglücklich schätzen mußte, als er sie zum Altar führte.

Nicht aus dem Budget ihres Gatten, sondern aus dem ihres Vaters erhielt Dörte Siebel einen monatlichen Zuschuß für wohltätige Zwecke. Die vom Vater ihr aufgegebene Philanthropie fand unter vielem ihren das weitere Schicksal ihres Heimatdorfes entscheidenden Ausdruck in der Geste, einem aus ärmlichen Verhältnissen kommenden jungen Mann, der die Aufnahmeprüfung zur Malakademie bestanden und von dem sie gehört hatte, einen festen Platz an ihrer Mittagstafel zuzuweisen. Paul Harmsen hieß das Talent, auf das ein Dorfschullehrer im

Braunschweigischen aufmerksam geworden war. War er auch kantig und verschlossen, ungeschliffen in seinen Manieren bei Tisch, was besonders in der ersten Zeit Achselzucken und Kopfschütteln bei mitspeisenden Geschäftsfreunden ihres Gatten erregte, so faßte Dörte dennoch oder gerade deshalb starke Sympathie für den Jungen, der in das elegante Ambiente ihres Salons etwas von dem schlichten Ernst der Welt ihrer Kindheit hineintrug.

Es waren nicht nur die alltäglich aufgetragenen Kulinarien, mit denen sie den werdenden Künstler verwöhnte, der, wenn man ihn gefragt hätte, oft ein Linsengericht den Austern und dem Kaviar vorgezogen haben würde; sie bekümmerte sich auch um seine Garderobe, gab für ihn bei ihrem Schneider Hemden und Anzüge in Auftrag. Der Student der Schönen Künste dankte seiner kaum um fünf Jahre älteren Gönnerin solche Wohltaten mit Zeichnungen und Aquarellen, die er ihr nicht ohne Verlegenheit überreichte, und hätte liebend gerne auch in Öl ein großes Porträt von ihr gemacht, doch spürte er, daß seine Fähigkeiten noch nicht dazu reichten.

Paul Harmsen hatte, dem dazumal an allen Kunstakademien üblichen Lehrplan gemäß, entscheiden müssen zwischen Porträt- und Landschaftsmalerei und dem Gesicht der Natur vor dem des Menschen den Vorrang geschenkt. Dörte, die aufmerksam seinen Fortschritten folgte, vermißte etwas an den Blättern, die er ihr zur Begutachtung vorlegte, aber ihr Glauben an Harmsens Begabung war so unerschütterlich, daß sie den Mangel nicht bei ihm, sondern in den dargestellten Landschaften suchte. Sie schwärmte ihm vor von der, die sie noch immer so in ihrem Gedächtnis bewahrte, wie sie einst ihre Kinderaugen gesehen. In Paul Harmsen brachten die lyrischen Töne der Rhapsodien, mit welchen Dörte die Schönheiten ihrer Heimat besang, die Saiten zum Schwingen, nach denen er in seiner Arbeit vor Leinwand und

Papier vergeblich zu greifen gesucht hatte. Bilder stiegen aus Moornebeln auf von nie gesehener, nie geträumter Eindringlichkeit, und er hätte sie am liebsten gleich aus dieser Nachmittagsphantasie an Dörtes Teetisch heruntergemalt.

Es war ein trüber, früh verdämmernder Februartag im Jahre 1884, als Dörtes Heimweh Harmsens Sehnsucht entzündete und die süße Vorahnung ihrer Erfüllung einpflanzte in ihn, und sie gingen an diesem Tag nicht auseinander, ohne daß er die Einladung annahm, den Sommer unter ihrem Himmel im Hause Knickrehm in Orbeswenden zuzubringen. Und sie hielten ihre Verabredung ein.

Nur einen kleinen Koffer mit Wäsche und seine Ausrüstung vertraute Harmsen dem Postkutscher an, er selbst machte den Weg von Bremen nach Orbeswenden zu Fuß. Zwei Tage wanderte er so, schritt zweimal die klare Mondnacht hindurch, rastete nur hier und dort einige Stunden unter einem schattigen Baum. Als er am Morgen des dritten Tages aus dem Moor die Sonne über den von ihren hohen Strohdächern tief in die Erde gedrückten Katen Orbeswendens aufsteigen sah, war es ihm, als wäre ein Schleier von seinen Augen gefallen. Er vergaß die tausend Namen der Farben, die er unter den Anweisungen seines Lehrers in der Akademie auf der Palette zusammengerührt hatte, und erblickte zum ersten Mal in seinem Leben: Grün. Rot. Gelb. Blau.

Es war eine Erweckung, die Aufnahme in ein höheres Sein, und kraft dieser Gnade fühlte er sich berufen, der Menschheit von dieser Offenbarung zu künden. Sein weiteres Leben würde ein einziger, ununterbrochener Gottesdienst sein. Und entscheidend für ihn, entscheidend für Orbeswenden war, daß er noch während dieses ersten Besuchs zum Zeugen eines Missionsfestes wurde. Er sah die Frauen, Männer, Kinder des Dorfes, wie sie in ihren Trachten unter freiem Himmel den Predigern lauschten, sah sie so, wie sie waren, sah sie aber gleichzeitig auch schon gemalt auf riesiger Leinwand, auf einem Bild, mit dem er aufschließen würde zu Rembrandt, einem Bild, das niemand würde anschauen können, ohne gläubig zu werden. Elf Jahre, elfmal vier Jahreszeiten, elfmal dreihundertfünfundsechzig Tage sollten vergehen, der Jüngling heranreifen zum Mann, bis er zum letzten Mal seinen Pinsel aufsetzte und einen Tupfer Inkarnat abstrich auf die andächtige Stirn unter der Haube einer Bäuerin und das Wörtlein sagte zu sich und zu dem, der sein Gott wurde durch die Erfüllung dieses Vertrages: Fertig.

Einstweilen jedoch kehrte Harmsen zurück an die Akademie, an die Mittagstafel im Hause Siebel und in die studentische Verbindung «Tartarus». Schon der Name läßt ahnen, daß es hier nicht so zuging wie bei den Korpsbrüdern, die sich abwechselnd mit dem Bierkrug und mit dem Säbel vor den aufgedunsenen, durch Schmisse zerfurchten Visagen herumfuchtelten. Der Düsseldorfer «Tartarus» hatte mehr Ähnlichkeiten mit den Burschenschaften zur Zeit ihrer Entstehung. Den Nationalismus hatte man nicht ganz freiwillig abgetreten an die Imperialisten und Dummbolde, die Aufrüster und Militaristen, den Kaiser und seine Getreuen. Es war die Verbindung der Künstler, ihr Deutschtum waren der Idealismus und die Romantik. Wo der Geist schon nicht vermocht hatte, nach außen die Freiheit zu schaffen, sollte er wenigstens nach innen Veredelung und Verfeinerung leisten.

Im «Tartarus» also machte Harmsen die Bekanntschaft eines ihm an Alter, Grund und Richtung der Gesinnungen gleichenden, eben in die Akademie aufgenommenen Studenten. Frieder Wolkenberg war sein Name, und auch er fühlte sich von Harmsen gleich bei der ersten Begegnung angezogen mit einer Heftigkeit, die in starkem Widerspruch stand zur sprichwörtlichen Kühle seines münsterländischen Temperamentes. Ein Physiognomiker, der die beiden nebeneinander gesehen, hätte auf Gegensätzlichkeit ihrer Charaktere getippt. Harmsens Gesicht näherte sich der

Form eines auf der Spitze stehenden Dreiecks, von vorne betrachtet ebenso wie im Profil. Das machte sein tief heruntergezogenes Kinn, das gedrechselt wirkte wie bei einer Kasperpuppe. Trotzdem entbehrte sein Antlitz jeglichen Anflugs von Lustigkeit oder auch nur Humor, wofür sein Mund und die Augen die Verantwortung trugen, die selbst im Zustande größter Entspanntheit eine Verkniffenheit zeigten, als dienten sie ausschließlich dem Zweck, dem Barbier zur Erleichterung seiner Arbeit die Gesichtshaut so straff wie möglich über die Knochen zu spannen. Die Lippen waren kaum noch ein Strich unter dem Schnäuzer mit den nach Kaiserart in die Höhe gezwirbelten Spitzen, die Augen so weit zurückgetreten unter der dachartig vorspringenden Wölbung der Stirn, daß man sich förmlich eine Lampe wünschte, um in diese Höhlen hineinleuchten zu können. Aus Frieder Wolkenbergs kugelrundem Kopf hingegen quollen sie hervor, daß man fürchtete, sie möchten im nächsten Moment vor ihm auf den Tisch purzeln. Auch seine Lippen waren nach außen gestülpt, so daß in dem Zwischenraum wenig Platz blieb für Backen und Nase, die sich wegen dieser Knappheit der Grundfläche genötigt fanden, sich ebenfalls hinauszuschieben aus dem Relief in die Plastik. Wie fast alle Zugehörigen der pinselnden Zunft hatte auch dieser herangehende Maler, teils in Ermangelung anderer Modelle, teils aus Interesse für das natürliche Selbst, manchen Tag den Spiegel neben die Leinwand gestellt und war dabei unangenehm berührt gewesen von dem Hervorspringenden, Angreifenden seiner Züge. Zur Dämpfung dieses Eindrucks hatte er die untere Partie mit einem dichten schwarzen Vollbart verhängt und vor die Augen eine dickrandige Brille gesetzt.

Wolkenberg hatte den Globus ein Jahr früher betreten als Harmsen, was bekanntlich unter Männern Anfang ihrer zwanziger Jahre einige Bedeutung besitzt, doch stand der Jüngere im Begriff, die Klasse abzuschließen, die den Älteren eben erst aufnahm. Ihr Verhältnis war daher von Anbeginn unter eine empfindliche Spannung gesetzt, die aber vorderhand durch die gemeinsame Sache beherrscht blieb. Ausgleichend wirkte, daß Wolkenberg, der im Technischen nachholen mußte, weil er aus einem bildungsbürgerlichen Haus kam, bei der Kunstgeschichte Harmsen vieles voraushatte, wovon er mitteilen konnte. Außerdem war er, wie schon den verschiedenartigen Lippen abzulesen, derjenige, der mit größerem Fleiß den Mund als Werkzeug gebrauchte, um allerlei, Harmsen teils mehr, teils weniger nützliche Theorien über Kunst und Künstler zu fabrizieren. Dennoch blieb es Harmsen, der den Bogen so ziemlich heraus, der sich tiefer hineingearbeitet hatte in Stoff und Metier und infolge dieser Überlegenheit die Führerschaft hielt. So bedurfte es keiner großen Debatten und Auseinandersetzungen zwischen den Freunden, als Harmsen erklärte, man habe von den Düsseldorfern nichts mehr zu lernen, es sei tunlich, sich bei den damals hoch im Kurs stehenden Münchenern die letzte Vervollkommnung zu holen. Fast ohne Bedenken räumte auch Wolkenberg Zimmer und Atelier, sagte dem Rheinstrom adjes und wechselte mit Harmsen zur Isar.

Hier gewährten sie, kaum daß sie sich eingerichtet und ihre Meister gefunden hatten, einem Dritten die Bitte und nahmen ihn auf in den Bund. Holger Umlauf hatte, von Husum herkommend, schon ein Halbdutzend Semester unter den Bajuwaren verbracht und wußte den schnellgewonnenen Freunden vieles zu zeigen. Das bezog sich sowohl auf Gaststuben mit wohlfeilen, deftigen Speisen und Künstlerlokale mit Feingeistern und Ästhetizisten als auch auf die reizvollsten Aspekte der Landschaft unter den Alpen.

Hier sah man die drei oft vor ihren Staffeleien, und es hängt noch heute in einem oder dem anderen Wirtshaus am Schliersee, in Andechs oder Bad Tölz eine Miniatur, mit der sie ihre Zeche beglichen. So eins fühlten sie sich in ihrem Schaffen, daß bei solcher Gelegenheit bisweilen Umlauf etwas von Wolkenberg Gemaltes signierte. Nur Harmsen war für derlei Jux nicht zu haben. Er zeigte sich bei diesen Ausflügen nicht nur ernst, wie man ihn kannte, sondern regelrecht mürrisch, und das nicht nur, weil er kein Bier trank und sich nichts aus Weißwürsten und Sauerkraut machte. Er war unzufrieden mit sich und den Bildern, die sie hier malten, mit den eigenen so sehr wie mit denen von Frieder und Holger. Er druckste, quengelte, mäkelte und konnte doch die Gründe seines Mißbehagens nicht nennen. Aber Wolkenberg, seit Jahren darin geübt, das Gefühlsmäßig-Schwimmende von Harmsens Kunstsinn in gedankenklare Worte zu fassen, brachte es auf den Punkt. Die Landschaft war zuckrig.

«Zuckrig! Frieder, du sagst es», bestätigte Harmsen, und man sah über sein Gesicht, das zu einem eigentlichen Lächeln schon rein muskelmäßig nicht imstande war, doch so etwas wie einen Schauer der Beglückung huschen. Er wies mit seinem langen schlanken Finger auf einen Schinken, der in Umlaufs Rücken aufgehängt war, darauf eine Wolke, die aussah, als hätte der Künstler sie auf dem Jahrmarkt aus der Hand des Zuckerwatteverkäufers gemalt.

«Und die Kirche!» wütete er fort. «Schaut sie euch an!»

Umlauf verbog sich, als hätte ihn Harmsen vor dem Anflug eines Schwarms Hornissen gewarnt.

«Wie von einem Konditor gemacht.» Harmsen mußte es wissen, sein früh verstorbener Vater war Bäckermeister gewesen. Er donnerte los wie ein zorniger Gott, fuhr mit dem Sturmwind seiner Tirade über das Bild, die Kühe stoben davon wie Konfetti, Sommerweiden und Felder wurden zu Luftschlangen zerfetzt, und als von dem Ganzen kein Grashalm übriggeblieben war, riet Harmsen diesen Hanswursten ein für allemal, in Zukunft nichts als Pierrots und Clownsgesichter zu malen.

Umlauf und Wolkenberg, die sich unwillkürlich geduckt hatten beim Ausbruch des Unwetters, wechselten einen vielsagenden Blick mit hochgezogenen Brauen und gerunzelten Stirnen. «Nun wissen wir's also», war der still getauschte Gedanke, «warum unser Paul seine Zunge für gewöhnlich mit solcher Strenge im Zaum hält. Weil das zweite Wort mit ihm durchgeht, sobald er das erste gesagt hat, weil ihn die Rage fortreißt zu Ungerechtigkeit und Gewalttat, sobald er nur eine Silbe ausspricht von seiner Kritik am Zustand der Welt. So also steht es um unseren Freund.»

Harmsen hatte seinen kegeligen Kopf in den Nacken geworfen, die beiden anderen sahen nur noch den abweisend drohenden Rammbock seines mächtigen Kinns über den weißen Stehkragen ragen. Verstohlen schielten sie nach dem niedergemachten Gemälde, das, zugegeben, etwas Putziges und albern Verführerisches hatte, aber deswegen doch nicht gleich einen solchen Hexenprozeß wegen Frevel und Lästerung der göttlichen Schöpfung verdiente. Sie schwiegen betreten, weder Umlauf noch Wolkenberg machte irgendeine Anstalt, etwas zur Verteidigung des hingerichteten Kunstwerks zu sagen. Zwar konnten sie den wenig vollkommenen Meister, der Harmsen in solche Wut versetzt hatte, nicht identifizieren, aber sie erkannten an markanten Details und Manieren die Schule, und mit der Anspielung auf die Pierrots war es ja klargemacht, auf wen sich die apokalyptische Offensive bezog: Kaulbach. Darin zumindest irrte Harmsen sich nicht, daß dieser Adept besser daran getan hätte, sich von den Sujets seines Mentors nicht zu entfernen.

Harmsen, der immer noch nicht zurückgekehrt war zu sich, hob die Mappe, die an seinem Stuhl gelehnt hatte, auf den Tisch, entnahm ihr die Skizzen, die sein Tagwerk gewesen, und riß sie mit zitternden Händen in Fetzen. Eine Träne machte sich auf den Weg aus der Tiefe der Höhle in die Fläche des Dreiecks. Dann zog er seine Geldbörse hervor und zahlte seine Zeche, die er wie stets auf den Pfennig genau wußte, ohne die Wirtin fragen zu müssen, vor sich auf den Tisch.

«Macht ihr, was ihr wollt», sprach er mit versiegendem Atem. «Ich fahre morgen nach Orbeswenden.»

«Ich bin dabei», sagte Wolkenberg, als verstünde sich das nicht von selbst.

«Aber ...», meinte Umlauf noch, mehr fiel ihm nicht ein.

Sie reisten zu dritt.

Ihre Ankunft im Mai 1888 steht nach den erwähnten Präliminarien in der Orbeswender Chronik mit fetterer Schrift am Kopf eines neu aufgeschlagenen Blatts.

Wenn es nicht ausschließlich das Werk von Zufällen war, daß Orbeswenden Künstlerkolonie wurde und nicht irgendein verträumt-verschlafenes Nest in Bayern, im Sauerland oder in Thüringen, auch kein kleiner Fischerhafen, den man, ohne zu zögern, pittoresk heißen würde, so existiert doch eine Besonderheit gerade dieser Landschaft, die sie möglicherweise für ihre Rolle prädestinierte: Sie war deshalb so unvergleichlich geeignet, das Motiv deutscher Landschaftsmalerei par excellence abzugeben, weil sie den Namen einer Landschaft im Grunde gar nicht verdient. Das klingt gesucht paradox, müßte aber jedem Kunstinteressierten, auch wenn er nicht die Gelegenheit hatte, jemals an diesem Ort zu verweilen, deutlich werden, wenn er nur eines der ungezählten Bücher mit Reproduktionen von Bildern der Orbeswender Maler aufschlägt und mit einiger Aufmerksamkeit darin blättert. Nicht selten nimmt auf diesen Bildern das Land nur ein Drittel der Fläche ein, während der Himmel die beiden übrigen ausfüllt, und so wäre auch schon zu zwei Dritteilen das Geheimnis von Orbeswendens Anziehungskraft auf die Maler im wahrsten Sinne gelüftet. Nun verhält es sich aber nicht so, daß der Künstler, wenn er eine Naturszene gibt, die Schönheit der Natur mit seinem Bild etwa verdoppelt. Wäre die Schönheit an der Natur, so wäre sie dort sicherer verwahrt als auf einem Stückchen mit Farbe beschichteter Leinwand, das nicht einmal einen ordentlichen Regenguß aushält. Höchstens wäre dann der Sinn der Existenz von Gemälden darin zu sehen, daß sie, weil sie im Gegensatz zu dem, was sie darstellen, transportiert werden können, es dem Eskimo ermöglichen, teilzuhaben an den Reizen des Lokals, welches den Bantu umgibt, und vice versa, welche Bedeutung sich erledigt haben würde mit der Entdeckung und Entwicklung der Photographie. Nein, was der Maler – gleich, ob es nun der gewaltigste Stümper ist oder der sublimste Meister, der an diese Arbeit herangeht – mit seiner Farbe fixiert, ist nicht das Objekt, sondern seine Beziehung zu ihm. Der Maler ist nicht der Projektor, durch den hindurch die Landschaft auf der Leinwand wiedererscheint, sie ist der Schirm, welcher die Tatsachen seiner Seele auffängt. Das Bild ist das Protokoll des Wiedererkennens des inneren Lebens in der äußeren Welt. Daraus folgt schon, daß die Landschaftsmalerei etwas Pathetisches ist und die Ausführung eines religiösen Programms. Das war Paul Harmsen vollstens bewußt, selbst wenn weder er noch Frieder Wolkenberg es so formulierte.

Sobald die drei Mysten sich installiert hatten im Dorf, was diesmal aus mehrerlei Gründen nicht im Hause Knickrehm geschah, nahm Harmsen die Arbeit an dem Monumentalwerk, das seit seinem ersten Besuch ohne Unterlaß vor ihm geschwebt, wieder auf. Wie ernst sie es meinten mit dem Kult, dem sie sich weihten, ist daraus zu sehen, daß sie es verschmäht hatten, vor ihrer Abreise aus München durch Anfertigung von Kitsch, der auch ihnen, wenn sie nur gewollt hätten, ebenso leicht von der Hand gegangen wäre wie anderen, etwas zur Aufbesserung ihrer Geldreserven zu tun. Das, was sie besaßen, hatten sie zusammengeworfen, zu einem Zehntel für die Reise und zu acht Zehnteln für Materialien verauslagt, nur das letzte Zehntel blieb ihnen bar.

Das beste Angebot machte ihnen Irma Stagge, die Witwe eines Holzschuhmachers, die drei Töchter zwischen acht und zwölf Jahren durchbringen mußte. Die Kost bestand hauptsächlich aus Schwarzbrot, Milch und Kartoffeln, die Kammer, die sie gemeinsam bezogen, war so eng, daß sich, nachdem sie ihre Pritschen aufgestellt hatten, die Tür nicht mehr aufmachen ließ. Aber die Flügel des Fensters gingen nach außen, so daß man hier, ohne umbauen zu müssen, ein- und aussteigen konnte. Die Birke davor wurde zum Kleiderschrank, das ausgediente schwarze Segel eines Torfkahns so in den Zweigen vertäut, daß es ihre Siebensachen vor dem Regen beschützte. Gemalt wurde im Freien.

Hierbei erwies es sich – vornehmlich für Wolkenberg und Umlauf, denn Harmsen arbeitete von früh bis spät an der Leinwand, die doppelt so viele Quadratmeter maß wie ihre Wohnung –, wie glücklich die Wahl war, die sie getroffen. Zwar war der Boden, egal wohin sie ihre Staffelei stellten, immer die gleich braungrüne Platte, jedoch verwandelte sie sich so unter den in stetem Wechsel der Form und der Bewegung gleitenden, ziehenden, rasenden, stehenden, steigenden, fallenden und wirbelnden Wolken, daß sie die Stimmung, welche sie zu einer gegebenen Stunde komponiert hatte, nie ein zweites Mal gab. Hätten sie tausend Staffeleien und Millionen Pinsel gehabt, sie hätten nicht nachkommen können. Ein und derselbe Ausschnitt, am Morgen, am Mittag, am Abend gemalt, es waren drei verschiedene Bilder aus drei verschiedenen Welten. Jeder Mischung der Gefühle, jedem Zustand der Seele konnte diese «Landschaft» entsprechen, und es wäre jetzt ganz unmöglich gewesen, einen Umlauf mit einem Wolkenberg zu verwechseln. Selbst die Bauern, die sich wunderten, was für Reflexe ihre Scholle in so verfeinerten Herzen erzeugte, lernten schnell, sie genau auseinanderzuhalten.

Ein mögliches Mißverständnis zu zerstreuen, soll aber hinzugefügt sein, daß die Moorbewohner den Malern keineswegs auf eine Art begegneten, die sich als sachverständiges Interesse kennzeichnen ließe. Ebenso unrichtig wäre, von Indifferenz oder Skepsis zu sprechen. Auch hatte ihr Verhältnis zu den Künstlern nichts mit Respekt oder Verachtung zu tun. Was aber war es, wenn all das nicht zutrifft?

Es war eine verständnislose, aber doch tiefgehende Sympathie, eine Verschränktheit der Archetypen, ein gemeinsamer Urgrund unbewußter Kollektivität. Paul Harmsens «Gottesdienst im Freien» läßt sich schon vom Titel her leicht entschlüsseln als eine Verquickung des nordischen Heidentums mit der aus dem Monotheismus hervorgegangenen Lehre Christi. Wen diese Einsicht bei der Betrachtung der emsig-akribisch durchgearbeiteten Komposition, mit der es Harmsen gelungen ist, Menschen und Landschaft zu einer Einheit zu formen, nicht mit quasi physischer Gewalt schlägt, zu wem der Zauber des auf diesem Bild sichtbar unsichtbaren Gottes nicht spricht, der sei verwiesen auf ein zweites Werk des Künstlers aus dieser Periode, das von bestimmten Liebhabern aufgrund seiner Schlichtheit sogar noch höher gestellt wird als das Tableau vom Missionsfest. Es trägt den Titel «Der Säugling», Harmsen wollte es erst «Frau auf dem Torfkarren» nennen. Dargestellt ist eine junge Mutter, die das Torfstechen für einen Moment unterbricht, um auf dem Karren sitzend ihr Kleines zur Brust zu nehmen. Der eigentliche Titel muß dem Künstler im Sinn gelegen haben, als er es malte, doch hatte er begreifliche Skrupel, dem Bild wirklich diesen Namen zu geben. Man spricht von dem Gemälde heute nur noch als von der «Nordischen Madonna», was alles besagt und religionspsychologisch das anders schwer zu verstehende Wohlwollen erklärt, mit welchem das Orbeswender Stammvolk die Eindringlinge nicht nur duldete, sondern regelrecht aufsog. Wie Priester ließ man sie gelten, und dazu gehörte auch die Ironie, welche mit deren Suspendierung von der harten körperlichen Arbeit, mit der die Dorfgemeinschaft die karge Existenz reproduzierte, ihren distanzierenden Spott trieb. Nun war es aber um den Luxus der vorläufig dreiköpfigen Priesterkaste nicht sonderlich üppig bestellt. Wittib Stagge hätte wohl gerne Kredit eingeräumt, nur fehlte ihr schon für den fälligen Ankauf des Wintervorrats an Torf und Kartoffeln für sich und die Gören das Geld.

Abwechselnd wurden Wolkenberg und Umlauf nach Hamburg geschickt, wo sie die Galerien abklapperten, nur Harmsen durfte fürs erste bei seinem Bilde ausharren. Die Reaktion der Kunsthändler auf ihre Moorszenen war deprimierend, es blieb, auf die Eitelkeit der Pfeffersäcke zu hoffen, welche ihr Konterfei in die Galerie der ursprünglichen Akkumulateure einzureihen begehrten. Solchen Auftrag mochte gnädigerweise auch schon einmal einer der Neu-Orbeswender zur Ausführung bringen, doch müßte es Zweifel an der Aufrichtigkeit des Kleeblatts erregen, wären diese Geschäfte beiderseits zur Zufriedenheit ausgefallen. Der dürre Ertrag konnte in keiner Weise für die Mesquinerien und die Demütigungen des künstlerischen Gewissens einstehen, die sie in den Kauf nehmen mußten. So wären ihnen bald das dürftige Kämmerlein bei Witwe Stagge, das Schwarzbrot, die Milch und die Kartoffeln auch noch verlorengegangen, hätte nicht erneut ein Zufall Sorge dafür getragen, daß sie ihre Orbeswender Mission fortsetzen konnten.

Bernhard Backstein, ein Studienkollege aus der Münchener Zeit, mit dem sie im Briefwechsel standen und der mittelst dieser Korrespondenz regsten Anteil nahm an dem, was sie in dem fernen Moordorfe schufen, hatte wiederholt seine baldige Ankunft in Aussicht gestellt. Harmsen, Umlauf und Wolkenberg freuten sich über Backsteins Entschluß, mit der akademischen Routine zu brechen und sich ihrer heiligen Unternehmung zuzugesellen.

Aber zu ihrer Enttäuschung kam jedesmal, wenn sie schon alles vorbereitet hatten zu seinem Empfang, statt seiner ein Bote aus Bremen geritten mit einem Telegramm, das um Verzeihung für sein Ausbleiben bat. Dem Fernschreiben folgte kurze Zeit später ein Brief, in welchem Backstein ihnen erklärte, er habe in letzter Minute seine Abreise aufschieben müssen. Das eine Mal war ein wichtiger Auftrag, mit dem er nicht rechtzeitig fertig geworden, der Grund, ein andermal hatte sich die Vernissage einer bedeutenden Ausstellung verzögert. Denn das traf zu, daß Backstein unter den nachwachsenden Malern der bayrischen Hauptstadt zu den allergefragtesten zählte. Sein Atelier in Schwabing hatte das Ausmaß einer kleinen Fabrik, und das Heer seiner Gehilfen war manchmal in der Übermacht gegen die uniformierten Figuren auf seinen Schlachtengemälden. Backstein schwamm im Geld; Adel und Bourgeoisie waren zu Gast auf seinen rauschenden Festen, aber wenn sich dort unter Kristalleuchtern befrackte Herren mit Damen in großen Toiletten sektbeschwingt im Walzertakt drehten, sah man ihn fröstelnd und einsam im Mondlicht an der Isar spazieren. Ein Bild gab es, das hätte er wirklich gerne gemalt. Sein Herz schrie es laut, als er dort, die Hände am Kragen, über dem glitzernden Fluß im Dunkel der Promenade schlich. Nein, es gab es noch nicht, dieses Bild, aber es würde entstehen, ganz einfach, weil es entstehen *mußte* mit Notwendigkeit, mit derselben Notwendigkeit, wie diese Erde und dieser Himmel hatten entstehen *müssen*. Backstein war bereit, sein Leben, dieses Leben, umschmeichelt von den Komplimenten der Hoheiten, überhäuft von den Geschenken der Magnaten, den Auszeichnungen der Akademien und der Museen, es hinzugeben für dieses eine Bild. Es war der «Gottesdienst im Freien», über dessen Entwürfen er manche Nacht mit Harmsen gesessen …

Die Freunde in Orbeswenden hatten nicht aufgehört, ihre Einladungen an Backstein zu erneuern, obgleich sie, wenn er sich wieder einmal angesagt hatte, zur Vorbereitung nur noch den Schnaps für den Postreiter kauften. Mit dem Herbst und den sich vervielfältigenden Sorgen blieben auch Backsteins Antworten auf ihre Werbungen aus. Ohne daß sie von ihm gehört hatten, kam aus Bremen der Bote geritten. Das Telegramm war in München aufgegeben, unterschrieben von einem Notar. Bernhard Backstein hatte testamentarisch verfügt, aus seinem Vermögen Paul Harmsen bis zur Vollendung des «Gottesdienstes im Freien» monatlich 60 Mark auszuzahlen. Dann hatte er sich in seinen schönen Künstlerkopf mit den Botticelli-Locken eine Kugel geschossen.

Großzügiger als gewohnt wurde in diesem Winter im Hause der Witwe Stagge mit Kartoffeln und Torf umgegangen, auch wurde der Speiseplan um einige Items erweitert. Harmsen teilte die Erbschaft nicht mit seinen Brüdern im Glauben, aber er kaufte Bilder von seinen Stubengenossen.

Im nächsten Frühjahr kam auch der Zuwachs. Die Anwesenheit der Maler in Orbeswenden sprach sich im Landkreis herum. Ein Gutsbesitzersohn aus Beverstedt, der in Weimar die Akademie absolviert hatte, hielt seine Visite. Das war Jens Kortlepel. Er wurde noch am Abend desselben Tages bekehrt und blieb. Zwei Wochen darauf traf aus Selsingen Jörn Timpe, Sohn des dortigen Schuldirektors, der in Weimar mit Kortlepel studiert hatte, ein. Das waren zwei Adepten, die bei den Gründern in die Schule gingen, nicht viel anders, als diese es bei den Professoren in Düsseldorf und München getan hatten.

In Bremen war man noch nicht darauf aufmerksam geworden, was vor sich ging im nahe gelegenen wüsten Norden. Aber es war ein Sohn dieser Stadt, der jetzt am Rhein die Malklasse besuchte und im «Tartarus» von dem Wunder in seiner heimatlichen Gegend erfuhr. Sein Name sollte sich in der Folge fester mit demjenigen Orbeswendens verknüpfen als die der Pioniere und die der Legionäre, die noch nachkommen würden. Von Henning Fischeler ist die Rede.

Kaum hatte ich ausgepackt, schon wurde ich in eine anhaltende Panik versetzt, weil dies Heft sich an keiner Stelle auffinden wollte. Nun war meine Meinung die, daß Jungblut mir einen Streich spielt, denn daß er der Arm ist, mit dem Burfeind sich verlängert, um mich vom Irrenarzt in einen irren Arzt zu verwandeln, das habe ich seit langem durchschaut. Die Geisteskrankheiten, die an ihrem Ende zu der vollständigen Dekomposition der Persönlichkeit führen, haben in aller Regel solche unscheinbaren Irritationen des Selbstzusammenhangs zu ihren Prodomalsymptomen, und natürlich rechnen sie darauf, daß ich mir eine Schizophrenie in ihrem Frühstadium diagnostiziere, wenn ich dergleichen an mir bemerke.

Da war aber keine Amnesie, ich erinnere mich bestens, wo ich das Heft mit den Notizen zum Fall Yenigül hingesteckt hatte, in das Regal hinter meine Originalausgabe vom Bleuler nämlich, und das beweise ich mir auch noch an den Staubspuren, die unmöglich von irgend etwas anderem als von ebendiesem Heft herrühren können. Wie jedoch zwinge ich mich zu der Gelassenheit, welche dem Naturwissenschaftler in seiner Nüchternheit ansteht, wenn ich, wie dies vorhin geschah, die Mappe mit meinem in Turin gehaltenen Referat vorhole, sie aufschlage, und wenn mir von dort das abgängige Carnet mit der bösartigst gemimten Unschuldsmiene entgegengrinst, als sei es von niemandem als mir selbst an diesen Platz gebracht worden?

Genug aber nicht damit, denn indem ich mit dem Rest mir verbliebener Harmlosigkeit darin zu blättern beginne, geht der Spuk erst richtig los. Vor meiner Abreise hatte ich mit meinem ersten Eintrag zum Fall Yenigül ziemlich genau ein Viertel des Heftes gefüllt, nun finde ich es vollgeschrieben. Von wem? Wollte ich die Frage nach dem Inhalt des Aufgezeichneten mit mir beraten, so käme ich etwa zu dem Urteil, ein von Burfeind neu geheuerter Kunsthistoriker habe sich hier an die Arbeit gesetzt, oder, was ebenfalls eine gewisse Wahrscheinlichkeit für sich beanspruchen dürfte, einer der unter der Kategorie «Literat» laufenden Patienten sei auf den wenig originellen Gedanken verfallen, die Geschichte dieses Ortes in Romanform zu biegen.

Beides wäre durchaus beruhigend für mich, und ich hätte allenfalls noch das Geheimnis zu lüften, wie der Gedungene oder Geisteskranke im Regal mit den Klassikern der Psychiatrie mein Heft aufzustöbern und es nach vollbrachter Tat in die Mappe mit meinem Turinreferat hineinzuschmuggeln vermochte. Nur dürfte ich, mir als des Rätsels Lösung dies anzubieten, nicht Ulf Blüthenreich sein, dessen graphologische Gutachten bei allen Gerichten des Landes als die zuverlässigsten anerkannt sind und der für seine Dissertation über den «Niederschlag der Psychosen in typischen Deformationen der Handschrift» das Summa cum laude erhielt. Diese Schrift vor meinen Augen ist, wenn sie auch keinen Anhaltspunkt bietet, der die Diagnose einer Störung des Seelenlebens zuließe, so unzweideutig die meinige wie die Hand, mit der ich die Füllfeder halte. Aber nie habe ich mich für Malerei im allgemeinen noch für die Künstler, welche diesen Ort berühmt gemacht haben, wirklich interessiert, noch habe ich den leisesten Dunst, von wo es, sollte es einen derartigen graphomanischen Somnambulismus tatsächlich geben, abgeschrieben sein könnte.

DAS ZWEITE HEFT

Wenn ich bloß die Kraft gehabt hätte, das Heft zu verbrennen! Das ist denn doch schon ein Grad von Verrücktheit, eine Abspaltung von solcher Hermetik, daß ich in großer Verlegenheit bin, wenn ich von mir verlange, aus meiner Praxis ein ebenbürtiges Beispiel daneben zu stellen. Ich sollte wahrlich jedes Aufkeimen weiterer Reflexion auf diesen Komplex in meinem Kopf unterbinden und die Sache mit der empfohlenen Kühnheit vergessen. Was aber tue ich? Ich latsche zu Frau Johnen, der wir, als durch die Behandlung bei ihr die schizophrenen Symptome verschwanden, den Laden für Artikel des Künstlerbedarfs an der Finndorffstraße als Scheineigentum gaben, und kaufe ein zweites Heft von genau gleicher Sorte. Wie sie mich angeschaut hat! Sofort fühle ich mich wieder durchleuchtet bis auf das Gerippe, wenn ich mir ihren Blick in die Erinnerung rufe. Gewiß ist es Projektion, und ich sollte nicht über Frau Johnen erschrecken, sondern darüber, wie weit meine Paranoia schon reicht.

«Fall Yenigül. Zweites Heft» habe ich vorn auf den Umschlag geschrieben, und wenn ich wenigstens tapfer an diesem Vorsatz festhielte, käme ich eventuell durch nüchterne und strenge Analyse ihrer Psychose aus meiner heraus. Statt dessen sitze ich hier, kniffle und tüftle an der Frage herum, wann, wo, wie und vor allem warum ich eine derartige Schilderung der Anfänge der Künstlerkolonie in Orbeswenden hinsetzen *mußte*, denn daß eine Zwangshandlung vorliegt, ist wohl nicht zu bestreiten. Wo ich Cornelius Burfeind und nicht Ulf Blüthenreich wäre, da ließe sich's wohl eher kapieren, was ein Büchlein zur Entstehung und Entwicklung der Kultstätte Orbeswenden so wünschenswert machte, daß man, ohne überhaupt zu wissen, daß man es tut, den Text der Legende gleich selber verfaßt. Die Gründung des «Orbeswender Verlags» gehörte immerhin zu seinen Lieblingsideen, und er hat all die Bildbände zu Harmsen, Fischeler, den Wolkenbergs und Tröger höchstpersönlich überarbeitet und redigiert, hielt auch hartnäckig fest an dem Projekt, seinen Schwiegervater Lisarius in einer Monographie zu glorifizieren. Das Archiv auf dem Lindenhof hat er selbst eingerichtet und wacht sorgsam, daß es ganz in seinem Sinne betreut wird und vor jedem Zugriff eines weitergehenden öffentlichen Interesses abgesperrt bleibt.

Bin ich auch nicht ganz so identisch, wie ich vermeine – was mir die Existenz des anderen Heftes, die ich höchstens als physische, nicht aber als psychische Tatsache aus der Welt schaffen kann, hinlänglich beweist –, so weiß ich doch immer noch genau darüber Bescheid, wo ich anfange und wo Cornelius aufhört. Daß er mit seinen Suggestions- und Telepathieexperimenten bereits so weit fortgeschritten sein sollte, daß er ohne technisch vermittelten Kontakt mir seine Gedanken diktiert, die ich, ohne selbst davon Kenntnis zu nehmen, unverändert zu Papier brächte, das will ich ausschließen, mögen auch die Geheimdienstexperten, die er in Moskau und Washington eingekauft hat, in dem Laboratorium unter der «Großen Kunstschau» mit Wahrscheinlichkeit Dinge betreiben, die einem, wenn man's erführe, die Atmung und den Herzschlag anhalten müßten. Nein, wenn ich, da ich es nun einmal nicht fertigbringe, das Heft den Flammen des knisternden Kaminfeuers zu überlassen, die Zeilen durchgehe, wie sie da unbewußt von mir produziert worden sind, finden sich durchaus auch in inhaltlicher und stilistischer Hinsicht Merkmale, die auf meine Autorenschaft hindeuten. Ungeklärt bleibt vorläufig, wie und wann Material und Formulierungen zu mir gelangt sind. Vielleicht ist, was so bieder daherkommt, eine Kampfschrift gegen Lisarius und Burfeind, gegen das, was sie gemacht haben aus Orbeswenden; vielleicht spricht Henning Fischeler durch mich auf diesen Seiten. Eigenartigerweise bin ich, obwohl mir nicht bewußt ist, wann und wo ich diesen Text abgesondert habe von mir, tief überzeugt, daß er sich fortsetzen wird.

Überrascht bin ich, daß bei Frau Yenigül der schizoide Wahn schon vollständig ausgebildet erscheint, inklusive der wirksamen Panzerung gegen den Umwelteinfluß. Ihre Präsentation im Speisesaal ist demnach nicht eine ephemere Heimsuchung gewesen, vielmehr Initiation oder auch schon Episode der vitalsten, hermetischsten Abspaltung und Introversion. Eine klassisch-gediegene Wahnvorstellung also, bei offensichtlich hoher Intelligenz und bei Ausbleiben jeglicher Anzeichen für Störungen in ihrem Kontaktverhalten. Nach der Schilderung ihres Mannes hatte ich ein erheblich früheres Stadium der Krankheit vermutet.

Natürlich registriere ich diese Korrektur meines Wissens und meiner Erfahrung mit Lust und Genugtuung. Die ausnehmend starke individuelle Ausprägung des Falles, außer Zweifel durch die Vorfälle jener Nacht, die Einzigartigkeit des Verlaufs bei Hervorbringung der Symptome nach allen Erfordernissen des Lehrbuchs, gerade das ist es, was meine Hoffnung erzeugt und berechtigt, mit Hilfe von Frau Yenigül ein neues Kapitel der analytischen Psychologie eröffnen zu dürfen. Sicherlich ist die Weisheit im Recht, wenn sie verbietet, den Morgen vor dem Abend zu loben, trotzdem sollte es sich kaum um eine Übertreibung handeln, wenn ich behaupte, daß der Fisch, der mir hier in die Netze gegangen, von einer Schreberschen Dimension ist und nicht nur für mich allein, sondern für Generationen von Analytikern der verschiedensten Richtungen und Schulen fruchtbarste Beschäftigung bietet.

Mir schwindelt, wenn ich – ganz ohne es ausmalen zu wollen – bedenke, worin konkret Frau Yenigüls Wahnvorstellung besteht. Sie bildet sich allen Ernstes – «allen Ernstes» ist wohl ein wenig zu ambivalent in dem Zusammenhang, um den es hier geht, aber lassen wir's stehen – sie bildet sich ein, die Tochter Thomas Manns zu sein. Nicht mehr und nicht weniger. Erika Mann.

Ich hätte das an und für sich schon aus den Einfällen ihrer Halluzination distinguieren können, aber ich muß zugeben und will zusätzlich einräumen, darin nie eine Schande erblickt zu haben, daß ich auf dem Gebiet von Thomas Manns Werk und erst recht auf dem seiner Person so unbewandert bin wie sonst kaum irgendwo.

Selbstverständlich habe ich wie jeder halbwegs gebildete Deutsche einige seiner Titel im Kopf: «Tod in Venedig», «Die Buddenbrooks», «Der Zauberberg». Bei den Memoiren des Hochstaplers Felix Krull bin ich mir schon unsicher, ob sie von ihm sind. In den allergröbsten Umrissen sind mir auch seine Familienverhältnisse geläufig. Heinrich Mann ist, das weiß jeder, sein jüngerer Bruder, und den habe ich sogar mit Vergnügen und mit Belehrung gelesen, den «Blauen Engel» und den «Untertan». Klaus Mann ist der Sohn von Thomas Mann, berühmt durch seinen Roman «Mephisto», den ich gleichfalls gelesen wie auch dessen Verfilmung im Kino und eine Bühnenadaption auf dem Theater gesehen habe. Antifaschistisch, homosexuell, Toxikomanie, Suizid.

Aber Erika Mann? Die habe ich mir niemals bewußt vor Augen gestellt. Wenn ich versuche, es herauszufinden, wodurch ihre Existenz und Identität überhaupt mir eine Tatsache ist, dann fällt mir nur jene Theaterversion des Romans von Klaus Mann, ihres Bruders demnach, ein oder, genauer gesagt, das Programmheft, in dem ich während der Vorstellung blätterte, weil, wie ich plötzlich erinnere, der Abend doch eher langatmig war. Sie hat, wenn mich nicht etwas täuscht, während der Nazizeit in Zürich ein politisches Kabarett geleitet. Auch wurde mir durch die Aufführung klar, daß sie eine der verschlüsselten Figuren in dem Mephistoroman ist, wohl die Ehefrau dieses Höfgen.

«Zauberer» ist der Name, bei dem Thomas Mann in seiner Familie gerufen wurde, wie Jungblut von unserer Patientin erfahren konnte. Dies bezieht sich nicht etwa, wie naheliegend wäre, auf seinen wahrscheinlich bedeutendsten Roman, den «Zauberberg»; vielmehr geht es auf eine Anekdote aus Erika Manns Kindheit zurück, die Frau Yenigül Jungblut mit der größten Nonchalance als etwas Selbsterlebtes erzählte. Die Kinder waren auf ein Faschingsfest eingeladen und wollten unbedingt, daß der Vater sie dorthin begleitete. Nun war es aber das Leichteste nicht, den Graphomanen von seinem Schreibtisch fortzubekommen, er schob die Ausrede vor, kein Kostüm zu besitzen. Hier, wie noch häufig in verzwickten Zwangslagen, erwies Tochter Erika, was von Frau Yenigül mit selbstgefälligem Stolz vermerkt wurde, ihre Veranlagung fürs Praktische und improvisierte für den Vater rasch eine Verkleidung. Sie kostümierte ihn als Zauberer, und Thomas Mann, beeindruckt vom Talent seiner Tochter und wohl geschmeichelt durch die Rolle, ließ es gelten und ging, so wie Erika ihn ausstaffiert hatte, mit zu dem Faschingsfest. Die Bestandteile seines Kostüms wanderten anschließend wieder in die Klamottenkisten in den Kinderzimmern, aber der Name blieb haften. Darum lautet auch, wie Jungblut sich belehren lassen mußte, der Titel des Buches, welches sie angeblich über Thomas Mann herausgebracht hat: «Mein Vater, der Zauberer». Dafür, daß Jungblut, als dies erwähnt wurde, Frau Yenigül befragte, wann sie es gelesen habe, kann ich ihn nicht tadeln, ich hätte es wahrscheinlich genauso gemacht. Die Reaktion darauf war eine Zurechtweisung der allerschärfsten Sorte mit der Klarstellung, sie habe es nicht gelesen, sie habe es *geschrieben*. Ich muß mir den Band, falls es ihn gibt, unbedingt nächstens verschaffen, denn es ist auszugehen davon, daß er eine der Hauptquellen darstellt, aus denen Frau Yenigül ihre Wahnvorstellungen versorgt.

Die Patientin legt gesteigerten Wert auf die Feststellung, daß ohne ihre Begabung für das Auffinden praktischer Ausgänge aus scheinbar unlösbaren Situationen der Zauberer heute nicht das wäre, was er ist, nämlich der «Praeceptor Germaniae», wie sie es ausdrückte. Daß sie Thomas Mann an diese höchste Stelle rangiert, macht es für jemanden, der wie ich gewohnt war, in ihm weiter nichts zu sehen als einen Romancier, den man, je nach Geschmack und Neigung, mehr oder weniger schätzt, verständlicher, wie er zum Objekt megalomanischer Projektion werden konnte. Sonderbar und meines Wissens auch ohne Beispiel in der analytischen, ja in der psychologischen Literatur überhaupt bleibt jedoch, daß sie sich im Unterschied zu anderen Irren, von denen man gehört oder gelesen, die man teilweise auch selbst behandelt hat und die sich für Napoleon, Friedrich den Großen oder, sehr häufig, für Jesum Christum hielten, nicht etwa mit Thomas Mann identifiziert, sondern eben mit dessen Tochter. Ich will damit sagen, daß jemand, der große Teile seines Lebens im Umgang mit Geisteskranken zugebracht hat, schon damit zurechtkommen könnte, wenn Frau Yenigül sich vielleicht für Hildegard von Bingen oder für Rosa Luxemburg ausgäbe; aber: Napoleons *Tochter*, Goethes *Sohn*??

Es liegt auf der Hand, daß bei der Herausbildung einer solchen Abart der Wahnvorstellungen der Vaterkomplex mitgewirkt hat. Mir ist dennoch diese Spur eine viel zu offensichtliche, um wirklich eine zu sein, und ich ziehe es daher vor, was diesen Punkt angeht, gewiß der archimedische, an dem die Psychose aufgehängt ist, einstweilen die Naivität des Daseinsanalytikers zu mimen und nichts anderes festzuhalten als mein Befremden und mein Erstaunen.

Der Lebenslauf Henning Fischelers ist so über jede Wahrheit und Wahrscheinlichkeit wahrhaftig, daß er anmutet, als sei er nicht aus seinen Tagen, Monaten und Jahren zusammengesetzt, sondern von vorneherein durch Künstlerhand aus einem einzigen Gusse geschaffen. Von Hanno Buddenbrook, in dem Thomas Mann das Kaufmannsgeschlecht, dem dieser entstammte, untergehen und absterben läßt, heißt es im Roman: «Es stand fest, daß er Kaufmann werden und dereinst die Firma übernehmen mußte.» So galt es für Henning Fischeler, und der Leser der «Buddenbrooks», der ihn in dem Porträt Hannos zu erblicken versuchte, hätte lediglich die Kulisse der Hansestadt an der Trave mit der an der Weser zu tauschen. Wer sonst als sein Freund Fischeler sollte dem Dichter René Wilhelm von Rüliken vorgeschwebt haben, als er in einer Rezension das Schicksal des letzten Buddenbrook resümierte? «Die unendlich gefährdete Möglichkeit eines großen Künstlertums, die nicht in Erfüllung geht. Der kränkliche Knabe geht an der Banalität und Rücksichtslosigkeit der Schule zugrunde und stirbt am Typhus.» Wie Hanno Buddenbrook erlebte Henning Fischeler die typhöse Krise in seinem sechzehnten Jahr, erhob sich aber von seinem Krankenlager im Gegensatz zur Romanfigur ins Dasein und setzte auf der anschließenden Erholungsreise mit den Eltern nach Baden-Baden seinen Wunsch durch, dem Geschäft der Vorväter entfliehen zu dürfen, um Künstler zu werden. Hanno wußte, heißt es in den «Buddenbrooks», «daß die Schönheit den Mut und die Tauglichkeit zum gemeinen Leben verzehrt». Henning Fischeler wußte es auch.

Obgleich kein Einzelkind wie Hanno Buddenbrook, sondern wie Thomas Mann mit zwei Schwestern und zwei Brüdern aufgewachsen, erschien Henning Fischeler auch nach außen als ein Wesen von unglaublicher Zartheit. Zierlich-graziös entliefen der flachen Brust unter hängenden Schultern die schmächtigen Arme, sein Kopf wirkte wie aus fragilem, durchsichtigem Porzellan modelliert, das Gesicht war ohne Bartwuchs und von tausend Sommersprossenpünktchen übertupft, seidenfein wie bei einer

Chinesin wuchs darüber das blauschwarze Haar. Dunkel und glanzlos, wie von Rüliken bemerkte, schauten aus diesem Antlitz die Augen hervor, scheu vor der Welt wie die eines Rehs. Und wie diese Tiere fliegend Reißaus nehmen auf ihren schlanken, behenden Beinen, wo einmal der Maschinenmensch vor sie tritt, so zog sich auch Fischeler aus dem Kampf um Macht und Geld in das Dickicht seiner Träume aus Phantasien und Märchen zurück. Und weil er so ganz und gar nicht geschaffen war für seine Zeit, den endgültigen Durchbruch der Technik, die Entzauberung der Natur bis in die letzten Winkel, den Triumph der Großindustrie, die sämtliche Traditionen zerriß und alle Lebensverhältnisse unter das Profitgesetz schlug, deshalb war er wie geschaffen für diese Zeit. Es galt auf der Akademie seine Präokkupation statt der Malerei und der Skulptur dem Ornament und dem Dekor. Seinem Instinkt gehorchte er mit dem Rückgriff auf das Biedermeier und lag damit doch genau auf dem Kamm der Modewelle, die das 19. Jahrhundert in das 20. trug. Es ist im nachhinein schwer zu entscheiden, was Fischeler dem Jugendstil verdankt und was diese über zwei Jahrzehnte im europäischen Bürgertum vorherrschende Geschmacksrichtung ihm schuldig ist. Jedenfalls hat er an der Ausbildung dieser Formensprache maßgebend gewirkt und beherrschte sie ebenso gut, wie er von ihr beherrscht war.

Das war schon so, als er im Düsseldorfer «Tartarus» die Kunde von der Gründung jener Kolonie aus dem Industriezeitalter in die Natur emigrierter Künstler empfing. Auch hier lag er im Grunde vollkommen schief, paßte vom Prinzip und der Zielstellung her überhaupt nicht zu Harmsen, Wolkenberg, Umlauf und den zwischenzeitlich dazugestoßenen Malern. Seine Zeichnungen, auf denen sich Blüten, Blätter und Vogelschwingen in feinen Linien zu Mustern verschlangen, waren dem, was die Orbeswender in der Natur suchten und fanden, in keinster Weise verwandt, ja nicht einmal verschwägert, und doch ging Fischeler gleich bei seiner Ankunft im Sommer 1894 auf in dieser Gemeinde, als wäre sie von je seine Familie gewesen.

Deutlich ist der Kontrast in den Kunstauffassungen des ursprünglichen Dreigestirns und des hinzutretenden Neoromantikers. Bei jenen ging es um eine Neuerfindung der Malerei in der Herstellung des Dreiklangs von Gott, Mensch und Natur. Für Fischeler hingegen existierte die Natur gar nicht als Wildnis, sie war automatisch verschmolzen mit ihm, war immer auch Kunst, und beide bildeten in ihrer unauflöslichen Einheit das magische Gegenreich zur entseelten Welt der Ausbeutung vermittelst der Technik. Setzten Harmsen, Wolkenberg und Umlauf all ihre Mühen in die Überwindung von Routine und Konvention, um eine frische Unmittelbarkeit zu erreichen, so strebte Fischeler nach der Einfassung aller natürlichen und geistigen Phänomene in die Totalität seines Stils. Wenn für Paul Harmsen die Malerei erklärtermaßen eine Erneuerung des christlichen Gottesdienstes aus seinen lokalen, heidnischen Quellen war, so Kunst für Fischeler eine die Ganzheit des Lebens durchgestaltende Form. Deshalb war für ihn auch Malerei nicht gleichbedeutend mit Kunst, eher beurteilte er wie jede Spezialisierung auch diese mit Skepsis. Wohl beteiligte sich Fischeler an den Naturstudien im Freien, aber doch nur, um von den Fortgeschritteneren dies und jenes sich anzueignen für seinen Gebrauch, so von Paul Harmsen die weiche Auflösung der Kontur und Fläche durch das Spiel der Farben, von Holger Umlauf die Technik der Radierung und das Drucken. Aber gleich, ob Zeichnung, Graphik, Aquarell oder Ölbild, es kam bei Henning Fischeler stets etwas ganz anderes zu seinem Vorschein als bei den älteren Freunden, die ihn anregten und schulten. Fischelers Arbeiten waren das, was die anderen als akademisch und falsch mit dem Schimpfwort «literarisch» verfemten. Seine Bilder waren nicht Zeugnisse von Gottes Offenbarung durch die Natur, sie erzählten Geschichten. «Abschied», «Heimkehr», «Sehnsucht» nannte er sie, und es waren nie reine Szenen, sondern immer Sujets. Noch auf seinen Stilleben flüstern die Rosen und Äpfel: «Es war einmal ...» Umlauf, Wolkenberg, Harmsen, das waren drei Grade eines mystischen Ordens, Fischeler ein Sänger des Mythos.

Es ist offenkundig, daß diese Positionen sich nicht nur voneinander scharf unterscheiden, daß sie sich vielmehr ausschließen gegenseitig, und auch die Idee und der Begriff Gottes klammert sie nicht, denn divers und disparat sind die Götter, die sie in ihrem jeweiligen Kult sich dienend erschaffen. Doch stritten sie nicht, wenn sie bei Witwe Stagge gemeinsam ihre Mahlzeiten nahmen. Es waren keine Ismen und keine verpflichtenden Stile, wie sie die Kunstgeschichte des heranmarschierenden Säkulums in Phasen und Epochen einteilen sollten, was diese jungen Männer zusammenhielt und verband. Vorderhand waren es Stagges Witwe und ihre Töchter, die sie bekochten und bedienten, ihnen die Wäsche in Ordnung hielten und für jeden von ihnen einmal pro Woche in der Diele den Badezuber mit heißem Wasser aufstellten. Dann war es der Ort, dessen Name statt einer Plattform ästhetischer Grundsätze ihr gemeinsames Programm ausdrücken sollte: Orbeswenden. Dies zu erfüllen hieß – und hier der Punkt, auf dem sie alle jenseits ihrer Verschiedenheiten und Gegensätze zusammenstanden wie auf der Spitze der Nadel – Praxis, nicht Theorie. In dem, was sie in tagtäglicher, nie nachlassender Arbeit vor sich bringen würden, darin bestand ihre Bedeutung für die Welt und für die Geschichte der Menschheit. Hierin waren sie bei aller Demut typische, das All für sich beanspruchende Künstler geblieben.

Was sie taten, sie taten es für Orbeswenden, aber nur in dem Sinne, daß in einer näheren oder ferneren Zukunft jeder halbwegs gebildete Mensch, es sei in Australien oder Alaska, in Feuerland oder Sibirien, den Namen dieses Moordorfes assoziieren würde mit: Harmsen-Wolkenberg-Umlauf-Kortlepel-Timpe-Fischeler. Wenn auch ein Tabu darüber lag und niemand es aussprechen durfte, so wußte doch ein jeder der sechs im stillen genau darüber Bescheid, daß ihr Zusammenschluß erstens dem Zweck diente, sich gegenseitig behilflich zu sein, die unausrottbare Ruhmsucht in Schranken zu halten, daß zweitens aber in dieser Unterdrückung ihre Ambitionen wechselseitig sich anstacheln und potenzieren und zum gegebenen Zeitpunkt mit der Kraft eines Vulkans weit, weithin sichtbar ausbrechen würden.

Das Jahr, das auf Fischelers Eintritt in die Gemeinschaft folgte, wurde in dieser Hinsicht zu dem entscheidenden. Harmsens mehr als eine Dekade zuvor ausgestreute Saat ging auf und trug Frucht. Er vollendete seinen «Gottesdienst im Freien». Für den April des Jahres 1895 kündigte die Bremer Kunsthalle eine Ausstellung mit 31 Gemälden und 32 Radierungen junger, unbekannter Künstler aus Orbeswenden am Teufelsmoor an. Sie fand statt und wurde ein absoluter Flop. Das Publikum fühlte sich vergackeiert und verhohnepipelt, die Presse zog mit Sarkasmen und Zynismen vom Leder und übergoß das Saure des erlittenen Schadens mit dem Bittren des Spotts. Die Ernte wurde bis auf den letzten Halm am Boden zertrampelt. Die Pforte zu Ruhm und Erfolg, die sich für einen Moment geöffnet hatte, war zugeschlagen mit weit, weithin hörbarem Knall und schien den beteiligten Künstlern von nun an für alle Ewigkeiten versperrt.

Wäre dieses im Namen des hohen Kunstverständnisses der Bremer Bürgerschaft ausgesprochene das letzte der Worte gewesen, hätte die Witwe Stagge ihren Gästen Kost und Logis kündigen müssen. Doch zum Glück wurde die Ausstellung in der Kunsthalle zu Bremen nicht ausschließlich von pfeffersäckischen Banausen und glimmerverblendeten Kokotten besucht. Der Kurator der Münchener «Jahresausstellung von Kunstwerken aller Nationen» hatte sich ins ferne Nordland verirrt und erkannte auf den ersten Blick das Wunder, welches die Exponate bezeugten. Er lud die Orbeswender ein, ihre Werke im August bei dem geplanten Großereignis im Glaspalast in München zu zeigen, und bot ihnen an, die prominentesten Säle für ihre Gruppenarbeit zu nutzen. So wurden ihre in Bremen geschmähten Bilder bei der international bestückten und besuchten Schau in München zur Sensation. Der Erfolg war das, was man «durchschlagend» nennt. Von Frieder Wolkenberg wurden zwei Gemälde für die Pinakothek angekauft, Paul Harmsens «Gottesdienst im Freien» wurde mit der Goldmedaille geehrt.

Für Orbeswenden war das Münchener Metall gut, für Harmsen war es fatal. Er entwickelte Allüren. Nicht nur, daß er sich gegenüber Sammlern und Journalisten, die in Scharen einfielen in Orbeswenden seit der Würdigung im Glaspalast, als der Entdecker der heiligen Stätte und als der Stifter der ausstrahlenden Religion aufspielte, er ließ auch die übrigen Genossen des Bundes spüren, daß ein Unterschied des Ranges existierte zwischen ihren Hervorbringungen und den seinen, welche Blasiertheit zusätzlich durch weitere güldene Medaillen aus Berlin, Dresden und Wien sozusagen amtliche Bestätigung fand. Zahlreich sind die Beispiele, welche die Wirksamkeit jenes Mechanismus belegen, der Harmsen, je mehr er innerhalb der Gruppe auf seine Führerschaft pochte und sich in der Öffentlichkeit nicht nur als der Primus unter den Pares, sondern als die Pars, die ebensogut fürs Totum einstehen kann, gerierte, in Wahrheit in die Rolle des Außenseiters schob. Um so heftiger und skurriler mußten seine Auftritte in der nun auch offiziell firmierenden «Vereinigung Orbeswender Künstler» geraten, da die Zeit, die nötig gewesen wäre, mit Strenge und Übersicht in seinem Reiche als Herrscher zu walten, durch das Hetzen von Erfolg zu Erfolg größtenteils mit Reisetätigkeit ausgefüllt war.

Mit Harmsens Aufstieg, der ihn, ohne daß er sich davon Rechenschaft gab, mehr und mehr in die Fußstapfen des problematischen Schicksals seines dahingegangenen Gönners Backstein hineingleiten ließ, ging in Orbeswenden ein Boom einher, wie ihn selten ein Dorf dieser Ordnung erlebt haben dürfte. Es wundert nicht, daß Lüder Knickrehm der erste war, der die Zeichen der Zeit erkannte. Zwischen den beiden Ausstellungen in Bremen und München hatte er auf der Finndorffstraße, etwas oberhalb der Bauernreihe, mit einem großangelegten Neubau begonnen und konnte rechtzeitig die Pforten seines gediegenen Hotel- und Restaurantbetriebs «Stadt Hamburg» öffnen. Über seine gewohnte Weitsichtigkeit hinaus von seinem Günstling Harmsen mit einem kräftigen Schuß Größenwahn infiziert, hatte er bei seiner Unternehmung auf den Geschmack und das Geltungsbedürfnis verwöhnter Großstadtmenschen und sonderlich der Neureichen spekuliert. Auch diese Hybris wurde vom Sukzeß legitimiert, noch heute liest man mit Staunen die Namen in seinen Gästebüchern. Aus Dankbarkeit, wie Knickrehm wissen ließ, blieb im Oberstock eine Suite ganzjährig reserviert für Paul Harmsen. (Die Wahrheit war, daß der Künstler sich am Kapital beteiligt hatte und daß von seiner Dividende ein nicht geringfügiger Betrag subtrahiert wurde für die Überlassung der Zimmer.)

Auch Irma Stagge, die noch vor Jahresfrist zu ihrem tiefsten Bedauern das Begehren der Maler nach Gewährung eines Kredits hatte zurückweisen müssen, nahm nun bei ihren ehemaligen Mietern eine stattliche Anleihe auf und ließ anbauen. Ihre Gaststube wurde nicht so schnell fertig wie Knickrehms Hotel, fand aber bei den minder betuchten Besuchern des «Künstlerdorfes», wie es jetzt immer häufiger hieß, desto lebhafteren Zuspruch. Den Speisen auf ihrer auch dem des Französischen Unkundigen verständlichen, von Henning Fischeler liebevoll-avantgardistisch gestalteten Karte gaben besonders die vielen Bauleute, die auf Harmsens neuerworbenem Grundstück angestellt waren, den Vorzug vor Kost und Kosten der Knickrehmschen Cuisine.

Für Frieder Wolkenberg war der Münchener Segen ebenfalls reichhaltig genug ausgefallen, daß er an Pläne für einen Hausbau denken konnte. Henning Fischeler hatte bei den großaufgemachten Reportagen zwar stets nur in dritter Linie Erwähnung gefunden, aber dafür traf es sich bei allem damit verbundenen Kummer und Schmerz günstig, daß gerade bei Ausbruch dieses Gründerfiebers sein Vater aus dem Zeitlichen schied. Die Liquidierung der Firma brachte ihn in den Besitz eines Betrages, der gleichfalls hinreichend war, die Rolle des wandernden Asketen mit der eines Grundbesitzers und Hausherrn zu tauschen.

Auf Wolkenbergs kleinem Anwesen wuchs ein eher bescheidenes Holzhaus im skandinavischen Stil. Harmsen ließ einen vielzimmerigen Klotz errichten, der gut in den Berliner Süden gepaßt hätte, nach Lichterfelde oder Zehlendorf, der sich aber in der von ihm so angebeteten Naturlandschaft noch sonderbarer ausnahm als Knickrehms Hotel. Fischeler, von Wolkenberg mitleidig belächelt, von Harmsen großkotzig verhöhnt, erwarb um den vergleichsweise niedrigen Preis von 3000 Mark das strohgedeckte Haus des verstorbenen Brennmeisters der kleinen Ziegelei bei der Lehmkuhle unter dem Osthang des Geierbergs. Das zugehörige Grundstück umfaßte vier Morgen Land, welches die trunksüchtige Witwe des Ziegelbrenners nach dessen Tod gleich wie sich selbst und die Hütte mehr oder weniger vollkommen hatte verwahrlosen lassen.

Zwei imposante Linden standen vor der nach Norden zeigenden Tür zur Diele, und Fischeler taufte seine Besitzung, was die Freunde als lächerlich hochtrabend empfanden, noch bevor sein Eintrag ins Grundbuch erfolgte, den Lindenhof. Insbesondere Harmsen sollte das überhebliche Gelächter, in welches er ausbrach, als er von dieser Namensgebung erfuhr, nicht so sehr bald, aber sehr, sehr gründlich vergehen.

Unverzüglich machte Fischeler sich an den Umbau des Hauses, wobei er sich mit zwei Arbeitern begnügte. Es war in diesem für Orbeswenden so außerordentlich ereignisreichen Jahr 1895 schon der Oktober sehr stürmisch. Das hielt Fischeler nicht davon ab, mit der Errichtung eines Schornsteins für das offene Feuer in der Diele und den Abzug des Rauchs aus den Stubenöfen sogleich das Strohdach abdecken zu lassen. Mochten Bauern und Künstlerkollegen ihre Witze reißen über den Zärtling, der seine kurzen Nächte auf einer in seiner Stube aus Mänteln und Dekken improvisierten Bettstelle unter einem aufgespannten Regenschirm zubrachte, er träumte sich als Prinz in seinem Zauberschlosse. Und dieser Traum zerplatzte nicht, wenn er, bevor noch die Sonne am Horizont aus der dunklen Weite der Moorfläche stieg, sich von seinem Lager erhob und Schaufel für Schaufel seinen Keller ausgrub. Wo er Brennesseln ausriß, sah er schon die Rosenstöcke, die ihren Platz einnehmen würden. Auch eine Prinzessin wußte er, die als Herrin einziehen würde in die Gemächer des Palastes, den er ihr baute.

Es war Mechthild Stagge, die jüngste der Töchter, sechzehn Jahre inzwischen und für Fischeler der Inbegriff von Liebreiz und Güte. Plattdeutsch sprach er mit ihr, und was dem Weltgewandten, der im Münchener Glaspalast reüssiert hatte, plump und ungeschlacht hätte vorkommen müssen, es klang ihm süß und grazil wie provenzalische Minne. So hatte er sich ihr nicht durch Anzüglichkeiten und grobe Griffe zu nähern gesucht, wie Harmsen es bei ihren älteren Schwestern getan. Überhaupt war ja Fischeler an der frugalen Tafel der Witwe der Schweigsamste gewesen, stiller noch als Harmsen, der neuerdings so gern schwadronierte. Mit Blicken nur hatte er zu Mechthild gesprochen, wenn sie ihm den Suppenteller hinstellte. Mit welchen Wallungen hatte er ihre Hände betrachtet! Und war froh darüber gewesen, daß die vielen Sommersprossen in seinem hellen Gesicht die hitzige Rötung der Haut so ziemlich maskierten …

Ein ganzes Skizzenbuch war angefüllt mit ihren Händen, denn Hilde hatte tausend verschiedene Hände, je nachdem, was sie hielt oder berührte. Das war aus dem Gedächtnis, denn es erlaubte ihm seine Schüchternheit nicht, sie darum zu bitten, als Modell vor ihm zu sitzen. Doch war es sein brennender Wille und ein Gelübde, das er sich innerlich schwor, sie und immer wieder sie nur zu malen. Mochte Paul Harmsen Gott dienen wollen mit seiner Kunst, was er immer noch in festgestampften Sätzen überall wiederholte, obwohl er doch wissen mußte, daß es so und zu den Heinis von den Gazetten gesprochen die reinste Lästerung war; er, Henning Fischeler, würde mit allem, was er war und was er vermochte, mit seiner ganzen Kunst und seinem ganzen Leben, zwischen denen es ja keinen Unterschied gab, ihr nur fronen und untertan sein, diesem Mädchen, der Einzigen, Hilde St– Nein! Das war jetzt noch so, aber es durfte lange nicht mehr so bleiben. Hilde Fischeler mußte sie werden, sonst würde er es unausgeführt hinwerfen, sein Kunstleben, das nur erst eine Skizze war, seine Lebenskunst, die ohne sie über dies Stadium des Entwurfs nicht hinauskommen konnte.

Auch Hilde hatte an dem zarten Jüngling mit dem Porzellankopf Gefallen. Oft hatten ihre neugierigen Augen mit dem Blau dieses Himmels, in den das nahe gelegene Meer hineinspiegelte und sich mit den graubraunen Reflexen des Torfmoors vermählte, forschend in den dunklen, glanzlosen, nach innen gekehrten Hennings gelegen. Ein um das andere Mal hatte sie beim Abräumen mit Absicht auf der Tischplatte ihre Hand länger als nötig neben der seinen verweilen lassen, hatte gehofft, er möge sich einen männlichen Ruck geben und sie raubend umfassen.

Und doch war es ihr unheimlich zu sehen, daß ein Mann, so jung und ohne jede Spur der Plackerei, ohne irgendeine Andeutung einer Narbe aus der Härte des Lebenskampfs, der doch sonst niemanden unversehrt ließ, genügend Geld haben konnte, um gänzlich umstandslos ein so riesiges Areal zu erwerben. Sicher würde er sich bald in der Stadt, von wo das Material für den Aufbau herbeigeschafft wurde, aus einem reichen Hause ein Mädchen holen und mit ihr dieses Wohlleben teilen.

Als die ersten Schneeflocken fielen, hatte der Lindenhof ein freundliches Dach aus hellroten Ziegeln, eine Rauchsäule stieg, von Behaglichkeit kündend, aus dem Schornstein, und Fischeler, der das Bauernhaus um ein Atelier erweitert hatte, konnte bei perfekter Beleuchtung und vorzüglicher Heizung wieder mit dem Malen beginnen. Der eigentliche Winter stand noch bevor, aber Fischeler ging an ein Bild, dem er den Titel «Frühling» gab. Alles, was in dem Wort mitklingt an schwirrender Erwartung, an Aufbruch, an Erwachen in das Gefühl, war für ihn personifizert in Hilde, und so malte er sie lebensgroß, gehüllt in ein weites Kleid aus türkisfarbenem Taft, und man zögert, die Gruppe dünnstämmiger Birken an einem brackigen Tümpel, in die hinein er sie stellte, eine Landschaft zu nennen. Schon das beinahe quadratische Format verrät, daß für ihn die Natur nicht das schlechthin Andere der Seele abgab, worin diese sich projizierend hätte finden und abspiegeln können. Sie war Interieur, Heimat, Stube. Das, was für Harmsen, Wolkenberg, Umlauf das Reizvolle gerade dieser Gegend ausmachte, ihre Weite und Unendlichkeit, daß sie eigentlich im Rahmen gar nicht zu fassen, nur in einer flüchtigen Stimmung zu deuten war, das ging an Henning Fischeler völlig vorbei. Immer behielt die Natur auf seinen Bildern, auch später, als er auf seinen Reisen durch die Sowjetunion mittelasiatische Steppen malte, den Charakter eines wohleingerichteten Zimmers. Man ahnte irgendwie an der Linie des Horizonts, die auf dem «Frühling» in der Mitte des Bildes verlief und dort, wo bei Hilde unter dem Kleid der Bauchnabel sein mußte, ihre kegelförmige Gestalt schnitt, eine Fußleiste. Der zartblaue Himmel mit den Wölkchen besaß keine Tiefe, stieg senkrecht empor, wenn schon nicht wie eine Tapete, so wenigstens wie ein Prospekt auf der Hinterbühne eines Theaters. Im Vordergrund das Moos und das mit gelben Blumen durchsetzte Gras muteten an wie ein Teppich, und man war sicher, daß Hilde unter dem Kleid, das überlang hing und aufstieß auf diesen wohnlichen Boden, mit bloßen Füßen darauf stand, wenn nicht sogar wie die jungen, nach Fischelers Idee wahrscheinlich gleichaltrigen Birken um sie herum mit Wurzeln, die noch ein Stück hineinreichten in ihn.

So hatte er sie jetzt vor sich, als er fertig wurde mit diesem ersten großen Bild von ihr, gewachsen wie ein Baum, so fest eingefügt in die harmonisierte, von allem Schreckenden, Fremden befreite Natur, daß es gar nicht mehr vorstellbar war, sie wäre von irgendwoher gekommen, könnte irgendwohin gehen. Das Blättermotiv auf den nach unten sich weitenden Ärmeln und auf dem Brustbesatz ihres Kleides wirkte, wenn auch den Birken um eine Saison voraus, im gleichen Grade «natürlich» wie die Knospen an deren Zweigen, von denen Fischeler einige so gemalt hatte, daß es aussah, als sprießten sie Hilde aus der Flechte ihres über den blonden Schopf gesteckten Zopfs.

Fischelers Kollegen, die programmatisch radikalen Landschafter, hatten zur Beschreibung seiner Arbeiten das Stichwort «literarisch» gebraucht, und es sollte, wenn also seine Bilder «erzählen», um so leichter sein, was sie sind, mit Worten wiederzugeben. Dennoch ist es unmöglich, auf dem Wege schlichter Interpretation ihrer Eigenart habhaft zu werden. Beide Richtungen entstanden aus dem gleichen Impuls. Es ging um eine Abkehr von der Geschichte, einen Ausstieg aus dem gesellschaftlichen Prozeß. Das war ihnen gemeinsam, und der Schlachtruf «Orbeswenden» sollte einer Entwicklung, die mit der totalen Industrialisierung und Kapitalisierung unweigerlich auf die Entmenschlichung hinauslaufen mußte, Einhalt gebieten. War aber für Harmsen und Wolkenberg die Malerei ein neuer Weg zu Gott oder der Weg zu einem neuen Gott, so erübrigte sich diese Suche für Fischeler deshalb, weil in seinem Weltverständnis die Religion schon rückstandslos aufgegangen und aufgehoben war in der Kunst. Darin bestand für ihn die Aufgabe noch, die Kunst abzusperren und dicht zu machen gegen die Realität. Richteten die anderen Auge und Anstrengung auf den Himmel, um ihn durch die Kraft ihrer Pinsel auf die Erde zu ziehen, so war Fischelers Parole die Insel. Er empfand gar keine Nötigung, die Inhalte seiner Seele den Wolken und Gestirnen entgegenzuschleudern, war doch die vollendete Schönheit in ihr selbst schon vorhanden. Jeder Mensch trägt sie mit sich herum als Erinnerung an die Kindheit und wird durch den Traum in den ebenso begehbaren wie geschlossenen Innenraum seiner Seele wieder hineinversetzt.

Wie aber nimmt es dies Konzept mit den traumatischen Erlebnissen diesseits des Realitätsprinzips? Was ist von den Horrorvisionen zu halten, die einem im Traum begegnen und einen schweißgebadet in die dann vergleichsweise doch noch bedeutend harmonischere und schönere Wirklichkeit aufwachen lassen? Nun, dies sind Eindringlinge aus dem Reich des Chaos und der Finsternis, und es fällt der Kunst als Aufgabe zu, diese Invasoren wieder aus dem Gebiet der geordneten Schönheit zu vertreiben. So geschieht es im Märchen, und es lag auf Henning Fischelers Strecke, dieses nicht nur atmosphärisch, sondern auch thematisch vorkommen zu lassen. Wenn auch auf dem Bild «Frühling» noch keine Drachentöter und Schwäne erscheinen, so ist es doch schon in jenem Kolorit gehalten, welches den Betrachter löst aus den Bezügen seines gewöhnlichen Lebens und ihn hinüberträgt in jene Welt, die keine inneren Gegensätze kennt, nur den einen großen Widerspruch, in dem sie steht nach außen zu der materiellen Welt des Krieges aller gegen alle um die Eroberung der Quellen der physischen Reproduktion. Hilde, die im Profil steht, blickt auf einen kleinen Vogel, ein Rotkehlchen, das im knospenden Birkengezweig sitzt. Ihr Ausdruck ist fragend und wissend zugleich, die Existenz dieses Vögelchens ist ganz aufgenommen in ihre und so auch die ihre in seine.

Hilde Stagge ward überwältigt von dieser Liebeserklärung. Man hatte Fischeler, seit sein Dach gedeckt war und der Kamin rauchte, im Dorf nicht mehr gesehen. Da nun aber der frisch gemauerte Schornstein seine Schwaden unablässig in die kalten Winterlüfte blies, war davon auszugehen, daß auch der Mann, der das Feuer unterhielt, sich am Leben befand.

Hilde vermißte ihn mit jedem Tag, den er fehlte, mehr, und unauffällig genug versteckte sie ihre Sehnsucht hinter allgemeinmenschlicher Besorgnis um den Zeitgenossen, der sich seiner Umwelt in dieser bedenklichen Weise entzog. Irma Stagges Meinung ging dahin, Phasen vollkommener Einsamkeit und Isolation gehörten in der absonderlichen Existenzweise der Künstler einmal dazu, und man täte ihm daher alles andere als einen Gefallen, wenn man ihn unter dem Vorwand, um sein Wohlergehen bekümmert zu sein, aus seiner Meditation aufstören wollte. Als aber dann schon ein voller Monat abgelaufen und Henning Fischeler immer noch nicht wieder aufgetaucht war aus seiner Versenkung, gab sie Hildes Drängen schließlich nach und schickte sie zum Lindenhof, nun doch einmal nach dem Rechten zu schauen.

Witwe Stagges langjähriger Erfahrung im Umgang mit den Malern muß man es zuschreiben, daß sie ihrer Tochter den Auftrag just zu jener Stunde erteilte, da Henning Fischeler sein bis dahin größtes und aufwendigstes Bild zur Vollendung gebracht hatte. Jetzt lehnte es an der Wand seines Ateliers, Fischeler saß davor in einem Sessel und genoß die unvergleichliche Süße des Zustands, in welchem der Künstler für seine Mühen entlohnt wird, wenn er endlich etwas Gültiges aus sich heraus in die Welt gestellt hat.

Als auf ihr Klopfen sich nichts rührte im Haus, begann Hilde mit der Faust an die Tür zu hämmern, rief auch sehr laut den Namen des Besitzers mit einem merkwürdigen Gefühl in der Brust, als wüßte in ihr schon etwas, daß sie in gemessener Zeit Frau Fischeler sein würde ... Nur war Henning Fischeler in dieser Stunde allerhöchster Feierlichkeit mit sich selbst so eingesponnen in seinen Kokon, daß ihn auch der Einschlag eines Schrapnells gleich neben seinem Sessel nicht aufgeschreckt hätte.

Hilde wollte aufgeben und wieder heimgehen, es kam ihr nun doch unschicklich vor, als ein junges, heiratsfähiges Mädchen so lautstark einem alleinstehenden Herrn sich aufzudrängen, auch beschlich sie der finstere Gedanke, daß er sie womöglich mit Absicht ausgesperrt lasse. Wenn nun diese Klausur eine ganz und gar unkünstlerische war, wenn er sich klammheimlich aus einem reichen Hause in Bremen ...?

Einmal in ihrem Kopf, entwickelte sich diese Mutmaßung dank der Beschleunigung, welche die Eifersucht solchen Gedankenreihen verleiht, binnen Bruchteilen von Sekunden zu unabweislicher Gewißheit. «Eine Frechheit und ein ganz gewaltiges Stück denn immerhin doch», sagte Hilde zu sich. «Mit so einer sich hier vor mir zu verstecken! Und ich habe mir Sorgen gemacht um diesen nichtsnutzigen Schuft!» Sie geriet in Wut. Wenn er glaubte, er könne sich, nur weil er ein Künstler war, alles erlauben, dann täuschte er sich. Hilde war plötzlich entschlossen, eine Szene zu machen.

Von den verschiedensten Seiten hat man Beispiele dafür, daß die besagte Passion, die Hilde so unvermittelt in ihren Griff nahm, nicht nur das Denkvermögen der von ihr Befallenen mißbraucht, um sie von unscheinbaren Indizien mit Siebenmeilenstiefeln zu den fatalsten Aburteilungen zu tragen, sondern schon die Wahrnehmung derart beeinflußt, daß sie Sinnestäuschungen, wie sie sonst durch pathologische Wahnideen erzeugt werden, verursachen kann. Hilde, die ihren Korb, der – passend-unpassend genug – eine Flasche Rotwein und einen Kuchen enthielt, abgestellt hatte, gewahrte, als sie wutschnaubend um das Haus herumstapfte, den neu aufgeführten Anbau und glaubte schon von außen, ihm seine Bestimmung mit Sonnenklarheit abmerken zu können. Eine Lustlaube war es, ein Lotterstübchen, wie sie auf Anhieb erkannte, und natürlich war Fischeler nicht allein in der Buhlhöhle, wovon ein kurzer Blick ins Fenster sie überzeugte, sondern hatte seine geilen Augen auf die reiche, blonde Bremerin gerichtet, die in türkisgrünem, durchsichtigem Taft vor ihm posierte. Nun, sie, Hilde, war auch noch da und gekommen, diesen zuchtlosen Spaß zu verderben. Schon hatte ihr Zorn einen herumliegenden Stein aufgehoben, der mit weit hörbarem Scheppern und Klirren die Fensterscheibe durchschlug.

Fischeler trat an das auf unkonventionelle Art geöffnete Fenster und schaute sehr irritiert auf das Wesen, das draußen im Schnee stand.

«Da bist du ja», sprach er sie an und war sich doch nicht hundertprozentig sicher dabei, denn sie hatte sich unter seinem Pinsel bedeutend verändert.

Verändert hatte sich auch er. Der ohnehin Schmächtige war abgemagert bis auf die Knochen, aber seine Augen, die von Rüliken so glanzlos gefunden und unter denen jetzt schwarze, wie mit Kohle gezeichnete Schatten lagen, schimmerten verklärt. Seine schmalen, blassen Lippen hatten einen lächelnden Zug, aus dem die Erfüllung sprach, in dem Hildes eifersüchtiger Zorn aber nur Spott und Überheblichkeit sah. Ihre von der Erregung knallroten Lippen hatte die Wut nach außen gestülpt, heftig ging ihr Atem, die Brust bebte davon, und ihre vielgezeichneten Hände hielt sie zu Fäusten geballt.

«Aber was ist dir denn?» sagte Fischeler und schüttelte den Kopf mit einer Bewegung, wie man eine Fliege verscheucht. «Warum kommst du nicht herein?»

«Da sei Gott vor!» schnaubte sie und ging, indem sie die Stirn senkte, langsam einige Schritte rückwärts, als hätte sie vor sich ein wildes, schwer zu berechnendes Tier, das sie anspringen konnte. «Zuerst kommt *sie* heraus, damit ich ihr die Augen auskratzen kann.»

Glanz und Begeisterung wichen von Fischelers Zügen, mit einemmal stand der Ausdruck trockenster, tiefster Enttäuschung in seinem Gesicht. Mehrfach ging sein Blick hin und her zwischen «Frühling» und Winter, zwischen der Hilde drinnen und der Hilde draußen, zwischen der inneren Hilde und der äußeren Hilde, und sein Kopf zuckte dabei wie der eines Vogels. Es war der Moment des Jetzt oder Nie, sein Leben war in diese Zerreißprobe gespannt.

«Du mußt zu mir hereinkommen», sagte Fischeler, und jetzt hatte er den suggestiv-hypnotisierenden Ton und die Gebärde eines Dompteurs. Sie war das wilde Tier, das er einfangen und zähmen oder das ihn, wenn nicht, mitten entzwei reißen würde.

Vorsichtig schob er das Fenster mit der zerbrochenen Scheibe auf, glitt über die Brüstung und ging ihr, barfuß wie er war, auf dem Schnee mit kurzen, behutsamen Schritten entgegen. Seine Arme schlossen sich in ihrem Rücken, ihre Stirn lag auf seiner Schulter, und er spürte ihren Zopf, der wie auf dem Bild über dem Kopf festgesteckt war, an der Schlagader an seinem Hals.

So blieben sie lange, denn keines von beiden wollte je wieder gelöst sein aus dieser Umarmung. Fischeler lockerte nicht, als ihm die Kälte schon das Gefühl aus den nackten Füßen gezogen.

«Du wirst dich erkälten», sagte sie dann und mußte ihn stützen und ihm helfen, als er wieder ins Atelier hineinklettern wollte.

Drinnen erkannte sie ihren Irrtum. Ihr eigenes Bildnis hatte sie für ihre Rivalin gehalten!

Was aber geschah nun, was kam über sie, als sie sich in der

Leinwand verlor? War es noch Verführung zu nennen? War es, wenn es überhaupt ein Wort dafür gab, nicht eher eine Verzauberung, was hier mit ihr passierte? Nicht die wirkliche Mechthild Stagge sah auf das Bild und fand, daß es ihr unähnlich sei, nein, sie war Fischelers Hilde dort im Frühling zwischen den Birken und bemerkte aus dem Augenwinkel ein plumpes, unreifes Mädchen, das wie ein Entwurf zwar alle Anlagen hatte, aber doch weit, weit entfernt davon war, mit ihr identisch zu sein.

Fischeler ließ sie allein im Atelier, und als die erste Wunderwirkung allmählich zurückging, kehrte Stück für Stück auch ihr Selbstbewußtsein wieder in sie zurück, und sie konnte beginnen, ihre natürliche Erscheinung mit der idealisierten in Vergleichung zu bringen. Wo war ihr Speck unter dem Kinn abgeblieben? Wie war es gekommen, daß ihre Nase, deren Spitze doch im Spiegel nach oben gebogen erschien und, übertrieben gesagt, etwas von einem Schweinsrüssel hatte, ins Ebenmäßige, Gerade zurechtgewachsen war? Wie diese rektifizierten Linien von Kinn und Nasenrücken dem Mund und dem Auge einen gehobenen Ernst, Reife, ja Würde verliehen! So also sah Henning Fischeler sie! Kein Wunder, daß er verliebt war. Oder betrog er? Nein, das war offenbar nicht seine Absicht. Hätte er nicht sonst ihre knabenhaft flache Brust wenigstens etwas zu wölben und hervorzuheben gesucht?

Nach solch kritisch-distanzierender Überprüfung einzelner Punkte schwamm Mechthild Stagge wieder hinein in das Bild und wurde Fischelers Hilde. Das Rotkehlchen auf dem Birkenzweig war ihr Visavis. «Bist du's, Henning? Ja, du bist es, zart und gefährdet, nicht der schweren Erde gehörst du, sondern den Lüften. Aber du bist nicht nur der Vogel, du bist auch der Baum, auf dem er sitzt, bist das Gras und die Wolken, bist der Atem, der alles zum Leben erweckt. Mich hast du mir selber geschenkt. Ich liebe dich, Henning.»

DAS DRITTE HEFT

Daß ich auch das zweite Heft bis zu seiner letzten Seite mit dem Fortgang der Orbeswenden-Story angefüllt finde, das tangiert mich nun kaum noch, hatte ich es mir doch selbst prognostiziert. Die Lektüre dieser Passagen hat meine Selbstbezüge eher gekräftigt, da sich viel Erkennbares aus meinem Unbewußten darin manifestiert. Der Umstand, daß ich mich ohne Verzug zu dem von Frau Johnen geführten Laden begeben habe, um mir das nächste Heft zu besorgen, darf ebenfalls als ein Zeichen einsetzender Heilung aufgefaßt werden: Ich akzeptiere die Hervorbringungen aus den unbewußten Schichten der Psyche und gewöhne mich daran wie an das Wachsen von Fingernägeln und Haaren, die man eben regelmäßig zurückschneiden muß. Was aber soll dazu gesagt werden, daß Frau Johnen, als ich den Geschäftsraum betrete, das von mir Gewünschte schon in der Hand hält?

«Das ist aber das letzte von dieser Sorte, Dr. Blüthenreich, das ich Ihnen anbieten kann», sagt sie dazu und weidet sich an der Verwirrung, die sie mir aus dem Gesicht liest. «Ich könnte versuchen, bei der Firma nachzubestellen. Wie viele werden Sie brauchen? Zehn? Zwanzig? Dreißig?»

Es gehört ja auch viel Wahrung von Formen zu diesem Beruf, und ist mir schon das Selbst, wie es scheint, nicht mehr durchgängig vorhanden, so hat immerhin das, was man als Geistesgegenwart, Selbstbeherrschung bezeichnet, vorerst noch keinen Schaden genommen.

«Wenn Sie's so genau wissen, Frau Johnen», bemerke ich also zu ihr, nachdem ich ihre neue Haarfarbe und die gut dazu passenden Ohrringe gelobt. «warum fragen Sie dann?» Darauf sie: «Aber Sie müssen etwas langsamer schreiben, denn die Lieferung wird frühestens Anfang nächster Woche eintreffen.»

«Fall Yenigül. Drittes Heft», steht auf dem Umschlag, und es wäre mir tatsächlich höchst unangenehm, müßte ich eine andere Art von Heften für die Protokolle der Analyse verwenden.

Heute hatte ich meine erste Sitzung mit ihr. Es fing schon einmal damit an, daß sie sich partout nicht auf die Couch legen wollte. Seltsam eigentlich, daß mir das in all den Jahren und Jahrzehnten nicht ein einziges Mal untergekommen ist. Dementsprechend dumm muß ich aus der Wäsche geschaut haben. «Aber, Frau Yenigül …» Das war, glaube ich, so ziemlich die schlechteste Art, zu reagieren auf ihre Blockade. Ich war tatsächlich moralisch entrüstet, was peinlich genug ist für einen Analytiker meiner Reputation. Und es dann so kaffeetantenhaft zum Ausdruck zu bringen: «Aber, Frau Yenigül!» Darauf sie: «Das hätten Sie gerne!»

Vielleicht hätte ich sie da sofort anbrüllen müssen, diese Patientin à la Wilhelm Reich behandeln. Wahr ist auch, daß ich in meiner gesamten Praxis nie mit solchen Erwartungen, nie mit solchen Vorbereitungen und Zurüstungen hineingegangen bin in eine Analyse; möglich, daß ich deshalb so unsouverän mich verhalten habe. Bei ihr war die Initiative vom ersten Moment, und ich sehe noch nicht, mit Hilfe welcher Mittel ich dies verdrehte Verhältnis wieder zurechtrücken könnte. Wie das kam, dieses ihr: «Das hätten Sie gerne!» Mein Zwerchfell kriegte das Flattern davon. Als nächstes rechnete ich mit dem vertrauten: «Sie gottverfluchte Drecksau, Sie!» Das war's aber nicht, sondern: «So brauchen Sie gar nicht anzufangen mit mir. Ihre ‹liebe Frau Yenigül›, die können Sie sich sonstwohin schmieren, die gibt's nicht, das hat doch schon Ihr Gehilfe kapiert. Im Grunde ganz üsis, der Wuschelkopf.» Sie sprach von Jungblut. «So ungefähr stelle ich mir meinen Neffen vor, Frido, Sie wissen schon, Bibis ersten Sohn, den der Zauberer so verhätschelt hat und glorifiziert im ‹Faustus›, was sage ich, regelrecht verklärt hat er ihn und vergöttlicht, wenn wir das ‹Vergöttlichen› auf die ägyptische Weise, wie es im ‹Joseph›-Roman vorkommt, verstehen. Ich habe es mir schon in der Neu Poschi – der Villa in Pacific Palisades heißt das –, habe es mir schon in der Neu Poschi gedacht, daß er die Bevorzugung nicht leicht wird überleben können, und logischerweise ist der arme Frido später unter die Psychner gegangen. Das ist es doch, was die Leute diesen Weg einschlagen läßt, daß sie mit ihrem eigenen Seelchen nicht zu Rande kommen, weil es in seinem Wachstum nicht die Proportionen einhalten konnte. Deshalb sehen sie sich von Kranken umringt und pauken sich weiß was für Teufelskram ein, um die anderen unter dem Vorwand ihrer Heilung komplett in den Wahnsinn zu treiben. Ich für mein Teil verbitte mir derlei Sanierungsgelüste. Für solche Späßchen mit ‹Frau Yenigül› und so weiter stehe ich nicht zur Verfügung. Wenn Sie mir eine Schizophrenie, eine Dementia praecox, eine Paraphrenie, oder welchen Ausdruck Sie vorziehen, einreden wollen, dann reise ich ab. Oder nehmen Sie sich, wenn ich so drohe, Lizenz, ein wenig den Rhadamanth zu spielen, und brummen mir noch ein halbes oder ein dreiviertel Jährchen auf? Soll ich ‹Herr Hofrat› zu Ihnen sagen, wie wär's? Leuchten Sie mich durch, Sie finden bestimmt eine feuchte Stelle! Wollen wir wetten? Ich war *immer* Erika Mann. Basta. Erika Mann ist doch tot, wollen Sie sagen? Dann schauen Sie doch einmal in meine Akte hinein. Was steht da, wann ich geboren bin? Am 27. August 1969. Und wer ist wohl ‹gestorben› am 27. August 1969? Erika Mann. Zufall? Das sollten Sie besser wissen als ich. Was sagt denn Ihr alter Carl Gustav dazu? Sie sind doch Jungianer, stimmt's? Gibt es Zufälle? Wenn Sie mich fragen, das wäre für meinen Geschmack ein gar zu unwahrscheinlicher Zufall, selbst wenn es Zufälle gäbe. Sie können es auch eine Reinkarnation nennen, mir ist das Wurscht. Sie dürfen sich gerne hinlegen, wenn Ihnen das bequemer sein sollte, denn zuhören müssen Sie schon, dafür werden Sie schließlich bezahlt. Und nicht zu knapp, wenn mir die Bemerkung verstattet ist. Aber deswegen machen Sie sich den Kopf nicht, mein werter Gatte hat es gerade sehr dikke, er dreht nämlich. So ist's brav, Professorchen, schön hingelegt und entspannt. Woran erinnert Sie das? An Onkel Heiner, sehr richtig. Aber eigentlich mehr an Marlene Dietrich, nicht wahr? Der Zauberer hielt nichts von dem Roman, und die Filmleute wohl auch nicht, oder hätten sie sonst Zuckmayer geholt, um das Drehbuch zu schreiben? Zum Glück war das Heinerle einmal in seinem Leben vernünftig und hat sie machen lassen. Aber! Damit das von vorneherein klar ist zwischen uns: Ich bin nicht die Fesche Lola, ich bin Erika Mann, die Tochter des Zauberers. Da haben sie also geglaubt, daß sie den Zauberer umbringen können. Die Wahnsinnigen. Der Schicklgruber hat's nicht geschafft, und diese lächerliche Bande von Weißkitteln, sie bilden sich ein, wenn sie ihn mit ihren Seziermessern zu Gulasch zerlegen, dann sind sie den Zauberer los. Mit mir haben sie es ja auch versucht, sogar beerdigt haben sie mich, auf dem Kilchberg, gleich neben ihm. Die Verpackung habt ihr demoliert, mehr nicht. Ganz ruhig, Professorchen, ich meine ja nicht Sie persönlich damit. Gell, das habt ihr noch nicht herausbringen können, wie man es anstellt, die Seele in Stücke zu hacken? Das ist ein Name geblieben, eure berühmte Psychoanalyse, die ‹Seelenzergliederung›, wie es so schön beim Zauberer heißt. Da liegt doch der Hase im Pfeffer, daß ihr an die Seele gar nicht glaubt, daß ihr sie nicht wahrhaben wollt und dennoch behauptet, ihr wüßtet, wann sie krank ist und wie man sie wieder gesund macht. Das sehen wir ein bißchen anders, mein Vater und ich. Die Antike kennt uns nicht, verlassen Sie sich darauf, und bleiben Sie mir vom Leibe mit Ödipus und Antigone und all dem Schnodder, und – ich bitte Sie inständig darum – bleiben Sie mir erst recht von der Seele damit. Ja, ja, ich weiß, die Seele ist nicht von heute, ihr Alter zählt viele Millionen Jahre. Ist Ihnen je der Gedanke gekommen, wenn ihr euch schon so freimütig bedient bei Sophokles und seine Schöpfungen als etwas von der Natur Gegebenes anseht, daß Väterchen Stalin, für den bekanntlich Onkel Heiner eine so unselige Bewunderung hegte, recht haben könnte, daß nicht die Psychiater, daß die Schriftsteller die Ingenieure der Seele sind?»

Das ist wohl das markanteste Symptom einer Psychose, daß man das Ausbleiben der Symptome als Symptom einer Psychose empfindet. So ordentlich, wie es geht, und im propersten szientifischen Gewissen hatte ich den Verlauf der Sitzung protokolliert. Als dies geschehen war, schloß ich das Heft und stellte es zu den beiden anderen in das Regal mit den psychiatrischen Klassikern, denn sie vor irgend jemandem zu verstecken, das kommt mir überhaupt nicht mehr in der Sinn.

Jetzt lauerte ich aber, wie in den Kindertagen, da ich mit allen mir damals zu Gebote stehenden Listen versuchte, das Christkind bei seiner Arbeit zu ertappen, wozu beim Abholen des Wunschzettels die aussichtsreichste Gelegenheit war, lauerte, wie es über mich kommen würde, daß ich mich wieder daransetzte, um die Geschichte von Hilde und Henning weiterzuschreiben. Ich wechselte zwischen den verschiedenen Zimmern der Wohnung, schritt auch in den Garten hinaus, hielt mich auf der Dachterrasse und sogar im Keller auf, dabei immer die Uhr im Auge behaltend und in Abständen von weniger als einer Viertelstunde zur Bibliothek stürzend, um den Zustand der Blätter in dem Heft zu überprüfen. Nichts. Immer wieder: nichts.

Plötzlich kam dieser Moment klaren Bewußtseins, der mich abbrechen und in den Wald hinausgehen ließ. Oben am Geierberg sah ich den Himmel gerötet, gerade schickte die Sonne sich an, im Horizont zu versinken.

Ich schritt aber nicht den gewohnten Weg durch die Maisfelder zur Lunne hinunter, ich bog nach links in Richtung Kriegsmonument. Es war noch reichlich Licht, als ich hinkam. Als ich mich umschaute, stand der Neumond präzis an der Stelle, wo kurz zuvor die Sonne abgetaucht war. Ich hatte die bestimmte Empfindung, daß der Mond sich lustig machte über mich oder über Trögers monströse Backsteinskulptur. Oder über uns beide zusammen, das ließ sich nicht so exakt unterscheiden. Auch war ich gewiß, daß die Position, aus welcher er in seine Sichel hineingriente, nicht die astronomisch korrekte, sondern eine eigenmächtig von ihm eingenommene war. Freilich waren diese Wahrnehmungen nicht sonderlich dazu angetan, beruhigend auf meine Verfassung zu wirken. Ich ging tiefer in den Wald, mich den störenden Blicken des Mondes zu entziehen, aber er fand immer wieder Lücken im Astwerk, um mir hinterherzuschielen.

Da die Natur nicht gestimmt schien, mich retten zu wollen, ja die zunehmende Finsternis und Wild, das ich aufschreckte, noch beitrugen zur Steigerung meiner Exzitation, beschloß ich, meine Schritte dem Waldgasthofe zuzulenken, auch in der Erwägung, in unbefangener menschlicher Sozietät meine Gelassenheit am sichersten wiederzufinden. Jedoch vernahm ich aus der vermuteten Direktion weder Stimmen, noch sah ich Licht. Daß der Mond seine Launen hat und sich spottend über die Himmelsordnung hinwegsetzt, schien mir, wie eben vermerkt, nicht nur möglich, ich war fest davon überzeugt; daß aber am Freitagabend der Stammtisch des Orbeswender Schützenvereins im Waldgasthof ausfallen könnte, das vermochte ich mir in keiner Weise plausibel zu machen.

Auch ohne Hilfe bei der Orientierung hatte ich inzwischen

unter dem Hang, an den sich das Ausflugslokal lehnt, die kleine Lichtung erreicht. Es war von dem Haus und seinen Nebengebäuden nicht ein einziger Stein mehr zu sehen. Die Anhöhe war dicht von Eichen und Blautannen bestanden. Das Unbegreifliche mir doch irgendwie zu erklären, sagte ich mir, ich sei bestimmt irregelaufen und verwechselte nun aufgrund markanter Ähnlichkeiten diese Lichtung mit der vor dem Gasthof. Besser hätte ich es dabei belassen und wäre weitergegangen, denn bei der näheren Inspektion des Platzes identifizierte ich unzweideutig den Sequoiadendron giganteum, der dort aufragt.

Es ist wohl überflüssig, mir selbst zu wiederholen, was jedes Orbeswender Schulkind weiß, nämlich, daß dies der neunte Mammutbaum ist, der in Europa gepflanzt wurde, 1851 von Adalbert Murken, der als Torfbauer nach Amerika ausgewandert war und, vermögend heimgekehrt, im selben Jahre den Grundstein für den Gasthof gelegt hatte. Hätte ich lieber darauf verzichtet, eines der herabgefallenen Blätter in meine Hemdtasche zu stecken, es wären heute meine Sorgen um meinen Verstand erheblich geringer. Tatsächlich habe ich vorhin nach der Wirtschaft telefoniert unter dem Vorwand, einen Tisch reservieren zu wollen, in Wahrheit aber, um sicherzugehen, daß sie noch existiert. Ich war nahe daran, Frau Beisenkötter, die Pächterin, zu fragen, ob noch alles an seinem Platz steht. Achtung!

Komischerweise hatte aber die eklatante Sinnestäuschung bei mir keine weitere Verunsicherung zu ihrer Folge, ich faßte sie im Gegenteil als Bestätigung auf. So, so, sagte ich mir, ist dies also die Nacht, in der dir offenbar wird, daß es sich zwischen Himmel und Erde nicht so zuträgt, wie deine Schulweisheit es dir vorgaukeln will? Ich verließ die Lichtung und schritt tiefer hinein in den Wald. Nun sah auch der Mond mich nicht mehr, ich selbst nicht meine Hand vor den Augen. Ich stolperte nicht, stieß nirgendwo an. Ob es die Mitternachtsstunde war oder nicht – nach der Rechnung jedenfalls käme es hin –, da stieg ich wieder, und wenn mein Irrglaube nicht außer Gasthöfen auch ganze Berge versetzt hatte, muß es wohl der Geierberg gewesen sein, an den ich, im Kreise gehend, zurückgekehrt war.

Wolken, die aufgezogen waren, hielten nicht nur den Mond, der mich ärgerte, sie hielten auch die Sterne verdeckt; ich wäre also, um an meiner naturwissenschaftlichen Bildung festhalten zu können, gezwungen, zu der Annahme zu greifen, eine eigenartige Wirkung des tellurischen Feuers habe jenen Lichtschein erzeugt, in dem sich die Szene abspielte, deren ich nun gewahr wurde. Wäre mir irgendeine Explikation dafür zur Hand, würde ich meinen Eindruck damit beschreiben, daß der Gedenkstein, den Tröger und seine Freunde dort ihrem Mäzen Lisarius gesetzt, zum Glühen gebracht, die Figuren, die sich in geringer Entfernung vor mir bewegten, von unten wie ein Rampenscheinwerfer bestrahlte. Zuerst erkannte ich drei stehende, später fiel mir noch eine vierte, sitzende auf.

Zwar hatte das Ganze für mich eindeutig geisterhaftes Gepräge, und ich war durchaus nicht gesonnen, dem, was mir da begegnete, objektive Realität zuzusprechen, andererseits fürchtete ich, den reizvollen Spuk zu vertreiben, falls ich mich bemerkbar machen würde. Ich ging also nicht näher heran und drückte mich in den Schatten eines starken Baumes, wo ich, ohne zu stören, alles beobachten konnte. Von den drei stehenden Personen, die sich miteinander sehr angeregt unterhielten, was ich daraus schloß, daß sie gestikulierend ihre Lippen bewegten, wobei sie sich einer Frequenz bedienten, die für mich unhörbar blieb, war die eine eine Frau und, obwohl anders frisiert und gekleidet, an der Art, sich zu halten, schon von hinten sofort zu erkennen. Erika Mann. Von den beiden Herren, mit denen sie plauderte, trug der eine, hochgewachsene, einen elfenbeinweißen Sommeranzug mit breiten Aufschlägen und einen dazu passenden Hut. Seine

Füße staken in weißglänzenden Lackschuhen, aber, was unangenehm stilbrechend wirkte, in dunkelbraunen Wollsocken. Sein Gesicht, das mir zugewandt war, ließ sich auch ohne den Schnauzbart dank der zahllosen Photographien, die man gesehen hat, mühelos als das von Thomas Mann wiedererkennen, wobei er mir überraschend jugendlich schien. Der andere, der im Profil zu mir stand, stach bedeutend ab gegen die hanseatisch-weltmännische Eleganz des Zauberers. Sein Jackett war abgenutzt und ausgebessert, sein Beinkleid hellgelb kariert. Da er um einen Kopf kleiner war als sein Gegenüber, das ölige oder pomadige Haar glatt nach hinten gekämmt trug und die Gesten, mit denen er seine quirlig sprudelnde, für mich leider nicht vernehmliche Rede illustrierte, dem Vokabular italienischer Körpersprache entstammten, erinnerte er mich an einen Drehorgelmann, der mir neulich in Turin bei einem Spaziergang, als ich seinem Spiel in einem Hinterhof zusah, bleibenden Eindruck gemacht.

Die vierte Person, die, für mich verdeckt, auf einer Bank oder auf einem Baumstumpf gesessen und sich zunächst nicht beteiligt hatte an dem Gespräch, erhob sich nach einer Weile und trat ebenfalls ins Bild. Der Kerl war sehr massig mit einer imposanten, in tiefe Falten, um nicht zu sagen Wülste gelegten Stirn, an die sich ein schneeweißer Schopf setzte, dessen einzeln weit nach hinten stehende Strähnen ausschauten, als wären sie von Tröger gemeißelt. So wie mir Thomas Mann aus dem Bilderbuch entsprungen schien, war dieser wie eine Verlebendigung der Stiche vom alten Goethe. Aber seine kolossale Leiblichkeit, die er bei seinen kurzen, täppischen Schritten mit einem Stock abstützen mußte, fügte sich zu diesem ersten Eindruck sehr schlecht. Wenig goethehaft war auch die Bewegung, mit welcher er, als er endlich die Last seines Körpers erfolgreich auf beide Beine verteilt hatte, seinen Stab durch die Luft schwang und mit Worten, die, obwohl ich sie ja nicht hörte, unzusammenhängend und abgehackt wirkten, der Unterredung ein Ende setzte. Indem er seinen Stock wieder sinken ließ, erlosch gleichzeitig, als wäre dies das vereinbarte Zeichen für die Bühnentechnik gewesen, die Beleuchtung.

Welcher Art mein Bewußtseinszustand war, als ich diese Dinge erlebte, ist schwer zu beurteilen, dagegen steht fest, daß derjenige bei meiner erinnernden Niederschrift bis zu dieser Sekunde einer der klarsten Nüchternheit war. Nun vollzieht sich etwas in meiner Wahrnehmung des Selbst, etwas, was ich der Wirkung einer Droge zuordnen möchte. Etwas Fremdes nimmt von mir Besitz; das, was ich üblicherweise für mich, Ulf Blüthenreich, halte, löst sich in Nebel auf. Sehr wahrscheinlich ist dies der Prozeß, welcher dem xenographischen Anfall vorangeht.

Das war die unausgesprochene Verlobung zwischen Mechthild Stagge und Henning Fischeler. Mehr als fünf Jahre lang prüften sie sich gegenseitig, und erst als Hilde schwanger und volljährig war, gelobten sie einander vor dem Altar die ewige Treue. Diese letzte halbe Dekade des 19. Jahrhunderts machte Fischeler für Deutschland zum Hauptrepräsentanten des Fin de siècle und schuf aus der Tochter eines Holzschuhmachers seine Grande Dame. Der Lindenhof erhielt ein mächtiges Quergebäude mit einer biedermeierlichen Giebelfassade nach Osten zur Bremer Landstraße hin. Aus dem vernachlässigten Gemüsegarten wurde ein von Fischeler zum Großteil selbst angelegter Park, die Lehmkuhle der ehemaligen Ziegelei mauserte sich zu einem Seerosenteich mit einer pappelbestandenen Insel darin, und die staunenden Besucher des Lindenhofs murmelten von einem «Gesamtkunstwerk». Ein Lobspruch, der jedoch dem Schöpfer nicht als schmeichelhaft galt. Im Gegenteil ärgerte es ihn, wenn dieser Ausdruck auf seinen Lindenhof Anwendung fand, weil sich seiner Meinung nach dahinter ein ebenso grobes wie tiefes Mißverständnis seiner Wesensart und Lebensauffassung verbarg.

Fischeler war überall, nicht nur als der Geist, der Pflanze und Stein, Geschirr und Gebüsch, Kutsche und Kuchenform, Mansarde und Manschettenknopf aus dem geradezu genetischen Formprinzip seines Jugendstils hervorwachsen ließ; man traf ihn auch leibhaftig mit der Maurerkelle auf dem Gerüst, mit der Gartenschere am Rosenstock, mit dem Schmiedehammer, der noch den Hufeisen der Zugpferde einen floral-dekorativen Schwung verlieh.

Dies alles war aber nur Abwechslung und Erholung von seinem eigentlichen Geschäft. Es entstanden in dieser Zeit die großformatigen Bilder mit den Märchenmotiven, die sich angekündigt hatten im «Frühling». Für die «Insel», das in München erscheinende Journal, welches neben der «Jugend», von der die Mode ihren Namen erhielt, dies Stilgefühl in die Bürgerhaushalte trug, konzipierte er Titelseiten und Schrifttypen, was ihm weitere Verlagsaufträge einbrachte, deren er sich samt und sonders mit äußerster Hingabe zu entledigen verstand, womit er den sogenannten Buchschmuck zu einer neuen Sparte erhob. In Meißen produzierte man Porzellan nach seinen Entwürfen, im Allgäu Schränke und Stühle. Nebenbei, wenn man das, ohne komisch zu werden, noch so sagen darf, war er für verschiedene Bauherren der Architekt, was bis heute Villen am Neckar und im Fichtelgebirge, denen man das «Fischelerische» auf den ersten Blick ansieht, bezeugen. Außerdem wurde er ein fleißiger und zartfühlender Briefschreiber, der mit Dichtern und Gelehrten korrespondierte, die freudig und zahlreich seinen Einladungen folgten und oft über Wochen und Monate die diversen Gästezimmer des Lindenhofs in Orbeswenden bewohnten; darunter René Wilhelm von Rüliken, der sich für die erwiesene Gastfreundschaft mit Zueignungen und einem umfänglichen Essay über den Künstler bedankte.

Selbst darin erschöpfte sich Fischelers Hospitalität nicht, diesen illustren, aber teils auch ganz unbekannten, einfach bedürftigen Besuchern die komfortabelste Unterkunft und die üppigste Bewirtung an seiner Tafel zu bieten. Zu ihrer Unterhaltung wurden eigens glänzende Feste arrangiert. Auch das ließ sich Fischeler von niemandem nehmen: Dekorationen und Kostüme für kleine Theateraufführungen zu entwerfen und selbst die Regie zu führen beim Spiel.

Es gab kaum jemanden, der nicht der Faszination, die von diesem Tausendsassa ausstrahlte, erlegen wäre in kürzester Zeit. Allerorts war die Rede von ihm, Orbeswenden mit dem Lindenhof identisch geworden, dem Mekka des Jugendstils. Nordische Madonnen und Gottesdienste im Freien mußten in seinem Schatten versinken.

Trotzdem wäre es Fischeler nicht in den Sinn gekommen, König Harmsen entthronen zu wollen. Fischeler nahm keine Ausstellung an, in deren Kontrakt nicht die Beteiligung der alten Freunde festgelegt worden wäre, und er schämte sich fast dafür, daß seine Arbeiten so en vogue waren und besser zogen als die Landschaften der anderen. Eine Presse schaffte er an, und seine Drucke waren nur in Mappen, in denen auch die Blätter Wolkenbergs, Umlaufs, Kortlepels, Timpes und selbstredend die von Paul Harmsen lagen, käuflich zu haben.

Verständlich, daß diese Entwicklung der Dinge für Harmsen nicht die gewünschte und vorausgesehene war. Der schlagartig eingetretene Erfolg der zurückliegenden Jahre hatte zu einer Verkleinerung seines Herzens geführt, und es litt nun beim Übergang des Ruhms auf Fischeler an den schmerzhaften Krämpfen des Neids. Dennoch gab er sich Mühe, zu diesem von ihm als böse empfundenen Spiel die beste Miene zu machen. Er verschonte seine Kollegen mit seinen oberlehrerhaften Attitüden und übertrug seine diesbezügliche Aspiration auf großstädtische Töchter aus guten Häusern, die sich von ihm Unterrichtung erbaten im Zeichnen und Malen. Diese Klientel fand sich bei ihm um so williger und zahlreicher ein, als der Zugang zu den öffentlichen Akademien den Frauen seinerzeit noch verwehrt war.

Solcher Zuspruch war ein starker Trost und ein Balsam für die Blessuren, an denen seine Eitelkeit krankte. Eine Kur, die er sich selbst verordnet hatte, um seinen ausgeleierten Ehrgeiz auf neue Ziele zu spannen, war fehlgeschlagen. Nachdem Fischeler so vieles von ihm gelernt und weitergeführt hatte, war Harmsen zu der Überzeugung gelangt, daß es geradeso recht als billig sei, wenn der Lehrer etwas vom Schüler übernahm. Einige Bilder Fischelers, auf denen er in derselben Manier, wie er mit den Märchen verfuhr, Episoden des biblischen Mythos in den Park des Lindenhofs verlegt und den Engeln die allseits bekannten Gesichter der Orbeswender Bauernmädchen aufgesetzt hatte, waren Harmsen sehr nahegegangen. Daraufhin hatte er versucht, mit dem Geierberg als Szenerie und dem Dorfpfarrer als Herrn Jesus eine «Bergpredigt» zu malen. Dabei mußte er feststellen, daß die Korruption seinen Glauben irreparabel beschädigt hatte. Doch war ihm an Moral so viel verblieben, daß er die Arbeit an diesem Projekt abbrechen konnte. In dieser Krise kamen ihm die «Malweiber», wie sie von den Bauern genannt wurden, wie gerufen. Erotisches, teils manifester, teils atmosphärischer Art, tat ein übriges, ihn in seiner neuen Aufgabe aufgehen zu lassen.

Seine Schülerinnen behandelte er galant, aber streng. Der Glaube, der zu gebrochen war, sein eigenes Schaffen zu tragen, reichte erstaunlicherweise dennoch hin, unter den jungen Frauen, die sich aus den diffusesten Gründen in seiner Malklasse einfanden, Proselyten zu machen. Eine von ihnen, Isolde mit Namen, die ihm besonders zusagte, aber zu seinem Leidwesen für die Malerei so gut wie gar kein Talent hatte, verliebte sich in ihn. Er heiratete sie. Sie war nicht die einzige aus dem Kreis seiner Schülerinnen, die in Orbeswenden in solch einen heiligen Bund eintreten sollte. Frieder Wolkenberg und René Wilhelm von Rüliken waren diejenigen, deren im selben Jahr wie die zwischen Hilde und Henning Fischeler geschlossene Ehen sich einerseits der Harmsenschen Privatakademie, andererseits dem Musenhof unter den Linden verdankten.

Aus Berlin kam die eine der Zukünftigen und hieß Zara Meier, aus Hamburg war die zweite, und bevor sie eine von Rüliken wurde, war sie eine Osthoff, mit dem Vornamen Amanda. Es dauerte etliche Jahre, bis die berühmten Männer und dann auch die Welt ihre Begabung entdeckten. Untereinander erkannten sich die beiden Frauen bei ihrer ersten Begegnung, fühlten und benahmen sich fortan als Schwestern. Seinen Lieblingsschülerinnen rechnete Harmsen sie schon deswegen nicht zu, weil sie wenig Interesse für die Landschaft bezeigten. Amanda Osthoff hatte sich vorgesetzt, eine Bildhauerin aus sich zu machen, Zara Meier wollte Porträtmalerin werden. Harmsens Fundamentalismus war daher weder für die eine noch für die andere von sonderlichem Belang; technisch wollten sie sich heranbilden bei ihm und kamen in dieser Hinsicht nicht nur auf ihre Kosten, gerieten sogar in tiefe Dankesschuld ihm gegenüber, da er ihnen nicht irgendwelche allgemeingültigen Regeln aufzupfropfen und einzupauken versuchte, vielmehr mit feinstem Gespür im Unfertigen die Möglichkeiten entdeckte und sie in ihrer Individualität zu fördern und zu entwickeln verstand.

Das hinderte Zara und Amanda nicht, wenn sie allein waren, über das Gockelhafte in seiner Kleidung und in seinem Gehabe sich ausgiebig lustig zu machen, und auch seine schmalzig vorgetragenen Konfessionen blieben von diesem derben Spott nicht verschont. Mit dem, was die jungen Frauen sich unter der Persönlichkeit eines Künstlers vorstellten, kam Paul Harmsen nicht an einer einzigen Stelle zur Deckung. Den «Herrn Rittmeister» nannten sie ihn unter sich und waren immer wieder aufs neue verblüfft, daß ein Mann von solch stutzerhafter Erscheinung derart sublime Geheimnisse mit sich herumtragen konnte. Henning Fischeler hingegen, so stimmten sie überein, repräsentierte das, was als Künstlertum bezeichnet zu werden verdiente, er hatte die richtige Art, zu sprechen, zu schauen, sich eine Zigarette anzuzünden und sein Weinglas zu heben.

«Nein, Amanda», spezifizierte Zara, als sie ihre Meinungen zu diesem Thema miteinander verglichen, «‹repräsentieren›, das trifft es nicht richtig. Wenn einer versucht, den Künstler zu ‹repräsentieren›, das heißt, ihn darzustellen in dieser Weise oder in jener, dann liegt er schon falsch. Henning *repräsentiert* das Artistische nicht, er *ist* es.»

Amanda schenkte Zara ihren Beifall für diese kluge Differenzierung und seufzte schwer unter ihrem fülligen Busen. «Zu schade, daß er sich schon Hilde verlobt hat», meinte sie. Zara zögerte ebenfalls nicht, Bedauern über diesen Punkt zu bekunden. In der allerersten Phase ihrer Bekanntschaft bereits hatten sie Übereinkunft feststellen können darin, daß, falls sie überhaupt heiraten sollten, als Partner ausschließlich ein Künstler in Frage käme dafür.

«Mein Vater», hatte sich etwa Zara dazu geäußert, «hat überhaupt kein Verständnis dafür. Erst vorige Woche habe ich wieder einen Brief bekommen von ihm, worin er mir rät, mir in Bremen eine Stelle als Hauslehrerin zu suchen. Und wenn es etwas gäbe, das weniger wäre als nichts, wäre es das, was meine Mutter übrig hat an Verständnis für meine Berufung. Ich bin ihnen nicht böse deswegen. Aber daß meine Schwester, die mich so ganz vom Grunde meines Herzens her kennt, nicht verstehen will, warum ich es tun *muß*, das, liebe Amanda, schmerzt und bringt mich oft für Tage und Wochen um den Verstand. Denn das Grauslichste, was ich mir überhaupt vorstellen kann, ist, mit einem Manne zu leben, den du liebst, mit dem du dein Bett teilst und deinen Tisch und der keine Ahnung hat von dem, was vorgeht in dir, wenn die Muse dich küßt, wenn … wenn … Ach, Amanda! Ich weiß es doch auch nicht mit Worten zu sagen, aber du, du *verstehst*, du weißt, was ich meine.»

«Nur, wer es selber erlebt, nur der kann es verstehen, wie es ist, wenn unter deinen Händen …»

«Er muß ein Künstler sein. Unbedingt. Und wäre er auch der schönste Mann auf der Welt und er legte mir alle Schätze zu Füßen, so wäre ich doch todtraurig an seiner Seite, denn ich bliebe einsam, wenn er die Kunst nicht versteht.»

«Nichts ist gewisser als das», pflichtete Amanda ihr bei, «gib mir deine Hand, Zara, und laß es uns schwören, bei allem, was schön ist, gut ist und wahr auf der Welt und in uns, daß wir aufeinander achtgeben werden. Daß, wenn einmal eine von uns in Versuchung geraten sollte, diesen schlimmsten, unverzeihlichsten aller Irrtümer zu begehen, daß die andere ihr mit allen erdenklichen Mitteln diesen Weg vertreten wird.»

«Das gelobe ich dir, Amanda, meine Schwester, daß ich dich eher töten will, bevor ich zulasse, daß du dich an einen Mann vergeudest, der den Sinn nicht besitzt für dein Wesen, das ist deine Kunst.»

Ganz so offen und rückhaltlos, wie es erscheint, war das Verhältnis zwischen Amanda und Zara nicht. Natürlich waren die beiden, auch wenn Paul Harmsen mit seinem Mißbehagen hierüber nicht hinter dem Berg hielt, häufig auf dem Lindenhofe zu Gast. Hier hatten sie die Bekanntschaft Frieder Wolkenbergs gemacht, und Zara verhehlte es ihrer Freundin, daß sie, wenn sie in solchen Diskussionen über mögliche und unmögliche Verbindungen scheinbar allgemein vom Typus des Künstlers sprach, doch dabei konkret und bestimmt ihn vor Augen hatte. Mag sein, daß für das Aufkeimen dieses Gefühls in Zaras Brust das eigentliche Objekt der Hauptverursacher war, mag sein, daß mehr die Grundstimmung, die den Lindenhof beherrschte, sie mitriß und in diese Richtung hintrieb.

Es war beinahe noch schwerer zu bestimmen als das Phänomen der künstlerischen Inspiration, an dem Amandas Rede gleichermaßen vorbeiging, wie Zaras Diktion es verfehlte, was demjenigen widerfuhr, der eintrat in Fischelers poetisches Reich, und doch spürte es jeder, der zum Lindenhof kam, daß er eigenartig gehoben und geläutert wurde von dieser besonderen Luft. Die Wirkung der natürlichen Gravitation schien gemildert durch das sanfte Gesetz, dem Hilde und Henning Geltung verschafft hatten in ihrem Bezirk. Wie das Auge auf dieser Insel in einem reineren Licht dem Anblick reinerer Formen ausgesetzt war, so änderte automatisch ein jeder, sobald er eingetaucht war in diese Sphäre, die Art seines Ausdrucks und suchte unwillkürlich wesentlicher, edler zu sprechen, als er ansonsten gewohnt war. Diese Tendenz erzwang geradezu die Anwesenheit eines veritablen Sprachkünstlers, eines Dichters, der sein Leben darein setzt, in schlackenfreien Wortgebilden pure Expression zu werden.

René Wilhelm von Rülikens Gedichte waren Fischelers Bildern so wesensverwandt, daß beide gleichsam aus ein und demselben Geist, aus einer identischen Seele hervorzugehen schienen, und hätte sich bei einem Zusammentreffen in Florenz nicht die Gelegenheit ergeben, die Einladung auf den Lindenhof persönlich auszusprechen, so wäre sie wenig später brieflich erfolgt.

Von Rüliken hatte auf einer Reise durch Rußland, wo er den Grafen Lew Nikolajewitsch Tolstoi in Jasnaja Poljana auf der Krim besucht, die stärksten Impulse empfangen, und er, der bis dahin ein Wanderleben geführt, nannte, nachdem er über Moskau, Petersburg und Berlin zum ersten Mal in diese norddeutsche Moorgegend gelangte, Orbeswenden und den Lindenhof, ohne zu zögern, seine Heimat. (Gebürtig war er aus Prag!) Fischeler gab ihm das hintere Giebelzimmer und ließ für ihn aus Kirschholz eine Einrichtung schreinern. Mehr aber noch als an den eigens für ihn gefertigten Möbeln und der Linde vor seinem Fenster hatte des Dichters Auge seine Freude an Amanda Osthoff und Zara Meier, die er bei den Abendgesellschaften traf, wo er sehr häufig nach dem Dessert aus seinem Werk rezitierte, die ihn aber auch gern in seinem Zimmer besuchten, wo sie mit ihm in nächtelangen Gesprächen den Sinn des Lebens berieten. Als Musen beschwingten sie den Flug seiner Verse, und als «seine Schwestern» – so sagte er, wenn er von ihnen sprach – festigten sie sein Gemüt, schenkten ihm zu dem Boden der gefundenen Heimat den Halt der Familie.

Auch von den Malern nahm von Rüliken viel, Freundschaft und tieferen Einblick in die Natur. Henning Fischeler stand ihm am nächsten, er war sein Gastgeber und der Illustrator seiner Gedichtbände, aber auch mit Wolkenberg und Umlauf hatte er viel Kontakt, nahm teil an ihren Streifzügen durchs Moor. Nicht weniger intensiv war seine Beschäftigung mit Paul Harmsen, mit dem Werk und mit dem Menschen. Kahnfahrten auf der Lunne machte er gemeinsam mit ihm, ließ sich von den Anfängen berichten, versuchte sogar, etwas Plattdeutsch von ihm zu lernen, um den Bauern und Torfschiffern näher zu sein. Streng hütete von Rüliken sich, einen oder den anderen der Maler vortrefflicher oder geringer zu finden, jeder war für ihn eine eigene Sprache. Die trachtete er, soweit es ihm möglich, zu erwerben oder wenigstens zu verstehen, und den Porträts von Harmsen, Wolkenberg, Umlauf, Kortlepel und Fischeler, die er später zu einem Büchlein unter dem Titel «Orbeswenden» vereinte, stellte er ein

Wort des von ihm hochgeschätzten dänischen Schriftstellers Jens Peter Jacobsen als Motto voran: «Du sollst nicht gerecht sein gegen ihn; denn wohin kämen die Besten von uns mit der Gerechtigkeit; nein; aber denke an ihn, wie er die Stunde war, da du ihn am tiefsten liebtest …»

Wie mit den Malern, so hielt es von Rüliken mit den Frauen. Eine jede schätzte er in ihrer Art, und keine sollte sein Herz ausschließlich bewohnen. Ihm wäre es recht gewesen, das Leben, solange es dauerte, schweben zu lassen. Im stillen tadelte er seinen Freund Henning und faßte es als eine Schwäche auf, als Inkonsequenz und Verrat am Ästhetizismus, daß er Hilde, wenn auch mit denkbarster Sanftheit und Liebe, so doch mit Druck seinem Stil anpaßte, sie in die Einheitlichkeit des von ihm geschaffenen Paradieses hineinzuschweißen versuchte. Als verkündet wurde, daß Hilde ein Kind von Henning erwartete, erschütterte das von Rüliken zutiefst, er packte seine paar Habseligkeiten zusammen und reiste fürs erste nach Berlin, wo er im Hause einer anderen Muse und Verehrerin seiner Kunst, beziehungsweise in dem ihres äußerst begüterten Ehemanns, Unterschlupf fand.

Dieser überraschende Abgang wiederum verwirrte Zara über die Maßen, denn sie hatte, wie ihr jetzt schmerzlich klar wurde, mit mehr als freundschaftlichen und schwesterlichen Gefühlen an ihm gehangen. Daß es sie quälte, von Rüliken entbehren zu müssen, war um so erschreckender für sie, als sie geglaubt hatte, Wolkenberg anzugehören, und auch Amanda zugeredet hatte, als diese begann, sich Hoffnungen auf ein gemeinsames Leben mit dem zartfühlenden Dichter zu machen. Jetzt, da sie leidend die Wahrheit ihrer Neigung erkannte, schämte sie sich und glaubte, weder ihrer Freundin noch Frieder in die Augen schauen zu können, mied auch den Blick in den Spiegel.

Es verstand sich, daß Henning Hilde vor ihrer Niederkunft heiraten würde. Zara haßte sich, als sie sich einbekennen mußte, daß sie sich an Hildes Mutterglück nicht mitfreuen konnte, daß sie im Gegenteil den Frieden der Künstlergemeinde auf dem Lindenhof durch die bevorstehende Geburt empfindlich bedroht fühlte. Als ein ununterbrochenes Fest hatte sie ihr Leben im Lindenhofkreis empfunden. Nun brach alles zusammen. Die Malerei half ihr nicht, das gestörte Gleichgewicht wiederzufinden. Was sie auf die Leinwand brachte, ließ sie nur um so deutlicher spüren, wie weit sie entfernt war von sich. Rettung und Erlösung war, daß Frieder Wolkenberg ihr unvermutet seine Liebe gestand und sie fragte, ob sie seine Frau werden wolle. Sie fiel ihm um den Hals und gab ihm ihr Wort. Von Rüliken erfuhr von dieser Verlobung durch einen Brief, den ihm Fischeler nach Berlin schrieb. Er wollte es lange nicht glauben. Die Krise, in die ihn die Neuigkeit stürzte, war nicht weniger existentiell als die, aus welcher Zara mit letzter Kraft Frieder ihre Hand entgegengestreckt hatte. Von Rüliken kehrte nach Orbeswenden zurück, suchte Amanda, kniete vor ihr nieder und erflehte ihr Ja. Sie gab es. So wurden im Frühjahr 1901 auf dem Lindenhof drei Hochzeiten auf einmal gefeiert.

Wenn Fischeler geglaubt haben sollte, mit der dreifachen Schlingung von Lebensbünden seiner Jugendstilkommune auf dem Lindenhof ewige Dauer oder wenigstens Stabilität bis zum Tode verschafft zu haben, so war dies eine der gründlichsten Täuschungen, denen je ein Mensch unterlag. Zwar hatte auch vor der fatalen Fixierung der Paare keine Promiskuität stattgehabt, waren Orgien unter den Künstlern lediglich in den Phantasien der Moorbauern vor sich gegangen, aber nun, da die Treue verbindlich gemacht, wurde sie problematisch. Zara zog in Frieders skandinavisches Holzhäuschen ein, und von Rüliken fühlte sich unter dem Druck, gegenüber Amanda in die Rolle ihres Versorgers und Behüters zu treten. Da aber seine Gedichte keineswegs eine so marktgängige Ware darstellten wie die Bilder Wolkenbergs und Fischelers, war er zur Lösung der Aufgabe gezwungen, von seiner autistisch-autokratischen Lebensführung abzurücken und sich eine Verfassung zu geben. Mit Amanda das von Fischeler zur Verfügung gestellte Zimmer im Lindenhof zu teilen schied aus. Auch des Hausherrn großzügiges Angebot, durch einen weiteren Anbau auf seine Kosten dem Paar und dem zu erwartenden Nachwuchs angemesseneren Wohnraum zu schaffen, mußte von Rüliken aus Gründen der Selbstachtung ausschlagen; es war für ihn, der im Geiste des verehrten Grafen Tolstoi die Demut als die höchste der Tugenden pries, schon schwierig genug, zurechtzukommen mit dem neu in ihm entstandenen Gefühl, die Demütigung als beschämende Herabsetzung zu empfinden, wenn er Amanda in den abgelegten Kleidern Hilde Fischelers sah. Daß er unter Zugzwang gehandelt, daß er in den Stand der Ehe mehr hineingestoßen worden als eingetreten war, das konnte er sich nicht eingestehen. Es galt, nun die Tatsache vollendet, tapfer ihre Konsequenzen zu tragen.

Knickrehm, zwischenzeitlich Abgeordneter zum Landtag, hatte den Ausbau der Straße nach Bremen und die Installation einer zweimal täglich verkehrenden Omnibuslinie durchzusetzen vermocht. Nebenbei hatte er den Grund und Boden im näheren Umkreis des Dorfes zum Großteil in sein Eigentum übergehen lassen und war nun mit der Errichtung einer Anzahl von Wohnhäusern beschäftigt. Die frischvermählten Eheleute von Rüliken gehörten zu den ersten, die einen Mietvertrag von ihm bekamen. Die Heimstatt bot neben Eß-, Wohn- und Schlafzimmer einen Arbeitsraum für den Dichter und ein Stübchen für die Kinderlein, die da kommen mochten. Amanda behielt ihr Atelier, das sie mit Zara teilte, eine Scheune, in die ihnen der Bauer Dachfenster montiert hatte. Als generöses Entgegenkommen von seiten Knickrehms wurde es aufgefaßt, daß er wußte, was er den Künstlern und seiner Eitelkeit schuldete, und die Büste, die Amanda von ihm machte, als Mietzins für das erste Vertragsjahr akzeptierte. Das behagte von Rüliken einesteils, denn aus eigener Tasche wäre er nicht imstande gewesen, die immerhin beträchtliche Zahlung zu leisten, andernteils bereitete es ihm Kummer, daß nun anstelle Fischelers die eigene Frau für seinen Unterhalt aufkam. Er mußte etwas verdienen, das verlangte ohne Duldung weiterer Aufschübe oder Entschuldigungen von ihm sein Stolz. Er wurde ständiger Mitarbeiter beim Bremer Tagblatt, schrieb Rezensionen.

Das waren dann schon recht sonderbare Prozesse in seinen Emotionen, Übergänge des Stolzes in Demut, der Demut in Stolz, wenn er an seinem Kirschbaumschreibtisch saß – Fischeler hatte darauf bestanden, daß er die für ihn gefertigten Möbel mitnahm beim Umzug – und beispielsweise beim Publikum mit seiner Feder den Ruhm des gleichaltrigen Thomas Mann durch eine Besprechung von dessen «Buddenbrooks» vermehrte. Wie ekelte ihn der Fleiß, der einen solch geschwätzigen Wälzer hervorgebracht hatte! Wie erfüllt war er von sich, wenn er in einer Woche nicht nur wie geplant zwei, sondern drei Neuerscheinungen rezensieren und seine Artikel bei der Redaktion abliefern konnte. Wie grausam litt er an dem Tag, den er, bevor er mit dem vierten begann, sich freigehalten hatte, wenn er einmal wieder in einem Gedicht nichts als eine Spiegelung seines reinen Selbst vor sich zu bringen gedachte und am Abend das Blatt immer noch jungfräulich weiß vor sich sah …

Wo war die göttliche Stimme, die ihm diktiert hatte all die Jahre? Weshalb hörte er sie nicht mehr? Diese Stille in ihm, die nicht die erhabene war, wie sie herrscht über den Wipfeln, sondern die deprimierende, wie sie eintritt, wenn die Platte des Grabes sich über dir schließt, diese Stille nicht aushalten zu müssen, sie durch Gesang zu übertönen, wenn es auch nicht der eigene war, nahm er Aufträge für Übersetzungen russischer Dichtungen an.

Geteiltes Leid sei halbes Leid, heißt es wohl, doch für Amanda und René galt dieser Spruch nicht. Genauer als er erkannte sie das Opfer, das er ihr brachte, und es quälte sie mehr als den, der es darbot. Einmal fand sie beim Aufräumen ein Blatt in seiner Handschrift und wäre beinahe daran gestorben, als sie die Zeilen überflog: «Der Panther//Sein Blick ist vom Vorübergehn der Stäbe/so müd geworden, daß er nichts mehr hält/Ihm ist, als ob es tausend Stäbe gäbe/und hinter tausend Stäben keine Welt// Der weiche Gang geschmeidig starker Schritte,/der sich im allerkleinsten Kreise dreht/ist wie ein Tanz von Kraft um eine Mitte,/ in der betäubt ein großer Wille steht.// Nur manchmal schiebt der Vorhang der Pupille/sich lautlos auf –. Dann geht ein Bild hinein,/geht durch der Glieder angespannte Stille –/und hört im Herzen auf zu sein.» Ihre Reaktion war natürlich. Sie setzte alles daran, sein Opfer zu überbieten.

Daß sie als Hausfrau in jeder Hinsicht perfekt zu sein suchte, war das mindeste. Hier überflügelte sie wetteifernd sowohl Hilde, der noch im Jahr ihrer Verlobung mit Fischeler in einem bildungsbürgerlichen Hause zu Dresden diesbezüglicher Schliff verpaßt worden war, als auch Zara, die in Erfüllung einer Bedingung ihres Vaters für die Erteilung seines Segens vor der Eheschließung mit Wolkenberg in Bremen einen mehrwöchigen hauswirtschaftlichen Kursus absolviert hatte. Dieser ihrem Naturell und ihrem bisherigen Treiben gänzlich fremde Ehrgeiz trug ihr die Hochachtung von Frau Fischeler und die bissigsten Kommentare ihrer Ateliergenossin ein.

Wenn Zara ein Stilleben arrangierte, konnte sie von Amanda neuerdings statt der gewohnten Ratschläge hinsichtlich Farbe und Form Kniffe für die Verarbeitung der verschiedenen Früchte zu Kompotten und Konfitüren anhören. Stoffe, die sie als Hintergrund drapierte, wurden von der Freundin auf ihre Eignung für bestimmte Schnittmuster geprüft, und Zara, deren Geduld durch dergleichen Übergriffe des praktischen Lebens in die Sphäre der Kunst schon über Gebühr strapaziert war, machte sich Luft, als Amanda an einem Morgen, da sie eine Wäscherin zum Modellsitzen bestellt hatte, von Rülikens schmutzige Unterhosen mit in das Atelier brachte. Es kam zu dem ersten handfesten Krach zwischen Amanda und Zara.

Was diese Verrenkungen Amandas auf hausfraulichem Sektor anging, war es für Zara vergleichsweise leicht, ihr aus ihrer Wut heraus Vorhaltungen zu machen. Jene Opfer, welche ihre Freundin dem angetrauten Dichter auf erotischem Feld darbrachte, ahnte sie bloß und hätte das Thema auch bei genauerer Kenntnis aus Rücksichten allgemeiner Art nicht anzuschneiden vermocht. Amanda wäre so weit gegangen, fachkundigen Rat in St. Pauli von den Straßenmädchen der Reeperbahn einzuholen, blieb aber auch hier bei der Autodidaktik, und da es ihr Beruf war, den menschlichen Körper aus Ton nachzuschaffen, sah sie von Rülikens Wünsche und geheime Phantasien mit einer Treffsicherheit voraus, die ihn durch das Überraschende doppelt beglückte. Dankbarer noch als für diese jeder Facette seiner Gier zuvorkommende Weise war er ihr dafür, daß sie, wenn er sich nicht in Stimmung befand, was häufiger geschah, als es sich für einen Jungverheirateten ziemt, auf die Anwendung ihrer Verführungskünste Verzicht tat und ohne Protest neben ihm einschlief, derweil er bei Lampenschein in einem Buch las.

Über diese Zugeständnisse intimer Art war Zara im vollen Umfang und im Detail nicht orientiert, doch kannte sie Amanda, ihre «Schwester», genügend, um aus den Veränderungen, die sie an ihr beobachten mußte, ihre Schlüsse zu ziehen. Zara fand, daß Amanda sich aufgab für ihren Mann. Das gelangte nach Zaras Dafürhalten zu seinem krassesten Ausdruck darin, daß Amanda, wenn es überhaupt einmal zu einer Wiederaufnahme ihrer ausgedehnten und tiefschürfenden Kontroversen über die Aufgabe des Künstlers kam, die ihren früheren Ansichten zwar ähnlichen, aber doch anders gewichteten Auffassungen von Rülikens bis in die unverkennbare Formulierung hinein übernahm und vertrat.

«Das bist doch nicht du, die mit mir spricht», warf ihr Zara dann vor. «Er ist es, sogar die Betonung auf der falschen Silbe ahmst du ihm nach. Du bewegst deine Hände, neigst deinen Kopf, als zöge er mit seinen Fäden daran. Oh, Amanda! Ich kenne dich nicht mehr, was ist aus dir geworden?»

«Das kann ich dir sagen», gab sie schnippisch zurück. «Das, was du so gerne geworden wärest. Frau von Rüliken, die Gattin und Gefährtin des größten lebenden Dichters der deutschen Sprache. Mag sein, daß ich so voll bin von meiner Liebe zu ihm, daß sein unvergleichlicher Geist sich meiner unscheinbaren Lippen bedient. Aber du, meine liebe Zara, du täuschst dich, wenn du dir einbilden willst, es wären deine eigenen Worte, die dein Mund ausspricht. Sieh dich nur an, du bist so gelb wie die Zitrone auf deinem Bild, denn es ist der Neid, der dir diese unförmigen und häßlichen Gedanken einbläst.»

DAS VIERTE HEFT

Wie die beiden vorhergehenden, so hat sich auch das dritte Heft durch den nämlichen xenographischen Vorgang, dem ich mittels Verschärfung meiner Selbstbeobachtung allmählich auf die Schliche zu kommen beginne, mit Material aus dem Orbeswenden-Komplex gefüllt bis zum unteren Rand seiner letzten Seite. Etwas Unheimliches bleibt vorläufig daran. Lieber wäre es mir, wenn jene Erlebnisse und Eindrücke, die sich der Analyse durch Verstandesmittel entziehen und sich mit Realität und Objektivität nicht in einem Verhältnis der Entsprechung anordnen lassen, abnehmen würden an Häufigkeit und Intensität. Ich kann doch nicht als der profilierte Gegner der Medikamentierung von Schizophrenen, der ich, Ulf Blüthenreich, bin, mir selbst ein Rezept für Neuroleptika schreiben und damit in die Apotheke spazieren, vielleicht sogar gleich hier in Orbeswenden in eine der unsren. Mag sein, daß es eine Verblendung ist, eine Verzerrung der Optik, wie sie sich eingeschliffen hat durch den dauernden Analytikerblick, aber ich kann gar nicht anders, ich muß das Merkwürdige meiner neuen Patientin und das Auftreten der Xenographie als Einheit betrachten.

So hätte ich zum ersten Mal in meiner ärztlichen Praxis selbst jene Linie erreicht, hinter welcher die fortgesetzte Selbstuntersuchung den Krankheitsverlauf dramatisiert. Erheblich dringender als meine Patientin bin jetzt ich angewiesen auf einen Seelenheilkundigen und seinen Beistand. Wem aber sich anvertrauen in dieser Not? Bevor ich mich innerhalb des Kombinats in Orbeswenden mit einer Kollegin oder mit einem der Kollegen bespreche, sollte ich mich lieber gleich bei Cornelius zur Behandlung anmelden. Irgendwo sonst im Lande, vielleicht auch in der Schweiz von einem der orthodoxen Freudianer mich beraten zu lassen, darin könnte eventuell meine Rettung bestehen. Andererseits hätte es, wo es per Indiskretion und aus der bekannten Neigung dieser Vertreter, derlei Konversionen an die Glocke zu hängen, herauskommen würde, wenn Burfeind auf einem seiner verzweigten Kanäle davon erführe, die allerfatalsten Konsequenzen.

In diesem Dilemma habe ich ein Minimum von Abstand gesucht und bin für das Wochenende nach Bremen gefahren. Das Flüchten hat ja bei uns Therapeuten immer etwas stark Verbotenes, was die psychoanalytische Moral unter keinen Umständen zulassen darf. Das war schon damals einer der Punkte, welche in mir den Zweifeln an Freuds letztlicher Aufrichtigkeit Auftrieb verliehen. Heute bin ich zu der Ansicht gelangt, daß der Therapeut die Aufgabe hat, dem Patienten bei seiner jeweiligen Flucht behilflich zu sein. Das ist schließlich auch Geist und Programm der Psychiatrie in Orbeswenden, und auf dieser Plattform stehe ich fest und gemeinsam mit Cornelius Burfeind. Nur, daß meine Flucht genau wie die, die wir unseren Kunden empfehlen, weil von vorneherein räumlich und zeitlich begrenzt, gar keine wirkliche Flucht war. Um mir zu zeigen, wie widersprüchlich ich mich benehme, halte ich fest, daß ich, obwohl ich diesen Wochenendplan einzig gefaßt, um den Heften und ihren unerklärten Inhalten den Rücken zu kehren, vor der Abfahrt erwog, dieselben mit in die Tasche zu packen! Da wurde ich aber doch noch einmal kurz über mich Meister und schubste sie – sogar recht grob – zurück in das Regal zwischen Kraepelin und Bleuler. Eingestiegen in mein Auto, sagte ich mir, es habe so oder so keinen Sinn, in Orbeswenden zu bleiben, bevor Frau Johnen die neuen Hefte besorgt.

Den Wagen stellte ich in der Nähe des Ostertors ab, und es muß dies nun doch als ein Zufall angesehen werden, als ein schierer Zufall und als sonst überhaupt nichts, daß sich die Parklücke, die sich mir anbot, just vor einer Antiquariatsbuchhandlung befand. Ich konnte nicht widerstehen, einen kleinen Blick in die Auslage zu werfen, wodurch allerdings meine Gefühlsmaschinerie wie von einem Riesenschwungrad in den turbulentesten Betrieb gesetzt wurde. Das Schaufenster war von oben bis unten vollgestopft mit Büchern von Thomas Mann, Heinrich Mann, Klaus Mann, auch von den meinen war ein Halbdutzend dabei. Was schreibe ich da? Natürlich nicht von *meinen*, sondern von denjenigen meiner Patientin ... Nein! Noch größerer Unsinn. Von Erika Manns Büchern selbstverständlich waren Exemplare verschiedener Ausgaben vorhanden. So stark bin ich affiziert von ihrer Wahnidee, wovon diese Freudschen Verschreiber höchst beredtes Zeugnis ablegen, daß ich unweigerlich in den Laden hätte hineintreten und den gesamten Krempel aufkaufen müssen. Zu meinem Glück, wie ich fand, gab die Tür beim Drükken der Klinke nicht nach. Es hing ein Zettel daran: Bin gleich wieder da. Was hilft es aber? Mein Wille ist so geschwächt, daß ich schon jetzt gültig voraussagen kann, daß ich Montag früh, bevor ich nach Orbeswenden zurückreise, wieder hingehen und alles, was nur irgend mit dem Thema zu tun hat, in meinen Besitz bringen werde.

Nun, für den Moment half es ja doch, daß der Besitzer sein Geschäft zugesperrt hatte, und so entschloß ich mich aus dem begreiflichen psychischen Reinigungsbedürfnis zu einem «Bad in der Menge» nach Edgar Allan Poes Wort – soweit dies eben in einem solchen Mittelstädtchen genommen und geschwommen werden kann –, hatte auch in den Parkanlagen um das Museum gute und freie Gedanken. Ohne damit mein Selbst oder die soziale Fassade, die sich Ulf Blüthenreich nennt, loben oder nur hervorstellen zu wollen, möchte ich sagen, daß es sogar ganz außerordentlich freie und gute Gedanken waren, weil sie sich zu der Frage bewegten, was für freie und gute Gedanken überhaupt die Bedingungen ihrer Entstehung sein könnten. Das waren sehr schöne und hellsichtige Reihungen, und ich bedaure, daß ich sie aus der Erinnerung in ihrer heuristischen Folgerichtigkeit nicht mehr nachzuzeichnen vermag.

Einen Hauptfehler meines gesamten Lebens – das wiederum habe ich mir als einen der abfallenden Nebengedanken bedeutsamerweise gemerkt – erkannte ich darin, daß ich stets unerfüllbare Forderungen an mein Selbst und an meine Person wie einen Pflug gegen die Zukunft vor mir herschob. Sie ist aber nie angegriffen worden davon, blieb Zukunft, unerreichbare Ferne. Diese Wahrnehmung, die, lieber Sigmund Freud, nun wahrhaftig keine solche ist, die du mit deinen Schlüsseln als eine Äußerung sexueller Triebe aufdeuten könntest, wird in der Existenzphilosophie ausführlichst besprochen, und es hat ja Binswanger auch den Versuch unternommen, in das Gebäude der psychologischen Theorien einzubrechen und sich dort wohnhaft zu machen. Das war für mich beim Studium in Heidelberg und auch später in Zürich noch eine Option. Geisterwelten. Aber irgendwie hat mir, wahrscheinlich von allem Anfang an, das Zeug zu einem wirklichen Schüler gefehlt. Bekanntermaßen ist dies im Fall Sigmund Freud vollkommen anders gewesen. Durch seine asiatische Aufopferung an seinen Lehrer und Meister Charcot war die spätere Übertragung dieser Beziehung auf seine Stellung gegenüber den Schülern zu einem Automatismus seiner Psyche geworden, und die ganze Auseinandersetzung mit Jung ist auf seiner wie auf dessen Seite pathologisch gefärbt. Der einzige, der mit seiner gesamten Persönlichkeit eingepreßt werden konnte in das bei Freud festliegende Schema, war Abraham, und ich habe es seit meiner ersten Beschäftigung mit der Geschichte der Psychoanalyse und der analytischen Psychologie als einen zaunpfahlhaften Hinweis empfunden, daß mein Vater mit Vornamen Abraham hieß. Aber dies sind nicht die Gedanken von meinem Spaziergang im Park, die ich so liebend gern auf Papier vor mir sähe, es sind Kombinationen, wie sie in mir an diesem ulkigen Hotelzimmerschreibtischchen hervorgebracht werden.

Mitten in meinem Nachdenken über die Kunst als den glücklichen Verlauf einer Schizophrenie setzte ein leichter Nieselregen ein, und was hätte nähergelegen, als Schutz in den geheizten Hallen des Museums zu suchen? Es wurde aber meine Aufmerksamkeit angezogen von dem geschickt beleuchteten Stuck der Fassade des Parkhotels, derart daß, während mein Kopf noch der Frage nachhing, ob Henning Fischeler so etwas gebaut haben könnte, meine Beine sich bereits auf dem Weg zum Eingang befanden. An der Rezeption tat sich mein Mund auf und verlangte ein Zimmer mit Blick auf den Teich.

Ich bekomme den Schlüssel und gehe hinauf, es mir anzuschauen. Was, bitte, liegt, nicht etwa auf dem Tisch, sondern mitten auf dem französischen Bett?! Ein leeres Heft von der Sorte, wie ich sie bei Frau Johnen bestellt. Halluzination also, die Flucht vor dem Komplex gescheitert, ich wieder verhaftet in ihm. Mit Mühe meine Erregung hinter der Sozialfassade verdeckend, gebe ich dem Portier den Schlüssel zurück. Dieser, enttäuscht über das zerplatzte Geschäft und tapfer jeden potentiellen Gast seines Hauses umkämpfend, bietet mir ein anderes Zimmer, eine Suite sogar, zu einem Schleuderpreiswochenendsondertarif an.

Im nachhinein müßte es mir vorkommen, als wäre er beauftragt gewesen, mich unter Zuhilfenahme aller erdenklichen Mittel unterzubringen in dem Hotel, denn ökonomisch betrachtet ist die Offerte ganz ohne Sinn. Aber ich habe mich jetzt mit mir geeinigt darauf, diese paranoide Verkettung meiner Gedanken, sobald ich ihr Auftreten bemerke, gleich hinter dem ersten Glied wieder zu trennen und diese mysteriösen Details hinzunehmen wie Erscheinungen in der Natur. Das gelingt mir vergleichsweise leicht, ich habe ja auch nie diesen bei meinen Kollegen so stark verbreiteten Penchant für die Kriminalromane geteilt. Auch in der Suite befand sich, zwar nicht auf dem Bett, aber dafür, noch tückischer, gemeinsam mit dem Neuen Testament in Zwinglis Übersetzung, eines dieser ominös und ominöser werdenden Hefte. Nicht nachdenken! Das war mein Reflex, als es von mir entdeckt werden mußte: Nicht nachdenken! Nicht über Frau Johnen, nicht über Frau Yenigül und vor allem nicht über Cornelius Burfeind! Oder vielmehr über Frau Yenigül doch nachdenken, aber in der professionell, institutionell gesicherten Rolle des analytischen Psychologen im geregelten Diskurs mit seiner Patientin, vor allem *über* seine Patientin. Dabei bleibt es. «Der Fall Yenigül. Viertes Heft» steht auf dem Deckel, und ich versuche als nächstes, den xenographischen Anfall bewußt herbeizuführen, indem ich aus dem Gedächtnis die beiden letzten Sätze aus dem Orbeswenden-Material, mit welchen der bewußtlose Schreiber das dritte Heft abschloß, hier repetiere: Amanda hatte Zara Neid unterstellt, und es hängt nun einmal an der Beschaffenheit dieses Affekts, daß er in aller Regel eine reziproke Abwehr hervorzurufen pflegt.

Natürlich war auch diese Umkehr des Vorwurfs, mit welcher Amanda Zara von sich stieß, um sich noch fester an René zu klammern, ungerecht, enthielt aber wie stets ein Körnchen Wahres. Frieder Wolkenberg war nicht der Ehemann, wie er dem kühn errichteten Ideal entsprochen hätte. Er war Künstler. Gut, diese erste, unumgängliche von Zaras Voraussetzungen erfüllte er schon; allerdings war er es, wie ihr mit jedem Tag, den sie an seiner Seite verlebte, deutlicher wurde, nicht durch und durch. War er im Atelier unbändig und extrem, so war er zu Hause pedantisch und medioker. Er mäkelte an dem, was Zara, wie sie wohl zugeben mußte, mit sehr wenig Hingabe für ihn kochte, beschwerte sich über die schlechtgebügelten Hemden und den Staub auf den Möbeln bei ihr.

Hingegen lobte er ihre Malerei und hierbei besonders alles, was vom Schul- und Vorschriftsmäßigen abwich und bei Paul Harmsen auf unnachgiebigste Kritik stieß, und der Einfluß seiner Kunst auf die ihre war bar jeder unterdrückend-abtötenden Komponente. Seine in Moll gestimmten Farbharmonien waren eine Bereicherung für Zaras tastenden Stil und erhielten bei ihr durch ihre sympathetisch-solidarische Kumpanei mit dem Modell – gleich ob dies nun eine Bäuerin oder ein Früchtekorb war – eine neuartige, im Impressionismus den Expressionismus vorwegnehmende Wirkung. Als Maler waren sie ein gleichberechtigtes Paar, denn Frieder bildete sich nichts ein auf seine längere Erfahrung und sein gesichertes Handwerk, glaubte eher, von ihrer Naivität und Direktheit für seine Arbeit mehr zu empfangen, als er ihr gab. Nur vermochten sie nicht, diese Balance in ihr privates Leben hinüberzutragen und dort zu erhalten. Besonders zermürbte es Zara, daß Frieder, wenn sie zu Hause allein miteinander waren, zwar mehr oder weniger ununterbrochen seine Unzufriedenheit ihr gegenüber zur Schau trug, aber dennoch jeden Ausbruch eines offenen Streites feige umging.

Wo aber das heftige Donnerwetter ausbleibt, fehlt der reinigende Regen auch, gibt es keine Wiedergeburt in der Versöhnung. Zara fühlte sich nun einsamer denn je. Der Mann, dem sie so nah war, daß ihre Persönlichkeiten an einigen Stellen die Grenzen verloren und miteinander verschmolzen, war ihr doch so fern wie der Sirius, wenn es darum ging, ihm ihr Innerstes und Geheimstes zu öffnen. Diesen Zustand verschlimmerte noch, daß Zara für dies Unkommunizierbare, das doch ihr Zentrum ausmachte, an dem alles hing, in Amanda auch den scheinbaren Adressaten nicht mehr besaß. Sie, Zara, jedenfalls wollte sich nicht mit Strümpfestopfen darüber beruhigen, daß ihrem Selbst kein Pendant und Bezugspunkt in der Welt existierte. Den geduldigen Blättern des Tagebuchs vertraute sie ihre Stoßseufzer an. Hier hielt sie auch ihre seltenen Glückssekunden fest, wenn es ihr vergönnt war, einmal mit Pinsel und Farben etwas von ihrer tiefsten Empfindung auf die Leinwand zu bannen.

Ansonsten kam ihr das Leben halbwegs erträglich nur bei den Zusammenkünften mit den anderen Künstlern auf dem Lindenhof vor. Henning Fischelers Beliebtheit beim kunstbeflissenen Großbürgertum war ungebrochen, man riß ihm, was er hervorbrachte, zu Höchstpreisen aus den Händen, rief ihn hierhin und dorthin. Wenn er als ein Mann von unglaublicher Vielseitigkeit und das Enorme noch übersteigendem Elan erschien, so ging dies Übermenschentum doch nicht so weit, daß es ihn gänzlich imprägniert hätte gegen jene die Selbsteinschätzung trübenden Nebenwirkungen des Erfolgs.

Er war nun Vater geworden, René Wilhelm von Rüliken hatte sich an Amanda, Frieder Wolkenberg an Zara gebunden und alle vier damit, wie er sich vormachte, an Orbeswenden, an den Lindenhof, das hieß an Hilde und ihn. Er malte ein Bild, exakt in dem Riesenformat, das Paul Harmsen für seinen «Gottesdienst im Freien» ausgewählt hatte. Auf der Freitreppe und auf der Terrasse vor der Biedermeierfassade des Lindenhofs gruppierte er seine Freunde, im Zentrum Hilde und zu ihren Füßen ein sibirischer Windhund. «Das Konzert» war der Titel, den das Gemälde bekam; seinem Bruder, den er inzwischen ebenfalls nach Orbeswenden geholt und dem er die Geschäftsführung seines Kunsthandels anvertraut hatte, ließ er die erste Geige, er selbst spielte halb verdeckt dahinter die zweite. 1905 wurde es fertiggestellt, und Fischeler erhielt bei der Kunstausstellung in Stuttgart eine Goldmedaille dafür.

Was auf dem preisgekrönten Tableau noch einmal verschönt und verklärt wurde, traf in der Wirklichkeit, die abzubilden er vorgab, längst nicht mehr zu. Von Rüliken hatte eines Abends, als ihn der Ekel über den spießigen Anstrich, welchen das Leben in der häuslichen Enge mit Amanda annahm, befiel, das ketzerische Wort ausgesprochen: «Orbeswenden ist *nicht* die Welt.» Das hatte wie eine Bombe gewirkt. Ein gut Teil des Meißener Porzellans im Fischelerschen Jugendstil – sein Hochzeitsgeschenk – war scheppernd zu Bruch gegangen, Amanda und René hatten sich in der Nacht so leidenschaftlich umarmt wie seit langem nicht mehr.

Wie wollte Fischeler diesen Galilei zur Rechenschaft ziehen, wenn er selbst sein eigenes Dogma, dem zufolge der Lindenhof nicht nur besser und schöner, sondern auch größer war als die Welt, Lügen strafte, indem er kreuz und quer durchs Land reiste, sich mehr unterwegs befand als daheim und seine Gemeinde endgültig verprellte, als er wissen ließ, er habe sich eben das Billett für eine Schiffspassage nach Ceylon gekauft? Noch bevor die von Rülikens die mit der Porträtbüste verrechnete Miete bei Lüder Knickrehm abgewohnt hatten, verpackten sie ihren Hausrat, denn René, der schon seit einer Zeit mit Rodin im Briefwechsel stand, hatte dessen Angebot akzeptiert, als eine Art von privatem Sekretär in seine Dienste zu treten. Bei seiner Rückkehr vom Indischen Meer fand Henning Fischeler seine Heimstatt verwaist; seit je hatte er es gewußt, daß nicht er, der Modemaler und Einrichter des bürgerlichen Geschmacks, sondern der asketische Sänger derjenige war, der den Orbeswender Geist zusammenhielt und Programmatisch-Verbindliches sprach, was die Verschiedenheit der einzelnen Künstlerindividuen überwand und sie zur Gemeinschaft vereinte. Er, Fischeler, hatte nur, was der unverbesserliche Einzelgänger von Rüliken wirkte, praktisch ins Allgemeine gesetzt.

Man traf sich wieder mit Zara und Frieder, auch machten Hilde und Henning ihre Gegenbesuche im Wolkenbergschen Holzhaus, doch kam das Gespräch, sobald man das Wetter und die Geschäfte erschöpfend behandelt hatte, auf Amanda und René.

Und auf Paris. Zara unternahm erst gar nicht den Versuch, ihren formidablen Malerfreund und problematischen Gatten von den Vorteilen eines Umzugs in die Weltstadt zu persuadieren. Eines schönen Morgens war sie verschwunden. Frieder fand, nachdem er einen mittleren Wutanfall, weil einmal mehr bei seiner Rückkehr vom Pleinair kein Topf auf dem Herd stand, ausgetobt hatte, in der Diele auf der Kommode von Zara einen kurzen Gruß zum vorläufigen Abschied mit der inständigen Bitte, ihr zu verzeihen. Von Paris werde sie ihm das Weitere schreiben.

Es hat sich genauso abgespielt, wie ich es mir selbst prophezeit hatte. Vorgestern bin ich, gleich nach dem Frühstück, bevor ich den Wagen aus der Hotelgarage geholt, hin zu dem Laden. Alles, was ich in der Auslage gesehen hatte, dazu noch drei Dutzend Titel, die sich in den Regalen und in Kisten, die der Buchhändler durchwühlte für mich, nach und nach fanden, all dies ist jetzt in meinem Besitz. Ich hätte es gar nicht allein wegtragen können, mußte mit dem Auto vorfahren, es hat den Kofferraum so ziemlich gefüllt.

Sollte irgendwer hier in Orbeswenden Wind von dem kriegen, worum neuerdings meine Gedanken sich drehen, dann gnade mir Gott. Schon wieder Gott! Zum Teufel, es reißt ein mit dieser Marotte. In aller Heimlichkeit und im Schutze der Nacht habe ich die Bücher in kleinen Stapeln aus dem Auto geholt, kam mir vor wie ein Verbrecher dabei. Natürlich habe ich sie nicht im Block aufgestellt, sondern verstreut über die ganze Bibliothek. Es trifft sich, daß es sich ausnahmslos um antiquarisches Material handelt mit schadhaften Rücken, so fällt es nicht ins Auge und macht den Eindruck, als ob diese Bände seit Jahr und Tag an ihrem Platz stünden. Diese Vorsicht ist keineswegs übertrieben, ich weiß bestens, wo die Reinigungsfrauen ihre Berichte abliefern.

Allerdings ist nicht zu vermuten, daß sie schon einen Verdacht geschöpft haben.

Am Sonntag in Bremen war mein Kopf so klar, mein Gefühl so aufgeräumt wie seit langem nicht mehr. Halt, da muß ich verbessern, «seit langem» stimmt nicht so recht. Seit Sezen Yenigül nach Orbeswenden kam, müßte ich korrekterweise sagen, und das liegt nicht einmal zwei Monde zurück. Nachdem ich den Sonnabend mit all diesen mißglückten Versuchen zugebracht hatte, die Obsession durch irgendeine Abwechslung aus meinem Bewußtsein zu drängen, und schlußendlich doch wieder bei ihr gelandet war und den Heften, gab es in der Nacht zum Sonntag einen Traum, aus dem ich erwachte. Ein Beleg mehr zur Bestätigung meiner Theorie, der zufolge wir nicht, wie Freud es behauptet, träumen, um uns die im Wachleben versagten Wünsche ersatzweise zu erfüllen, sondern um vor uns liegende Gefahren durchzuspielen und uns vorzubereiten, diese drohenden Situationen zu meistern.

Ich stand schon in dem Antiquariat und fragte den Buchhändler nach Thomas Mann. Plötzlich war hinter mir Burfeind, den ich vorher nicht bemerkt hatte. Er legte mir seine Hand auf die Schulter mit einem äußerst schmerzenden Griff, wie mein Vater an der nämlichen Stelle mich als Knaben manchmal gepackt, um mir, da er uns Kinder ja vom Prinzip her nicht schlug, dennoch fühlbar zu machen, daß er mir, wenn er nur wollte, sehr, sehr weh tun konnte. «Na», höhnte Burfeind, «wofür interessieren wir uns denn jetzt? Sind wir wieder auf der Suche nach dem Vater? Nach Gott? Oder soll es als Geschenk verpackt werden für unsere neue Patientin?»

Es war ausgesprochen hübsches Wetter am Sonntag, ich unternahm einen ausgedehnten Spaziergang an der Weser, ließ mich auch übersetzen von der Fähre an das jenseitige Ufer, und dort auf der Terrasse eines Cafés bei einem Gläschen Wermut fiel mir der Traum wieder ein. Ich beschloß, bei meiner Rückkehr ins Hotel sämtliche Hefte zu verbrennen.

Ich begriff, daß der Traum eine allerletzte Warnung gewesen, die mir mein Unbewußtes vergönnt. Es betraf meine Existenz, und ich schwor mir, diesen Wink zu befolgen. Als ich das mit mir abgemacht hatte, zog ein unsagbar wohltuender Friede in meine Seele. Mich zu befestigen in dieser Ruhe, ging ich noch ein paar Schritte weiter in die eingeschlagene Richtung und nahm mir selbst das Versprechen ab, den Beruf an den berühmten Nagel zu hängen. Jeder ferneren Verwickelung vorzubeugen, war ich einig mit mir, meinen Fuß nie wieder auf den Boden Orbeswendens zu setzen, gleich am nächsten Tag das Land zu verlassen, unverzüglich meinen Bruder Sören oben in Kaledonien zu besuchen, vielleicht um bei ihm zu bleiben, sonst, von dort aus weiter zu schauen. Mit diesen Vorsätzen zahlte ich meinen Wermut, stand auf und begab mich zum Friedhof, noch einmal das Grab der Eltern zu sehen. Im Vorübergehen sprang von verschiedenen Steinen und Stelen das Wort «Abschied» an mich heran und machte mich noch fester in meiner Entscheidung.

Eine lange Zeit blieb ich am Grab, beriet mich mit den Eltern in meinen Gedanken. Von Mutter glaubte ich, sie vernehme meinen geänderten Sinn nicht ohne Enttäuschung. Mit Vater glitt ich zurück in die Tage beim Hasenjagen am Golfplatz. Laß fahren den Ehrgeiz, mein Junge … So oder ähnlich hätte er zu mir gesprochen. Abends aß ich im Hotel, trank an der Bar noch ein paar Kognaks, verliebte mich halb in die Bedienung und erzählte ihr von meiner Schafzucht in Schottland. Das Autodafé verschob ich auf den nächsten Morgen.

Nun bin ich nicht nur vollbeladen mit Manniana zurückgekehrt nach Orbeswenden, ich habe auch heute vormittag Frau Yenigül zur zweiten Sitzung ihrer Analyse empfangen. Sie trug das weiße Kleid nach der Mode der zwanziger Jahre, das Erika

Mann bei dem Nachtspuk auf dem Geierberg angehabt hatte, dazu weiße Socken in weißen Sandalen, was sie mit einem Mediziner-Nimbus umfing, welcher mich derartig überzeugte, daß ich auf einen Wink von ihr ohne Widerstand meine Position auf der Couch wieder einnahm.

«Sie hatten Bammel, die Analyse fortzusetzen mit mir», sagte sie, nachdem sie sich neben mir auf meinem Drehsessel niedergelassen hatte, und der sonore Klang ihrer Stimme, die Abwesenheit jeder Ironie oder Häme und sonderlich das Synonym für Angst, das sie wählte und das meine Mutter häufig benutzte, flößten mir vollstes Vertrauen ein, und ich gestand, berichtete ihr von meiner nächtlichen Begegnung mit den von ihr hervorgebrachten Gespenstern.

«Es war aber auch», sprach sie dann mitfühlend weiter, «für einen eingefleischten Rationalisten Ihres Kalibers allzu starker Tobak. Sie dürfen es nicht bedauern, daß Sie ihn gesehen haben mit Ihren eigenen Augen, selbst wenn dadurch Ihr Leben erst einmal sehr kompliziert wird. Es war übrigens nicht der Zauberer, oder er war es auf eine andere Art, die ich Ihnen gerne erkläre. Wenn Sie nächstens den ‹Zauberberg› lesen, werden Sie erfahren, wer die beiden anderen waren. Settembrini und Mynheer Peeperkorn heißen sie im Roman. Es gibt sie nicht wirklich; nicht als lebendige Menschen und auch nicht als Geister. Auch ich war nicht ich, zumindest nicht so, wie ich hier vor Ihnen sitze.

Verzweifeln Sie nicht, ich weiß, es hört sich verworren an, Sie dürfen es auch wahnsinnig heißen, dennoch hat es, wie der Dichter sagt, durchaus Methode. Daß Sie das Organ besitzen, das notwendig ist, mit Abwesenden zu kommunizieren, vermutete ich. Was mich betrifft, so hat es nie irgendwelche Anzeichen gegeben, die hingedeutet hätten auf eine mediale Disposition, und ich schätze, daß es Ihnen nicht unähnlich ging. Vielleicht hat auch Sie dann oder wann eine Ahnung gestreift, daß tief in Ihnen eine solche Fähigkeit schlummert, die bei einer Kombination bestimmter Faktoren aufwachen könnte.

Sie dürfen, nein, Sie sollen bei Ihrer Auffassung bleiben, daß es eine bloße Wahnidee von mir ist, wenn ich mir einbilde, nach dem Hinfall ihrer sterblichen Hülle in meinem Körper das Leben von Erika Mann fortzusetzen und zu vollenden. Es wird uns beiden hilfreich sein, wenn wir acht darauf geben, diese Voraussetzung aufrechtzuerhalten. Sie sollen mich auch weiter als Ihre Patientin behandeln. Zu gegebener Zeit wollen wir unsere Plätze wieder vertauschen, dann liege ich auf der Couch, und Sie stellen Fragen. Sie sind für mich nicht ein x-beliebiger Analytiker, der seine Patienten in das vorgestanzte Schema preßt und ihrer Seele die Struktur einer griechischen Tragödie andichtet. Nein, Sie sind ein Forscher, und kein Preis ist Ihnen zu hoch, wenn Sie etwas enträtseln können von dem großen Geheimnis unseres Daseins. Ihre Norm ist nicht die Gesellschaft, sondern die Wahrheit. Sie interessieren sich nicht allein für den Wahnsinn, Sie sympathisieren mit ihm bis hin zur Kollusion. Deswegen laufen Sie nicht weg, deswegen schicken Sie mich nicht fort, deswegen liegen Sie hier und hören mir zu. Sie heilen mich damit nicht von meinem Wahn. Aber Sie lassen ihn zu als eine Möglichkeit *neben* der vielbeschworenen Realität. Mein Wahnsinn hindert mich nicht, genau das Konzept zu verstehen, nach welchem dies Dorf und seine Einrichtungen aufgebaut sind. Ein Rahmen soll dem Wahnsinn gesteckt werden, ein Pferch, in dem man ihn hütet und wo er den Normalen nichts anhaben kann. Ihre Pfleger und Assistenten werden Ihnen gemeldet haben, daß ich mich gegen die Maltherapie wehre. Seien Sie aber beruhigt, ich versichere Sie, es geschah nicht aus Eigensinn oder Negativismus. Mehr war es Respekt vor der Kunst und Angst, an ihr scheitern zu müssen. Wenn Ihnen daran liegt und Sie mir gut zureden, will ich es auf den Versuch ankommen lassen und wie die anderen mit dem Pinsel in den Farbkästchen rühren. Davon wollen wir es nicht abhängig machen, Professor, nicht wahr? Sie wissen, daß ich geraume Zeit Schauspielerin war. Es war aber bei mir das Theater nicht das Ziel eines inneren Drangs, es war des Zauberers Meinung, die mich gern als Rollenspielerin sah. Sie müssen das Dilemma begreifen, in dem er steckte als unser Erzieher. Außer der Kunst gab es für die, die genetisch hervorgingen aus ihm, kein Leben, und doch mußte er wissen, daß er seine Begabung in vollem Umfang uns nicht zu vererben vermochte. Mielein versuchte, uns in praktische Bahnen zu lenken, uns zu helfen, den Vater nicht als Vorbild, ihn als Ausnahme zu verstehen. Am fürchterlichsten war es für Eissi, eben weil er begabt war in seiner Natur durch den Vater. Der Zauberer hat es in der Zeit, als er Mielein umwarb, in einem Brief an Onkel Heiner so ausgedrückt: Nie habe ich, schrieb er dem Bruder, das Glück für etwas Leichtes und Heiteres gehalten, sondern stets für etwas Schweres und Strenges wie das Leben selbst – und vielleicht *meine* ich das Leben selbst.

Ich frage Sie, wie hätte er das seinem Sohn nahebringen können, dem alles zufiel, und zwar zufiel von ihm, dem Vater? Oft, wenn ich zuschauen mußte, wie Eissi hineinlief in sein Verhängnis, habe ich mir gedacht, Onkel Heiners Sohn hätte er sein müssen, dann hätte er wachsen können, ohne dabei sich selbst zu zerstören. Wie ist das für Sie, wenn ich so plaudere aus der Familie? Ich wollte von etwas anderem sprechen, von etwas, was uns beide betrifft. Sie heilen mich nicht von meinem Wahnsinn, hatte ich eben gesagt, aber Sie lassen ihn zu. Sie leisten ihm Vorschub auf diese Weise, und das ist auf den ersten Blick sträflich aus Ihrer Perspektive, der Verantwortung des Arztes. Mir aber verschaffen Sie große Erleichterung, Minderung meiner Qualen. Geteiltes Leid ist halbes Leid, sagt doch der Volksmund, und hat er nicht recht damit? Hört nicht der Wahn auf, Wahn zu sein, wenn ein anderer kommt und ihn ernst nimmt? Es ist schließlich nicht die Idee, die wir besitzen, von der wir besessen sind und die an einem bestimmten Punkt abweicht vom Gemeinsinn, was uns wahnsinnig macht, sondern die Isolation, in die wir geraten, wenn es niemanden gibt, der uns versteht. Unser Vater hatte die Kunst, sein Arbeitszimmer; wochentags, sonntags, feiertags von neun bis zwölf Uhr durfte es keines der Kinder betreten, und wäre auch einem von uns beim Spielen ein Bein abgerissen oder ein Auge ausgelaufen. Selbst Mielein hätte es unter keinem Umstand gewagt, den Zauberer bei seinem heiligen Werke zu stören. Da hegte und pflegte er seine Einsamkeit und seinen Wahnsinn. Den Rest des Tages war er vernünftig, abends gesellig. Auch der Schicklgruber konnte daran nichts ändern. Was hat er gemacht, in diesen drei täglichen Stunden, den ‹würdigsten›, wie er sie nannte? Seelenraub. Sie kennen das Wort. Jeder Psychiater kennt dieses Wort. Weil es von dem berühmtesten Irren stammt, den eure Zunft hervorgebracht hat, wenn wir von Nietzsche absehen wollen, den ihr nicht anerkennt, weil er nicht durch und durch und vor allem nicht sein ganzes Leben lang wahnsinnig war. Nein, ich will mich nicht aufregen, darüber nicht. Aber, Professor, Sie können das meinetwegen für ein Symptom halten und nicht für ein Urteil, für mich steht Schreber höher als Freud. Und Schreber wußte genau, was er meinte, wenn er vom Seelenraub sprach, auch wenn er nur ein Opfer war und nicht, wie mein Vater, ein Täter.

Schreber hat es ja auch als Seelen*mord* bezeichnet, weil es einleuchtet, daß man einen Menschen tötet, wenn man ihm die Seele fortnimmt. Trotzdem finde ich den Begriff unpassend, denn die Seele stirbt eben nicht auf diesem Transport. Sprechen wir also vom Seelen*raub*, der in der Technik, wie sie mein Vater beherrschte und zur Anwendung brachte, vielleicht mehr einem Diebstahle glich als einem Raubüberfall. Wie er das angestellt hat? Na, in der allerehrwürdigsten, angesehensten Tradition. Er hat Romane geschrieben. Worin besteht nun dieses zwar neuzeitliche, aber inzwischen überaus eingesessene und überlieferte Geschäft? Im Erfinden von Gestalten, Vorgängen und Situationen, werden Sie sagen. Gut, ganz ohne Invention geht es nicht ab bei der Sache, ein bißchen sogenannte Phantasie ist immer im Spiel, aber, Professor, Sie täuschen sich gründlichst, wenn Sie vermeinen, dies wäre der Anteil, der das Genie und den Wahnsinn ausmacht beim Künstler. Es wird mit Wasser gekocht, diese Kräuterlein und geriebenen Samen sind verfeinernde Zutaten, auch wenn sie für das Aroma verantwortlich sind, an dem wir das Werk des einen Schriftstellers von dem eines anderen unterscheiden. Die Figuren, die sich tummeln in diesen Romanen – und Sie können gerne bei denjenigen Cervantes' beginnen –, die haben sich die Autoren nicht aus ihrem hohlen Bauch operiert, sie haben sie aus dem Leben geholt. Sie denken sich das ein wenig wie bei einem Maler und seinem Modell, aber dies Gleichnis ist schief. Denn der Maler zieht die, die er porträtiert, höchstens aus bis auf die Haut. Ja, ja, ich weiß schon, einige der Modernisten stehen in dem Ruf, nicht das Äußerliche, sondern das Wesen, die Seele, auf die Leinwand gebracht zu haben. Gesetzt, es wäre, so hielte es doch in keiner Weise den Vergleich mit dem, was der Schriftsteller tut. Und beobachten Sie genau den Unterschied, den ich zwischen dem Dichter und dem Schriftsteller mache und der vielleicht das einzige war, worüber mein Vater sich in seinem Leben wirklich erzürnt und erbost hat, weil man ihn – voran die Nazis – einen *Nur*-Schriftsteller, Nicht-Dichter nannte. Einmal hat er sich mit dem Hinweis auf einige Verse, die es bei ihm immerhin gab – der ‹Gesang vom Kindchen› war bei dieser Gelegenheit sein vornehmstes Beispiel –, gegen den Vorwurf zu wehren gesucht; das andere Mal tröstete er sich mit der Feststellung, Joyce und Proust hätten schließlich auch keine Gedichte gemacht. Ich sah die Veranlassung nicht, von dem Grundsatz zu weichen, daß nichts und niemand auf der Welt es verdient, daß man ihm widerspricht. Eine Maxime, wohlbemerkt, für den Zauberer, einen mit allem, was er war und besaß, zum Künstler gewordenen Menschen, nicht für solche wie Sie und mich. Außerdem hatten diese vermeintlichen Kritiker recht. Er war kein Dichter, er war ein Schriftsteller. Der Dichter, ganz gleich, ob er nun in Prosa wirkt oder in gebundener Sprache, tut mit seinen Mitteln weiter nichts als der Maler mit seiner Farbe. Das Ich bleibt beim Künstler, er drückt seine Empfindungen über verschiedenes aus. Anders der Schriftsteller. Das deutsche Wort ist ungeschickt, weil sich jedermann dazurechnen kann, dem es gelingt, Geschriebenes zwischen zwei Buchdeckel zu bringen. Das französische ‹Romancier› hat einen Zungenschlag, der mir mißfällt, das englische ‹Novelist› trifft es exakt, hat aber den Nachteil, daß es sich nicht gut eindeutschen läßt, weil wir unter Novelle eine besondere Nebenform des Romans begreifen. Ich will also, um unmißverständlich zu sein, den schwerfälligen Ausdruck ‹Romanschriftsteller› gebrauchen.

Was den Namen eines Romans verdient, ist eine für sich bestehende und notwendig abgeschlossene Welt, die sich zu der natürlichen und kontinuierlichen in einer ganz besonderen Weise verhält. Dieser kleine Kosmos, den der Romanschriftsteller erschafft, ich korrigiere, dieser Kosmos, denn die Frage nach groß und klein stellt sich bei einem solchen ja nicht, dieser Kosmos also ist bevölkert von Menschen. Es sind Menschen, aber sie sind nicht aus Lehm produziert und erst recht nicht aus Fleisch und Blut. Was aber wäre der Stoff, aus dem sie bestehen? Seele, sage ich glattweg, und ich bin mir im klaren, daß das Ihren Widerstand aufregen muß. Wenn Sie in positivistischer Bescheidenheit zugeben wollen, nichts über die Seele zu wissen, so wissen Sie doch immerhin dies, daß sie nicht eine teil- und zusammenfügbare Masse darstellt, vielmehr ein Einzelnes, die existierende Einzelheit par excellence. Der Roman beweist uns das Gegenteil. Greifen wir, weil es naheliegt und das Einfachste ist, zu einem Exempel. Sie haben neulich im Wald mich oder zumindest ein mit mir in dem bedeutsamsten Zusammenhang stehendes Wesen im Gespräch mit drei Männern gesehen. Sie erinnern sich, der eine trug diese auffälligen, ein wenig lächerlichen Hosen. Als Sie uns beobachteten, war er nur ein Phantom. Schreber hätte ihn mit einem Ausdruck, den seine psychopathologisch geschulten Leser mitleidig beschmunzelten, den aber auch Sie, Professor, in seiner Wahrheit noch erkennen werden, als einen ‹flüchtig hingemachten› Mann bezeichnet. Das gilt aber nur für die Situation, in der Sie uns betrafen. Settembrini, was bei ihm nicht wie bei natürlichen Menschen ein Name, der auch anders sein könnte, sondern Substanz, ist eine vom Zauberer kreierte, alles andere als ‹flüchtig hingemachte›, vielmehr mit umsichtiger Sorgfalt und hingebender Liebe in jahrelanger Mühsal ausgearbeitete Seele. Lesen Sie den ‹Zauberberg›, machen Sie die Erfahrung: Er lebt. Sie werden, wenn Sie das Buch aus der Hand legen, glauben, ihn zu kennen, und zwar interessanterweise besser zu kennen als jemanden, mit dem Sie im wirklichen Leben Umgang gepflegt, ja besser als jemanden, den Sie als Physikus erst auf Herz und Nieren und dann hier auf der Couch auf Ödipus und Antigone, auf Vater und Mutter geprüft haben. Das wäre nicht möglich, hätte nicht mein Vater bei der Fabrikation dieser künstlichen Seele echte Seele verwendet. Daran schließt sich selbstverständlich die Frage, wie dieses Material in seiner Werkstatt hätte vorrätig sein können, hätte er es nicht zuvor seinem ursprünglichen Eigentümer geraubt. Denn die Alternative, daß er es zu ausgehandeltem Preise von dem vorherigen Besitzer rechtmäßig erworben, ist mir so anrüchig, daß ich sie gern außen vor lassen möchte.

Was jetzt den speziellen Kasus von Settembrini anlangt, so liegt der bösartige, kriminelle Charakter des Seelenraubs auf der Hand, es zeigen sich sowohl die Heimtücke als auch der Vorsatz. Zunächst: Wer wurde bestohlen? Sie wissen es nicht, lieber Professor, aber Tausende und Abertausende Studenten der germanischen Philologie in aller Welt sind bestens im Bilde. Dem eigenen Bruder tat er es an, ein Fall nicht unähnlich dem von Abel und Kain. Onkel Heiners Faible für das Land, wo die Zitronen blühen, sein ‹Penchant›, um einmal eine von Eissis Lieblingsvokabeln zu nehmen, hat der Zauberer im alchimistischen Prozeß zur Eigenschaft der italienischen Nationalität Settembrinis verwandelt. Bekanntlich hat mein Vater den ‹Zauberberg› neben den ‹Betrachtungen eines Unpolitischen› geschrieben. Letztere hat man zu Recht als eine Kampfschrift wider den eigenen Bruder gelesen. Dieses Buch ist zweifellos das bedenklichste von allen, die der Zauberer je publiziert hat. Es stehen Sätze darin, mit denen er sich unmißverständlich zum deutschen Nationalismus bekennt, und es war mir als der Verwalterin seines Erbes nach seinem Übergang eine vornehme Pflicht, eine Neuauflage des vergriffenen Buchs in der Fassung des Urmanuskripts zu besorgen. Das war, wie ich einräumen will, in gewissem Sinne eine taktische Offensive meinerseits. Ich bilde mir ein, mich ein wenig auf den Krieg zu verstehen, denn an beiden habe ich teilgenommen, am ersten durch das Erdulden der üblen Launen des Zauberers, der trotzig-mißmutig an den ‹Betrachtungen› schrieb, am zweiten in der Uniform der U.S.-Army im Rang eines Offiziers. Das Dritte Reich, seine politische und militärische Führung, Schicklgruber, seine Konsorten und seine Kohorten waren vor und während des letzten Krieges unser Gegner, doch bedeutet das nicht, Thomas Mann hätte nach dem Sieg keine Feinde mehr gehabt. Die ‹Betrachtungen› stellten unsere weiche Flanke dar, wo sie am leichtesten einbrechen konnten. Es hat sich erwiesen, daß es klug von mir war, nicht unnötig Kräfte zu binden, um diese unhaltbare Stelle zu decken, sondern sie nach außen zu kehren. Zitat: Ich bekenne mich tief überzeugt, daß das deutsche Volk die politische Demokratie niemals wird lieben können, aus dem einfachen Grunde, weil es die Politik selbst nicht lieben kann, und daß der vielverschriene ‹Obrigkeitsstaat› die dem deutschen Volke angemessene, zukömmliche und von ihm im Grunde gewollte Staatsform ist und bleibt. So steht es geschrieben. Klipp und klar. Der Zauberer war ein großer Vermittler, aber Halbheiten hat er zeitlebens verschmäht. Sie fragen, was hat das mit Settembrini zu schaffen? Europäische Kriege, sofern sie nur auch im Geistigen geführt werden, und das müssen sie immer, werden zugleich auch deutsche Bruderkriege sein, das bleibt das Schicksal dieses europäischen Herzvolks. Das steht auch in dem Buch. In diesem Krieg mit dem Bruder war die Erschaffung des Settembrini die Kapitulation und die Überwindung des Feindes zugleich. Den Krieg hat er mit Deutschland und seinem Kaiser verloren, der Verfasser von ‹Königliche Hoheit›, der ‹Gedanken im Kriege›, der ‹Gedanken zum Kriege›, von ‹König Friedrich und die Große Koalition›. Der Triumph gehörte Onkel Heiner und Frankreich, seinem ‹Rousseau›, ‹Zola› und ‹Voltaire›. Zu Tommy, seinem kleinen Bruder, der ihn überholt und abgehängt mit dem alle Rekorde schlagenden Erfolg der Fleißarbeit des Familienromans, den sie ja gemeinsam entworfen hatten in Italien und den sie eigentlich in trauter Zweisamkeit verwirklichen wollten, zu diesem Usurpator und Schnitter des von Heiner gepflanzten Schriftstellerruhms konnte der Siegreiche rufen: Sache derer, die früh verdorren sollen, ist es, schon zu Anfang ihrer zwanziger Jahre bewußt und weltgerecht hinzutreten. Und: In Deutschland wiederholt, wer es weit bringt, das tatlose, dem Volk unbekannte Leben Goethes. Das war ein bißchen scharf, finden Sie nicht? Den Bruder abzukanzeln, indem er ihn mit Goethe verglich! Die essayistische Generalmobilmachung und Totaloffensive meines Vaters hatten ihre erklärten Kriegsziele verfehlt. Nur nebenbei will ich erwähnen, daß wir auch das Tölzer Landhaus einbüßten, weil Vater es für Kriegsanleihen hergab. Das sollten wir Kinder verstehen! Als die ‹Betrachtungen› endlich erschienen, wurde gerade der Versailler Vertrag vorbereitet, Seine königliche Hoheit war auf der Flucht, und in unserem gemütlichen München eroberten die Arbeiter- und Soldatenräte mit der Waffe die Macht. Onkel Heiner, der dem Zauberer vorgeworfen hatte, die Zeitströmung zu nutzen, um seine literarischen Meriten zu mehren, feierte mit dem Anti-Kaiser-Buch den größten Erfolg seines Lebens. Bevor ich zurückkomme auf Settembrini, ein Wort zu der Frage, ob Neid eine Rolle gespielt in dem Verhältnis zwischen den Brüdern. Dazu möchte ich sagen: Jawohl. Und zwar die maßgebende. Eher geriete ich in Verlegenheit, wenn ich angeben sollte, welche Elemente oder Kräfte sonst noch mitgewirkt hätten an ihrer Beziehung. Recht hat wieder der Volksmund: Wer zuletzt lacht, lacht am besten. Am Schluß war es Onkel Heiner, dem nichts übrigblieb, als die Waffen zu strecken und nach dem Motto des tatlosen Unbekannten zu handeln. Gegen allzu große Vorzüge eines anderen gibt es kein Mittel als die Liebe. Da war er froh, wenn Mielein ihn zum Essen abholte. So muß man auch die Widmung verstehen: Für meinen *großen* Bruder, den Autor des ‹Doktor Faustus›. Aber endlich zu Settembrini. Da hat sich mein Vater, vom Zeitgeist zurück in den Schatten seines älteren Bruders gestellt, man darf nicht sagen, ‹gerächt›, es wäre um den Preis, den Clou und die eigentliche Pointe zu versäumen bei dieser Leistung. Nein, nicht gerächt hat er sich, er hat sich selbst überwunden. Er hat erkannt, daß dieser kolossalisch angelegte Versuch, den Bruder mit jenen Geschützen, mit denen er von ihm angegriffen worden war – mit essayistischer Polemik nämlich –, zu vernichten, weiter nichts gebracht hatte als eine gigantische Verschleuderung seiner kostbarsten Reserven. Das liest man auch aus dem Vorwort zu den ‹Betrachtungen› heraus. Aber nicht nur in diesem, die eigene Rigorosität abschwächenden und damit den Sinn, der allenfalls in seiner polemischen Unnachgiebigkeit hätte bestehen können, teilweise oder ganz aufhebenden Vorspruch, im Text selbst ist die Einsicht formuliert, daß dies ein Buch war, das nicht hätte sein sollen. Ich meine die Stelle, wo der Zauberer schrieb: Ironie ist immer Ironie nach beiden Seiten hin, etwas Mittleres, ein Weder-noch und Sowohl-Als-auch. Übrigens möchte ich, da wir bei diesem Stichwort angelangt sind, bemerken, daß, wie ich die Dinge sehe, jede Untersuchung der Ironie, ob sie nun von Schopenhauer herkommt oder von Hegel, auf den Zauberer hinauslaufen muß. Verstehen Sie mich richtig, ich meine nicht auf sein Werk, ich meine auf ihn selbst als Gestalt, als eine Möglichkeit des Geistes. Die Ironie ist bei ihm kein Mittel, das eingesetzt wird, sie ist das Ziel und der Sinn. In den ‹Betrachtungen› war er seinem bewunderten Vorbild Nietzsche gefolgt in die Einseitigkeit des Bekennens, weil er sich einbildete, dies sei, was die Geschichte von ihm verlangte. Typisch für ihn ist, daß er sich zu der Polemik nur aufraffen konnte, indem er den eigenen Bruder zum Feindbild erkor. Denselben Bruder, zu dem er sein Leben lang aufgeschaut, dem er nachgeeifert hatte, ohne den er nie Schriftsteller geworden wäre. Spät, aber nicht zu spät kam ihm die Eingebung, daß seine Attacken ihn selbst trafen und verletzten nicht aus Zufall, sondern weil sie in Wirklichkeit auf dieses Ziel ausgerichtet waren. Das ist der Aspekt, unter dem sich auch dieses verunglückte Buch als ein Dialektisches und Rundes, als ein Sowohl-Als-auch begreifen läßt.

Er spricht Onkel Heiner darin an zahlreichen Stellen unmittelbar an, sagt ‹Du› zu ihm, setzt wirklich das persönliche Fürwort, ohne freilich ihn beim Namen zu rufen; trotzdem bleibt dieser Adressat eigenartig abstrakt. Die Chiffre, die den Platz des

Eigennamens, der ausgespart bleiben mußte, einnimmt, heißt: der Zivilisationsliterat. Ich will nicht behaupten, es hätte dies meinem Vater während der Niederschrift bewußt als eine Intention im Sinne gelegen, aber doch hat es den Anschein, als sollten Onkel Heiner Seele und Individualität abgesprochen werden, um von ihm nur dies Abziehbare des Typus übrigzulassen: Zivilisationsliterat. Im ‹Zauberberg› nun, den er wieder vorholte, nachdem er endlich, endlich die Nabelschnur zwischen sich und dieser unseligen Apologie des Unpolitischen zerschnitten, das mißratene Geschöpf entlassen hatte in die Druckereien und Buchhandlungen, besann sich mein Vater auf das reziproke Verfahren. Jetzt nahm er das Abstraktum, die Formel, den Zivilisationsliteraten, und erschuf ihm Seele und Individualität: Settembrini. ‹Erschuf› diese Seele und diese Individualität, sage ich, weil er, nachdem er mit den Grobheiten seines Pamphlets so kläglich gescheitert war, bei diesem Seelenraub auf die feinste und die manierlichste Art zu Werke ging, ganz so, wie er die Expropriation im ‹Felix Krull›, sich selbst karikierend, zu verherrlichen wußte. Kein Zug von Onkel Heiners äußerer Erscheinung, nichts von dessen Stil, sich zu kleiden, sich zu bewegen, keiner seiner Tics und Marotten, nichts von den Merkwürdigkeiten seiner Artikulation, nicht eine Spur von alldem ist bei Settembrini wiederzufinden, samt und sonders ist es als Schlacke in den Abfallkübeln von Vaters Zauberküche gelandet. Onkel Heiner legte großen Wert auf Repräsentation, man könnte auch, wo man ihm übelwollte, von einem Geltungsdrang, der sich bis zur Prunksucht vorwagte, sprechen. Settembrini ist so modest, daß er sich mit einem einzigen Anzug begnügt, seine Revenuen sind so beschränkt, daß er im Verlauf des Romans aus dem ‹Berghof› ausziehen muß, um in einer kargen Mansarde Untermieter eines Schneiders zu werden. Onkel Heiner hatte Mätressen, von denen er zwei, wie bekannt, aus problematischen Gründen in die

Ehe geführt. Settembrini lebt alleine. Einmal, gleich bei seiner ersten Begegnung mit Hans Castorp, schickt er einem jungen Mädchen, einer Tochter des Städtchens, wie es heißt, und durchaus nicht sonderlich hübsch, eine Kußhand in den verlegenen Rücken. Das ist alles, was wir in dieser Hinsicht von ihm erfahren. Onkel Heiner verband sich schon mit den Romanen, mit denen er zu Anfang und in der Mitte seiner zwanziger Jahre weltgerecht hingetreten war, eine außerordentlich beträchtliche und auch gewichtige Leserschaft. Settembrinis literarischer Ruhm gipfelt in dem Auftrag für einen Artikel zu einer ominösen Enzyklopädie des Fortschritts, mit dem er dann nicht einmal zu Rande kommt. Ich zähle diese Kontraste lediglich auf, um hervorzuheben, wie sorgfältig der Zauberer eine Wiederholung seiner Fehltritte aus den ‹Betrachtungen› mied, wo er ein um das andere Mal gegen Onkel Heiners politische Konviktion Züge von dessen Privatleben ausgespielt hatte. Settembrini ist nicht nur als Zivilisationsliterat von reinerem Wasser als der Lieferant seiner Seele, er ist in jedem Betracht ein Mensch von beispielhafter Tugend, liebenswürdig durch und durch. Hans Castorp, der von ihm anfänglich den Eindruck eines ‹Windbeutels› empfängt, korrigiert diese Meinung sehr rasch. Das einzige, was der Zauberer, so weit mein Auge reicht, übriggelassen hat von dem menschlichen Vorkommnis, mit dem er in Lübeck die Kinderstube und später in Italien die erste literarische Werkstatt, in der seine Buddenbrooks wuchsen, geteilt, ist bei Settembrini eine nicht immer angenehme pädagogische Ader, mit der er Castorp wiederkehrend auf dessen Unreife aufmerksam macht. Fraglos hat mein Vater lange unter des älteren Bruders Vorsprung und Lebensgewandtheit zu leiden gehabt, aber in Gestalt des Hans Castorp trägt er Settembrinis belehrende Zurechtweisungen mit Fassung und mit Humor. Bis auf dies Merkmal in Castorps Beziehung zu Settembrini, in dem noch etwas überkommt aus dem natürlichen Bruderverhältnis in den Roman, hat er den Zivilisationsliteraten und sich, den Unpolitischen, ganz herausgelöst aus der innerfamiliären Opposition. In einem Brief von Onkel Heiner gibt es eine Zeile, die in der unüberschaubaren Schar der Chronisten unserer Familie nicht einer zu reproduzieren vergaß und in der es heißt, sein Leben wäre ohne den Zauberer *wörtlich* dasselbe gewesen. Ich will das nicht in Abrede stellen, wenigstens jetzt nicht und nicht hier; meinem Vater jedenfalls wäre es erheblich schwerer gefallen, sich dies als Illusion aufzubauen, und er hat den Versuch deshalb auch nie unternommen. Er ist im Zeichen der Zwillinge geboren. Wenn im ‹Zauberberg›, was aufzuzeigen ich eben bemüht war, im Settembrini die Abspaltung des Zivilisationsliteraten vom Brüderlichen erfolgt, so entsteht daraus, was Sie, Professor, als Psychologe besonders verstehen, eine Lücke, die notwendig aufgefüllt werden muß. Schlafen Sie? Nein. Sie haben nur die Augen geschlossen. Ich versichere Sie, es sind, was ich darlege, keine aus diversen halbseidenen Disziplinen zusammengeklaubten Tüfteleien, keine Beiträge zur Wissenschaft vom Nichtwissenswerten. Im Gegenteil befinden wir uns an einem Punkt höchster Virulenz, und in Ihrem eigensten Interesse muß ich Sie auffordern, Ihre Aufmerksamkeit, insofern es möglich, noch um ein Quantum zu steigern. Von der Selbstverewigung meines Vaters ist die Rede, wenn ich von Hans Castorp spreche. Geben Sie acht. Es ist dieser Hans Castorp – den ich unmöglich eine Gestalt nennen kann oder eine Figur –, in den mein Vater eingegangen ist, in dessen Innerem er die Schranke des Todes durchbrochen hat. Mitnichten sind es germanistische Quisquilien, die ich Ihnen in Ermangelung würdigerer Gegenstände aufzutischen versuchte, es sind die Tatsachen meiner unmittelbarsten Wahrnehmung und Erfahrung.

Nun, jenes Vakuum, das ich erwähnte, mußte, weil mein Vater mittelst dieses Romans, in dem er auf solch freibeuterische Weise dem Seelenraub frönte, vor allem die eigene Seele aus der natürlichen Welt des Kommens und Gehens in eine jenseitige, beständige transponierte, ein Pneuma heranziehen, welches aus dem Brudermaterial, abzüglich des Konflikts im Geistig-Moralischen, zusammengesetzt war. Das ist Joachim Ziemßen, der Vetter und ständige Begleiter von Hans Castorp, in dem der Zauberer die in Settembrini nicht untergebrachten Reste aus dem Seelenraub an seinem Bruder verbaut hat.

Diese Zusammenhänge, die Ihnen zu erläutern ich im Begriff stehe, haben wohl seit je in mir gelegen, klar und bewußt werden sie aber erst jetzt, wo ich ihnen Form gebe, um sie aussprechen zu können. Das ist betrüblich, denn ich muß im Licht dieser Erkenntnis ein allzu großes Versäumnis meines Lebens bedauern. Wenn auch das Verhältnis zwischen Onkel Heiner und mir nie wirklich eng war, so doch über eine Strecke sehr nah, namentlich in Sanary, wo er schon fest im Sattel saß, während der Zauberer schwankte und durchaus den Gedanken einer Rückkehr nach Deutschland erwog. Über was haben nicht Eissi und ich mit ihm diskutiert, durch alle Themen der Politik und der Ästhetik sind wir mit ihm gewandert, wobei Persönliches und Familiäres nur selten und, wenn überhaupt, sparsam angerührt wurde. Onkel Heiner, man spürte es, fühlte sich nicht wohl im Kreis dieser Fragen, und er nahm auch Eissi und mich nicht als seinen Neffen und seine Nichte, sondern als junge Kollegen und Genossen im Widerstandskampf, wo er uns denn mit Recht für zuverlässiger hielt als seinen Bruder. Nie, nie bei diesen Tausenden von Begegnungen und Gesprächen mit dem Onkel ist mir auch nur der Einfall gekommen, ihn danach zu fragen, wie ihm zumute gewesen sein mag, als er den ‹Zauberberg› las. Weder aus dem Familieninternen noch aus dem, was besagte Chronisten zutage gefördert, ist mir irgendeine Stellungnahme oder Reaktion von seiten Onkel Heiners erinnerlich, es sei denn, man möchte andere Äußerungen aus ihrer Nachbarschaft rupfen und auf das, was der ‹Zauberberg› bei ihm auslöste, beziehen. Es stehen also keine Quellen zu meiner Verfügung, um meine Behauptung darauf zu stützen. Nehmen Sie es als eine Hypothese zu Ihrer Kenntnis. Das Schiefe, um nicht zu sagen, Verkrüppelte an Onkel Heiners Leben mit seinem erbarmungswürdigen Ende in Kalifornien läßt sich meines Erachtens auf vier große Erschütterungen zurückführen, aus denen die nie verheilten Brüche entstanden.

Den frühesten und wahrscheinlich nachwirkendsten Knacks, den sein Weltverhältnis erlitt, kann ich nicht nachweisen; man hätte es auf analytischem Weg aus ihm herausholen müssen. Ihnen, Professor Blüthenreich, wäre es zuzutrauen gewesen, vorausgesetzt natürlich, daß Onkel Heiner sich einer Analyse zur Verfügung gestellt haben würde, was, wer ihn kannte, getrost verneinen darf. Eher hätte man Eissi dazu gekriegt. Ich gebiete dank meiner Psychose in der Familie über die größte Erfahrung auf diesem Sektor. Auf den Trichter mit Onkel Heiner bin ich bei einem Analytiker in den Niederlanden gekommen, der in den siebziger Jahren wegen des Einsatzes der Orgontherapie hohe Konjunktur gehabt hatte und von dem ich mich behandeln ließ, um auch der Heilkunst von dieser Seite ihre Chance zu geben. Bei den Sitzungen mußte ich mich stark beherrschen, weil ich seinen Akzent so urkomisch fand. Um ihn als Therapeuten ernster nehmen zu können, beschäftigte ich mich intensiv mit der Theorie und der Person Wilhelm Reichs. Sie kennen seine Jugendautobiographie. Es geht dabei um die Darstellung einer Katastrophe, die in der Rückprojektion noch seine frühesten Kindheitserinnerungen verdunkelt. Die Katastrophe besteht darin, daß Wilhelm Reich seine Mutter beim Beischlaf mit dem Hauslehrer beobachtete. Vielleicht ist es Ihnen bei der Lektüre ähnlich ergangen; ich konnte die Schilderung nicht ohne gehörige Exzitation lesen, und unwillkürlich dachte ich dabei an meine Großmutter und an meinen Onkel. Nimmt man dazu die Zeichnungen, die Onkel Heiner am Ende seiner Schulzeit gefertigt, und das wenig rücksichtsvolle Porträt, das der Zauberer im ‹Doktor Faustus› von seiner Mutter geliefert, erhält man Indizien, die geeignet wären, den skandalösen Verdacht meiner Intuition zu erhärten. Einen Eid könnte ich nicht darauf schwören, aber aus meiner Sicht macht diese Unterstellung vieles sonst Unerklärliche in Onkel Heiners Wesen mit einem Schlage plausibel. Erschütterung Numero zwo: der Selbstmord seiner Schwester Carla. In ‹Ein Zeitalter wird besichtigt›, wo er es noch einmal unternahm, in der Rückschau seinem Leben Folgerichtigkeit und Rundung zu verleihen, wobei aber doch nur ein disparates Gemenge aus Völkerpsychologie, Literargeschichte und versprengten Szenen seiner Biographie entstand, hat Onkel Heiner diesen Einschnitt selbst entsprechend gewürdigt, so daß ich dem von meiner Seite nichts hinzufügen muß. Die dritte Säule im Fundament von Onkel Heiners Existenz, behaupte ich nun, hat sein Bruder mit dem ‹Zauberberg› zum Einsturz gebracht. Vierter, finaler Akt dann der Suizid seiner zweiten Ehefrau Nelly.

Wie ihn Carlas Gifttod getroffen, welchen Hieb ihm Nellys Abgang versetzt hat, kann ich ihm nachfühlen. Eissi …

Aber das frische Werk des Bruders aufzuschlagen, sich selbst darin wiederbegegnen zu müssen, in einen Settembrini und einen Ziemßen zerhackt, wie das tut, Professor, das können Sie sich so wenig vorstellen wie ich. Man müßte es erlebt haben. Gut, es *ist* mir geschehen. In ‹Unordnung und frühes Leid› hat der Zauberer die Seelchen seiner eigenen Kinder geraubt. Nun ja, es war schon ein seltsames Gefühl, und namentlich Bibi, der als Beißer vorkommt, hat daran für den Rest seines Lebens zu knabbern gehabt. Ich war nicht ausschließlich von angenehmen Sensationen erfüllt, als ich es las, und ich war wahrhaftig alt genug, um zu verstehen, was der Zauberer angestellt hatte mit uns, aber summa summarum fühlte ich mich doch mehr beschenkt als bestohlen. Das liegt nicht so sehr daran, daß er von mir ein schmeichelhaftes Bild gezeichnet hat in der Novelle, mehr daran, daß ich von Kind auf meine Bestimmung darin gesehen, aufgesogen zu werden von ihm. Peinlicher, sehr viel peinlicher schon war es, als Eissi den ‹Mephisto› schrieb. Da war mein Glück, daß mein Bruder bei seinem Seelenraub, der nicht eines Einschlages ins Bestialisch-Blutrünstige entbehrte, so ganz auf Gründgens fixiert war, zu welchem die Barbara, die er mir entreißen mußte, nur ein Anhängsel darstellte. Auch dort werde ich heroisiert. Das hat mich erschreckt, weil ich plötzlich erkannte, mit welch komplexhaften Ladungen Eissi die Schwesterimago besetzt hielt. Und es hat, wenn ich es recht bedenke, die grundlegende Wandlung in meinem Verhältnis zu ihm entschieden gefördert. Dennoch steht es in keinem Vergleich zu dem, was der ‹Zauberberg› in Onkel Heiners Selbstbewußtsein angerichtet haben muß. Es blieb ihm nichts übrig, als ein vollkommen neues Leben zu beginnen. Was er ja dann auch getan hat. Er zog nach Berlin.

Jetzt habe ich sehr ausführlich von dem Opfer gesprochen, leider ohne daß es mir gelungen wäre, seinen Schaden und seine Lust in ihrem ganzen Umfang und in ihren Einzelheiten genau zu beschreiben. Wie aber steht es um den Täter und seine Verantwortlichkeit? Von Onkel Heiner hat man nie ein Wort der Klage über das ihm vom Bruder geschehene Unrecht gehört. Zwar handelte es sich hier meiner Meinung nach um den beträchtlichsten Seelenraub, den der Zauberer je beging, aber keineswegs um den spektakulärsten, und da er dies Geschäft notorisch, was sage ich, berufs- und gewerbsmäßig betrieb, mußte aus dem wachsenden Kreis der Betroffenen zwangsläufig ein Geschrei laut werden, das auf Sühne und Wiedergutmachung pochte. Mein Vater hat sich gegen derlei Ansprüche vorderhand mit dem vielzitierten Aufsatz ‹Bilse und ich› verwahrt.

Wohl hat dieser kleine, aber spitzfindige Schriftsatz die beabsichtigte peremptorische Wirkung auf die Anwürfe seiner Widersacher erzielt, aber gründlichst will ich's bezweifeln und in Abrede stellen, daß er mit dem, was er da zu Papier brachte, sich selbst überzeugt haben sollte. Gehen wir davon aus, daß er sich nicht würde aufgerafft haben zu diesem Attempt, das eigene Gewissen zu säubern, hätten ihn nicht die darauf haftenden Flecken selbst am meisten geniert. Aber mit diesem Aufsätzlein stellte er seine Unschuld nicht wieder her, ganz so einfach ging es nun doch nicht. Viel zu zentral war und ist die Problematik – ich weiß, wovon ich rede, wenn ich das Präsens zu dem Präteritum füge! Man kann in diesem Kreuz geradezu die Koordinate erblicken, welche die Position angibt, die meinen Vater im Atlas des Geistes lokalisiert. In dem Gesamtwerk, das wir von ihm besitzen, sind es zwei einzelne Stücke, die, obwohl sie auf den ersten Blick außer dem Namen des Autors kaum eine Übereinstimmung zeigen, schon aufgrund zweier äußerlicher Merkmale zusammengehören. Beide sind sie nach Ausmaß und Anlaß große Romane, wenngleich der Vater sie nicht unter die ganz großen zählte, welchen er nebst den ‹Buddenbrooks› und dem ‹Zauberberg› noch den ‹Joseph›-Roman und den ‹Doktor Faustus› zuzurechnen pflegte. Den ‹Felix Krull› hatte ich en passent schon erwähnt als ein Werk, das an der Gewissensberuhigung des Seelenräubers arbeitet; der zugehörige Bruder, treffender gesagt, die Schwester ist in meinen Augen ‹Lotte in Weimar›. Was, frage ich Sie, lieber Professor – und Sie verzeihen mir, wenn ich Ihnen wie eine Deutschlehrerin auf dem Gymnasium komme –, was ist das Thema, der Sisyphosklumpen, den der Zauberer sowohl im ‹Krull› als in der ‹Lotte› in wechselnder Perspektive zu wälzen sich müht? Sie haben weder das eine noch das andere gelesen? Gestatten Sie, Professor, aber ich empfinde es weder als gesellschaftliche Arroganz noch als familiären Dünkel, wenn ich es ablehne, auf derlei Lebensversäumnis Rücksicht zu nehmen. Wenn Sie nun gesagt hätten, Sie hätten etwa den ‹Tonio Kröger› oder auch den ‹Tod in Venedig› verpaßt, das hätte ich Ihnen durchgehen lassen. Aber in den Memoiren des Hochstaplers Felix Krull und bei der Lotte geht es von A bis Z um den Seelenraub, womit ich die soeben rhetorisch an Sie gerichtete Frage schon selbst beantwortet habe, und ich glaube meinen zu dürfen, daß es sich hierbei um einen Topos handelt, welcher für die Psychologie und besonders für das Phänomen der Schizophrenie von eminenter Bedeutung und Aussagekraft ist. Aber ich rede zu Ihnen ein bißchen in der getadelten Weise, wie Settembrini zu Castorp. Sie müssen es mir nachsehen, Dottore, wenn meine Herkunft mich nicht nur einholt, sondern mir gelegentlich sogar ein Stückchen voraushüpft. Ich will mich bescheiden und Ihnen die beiden Bände zur baldigen und angelegentlichen Lektüre empfehlen, die Lotte noch dringender als den Felix.

Von jedem x-beliebigen Stümper, von jedem skribelnden Gekken, der sich wohlweislich hütet, irgendeine Zeile meines Vaters zu konsultieren, weil er im Anschluß unweigerlich seine Schreibmaschine auf den Flohmarkt zu schleppen hätte, von einem jeden dieser stutzerhaften Sudelpoeten können Sie es hören, Eitelkeit sei die hervorstechende Eigenschaft von Thomas Mann. Ausgerechnet Wiesengrund, der mit dieser Eigenschaft weiter hervorgestochen ist als sonst einer, den die Welt gekannt hat, mußte sich anheischig machen, den Streitwert auf ‹Koketterie› herunterzuhandeln, und glaubte, dem Zauberer posthum damit weiß was für Freundschaftsdienste zu leisten. Insonderheit lieben es diese Eselchen, sich daran zu stoßen, daß mein Vater in ‹Lotte in Weimar› sich vermessen konnte, mit Goethe auf eine Stufe zu steigen. Sie erwarten nicht von mir, daß ich Speichel vergeude, meinen Vater in Schutz zu nehmen gegen dies Geblöke der Insuffizienz. Es hätte ihm denn jeglicher Begriff von Geschichte abgehen müssen, wo es ihm in den Sinn gekommen wäre, mit Goethe auf ein und demselben Sockel zu thronen. Trotzdem führte der Zauberer mit seinem ‹Goethebuch›, wie er es nannte, etwas ganz Besonderes, es ließe sich auch sagen, etwas Abgefeimtes im Schilde. Er zimmerte für Goethe und sich nicht ein gemeinsames Dach über ihrer beider Köpfe, noch schob er ein gemeinsames Piedestal unter ihre vier Füße, aber er fand für Goethe und sich einen gemeinsamen Nenner: Seelenraub. Spricht es nicht Bände, daß der Zauberer, nachdem er die anziehend-abstoßende Größe des Olympiers über viele Jahre wieder und wieder umschlichen hatte mit Essays und Aperçus, ausgerechnet diese Seite wählte, in aller Gelassenheit zuzuschreiten auf ihn? Daß er den großen Seelenräuber-Prozeß, in dem er Kläger und Angeklagter wurde zugleich, abhandelte unter Heranziehung des Präzedenzfalles Johann Wolfgang von Goethe? – Oh … Oh! Mir springt der Kopf. Wir müssen aufhören.»

DAS FÜNFTE HEFT

Ich lag noch eine ziemliche Weile, «in Gedanken» wäre zuviel gesagt und doch auch wieder zuwenig. Meine Patientin hatte die Stunde der Analyse weit, weit überschritten und mich nach ihrem unvermittelten Abgang in der eigentümlichsten Stimmung zurückgelassen. Eine nie gefühlte Euphorie trug mich, verbunden mit der Körperempfindung, als läge ich nicht ausgestreckt auf der Couch, als schwebte ich statt dessen in einem undefinierten Raum. Vielleicht drücke ich mich annähernd aus, wenn ich so formuliere, daß eine neuartige Gewißheit eingetreten war in mich und gleichzeitig ich in sie. Die Antizipation eines frohen, süßlichen Todes, obgleich ich es nicht so dachte oder empfand. Es war kein Gedanke, es blieb ganz entfernt von der Sprache, und wenn ich es jetzt in diesem System zu fassen versuche, verjage ich es. «Unsterblichkeit der Seele», das ist ein Gedanke, es klingen sofort die Debatten der Scholastik darin, und nicht nur jetzt, auch gestern mittag, als ich es durchlebte – als es mich durchlebte, müßte ich passender sprechen –, wäre es mir unmöglich gewesen, als solchen ihn zuzulassen oder gar zu goutieren. Ob es die Unio mystica war?

Wenn ich das Gestrüpp meiner Erinnerung nach etwas Erlebtem durchforsche, das sich unter Vorbehalt in eine Ähnlichkeit oder Analogie dazu hinstellen ließe, kommt am ehesten noch die Verliebtheit in Frage, denn diese ist ebenfalls nicht ein Sieg oder Gewinn, sondern ein Verlust, eine Erlösung und Befreiung, das Wegtreten des atmosphärischen Drucks, die Entbindung aus den Fesseln der Persönlichkeit. Doch, die Komparation ist nicht ganz unglücklich gewählt, mir scheint, als ließe sich das Phänomen auf diesem Weg, wenn man's geschickt tut, einfangen in die Gatter der Wissenschaftlichkeit und Terminologie. Wenn es sich um eine Empfindung der Negativität handelt dabei, dann stehen jene frühe des Jünglings und die gestrige des alternden Mannes im Unterschied nur quantitativ zueinander. Das rezente war so viel stärker, weil die Ich- und Persönlichkeitsbildung entsprechend vorangeschritten, daß bei Wegfall des Drucks im Verhältnis dazu die Auftriebskraft ansteigen mußte. Oder so ähnlich. Ich muß mir erst Hilfsmittel verschaffen, um diese Theorie weiterzuspinnen.

Ich war aber dabei auch in Gedanken, und das ist gerade richtig herum ausgedrückt, denn es verhielt sich keineswegs so, daß etwa diese Gedanken in mir gewesen wären, nein, ich war in ihnen. Und es waren auch nicht meine Gedanken, sondern diejenigen Erika Manns. Oho! Selbst wenn ich auf ihrem Leim gehe, sobald wir uns sehen, ist es doch noch nicht soweit, daß ich nicht mehr fähig wäre, zu unterscheiden zwischen Frau Yenigül einerseits und Erika Mann andererseits! Aber die Gedanken, in denen ich mich bewegte, waren eben nicht diejenigen meiner Patientin, sondern die ihres Wahns, und die gehören zu Erika Mann, nicht zu ihr.

Sie hatte ja sehr lange gesprochen ohne Unterbrechung und Stockung, sie hatte das alles am Schnürchen und surrte es ab. Wieder hatte sich mir alles bis auf die kleinste Sentenz minutiös in das Gedächtnis geprägt, ich bewegte mich auf und ab in ihrem Monolog, aber nicht, als übte ich mich, ihn fester und fester zu memorieren, derart vielmehr, als produzierte ich selbst diesen Text aus mir heraus. Das war auch abends bei der protokollierenden Niederschrift so. Da, wo meine Person angesprochen wurde als «Professor», «Doktor» und an einer Stelle sogar mit dem Namen, war ich die Redende, nicht der, an den sie sich wandte. Interessanterweise will es mir auch jetzt mit Anstrengung und Nachdruck nicht gelingen, mich an die Worte zu erinnern, mit denen ich auf ihre Fragen Antworten gab. Zu dem Anfang der gestrigen Eintragung, wo ich die Erlebnisse vom letzten Sonntag und Montag in Bremen und meine Rückkehr nach Orbeswenden notierte, mußte ich mich regelrecht zwingen; sobald ich aber die Anführungszeichen gesetzt hatte und ihre Rede wiedergab, zogen sich die Zeilen wie von allein, ich schaute nur zu. Als ich geschrieben hatte: «– Oh … Oh! Mir springt der Kopf. Wir müssen aufhören», schmiß ich die Füllfeder aus der Hand und preßte mir mit beiden Händen den Schädel, denn wirklich war mir, als wolle er bersten.

Zaras Flucht nach Paris war schmerzhaft nicht nur für Frieder persönlich, insgesamt war dem Leben der Künstler in ihrer Kolonie ein Ferment entzogen. Die Gemeinde litt nach dem Abgang der von Rülikens, denen nun auch noch Zara gefolgt, entschieden unter einem Mangel an Fertilität. Allerdings sollte Zara in Paris Eroberungen machen, Stilneuheiten adaptieren, mit denen sie später den Orbeswender Malern Anstöße liefern würde, die das, was durch ihre vorübergehende Abwesenheit entbehrt werden mußte, zur Genüge ersetzten und aufwogen bei weitem.

Problematischer, ja fatal für das künftige Geschick des Künstlerdorfes am Moor war eine Person, die Zara zwar nicht im Gepäck mit zurückbrachte aus der französischen Hauptstadt, die aber durch sie aufmerksam gemacht wurde und neugierig auf das, was Fischeler und Kollegen hier trieben. Sein Name war Ottokar Tröger, sein Gesicht eines von der Art, wie seine Skulpturen sie trugen, welche allesamt beim Betrachter den Eindruck hervorriefen, der Meister habe unter der Arbeit die Lust verloren und sei nur mit schneller Hand noch darübergehuscht, um sie als «vollendet» zu deklarieren und sie aus der Werkstatt zu haben. Die präziseste Beschreibung, die sich davon geben läßt, ist die, daß sich an ihm zwei Augen, eine Nase und ein Mund befanden. Der Schädel hatte die Form eines Straußeneis, von der Unregelmäßigkeit des bereits in der Adoleszenz voll entwickelten Doppelkinns abgesehen. Auch durch die Kennzeichnung seines Haarwuchses bekommt man den Mann nicht charakteristischer, denn selbiger hatte ebenso früh, wie der mit Fett gefüllte Hautbeutel zwischen Kinn und Hals entstanden, ausgesetzt. Folglich hatte Tröger schon in der Zeit, da er sich einen Studenten nannte, eine Stirnglatze, der Kranz, der im Nacken noch stehengeblieben war, bräunlich-schwarze Farbe. Dieser Kopf war so nichtssagend, daß man, so man seinem Besitzer zufällig auf der Straße begegnet, unbedingt an ihm vorübergegangen wäre, und Tröger muß die komplette Ausdruckslosigkeit seiner Visage bewußt gewesen sein, denn bei den wenigen Porträtphotos, die von ihm existieren, hat er sich die größte Mühe gegeben, durch Dreiviertelprofil und Schlagschatten doch noch so etwas wie Konturen hineinzubringen in dies Gesicht. Doch waren diese Mühen vergeblich; auch auf diesen Photos sieht er aus wie ein Mann, der zu allem und zu nichts zu gebrauchen ist, und dies wäre denn für sein Wesen und das Leben, welches aus diesem hervorging, so ziemlich die Formel. Trotzdem, oder vielleicht sogar deshalb, hatte er Glück bei den Frauen. Er hatte es auch bitter nötig.

Seine Herkunft war die niedrigste, was durchaus für ihn gesprochen haben könnte, wäre er nicht in späteren Jahren zu einem prätentiösen Verfechter der rücksichtslosen Diktatur des Herrenmenschen und Aristokraten über den besitzlosen Pöbel geworden. Sein Vater war Werftarbeiter in Bremerhaven gewesen, Ottokar als siebentes von insgesamt dreizehn Kindern zur Welt gekommen. Außer Lesen, Schreiben und den Grundrechenarten hatte er von seinen spärlichen Schulbesuchen nichts mitzunehmen vermocht, aus einer Lehre als Steinmetz, die er begonnen, war er von seinem Meister fortgejagt worden. Mit sechzehn hatte er auf einem unter französischer Flagge fahrenden Dampfer anheuern können. Nach zwei Jahren, die er auf See verbracht, war er in Marseille von Bord gegangen, hatte sich nach Paris durchgeschlagen, und weil in dem Haus auf dem Montmartre, wo er in einer Mansarde wohlfeile Unterkunft fand, vorwiegend Künstler lebten, beschloß Tröger, dem die Boheme noch mehr zusagte als die Seefahrt, selbst einer zu werden. Da er ein miserabler Zeichner war und von der Farbe rein gar nichts verstand, erklärte er die Skulptur zu seiner Sparte. Immerhin hatte er auf dem Friedhof doch ein wenig Übung im Umgang mit Hammer und Meißel gehabt und wußte einigermaßen die Steinsorten auseinanderzuhalten.

Wenn also von einer Begabung im eigentlichen Sinne bei Tröger die Rede nicht sein konnte, so muß doch anerkennend festgestellt werden, daß er die gewissermaßen sekundären Tugenden des Künstlers, sobald er sich einmal entschieden hatte für diese Form der Lebensgestaltung, in neiderregender Weise zu kultivieren verstand. Zunächst übertraf er die Künstler in seiner Umgebung im Hungern und Schnorren. Mit beifälligem Staunen wurde es registriert, wie er ganze Monate überlebte, ohne einen einzigen Centime eingenommen zu haben und ohne irgendwelche Einbußen an Tatkraft und Selbstbewußtsein. Auch geriet er nie in die Versuchung, von seiner Grundausstattung, die aus einem weiten, marineblauen Kamelhaarmantel, einem kostbaren Kaschmirschal und einer Baskenmütze bestand, etwas zu veräußern, um sich aus dem Erlös den knurrenden Magen zu füllen. In dieser Garderobe machte er, von Natur groß gewachsen und massig, zumindest aus der Entfernung noch Eindruck, als der Vermieter seiner Mansarde sich nicht mehr vertrösten ließ und Tröger sich gezwungen sah, nächtens in Parks und unter Brükken zu verweilen.

Diese Härte im Einstecken der vom Schicksal ausgeteilten Schläge zuerst war es, die seinen Kollegen Respekt einflößte und sie veranlaßte, Tröger, wenn er zu später Stunde in einem ihrer Stammrestaurants auftauchte, trotz dem etwas strengen Geruch, der von ihm ausströmte, einen Stuhl an ihren Tisch heranzurükken und bei der Kellnerin ein Glas und einen Teller für ihn zu bestellen. Bei solcher Gelegenheit nun konnte Tröger das zweite seiner ausgeprägten Sekundärtalente unter Beweis stellen. Es bestand darin, mit sicherem Blick und markigsten Worten die Welt der Künstler in zwei Lager zu teilen, nämlich in das der Stümper und das der Genies.

Um so aufmerksamer lauschte man seinen kritischen Diskursen, als Mut und Unerbittlichkeit seines teutonischen Rigorismus zusätzlichen Reiz durch seine Ausdrucksweise erhielten, in welcher sich in seine eigentümlich gehandhabte Grammatik Ungebräuchlich-Idiomatisches aus dem Seemannsjargon einflocht. Mit welcher Erleichterung nahm man es auf, das, was man im stillen doch immer schon irgendwie geahnt, dann aber, um nicht als neidisch zu gelten, nie zu Ende gedacht hatte, endlich von diesem prophetischen Munde ausgesprochen zu hören, nämlich, daß Rodin passé war und eigentlich – bei Lichte besehen – schon seit je ein Stümper und überbewertet gewesen. Im nächsten Aphorismus wurde auf den freigefegten Thron der anwesende Patrick Duval gehoben, der eben von der Vernissage seiner zweiten Ausstellung kam, dessen Name aber, wofür Tröger sich mit seinem Halse verbürgte, in der Frist weniger Jahre in der ganzen Welt ebenso bekannt wie verehrt sein würde.

Es zeigte sich an diesem Urteil, welches von dem Begünstigten sogleich mit der Ordre für eine Flasche Moët-Chandon Magnum quittiert wurde, neben dem unverschämten Opportunismus, daß Tröger über einen zwar nicht untrüglichen, aber bisweilen erstaunlich treffsicheren Riecher für die im Schwange befindlichen

Tendenzen verfügte, denn wirklich stieg Patrick Duval in der Folgezeit zum Verkaufsschlager der Galerien in den Straßen um den Sacré-Cœur auf. Das wußte Tröger sich zunutze zu machen, denn da er selbst immer noch keinen Galeristen für seine Arbeiten hatte gewinnen können, brachte er Duval dahin, von seinen begehrten Aquarellen einige im Tausch für Trögers Miniaturen zu geben. Das war von Duvals Seite eine gönnerhafte Attitüde, dennoch hielt er die eingetauschten Klötzchen in Ehren und sprach, wenn einmal bei ihm ein Besucher nach deren Urheber fragte, den Namen mit einer gewissen Hochachtung aus.

Worum handelte es sich bei den Objekten, mit welchen Ottokar Tröger auf derlei Umwegen seinen Marsch auf den Kunstmarkt begann? Sie entstammten dem Vermächtnis eines alten Schiffskochs, mit dem Tröger auf seiner letzten Reise gefahren. Es war der lebenslang gepflegte Spleen dieses Smutjes gewesen, auf seinen Landgängen in den verschiedenen Erdteilen nicht wie die Matrosen nach den nächstgelegenen Spelunken und Bordellen zu forschen, sondern die Märkte abzuklappern und kleine Statuen, Fetische und Götzen zu erwerben. Tröger hatte zu den wenigen gehört, denen der gute Mann seine Sammlungen vorgezeigt, und er hatte ihn auch in Peru, Ägypten und Thailand begleitet bei seinen Akquisitionen. Des betagten Kochs Absicht war es gewesen, gleich Tröger in Marseille das Schiff zu verlassen, um sich in einem stillen Dörflein der Provence zur Ruhe zu setzen. Es wurde dies Vorhaben vereitelt von einem Sturm vor der Küste Marokkos, wo er nächtens im Anschluß an eine Geburtstagsfeier und nach übermäßigem Rumgenuß über die Reling purzelte. Da in der Mannschaft außer Tröger niemand Interesse bezeugte für den Krempel, mit dem die Kabine des seligen Kochs angefüllt war, hatte er sich erbarmt, das Zeug in seine Obhut zu nehmen, um es später einer Nichte des Verstorbenen, deren Adresse in Paris er angeblich kannte, zu übergeben.

Noch an Bord, wo Ottokar Tröger ja noch gar nicht wissen konnte, daß er sich demnächst entscheiden würde, Künstler zu werden, hatte er, in unbewußter Vorahnung handelnd, damit begonnen, den Teil der Sammlung, der aus Holzfiguren bestand, in Details zu zersägen. Die gegossenen Stücke verscherbelte er bei einem Eisenhändler in Tanger zum Materialwert. Von den in Stein gearbeiteten behielt er eine Auswahl, den Rest überantwortete er vor den Balearen den Fluten. Einen gutgestopften Seesack mit Armen, Beinen, Köpfen und Rümpfen aus dem Kunsthandwerk der Kulturen der Welt schleppte er von Marseille mit auf den Montmartre. In seiner Mansarde wurden sie von Tröger neu kombiniert und mit zarten Lasuren getönt. Die daraus entstehenden Kleinskulpturen also waren es, was er Duval zum Tausch bot für dessen Blätter, die bei den Galeristen so gut waren wie bares Geld.

Damit war der Anfang gemacht, er konnte sich wieder ein Zimmer mieten, sich neu einkleiden und im Restaurant sein Essen selber bezahlen. Freilich war diese Versorgung abhängig von der Konjunktur der Bilder Patrick Duvals, die sich denn doch als entschieden kurzlebiger erwies als von Tröger prophezeit. Jedoch mußte dieser trotz dem rapiden Kursverfall der Wertpapiere aus der Werkstatt seines Gönners nicht auf die Straße zurück. Gerade zur rechten Zeit durfte er bei der letzten der im großen Stile zelebrierten Vernissagen Duvals die Bekanntschaft einer durchaus nicht unansehnlichen, sehr, sehr reichen Dame machen. Sie hieß Elisabeth Didwiszus und war eine Tochter des mächtigsten Handelshauses zu Reval. Nach Paris hatte man sie in Begleitung einer Gouvernante geschickt, zwecks Aneignung guter Manieren in höfischen Kreisen und Erlernen distinguierten Parlierens à la Madame de Sévigné. Allerdings waren Elisabeths Präferenzen von klein auf mehr in die Richtung der Lieselotte von der Pfalz gegangen, und nun, da sie in den vornehmsten Salons des Boulevards St.-Germain verkehrte, fand sie den Pariser Adel überkandidelt und zum Erbrechen langweilig. Kunst und Künstlern war sie grundsätzlich zugeneigt, und besonders traf Ottokar Tröger ihren Geschmack, weil er sich bei allem Weltmännisch-Salonfähigen, das ihn in größter Selbstverständlichkeit mit Herzögen und Ministern plaudern ließ, einen Rest natürlich-roher, maskuliner Ungeschliffenheit bewahrt hatte. Weiter wurde ihre Freude über die Begegnung dadurch gesteigert, daß sie beim Austernessen Deutsch mit ihm sprechen konnte, das ihr um so vieles leichter von der Zunge ging und tiefer aus dem Herzen kam als das Französische. Als er ihr schließlich hinter vorgehaltener Hand, was ja vollkommen unnötig, da am ganzen Tisch ohnehin niemand saß, der sie verstand, mitteilte, dieser komplette Pariser Kunstrummel sei dazu verdammt, in absehbarer Zeit mit Pauken und Trompeten unterzugehen, weil dann das Germanentum zu neuem Leben erwachen und auf allen Gebieten das Seinige einfordern werde, war sie hingerissen und schon zur Hälfte verliebt.

Es war der Januar des Jahres 1906, in welchem diese – späterhin für Orbeswenden so fatale – Liaison sich anspann, und Ottokar Tröger hatte für einige Wochen ein Atelier zu seiner Verfügung, das ihm ein Kölner Maler, der in seiner Heimatstadt eine Ausstellung vorbereitete, für die Zeit seiner Abwesenheit überlassen. Die Werkphase mit den Kleinplastiken hatte er für abgeschlossen erklärt; neuerdings beschäftigte er sich mit Monumentalarchitektur, wofür er in dem Arbeitsraum des Kölners diverse Aufrisse an die Wände gepickt und auf mehreren Tischen Modelle aufgebaut hatte. Hierhin lud er Elisabeth, und er brachte mit seinen Plänen und Projekten ihre großen blauen Augen zum Leuchten. Binnen weniger Viertelstunden gewann sie die tiefe Überzeugung, auf den maßgebenden Künstler des heraufkommenden Zeitalters gestoßen zu sein. Daß er momentan knapp bei Kasse, schien ihr nur allzu verständlich, da er sich nicht wie Duval und Co. mit der Anfertigung von kunstgewerblichem Firlefanz vergeudete, es diesen minder Begabten überließ, den schnellen Franc zu machen, was diese um so nötiger hatten, da ihnen nicht wie Ottokar Tröger eine große Zukunft bestellt war.

Daß sie in Ottokar einen Kerl hatte, der auf sein großes Ziel zuschritt, ohne dabei irgend Rücksicht auf Verluste zu nehmen, offenbarte sich ihr nicht zuletzt auch in der Art, wie er ihre Hüfte umschlang und sie auf das Kanapee drückte, während sie von den noblen Herren der höchsten Gesellschaft doch nur an Handküßchen und geflüsterte Sottisen gewöhnt war. Wahrlich ein Mann von Überzeugung und von Entschlüssen, denn bevor sie sich noch ihr Korsett wieder geschnürt hatte, hielt er um ihre Hand an. Dabei wußte er doch gar nicht, wie reich ihre Familie in Wirklichkeit war! Für Elisabeth blieb kein Zweifel bestehen, er war der Rechte, und sie willigte ohne Zögern und Bedenken in seinen Wunsch. Eile war auch ihrerseits durchaus geraten, denn ihre Gouvernante hatte in letzter Zeit zu kränkeln angefangen und drängelte zur Rückkehr nach Reval, wohin aber Elisabeth bei allem, was man an Paris aussetzen konnte, keineswegs wollte, und unverheiratet schon gar nicht. Sie schickte die Alte nach Hause, mietete für sich und den Zukünftigen eine standesgemäße Wohnung beim Odéon, für Ottokar dazu in der Nähe ein geräumiges Atelier.

Es war um diese Zeit, als Zara Wolkenberg ihren pingeligen Gemahl, Paul Harmsen, die Fischelers, den Lindenhof und die vergötterte Moorlandschaft floh, um sich im Getriebe der großen Stadt neuen Einflüssen auszusetzen, nach neuen Lehrern zu suchen. Natürlich war ihr erster Weg in Paris der zu Amanda und René, aber auch unter der kosmopolitischen Atmosphäre und in dem Dunstkreis des erhabenen Rodin stellten sich nach dem Abklingen der anfänglichen Freude über das unverhoffte Wiedersehen die alten Querelen und wechselseitigen Vorwürfe wieder ein.

René, der besonders stark daran litt, daß er in seiner neuen Rolle nicht zu der Vertrautheit des Gesprächs und in die Nähe gemeinsamer Gesinnungen, wie sie einst zwischen ihm und Zara auf dem Lindenhof geherrscht hatten, zurückfinden konnte, suchte die Leere und Sprachlosigkeit damit zu übertünchen, daß er Zara und Amanda, Rodins Einladungen in der Tasche, von einer Ausstellung zur anderen schleifte.

Hier war es, daß Zara immer wieder von einem Bildhauer hörte, der mittellos aus Deutschland nach Paris gekommen, Jahre ohne Obdach und Brot hinter sich gebracht und nun mit einer phantastisch schönen, ungemein blonden Frau verheiratet war und in der teuersten Gegend der Stadt ein Atelier in der Größe eines Museums besaß. Amanda und René hatten, obwohl sie doch offensichtlich bestens orientiert waren über die Bewegungen der Gestirne am Pariser Kunsthimmel, noch nichts vernommen von diesem Kometen, auch erhielt Zara auf ihre Nachfragen bei Liebhabern, Künstlern und Galeristen keine Auskünfte, welcher Art seine Arbeiten und wo sie zu besichtigen waren. Die Adresse seines Ateliers hingegen war fast so bekannt wie sein Name, und am ersten Tag, den sie für sich hatte, weil Amanda und René beschäftigt waren, machte Zara sich von ihrem winzigen Atelier in einem Hinterhof in der Avenue du Maine im 14. Arrondissement, das von Rüliken ihr vermittelt und das sie aus dem Haushaltsgeld von Frieder für zwei Monate vorausbezahlt hatte, auf den Weg zu dem vielgerühmten Kompatrioten.

Es traf sich, als hätte Ottokar Tröger dort gewartet auf sie. Seit die Dinge seiner äußerlichen Existenz sich derart zu seinem Vorteil gewandelt, seit er das Dasein eines Hungerleiders mit der Behaglichkeit eines großbürgerlichen Lebensstiles vertauscht hatte, waren jene megalomanischen Ideen, die sonst so unablässig seinen nichtssagenden Kopf durchsprudelt hatten, irritierenderweise zur Gänze verebbt. Trotzdem und deshalb verbrachte er täglich zehn Stunden in seinem Atelier. Geduld und eiserne Disziplin würden à la longue die Rückkehr der Inspiration herbeizwingen müssen. Mit Ton und Alabaster herumzuspielen, lehnte er ab. Das Todesurteil über Rodin war gesprochen, von dem «Toujours travailler» hielt Tröger nichts. «Abwarten» hieß die Parole, so oder so, früher oder später würde schon etwas kommen. Und es kam ja auch etwas. Nämlich Zara Wolkenberg.

So zaghaft hatte sie die Glocke gezogen, daß Tröger, voll und ganz mit seinem Nichtstun beschäftigt, das Läuten überhörte. Fast wollte Zara ihr Vorhaben, das ihr plötzlich kühn und vermessen erschien, aufgeben, aber sie war so ermüdet von ihrem langen Marsch durch die Stadt, daß ihr vor dem Rückweg graute. So faßte sie sich ein Herz und schellte energischer. Das hatte Effekt und riß Ottokar aus seiner Meditation. Polternd ließ er seinen schweren Leib über die Holztreppe hinab und öffnete seine Tür, um zu schauen, wer da nach ihm verlangte.

Zara hatte sich, soweit der bescheidene Fundus in ihrem Reisegepäck dies zuließ, für den Besuch in Schale geworfen. Ein schon nicht mehr ganz tadelloser Nerzmantel, den ihr Frieder zur Hochzeit geschenkt, ein Muff aus Fuchspelz und ein auch für Pariser Modeverhältnisse wagemutig breitkrempiger Hut, von dem kolossale Federbüsche aufragten; das war ihr Aufputz, an dem Tröger sie sogleich als Künstlerin erkannte. Bevor sie noch stammelnd den Versuch einer Begründung ihrer Visite zustande gebracht hatte, lud er sie mit großer Geste herein und half ihr, sie unterhakend, die Stufen zu seinem ausladenden Studio hinauf. Als er ihr den Nerz abnahm, kam eine Faltenrobe in Pink und Violett zum Vorschein, und Tröger machte schon hier ihrem Mut zur Farbe die nachdrücklichsten Komplimente.

Er hätte ihr gerne Tee angeboten, es war aber keiner vorhanden, und da Zara ohnehin schon im Zug war, Schwellen und Hemmnisse zu überwinden, nickte sie, als er sie bat, eine Flasche

Rotwein mit ihm zu teilen. Die Konversation, welche von dem Beaujolais bald in den flüssigsten Gang gebracht war, unterschied sich wenig von dem, was Zara in den voraufgegangenen Tagen in den verschiedenen Galerien mitgehört hatte. Doch fühlten sich die beiden, während sie zu gleicher Zeit wie tausend andere in der Stadt Gemeinplätze über Cézanne, Gauguin und van Gogh miteinander tauschten, herausgehoben aus dem Kontinuum und per Gnade des Schicksals ans Ziel ihres Strebens versetzt: Künstler in Paris sein und Rotwein trinken. Tröger versprach einen Gegenbesuch in Zaras Atelier.

In der Woche, die bis dahin verging, arbeitete Zara so intensiv wie nie zuvor in ihrem Leben. Wo sie glaubte, bloß den tiefgehenden Eindruck der Bilder der Impressionisten, die sie besichtigt, für sich zu fixieren und technisch die Hervorbringung der neuartigen Effekte nachzuvollziehen, gelang ihr in Wahrheit der Durchbruch zu ihrem persönlichsten Stil. Denn das waren keine einfachen Kopien, kein simples Nachäffen der Manier, sie übersetzte die Franzosen in die Sprache ihrer eigenen Farben und Formen. Dann, am vierten Tag, merkte sie doch, daß sie dabei war, die Welt aus ihren Augen neu zu erschaffen. Nun war es ein Rausch, der sie mitnahm, sie vergaß Essen, Trinken und Schlafen, die Nacht war ihr so hell wie der Tag. Auch die Verabredung mit Tröger war ihr entfallen.

Er stand pünktlich vor ihrer Tür, sie war gerade dabei, einen Akt von sich selber zu malen. Sein Klopfen hörte sie nicht, aber sie hatte die Tür nicht verriegelt. Sein Eintreten bemerkte sie ebenfalls nicht. Tröger war in keiner Weise verstört, sie im Kostüm der Eva zu treffen.

Es war zum ersten Mal in seinem Leben, daß der langersehnte Schauer des Numen über ihn lief. Da sah er vor sich in Trance die Schöpfung agieren und hütete sich, die Schaffende aus ihrer Balance zu stoßen. Ohne Geräusch schob er sich in einen Sessel, der bei der Tür stand, und hielt seinen Blick in andächtiger Starre auf das, was vor ihm geschah.

Unzutreffend wäre es zu vermuten, Tröger sei durch den Anblick der Nackten in sexuelle Erregung geraten. Solches war nicht der Fall. Erst recht ist Zara vor etwaiger Verdächtigung in Schutz zu nehmen, die Szene, wie sie sich zutrug, sei von ihr so arrangiert gewesen, auf plumpeste Art Tröger zu ihrem Liebhaber werden zu lassen. Wenn Tröger eine Woche zuvor, als Zara bei ihm zu Besuch war, durchaus in diese Richtung gedacht und sich vorgestellt hatte, was sich unter den pink-violetten Falten ihres Kleides verbarg, so war, als er es jetzt unverhüllt schaute, jegliche Spur von Begierde aus seiner Empfindung getilgt. Aufgewühlt und herausgesetzt aus seiner alltäglichen Wahrnehmung war er aber doch, schwebte in verzückter Ekstase, weil nicht das Weib, sondern das Wunder des Daseins die Schleier von sich geworfen hatte und sich ihm darbot.

Zara legte Pinsel und Palette zur Seite, erschrak aber nicht, als sie Tröger in dem Sessel gewahrte.

«Der Buddha», sagte sie, und das Wort wirkte lange im Raum.

«*Sie* sind die Göttin», sprach er nach einer Weile, sehr vorsichtig, um die Weihe der Stimmung zu halten. «Und Sie haben mich heute erleuchtet.»

«Man tut eben immer das, was man kann», nahm Zara das Wort und fiel dabei in einen sachlichen Ton, der Tröger mißbehagte. Er hätte jetzt doch gewünscht, sie möchte sich anziehen.

«Wenn es einmal dazu kommen sollte, daß ich einen Buddha male, dann müssen Sie mir sitzen, Tröger», sagte sie, während sie in einer Ecke einen kleinen Gaskocher entflammte und einen Kessel mit Wasser darauf setzte. «Aber wahrscheinlich wird nichts daraus. Ich glaube nämlich nicht an die Götter. Ich glaube an die Menschen, so wie sie sind, und zwar nicht an die Menschheit im allgemeinen, sondern an jeden einzeln. Verstehen Sie, was ich meine? Ich kann sie nicht subsumieren. Nicht einmal Typen gibt es für mich, jeder steht für sich selbst. So wie ich. Denn ich gehöre doch auch niemandem, keinem Menschen und keinem Gott. Sehen Sie, lieber Tröger, so wäre es auch, versuchte ich, Sie als Buddha zu malen. Es käme dabei kein Buddha heraus. Bestenfalls Sie. Nein, viel weniger noch, nur das Geringe, was bewegt wird in mir durch Sie. Der Reflex einer Einsamkeit in einer anderen Einsamkeit. Übrigens», unterbrach sie sich, als wäre es ihr eben erst bewußt geworden, «wenn es Sie geniert, ziehe ich mir gern etwas an. Aber wir sind es ja gewohnt von den Modellen.»

Tröger zuckte in seinem Sessel, um ihr zu bedeuten, daß es ihm gleichgültig sei, was nicht ganz stimmte, da ihn ihre Nacktheit, je profaner das Gespräch wurde, um so mehr irritierte.

«Ist es nicht eigenartig», fuhr Zara fort, nachdem sie sich ein graues, mit Farbe bekleckstes Kleid übergestreift hatte, «wie heikel gerade die Frömmsten reagieren in der Konfrontation mit dem Zustand, in welchem der Gott, zu dem sie beten, uns hingestellt hat? Ich muß Ihnen von Orbeswenden erzählen, ich kam letztens gar nicht dazu. Holger Umlauf, einer der Maler, die diesen Ort entdeckt haben, ein großer Künstler, bei meiner Seele, hat von Henning Fischeler, als er durch den Tratsch der Bauern erfuhr, daß mein Mann mich einmal im Wald nackt gemalt hat, verlangt, den Verkehr mit uns abzubrechen. Fischeler hat ihn ausgelacht, und da wollte er sich allen Ernstes mit ihm duellieren. Ist das nicht komisch?»

Tröger bekundete wenig Interesse für die Thematik und erinnerte Zara daran, daß sie ihn eingeladen hatte, um ihm ihre Bilder zu zeigen. Da zierte sie sich urplötzlich, brachte die Rede doch auf Orbeswenden zurück, dort eigentlich müsse er sie besuchen, denn dort befinde sich ihr Werk, welchen Ausdruck sie als hochtrabend gleich wieder zurücknahm, ihre bescheidenen Versuche jedenfalls, und das, was sie hier den Pariser Berühmtheiten nachgeahmt habe, das verdiene nicht einmal die Bezeichnung «Versuch». Tröger verärgerte es, diese in abgerissenen Halbsätzen vorgetragenen Ausflüchte anhören zu müssen.

«Schon gut», schnitt er murrend ihre Selbstherabsetzungen ab. «Jetzt zeigen Sie endlich, was Sie haben.»

Zara gehorchte und drehte die Bilder, die an den Wänden lehnten, um. Was jetzt aus Trögers Mund auf Zara niederging, war ein Hagel der Superlative. Ein Wunder, eine Offenbarung hätte er gerne genannt, was er da sehend erlebte, aber die Worte schienen ihm in ihrer Abgenutztheit doch nicht adäquat, und er gestand offen, daß er, der mit seinem Lob oft so weit gegangen war, daß man ihn der Schmeichelei bezichtigt hatte, der Majestät von Zaras Ausdruck mit seinem Vokabular nicht zu entsprechen vermochte.

Es waren die glücklichsten Minuten im Leben der Zara Wolkenberg. Endlich kam die Anerkennung, nach der sie gelechzt all die Jahre und ohne die sie, wäre sie nur einen Monat länger ausgeblieben, unweigerlich hätte verschmachten und zugrunde gehen müssen. Ottokar Trögers Euphorie schlug über alle Stränge, und er gab sich nicht die geringste Mühe, sie unter Kontrolle zu bringen.

«Das ist der Sieg!» verkündete er schlichtweg. «Der Triumph des germanischen Gefühls über den romanischen Intellekt. Die Impressionisten können einpacken, wenn sie das sehen. Mit Ihnen, verehrte, mit Ihnen, verehrteste, mit Ihnen, angebetete Zara Wolkenberg, mit Ihnen – nein, ich deliriere nicht, ich weiß genau, was ich sage –, mit Ihnen hat eine neue Epoche in der Kunstgeschichte begonnen. Sie haben eine neue Ära eröffnet. Mir wird man nur das bescheidene Verdienst zurechnen müssen, der erste gewesen zu sein, der die volle Tragweite Ihrer Leistung erkannt hat. Es ist ein feierlicher Augenblick. Sie sind schon heute das

Vorbild einer Generation, die Sie noch gar nicht kennt. Ich taufe die Bewegung, der Sie als Herold voranschreiten werden, die Erneuerung der rationalistisch verblödeten Menschheit durch das Gefühl, auf den Namen: Expressionismus.»

Zara glitten, als er das Wort in den Raum warf, die Teetassen von ihrem Tablett.

«Bravo!» rief Tröger in das Geräusch der springenden Scherben. «Der Impressionismus ist tot, es lebe der Expressionismus!»

Zara wollte das Kehrblech holen und auffegen.

«Lassen Sie das!» gebot Tröger und schwang seinen Arm mit machtvoller Gebärde. «Malen Sie! Malen Sie! Verlieren Sie keine Sekunde! Von nun an gilt keine Ausrede mehr. Ihre Begabung ist erkannt, Ihre Vokation unwiderruflich. Sie sind zu unablässigem Schaffen verurteilt. Ich werde Sie nun verlassen, zu lange schon habe ich Ihrer Kunst im Wege gestanden. Nur einen Wunsch, bitte ich Sie, mir zum Abschied noch zu erfüllen. Ich beschwöre Sie: Verkaufen Sie kein einziges Ihrer Bilder, bevor Sie nicht mit mir darüber gesprochen.»

Hätten Frieder Wolkenberg oder Lie Tröger, die mit der Eheschließung nicht nur ihren zungenbrecherischen Familiennamen abgelegt, sondern auch ihren Vornamen rufbarer gemacht hatte, teilgehabt an dieser Inaugurationsstunde des deutschen Expressionismus, man darf im Zweifel sein, ob ihre Begeisterung dabei eine so reine gewesen wäre wie die von Ottokar und Zara. Lie, die noch selbigen Tages durch ihren Gatten von der sensationellen Entdeckung erfuhr, beschlich keinerlei Mißtrauen, sie teilte seine Freude und seine Beglückung, ohne auch nur den Ansatz eines eifersüchtigen Gedankens zu hegen. Immerhin hätte es sie stutzig machen können, daß Zara die Bekanntschaft mit ihr gleich so heftig schloß, daß sie sie an Amandas Stelle zu ihrer Schwester erklärte und, bevor sie mit dem ersten fertig war, schon ein zweites Porträt von ihr zu malen begann.

Weniger blauäugig war Frieder. Er hatte lange warten müssen auf jenen Brief aus Paris, den Zara ihm mit ihren letzten Worten auf der Kommode in der Diele in Aussicht gestellt hatte. Nur aus der Korrespondenz, die René Wilhelm von Rüliken mit Henning Fischeler aufrechterhielt, waren spärliche Nachrichten über das Ergehen seiner Angetrauten in der Fremde zu ihm gelangt. Das war ihm nicht ganz unangenehm, denn im Grunde fürchtete er sich mehr vor der Ankunft ihrer Post, als daß er sie herbeiwünschte. Inzwischen nutzte er die Zeit, sich Vorwürfe zu machen. Täglich entdeckte er neue Verfehlungen in seinem Verhalten als Ehemann und geißelte sich nach Kräften dafür. Ein umfänglicher Katalog war entstanden von Benehmensweisen, denen er gefrönt hatte und denen er abschwören würde, wenn nur Zara sich bereit finden wollte, ihm eine Chance zu geben. Diese Tendenz schlug aber radikal um, als schließlich Zaras Brief eintraf.

Es war der August, mehr als ein halbes Jahr war vergangen seit ihrer Flucht. Frieder Wolkenberg war tief enttäuscht, daß Zaras Schreiben die Unartigkeiten und Versäumnisse, die zu gestehen und zu sühnen er mehr als bereit war, nicht mit einer einzigen Zeile erwähnte. Von der Kunst war die Rede, von ihrer Arbeit berichtete Zara und von der unerwarteten Resonanz, auf die sie gestoßen. Zwar kam Ottokar Tröger in dem ganzen zwölfseitigen Text nur an zwei Stellen vor, aber Frieder war felsenfest überzeugt, schon der Art, wie Zara dessen Namenszug malte, ablesen zu können, daß dieser Förderer alles andere als uneigennützig, daß seine Ehefrau bis über die Ohren verliebt in ihn war. Frieder jaulte auf, schlug sich vor den Kopf und stieß das verwaiste Ehebett um. Was hatte er denn anderes erwartet in dem Sündenbabel Paris?

Als er halbwegs zur Ruhe gekommen, ging er zum Lindenhof und beriet sich mit Henning Fischeler. Das war nun, wie man sehr bald erfahren wird, der denkbar ungeeignetste Mann, um Frieder Wolkenberg aus seinen Verlegenheiten zu helfen. Aber Mitgefühl hatte Henning die Menge für Frieder. Den Rat, mit dem er ihn zurück in das vereinsamte Holzhaus schickte, hatte er in einem Schmöker über asiatische Weisheit gelesen: «Wenn man nicht weiß, was man tun soll, ist es das Beste, *nichts* zu tun.» Es gibt einen weisen Spruch aus einer anderen Sphäre, der besser paßt zu der Lage, in welcher sich Frieder befand: «Dein bester Freund kann dein ärgster Feind sein und dein ärgster Feind dein bester Freund.» Nicht Henning Fischeler, Ottokar Tröger war derjenige, der Zara in den Hafen der Ehe zurücktrieb.

Einen zweiten Brief nach Orbeswenden hatte sie im September nachfolgen lassen, worin sie Frieder bat, ihre Verbindung zu lösen und ihr letztmalig 500 Mark an die Seine zu schicken. Tags darauf war sie mit Tröger zusammengekommen und hatte ihm erklärt, sie sei nun frei, er könne mit dem Verkauf ihrer Bilder beginnen, damit sie den Gewinn gemeinsam verlebten.

Die moralische Empörung, welche sie mit diesem Ansinnen bei Tröger hervorrief, war beispiellos. Das Sakrament der Ehe sei überhaupt das Allerheiligste, was auf der Welt existiere, wer dagegen frevle, so hielt er ihr vor, entziehe sich selbst die Berechtigung, der menschlichen Gemeinschaft anzugehören. Er wurde zornrot und laut, die übrigen Gäste des Cafés drehten die Köpfe nach ihrem Tisch. Wie zum Teufel es ihr einfallen könne, seine aufrichtige Bewunderung für ihre Kunst, die freilich nicht allein dieser, sondern auch der Künstlerin gelte, auf solch beleidigende Weise mißzuverstehen. Und wie schlangenhaft tückisch sie Lie hinterging! Hatte er sich denn irgendeiner Leichtsinnigkeit schuldig gemacht, durch Wort oder Tat Zara ermutigt, die unverbrüchliche Liebe und Treue zu seiner Frau in den geringsten Zweifel zu ziehen? Augenblicklich forderte er Rechenschaft von Zara, sie solle es ihm ruhig auf den Kopf zusagen, womit er derartigen Flausen fahrlässig, oder vorsätzlich sogar, den Vorschub geleistet.

Zara verzichtete darauf, ihm die Beweise seiner Neigung zu präsentieren. Sie hielt, was er aufführte, für das reinste Theater und beschritt furchtlos den geradesten Weg.

«Ich will mit dir schlafen», sagte sie zu ihm.

«Den letzten Satz habe ich nie gehört», gab Tröger trocken zurück. «Er wurde nie gesprochen. Sie müssen Vernunft annehmen, Zara. Ich habe aus Ihrem Mund nie ein böses Wort gehört über Ihren Mann. Im Gegenteil haben Sie mir das eine um das andere Mal von Herzen beteuert, was Sie ihm verdanken, wie sehr Sie ihn lieben. Was ich heute von Ihnen gehört habe oder, besser, nicht gehört haben will, ist eine Verwirrung, eine Laune, die Ihrer Überspanntheit zugestanden sein soll. Ich erwarte von Ihnen, daß Sie noch heute an Frieder Wolkenberg schreiben, ihn um Verzeihung bitten für Ihre Entgleisung und ihn reumütig bitten, auf dem schnellsten der Wege zu Ihnen zu kommen. Ich erwarte es nicht nur, Ihr Benehmen gibt mir das Recht, was heißt, macht es mir zur Pflicht, darauf zu bestehen. Tun Sie es nicht, so schreibe ich Ihrem Mann. Kommt er nicht, werde ich Sie abliefern bei ihm. Das ist ein Ultimatum. Ich gebe Ihnen vierundzwanzig Stunden Zeit.»

Zara brachte vor Ablauf der Frist ihre durch Tröger bewirkte Sinnesänderung zu Papier und ging damit unverzüglich zur Post.

Ein überglücklicher Frieder Wolkenberg entstieg in der darauffolgenden Woche an der Gare du Nord dem Zug und schloß auf dem Bahnsteig eine geläuterte Zara in die Arme. Er bezog ein frei gewordenes Atelier in dem Komplex an der Avenue du Maine und ließ fortan sein besseres Ich nicht mehr aus den Augen. Seinen Widerwillen gegen die Großstadt gab er nicht auf, doch drang über seine Lippen kein Laut einer Klage. Er liebte Zara, und in ihrer Nähe zu sein hieß sich am richtigen Orte befinden.

Es wurde nicht mehr über dreckige Teller und schmutzige Socken gestritten. Nach vollbrachtem Tagwerk setzten sie sich in ein kleines Restaurant, und die Wäsche kam in die Lavarie. Frieder brachte sie hin. Eine neue Zärtlichkeit wuchs zwischen ihnen, eine Passion, wie sie beide nicht mehr für möglich gehalten, wurde entfacht. Immer weiter öffneten sie sich einander, immer tiefer grub der eine in den andern Vertrauen. Nur ein Tabu hatte Zara bei ihrer Kapitulation zur Bedingung gemacht. Was sie malte, sollte Frieder nicht sehen, nicht einmal die Frage stellen dürfen, was mit den fertigen Bildern geschah. (Sie wanderten zur Lagerung in die Nebenräume von Trögers Großatelier. Er würde mit der Zuverlässigkeit seines Riechers den Moment abpassen, wo es möglich war, die Hauptstadt der Kunst mit dem Schlag einer einzigen Ausstellung zu erobern für Zara. So war es ausgemacht zwischen ihnen, und Tröger hatte als Kondition für die Übernahme der Kommission darauf bestanden, daß Frieder Wolkenberg von jeder Mitsprache und Mitwirkung ausgesperrt blieb.)

Gemeinsam mit Amanda und René begingen Wolkenbergs das Weihnachtsfest, und zur Begrüßung des neuen Jahres, 1907, kamen auch noch Hilde und Henning mit ihrer kleinen Tochter dazu. Hennings inständigem Flehen, mit ihnen zurück nach Orbeswenden zu reisen, gab Zara nicht nach, und Frieder erfüllte getreu seinem Gelübde, was sie für ihn bestimmte. Als aber im Jardin du Luxembourg die ersten Knospen aus den Zweigen hervorsprossen, waren Frieders Geldreserven zur Neige gegangen und Zara schwanger geworden. Nun war sie bereit zur Heimkehr in die Stille und Beschaulichkeit ihres Moordorfs.

Ihre Rückkehr nach Orbeswenden an der Hand ihres wieder in seine Rechte eingetretenen Gatten hatte Zara schon René und Amanda beim Abschied mehr als Resignation denn als die Erfüllung ihrer eigentlichsten Wünsche charakterisiert. Das Kind mit der Mutter war das hauptsächliche Motiv ihrer in Trögers Obhut zurückgelassenen Bilder gewesen; nun wuchs ein Mensch in ihrem eigenen Leib.

Die dritte Tochter inzwischen hatte Hilde ihrem Henning geschenkt, und der stolze Vater dieser Familie durfte sich mit Zaras Heimkehr Hoffnungen machen, auch den erweiterten Kreis der Orbeswender Künstler auf seinem Lindenhofe neu zu versammeln. Aufsteigend immer noch war die Kurve von Fischelers Stern. Nicht nur war ihm in diesem Jahr der voluminöse Auftrag zugefallen für Entwurf, Planung und Realisation sämtlicher Stationsgbäude einer neuen Eisenbahnlinie, deren Trasse quer durch das Teufelsmoor lief, auch hatte er durch einen Zukauf das Terrain seiner kleinen heilen Welt beträchtlich zu erweitern vermocht.

Doch täuschte diese Vermehrung seiner Aktivitäten nach außen nur phasenweise hinweg über ein Absterben des inneren Feuers, ein Veröden seines Liebes- und Kunsttriebs. Wenn wenigstens Zara etwas von ihren Pariser Euphorien, von ihren sensationellen Vorstößen in unbekannte Gefilde malerischer Expression mitgebracht haben würde nach Orbeswenden! Aber die Sprache, die ihr zugeflossen war und die sie beherrscht hatte als ihre immer schon eigene, war ihr ebenso plötzlich wieder entfallen. Mühseligst suchte sie, nachdem sie das Atelier, das sie ehemals mit Amanda geteilt, neu eingerichtet hatte für sich, in Stillleben wieder zu buchstabieren, was sich in Paris wie von selbst gemalt hatte.

Aber die tropisch üppige Farbenwelt, wie sie unter dem Eindruck Cézannes und Gauguins aufgeleuchtet hatte in ihr, sollte ihr unter dem Himmel über dem Moor nicht wieder aufscheinen. Gewollt oder ungewollt nahmen die Bilder abermals die düster-melancholische Chromatik von Frieders Landschaften an. Was entstand, war eine Handvoll Porträts, nicht mehr von blühenden, säugenden Müttern, sondern von Ur-Müttern, steinalten Frauen. Die Seniorinnen des Armenhauses saßen ihr dazu Modell.

Dann folgten die Niederkunft und die schwere Geburt. Ein Mädchen kam gesund auf die Welt, doch konnte sich die geschwächte Mutter vom Wochenbett nicht erheben. Fast einen Monat brauchte Zara, ihre Kräfte zurückzugewinnen. Am Tag als sie stark genug war, sich aus dem Bett zu erheben, kleidete sie sich in ihr festlichstes Gewand, ging ein paar Schritte durch die Stube, die Frieder feierlich geschmückt hatte zum Anlaß, sank in seine Arme, sprach: «Oh, wie schade!» und starb. Sie hatte noch nicht das einunddreißigste Jahr ihres Lebens vollendet.

Mit ihrem Sarg trugen die Freunde die Hoffnung auf ein Wiedererstarken jenes Genius, der ihre Anfänge begleitet und ihre ersten Höhenflüge angefacht hatte, zu Grabe. Frieder verließ Orbeswenden, zog in ein Dorf zwischen Hamburg und Bremen, Zaras Tochter und ihre hinterlassenen Bilder in seinem Gepäck. Harmsen, Umlauf und Kortlepel wurstelten weiter, machten den jüdischen Kunsthandel verantwortlich dafür, daß die Museen nach Paris und nicht nach Orbeswenden ihre Ankäufer schickten.

Henning Fischeler, der doch tätigst involviert war in den Anschluß Orbeswendens an das Eisenbahnnetz, spürte es deutlich, daß er sich mit seinem Lebensprojekt auf ein totes Gleis manövriert hatte. Wenn er sich jetzt auf seinem Lindenhof umsah, war es nicht mehr das Zauberreich eines in Kunst verwandelten Lebens, es war noch ein überaus luxuriöses, reichlich verspieltes Heim für ihn, seine Frau und seine drei Töchter. Unbemerkt hatten die Jahre und das Erkalten der schöpferischen Atmosphäre um sie herum zwischen Hilde und ihn eine Distanz gelegt, die, als sie bemerkt ward, Worte oder Zärtlichkeiten nicht überbrückten.

Eine kleine Möbelfabrikation war unter der Regie seines Bruders in einem Nachbardorfe entstanden. Auch hier war die Kluft aufgerissen. Sein altes, von Düsseldorf mitgebrachtes Konzept der Aufhebung aller Schranken zwischen freier und angewandter Kunst trug nicht mehr, seine Inspiration versickerte im Gewerbe.

Fischeler kehrte den Geschäftsbüchern den Rücken, spannte in seinem Atelier frische Leinwände auf und begann wieder, Porträts von Hilde zu malen. Aber keine Märchenprinzessin schaute zurück von der Staffelei, kein Engel, keine Fee, nein, eine Bürgersfrau, die ihren Blick nicht verzückt zum Himmel empor, sondern sachlich aufs Leben, auf Gewinn und Verlust und auf die Perspektiven für ihren Nachwuchs hin richtete. Das brachte ihn etwas näher an die Quellen seines Talentes heran, zeigte dabei jedoch um so unabweislicher auf, wie weit er sich entfernt hatte von seiner Frau durch das Mittel, das irrtümlich zugleich Zweck hatte sein sollen.

Daß die produktiven Kräfte, welche den Ruf der Kolonie und damit denjenigen Orbeswendens als eines Horts der Kunst begründet hatten, erlahmten, tat der Anziehungskraft des Fleckens auf Fremde aus fern und nah vorderhand keinen Abbruch. Im Gegenteil, Hotellerie und Gastronomie florierten, längst wurde diese Domäne nicht mehr ausschließlich von Lüder Knickrehm beherrscht, und neben der Galerie, die Fischelers Bruder und Schwägerin führten, öffneten weitere. Zweifelhafte Künstler und Sinnsucher siedelten sich an.

Es war gar nicht nötig, daß Hilde sich losriß von ihrer Familie und wie Zara in die Stadt des leidenschaftlichen Techtelmechtels entfloh, Orbeswenden bot Auswahl an Schwärmern und Traumtänzern mehr als genug. Leopold Stemmer, ein zwanzigjähriger Student der Jurisprudenz, aus Bremen abgängig, wo er die Duellforderung eines Corpsbruders ausgeschlagen hatte, bändelte mit der Herrin des Lindenhofs an und erwies sich dann wenigstens ihr gegenüber als hochgradig befähigt zur Satisfaktion.

Henning Fischeler, der, um die hergebrachte Gastfreundschaft seines Lindenhofs aufrechterhalten zu können, die Ansprüche an seine Gäste in jedem Betreff bedeutend hatte herabschrauben müssen, wurde dieser sein Unglück vollmachenden Katastrophe bei dem ständigen Kommen und Gehen erst mit vieler Verspätung gewahr. Durch Zufall entdeckte er auf dem Toilettentisch seiner Gattin zwischen den nach seinen Entwürfen in Meißen gefertigten Accessoires, auf welchen Zentifolien, wie sie in natura an der Fassade des Hauses aufrankten, in Porzellan nachgebildet wiedererschienen, die gerahmte Photographie des von furchterregenden Schmissen markierten Gesichts jenes Jünglings. Statt Hilde zur Rede zu stellen, zog er aus dem ehelichen Schlafgemach aus und richtete sich im Zimmer der Töchter auf dem Fußboden ein Lager, wo er die folgenden Nächte verbrachte.

Nicht Worte noch Blicke wechselte er fortan mit Hilde, der Hof war groß genug, einander zu meiden. Das währte sechs Tage. Am siebenten wähnte er, zum Erfolg gekommen zu sein mit dieser Taktik, welche die von Hilde verschmähte Liebe ihr nachträglich entzog, und sie auf den Pfad ehelicher Tugend zurückgezwungen zu haben: Als er sich spätabends zu seinem Lager bei den Töchtern hinschleichen wollte, hörte er hinter der geschlossenen Tür des boykottierten Schlafzimmers ein inständiges Schluchzen. Er trat heran, blieb aber noch vor der Tür, um dies laute Bekenntnis von Hildes Reue eine Minute für sich zu genießen. Er klopfte. Sie rief nicht «Herein», nur wurde ihr Schluchzen noch etwas lauter. Henning mußte sich erst sagen, daß er – nach allem – doch der Herr im Haus war, bevor er die Scheu überwand und die (nach seinen Entwürfen gefertigte) Klinke bewegte.

Sie saß auf dem Bett, ihr Haar gelöst, die Augen rot und zerweint, ihre Wangen glänzend unter den Tränen. Henning wurde ganz Mitleid, als er sie sah, schalt sich im stillen der harten Strafe wegen, die er ihr auferlegt für ein unbewiesenes Vergehen. Er schob sich neben sie auf den Bettrand und legte seinen Arm um ihre Schultern. Hilde rang, die Kontrolle über ihre Atmung zurückzuerlangen. Henning spürte, sie wollte ihm etwas sagen, und streichelte sie sanft, um sie zu beruhigen. Endlich entwand sich dem Schluchzen das Wort: «Leopold.»

Henning hörte falsch und verstand: «Leopard.» Es schmeichelte ihm, er glaubte, daß Hilde auf seinen schlanken, geschmeidigen Körper und auf seine Sommersprossen anspielte.

«Er bringt sich um», sagte Hilde.

«Wer?» fragte Henning, noch immer in seinem irrigen Kontext.

«Na, wer schon!» sagte sie und schob seinen Arm von ihren Schultern. «Du weißt es ja längst. Leopold. Er liebt mich mehr als sein Leben.»

«Ist es der, dessen Photo auf deinem Schminktischchen steht?»

Hilde nickte und vergrub schluchzend das Gesicht in den Händen. «Er glaubt, er darf mich nicht lieben, weil ich verheiratet bin.»

«Das darf er auch nicht», bestätigte Henning.

«Dann geh du hin», hielt Hilde dagegen, «und erschieß ihn. Er erschießt sich sonst selbst.»

«Wenn es so ist», meinte Henning nach kurzem Bedenken, «dann mußt du zu ihm gehen.»

Hilde sprang auf und lief so, wie sie war, barfuß in ihrem Nachthemd davon.

Erst als er lange, lange allein gesessen am Rande des Bettes, in dem er seine drei Töchter gezeugt, in dem Hilde sie zur Welt gebracht hatte, ging Henning auf, daß ein einziger Satz, was in Jahrzehnten aufgebaut wurde, umwerfen kann und daß er einen solchen herausgesprochen hatte aus sich und daß er jetzt wie eine tödliche Waffe gegen ihn stand …

Kurze Zeit später indes erklärte Fischeler sich damit einverstanden, daß Leopold Stemmer auf den Lindenhof zog. Damit nicht genug. Er war derjenige, der Stemmer, wenn dieser, was häufig geschah, in stark betrunkenem Zustand renommierte und mit Gewalttaten drohte, in Schutz nahm vor den empörten Gästen und lächelnd über die gegen ihn selbst gerichteten Impertinenzen hinwegsah.

Nicht über Monate, über Jahre zog sich dies seltsame Spiel, und Fischeler, der den verständnislosen Freunden und Verwandten verriet, es passiere seinen Töchtern zuliebe, mochte dem Innersten seiner Überzeugung, dem Schema des Märchens, vertrauen und glauben, mit der Zeit werde auch ohne Kampf das Gute das Böse besiegen. Allein, es verhielt sich nicht so. Seine Freundlichkeit wurde eine steife Maske. Darunter litt seine Seele alle Foltern und Qualen der Hölle.

Wie schon im Fall der Eheleute Wolkenberg war es Ottokar Tröger, der auf den Plan trat, der Entwicklung eine veränderte Richtung zu geben.

Tröger hatte nicht nur schärfer als Henning Fischeler und selbst als Frieder Wolkenberg Zaras malerische Dimension, ihre Antizipation aufkommender Strömungen erfaßt, er hatte auch frühzeitig im Weltpolitischen die Tendenzen errochen. Nicht erst 1913 war ihm klar, welch blutiger Entscheidungskampf Europa bevorstand. Es war aber das Jahr, in welchem er sich persönlich vor die Wahl stellte und nach sorgsamer Abwägung dem Blut über die Vernunft das Übergewicht zusprach. Er fand sich einig in dieser Frage mit Lie: Beim Erzfeind des germanischen Fühlens war ihr Bleiben nicht länger.

Den Schatz von Zaras Gemälden hatte er gehütet über die Jahre und blieb irritiert, daß Frieder keinerlei Ansprüche erhob auf dieses Erbe. Das Wunder, von dem Zaras Bilder ihm zeugten, erklärte sich Tröger teils aus dem Genie dieser einzigartigen Frau, aus ihrem Blut, teils aber auch aus dem Boden, der es in solche Wallung gebracht hatte: Orbeswenden. Sein Interesse an dem geheimnisvollen Ort unter dem Geierberg war geweckt und durch Erkundigungen, die er über Umwege einzog, genährt, ja gemästet worden, so daß es in vollstem Umfange dastand, als es daran ging, mit Lie zu beraten, an welchem Punkt Deutschlands man sich nach der Rückkehr niederlassen sollte.

Bestens war Tröger unterrichtet davon, daß das Szepter der Kolonie von Harmsen in Fischelers Hand übergegangen war, daß es aber am Hof dieses Fürsten kriselte seit etlichen Jahren. Es gehörte zu den Eigentümlichkeiten von Trögers Charakter, daß er ein vehementer Befürworter der deutschen Kriegserklärung an Frankreich war, lange bevor sie erfolgte, für sich persönlich jedoch eine Teilnahme an diesem Krieg, wenigstens dort, wo man sich der Gefahr einer Verletzung aussetzte, prinzipiell ablehnte. Die Abstinenz von kriegerischen Taten, die er sich selbst auferlegte, minderte aber nicht sein ausgesprochenes Vergnügen an militärisch-strategischem Denken.

Es muß ihm in dieser Hinsicht hohe Kompetenz attestiert werden. Seinen und Lies Umzug von Paris nach Orbeswenden plante und realisierte er wie die Eroberung eines feindlichen Landes und die Niederwerfung der gegenstehenden Macht. So fiel es ihm keineswegs ein, wie ein Haufen wütender Krieger mit wehenden Fahnen loszustürmen aufs Ziel, vielmehr erbaute er in der Nähe der feindlichen Burg zuerst seine eigene. Das war Schifferhude, jenes Dorf, in das Witwer Wolkenberg sich zurückgezogen hatte nach Zaras Tod. Nicht mit Gewalt, sondern durch zähe Verhandlung und gegen gutes Geld kamen auch Zaras in Orbeswenden entstandene Bilder in Trögers Besitz. Als ein

Freund, Verehrer und Sammler von Zara Wolkenberg meldete er seinen Besuch bei Henning Fischeler auf dem Lindenhof an.

Sie hatten viel zu lachen, als er Lie anschließend rapportierte, was er in der Höhle des Löwen rekognosziert hatte. «Ein Würstchen, ein Labbes, dieser Fischeler», faßte er seinen Gesamteindruck zusammen. «Daß er nicht malen kann, habe ich dir schon aus den Radierungen, die Zara uns zeigte, gesagt. In tiefsten Friedenszeiten vielleicht konnten sentimentale Spießbürger Gefallen finden an seinen Märchenszenen, seinen Rittern und Schwänen. Heute haben sie den Plunder in die Kinderzimmer gehängt, wenn sie ihn nicht gleich in den Müllkübel stopfen.»

Pikanter noch als Ottokars Kommentare zu Fischelers Werk waren für Lie die Ausführungen über dessen Betragen als Ehemann und Familienvorstand. «Du mußt es dir vorstellen, Lie», sagte Ottokar, der Mühe hatte, sein eigenes Lachen zu beherrschen, um sprechen zu können, «er füttert den Kerl noch. Er selbst trinkt Wasser, und diesem – denk, dir, Lie, der Mann heißt zum Überfluß auch noch Stemmer! –, dem Stemmer seiner Frau also schenkt er die teuersten Importweine ein. Der bedankt sich bei ihm, indem er sich in gesteigerter Stimmung lustig macht über den Hausherrn und ihn bloßstellt vor den geladenen Gästen. Fischeler müßte einem leid tun, wenn er nicht diesen meinem zukünftigen Schaffen geweihten Kultort mit seinem abgelebten Schnickschnack verdürbe. Ich vergaß mich so sehr, daß ich mir diesen Rüpel, der das Bett seiner Angebeteten wärmt – eine dumme blonde Gans übrigens, die sich gerade mit Stricken und Weben ein klein wenig auskennt –, nicht Fischeler zuliebe, weiß Gott nicht, aber weil die Situation gar zu entwürdigend war, daß ich mir diesen Frechdachs, ein Sozialdemokrat selbstverständlich, vorgeknöpft habe und ihm mit der gehörigen Schärfe über sein dämliches Lästermaul drübergefahren bin. Was glaubst du, Lie? Dieser Fischeler, ja, Henning Fischeler, vor zehn Jahren so etwas wie ein tonangebender Künstler, er verteidigt den Drecksack auch noch! Jedenfalls, Lie, wir können unbehindert Fuß fassen in Orbeswenden. Fischeler, der mich ununterbrochen mit ‹Kollege› anredete, hat mir sogar versprochen, uns bei der Suche nach dem Grundstück behilflich zu sein. Ich habe die Wahl schon getroffen. Auf der anderen Seite der Landstraße, gleich seinem Lindenhof gegenüber, werden wir unser Schloß bauen. Nun, Lie, säume nicht, schreibe noch heute nach Reval, denn es ist einiges Kapital nötig. Etwas im altdeutschen Stile werden wir aufrichten, eine weitläufige Trutzburg mit Türmen und Zinnen, daß gleich jeder sieht, wo von jetzt an die Musik spielt in Orbeswenden.»

Noch im Jahr 1913 wurde Trögers Protzbau, den er «Quellenhof» nannte, vis-à-vis dem Lindenhof fertiggestellt. Der Zuschuß des Schwiegervaters hatte sogar für die Ausschachtung eines Wassergrabens und die Konstruktion einer Zugbrücke gereicht. Die zahlreichen Säle und Gemächer der Burg hätten einer größeren Garnison Platz geboten, wurden aber von Lie und Ottokar mit wenigen Bediensteten allein bewohnt. Auch Aufnahme und Bewirtung von Gästen überließ man weiterhin dem Lindenhof, der neben dem kolossalen Neubau nur noch wie ein anhängiger Gartenpavillon wirkte.

Auch Paul Harmsen und Lüder Knickrehm sahen sich bei der Einweihung in ihrer Eigenschaft als Bauherren von dem Newcomer weit in den Schatten gestellt. Henning Fischeler fühlte sich weder durch Trögers Person noch durch dessen architektonische Überpräsenz angegriffen oder auch nur bedroht, im Gegenteil freute er sich über dessen Engagement in Orbeswenden, denn jedenfalls kam durch ihn wieder Schwung und Bewegung in den Ort.

Der Weltkrieg brach aus. Fischeler hatte davon gehört, wußte aber dies Ereignis nicht auf sich zu beziehen. Was ihn beschäftigte, war nach wie vor Hilde; seine Arbeit war nur noch ein unzulängliches Mittel, sich abzulenken, den Schmerz, der ihn zerfraß, zu betäuben. «Eines weiß ich, was auch kommen mag, nie werde ich mit dir *leben*, nie, nie! Du hast keine Zeit fürs Leben, bist ein Märtyrer deiner Kunst und fühlst dich noch wohl dabei», hatte sie beim letzten Versuch einer Aussprache zu ihm gesagt. Gerne hätte Henning ihr recht gegeben und sich aufgeopfert für seine Kunst. Nur interessierte sich niemand mehr für Puderdöschen mit Zentifolien und Spiegelrähmchen mit Pfauen aus getriebenem Messing. Nach Geschützen und Munition schrie das Land.

An Inseln im Pazifik dachte Fischeler und sehnte sich in die Ferne. Wie aber sich herausreißen aus dem Netz, das er selbst gesponnen und das ihn mit tausend und abertausend Fäden festhielt am Lindenhof, seinem Lebenskunstwerk, welches als Lüge, weil sie eingestanden war, nicht mehr taugte?

Endlich war der Schmerz am Dasein größer als die Angst vor dem Nichts. Fischeler nahm nur einen Mantel, steckte in die Taschen, was an Bargeld im Haus war, und wollte losgehen, wohin immer das Schicksal ihn trug. Welche Richtung aber einschlagen? Norden? Süden? Osten? Westen? Fischeler wußte es nicht.

Unten auf der Straße traf er Tröger.

«Wohin des Wegs?»

Fischeler zuckte die Schultern. Daß er mit einem dicken Wollmantel ausging mitten im heißen August, war sonderbar.

«Und Sie?»

«Spazieren.»

«So gehen wir ein Stück zusammen?»

Tröger hatte nichts einzuwenden dagegen.

«Ich bin am Ende, Tröger. Ich kann nicht mehr. Ich muß sprechen. Mit einem Menschen.»

Die Sonne beschien einladend den heidebewachsenen Damm

über dem Moorgraben. Dort setzten sie sich. Tröger hörte geduldig, was Fischeler ihm vertraute.

«Raten Sie mir, Tröger, ich flehe Sie an! Was soll ich tun?»

«Fegen Sie Ihr Haus rein von den Freiern, die Sie belasten. Frei wird man nur durch das, was man los ist.»

Ob dieses Wort Trögers wirklich treu-kameradschaftlicher Art war, dem Gepeinigten den Ausweg aus seiner Krisis zu weisen, oder ob er sein Gegenüber nicht mit sadistischer Freude verhöhnte, ist schwer zu entscheiden. Tröger wußte allzu genau, daß Fischeler ebenhierzu unfähig war und daß aus dieser Unfähigkeit alles übrige seiner Misere erwuchs. So oder so, Fischeler fühlte sich von Tröger gut und richtig behandelt. Auch der Arzt muß ja, wo er helfen will, mit seiner Hand die Wunde berühren.

«Die Chance habe ich vor vielen Jahren versäumt. Heute ist es so, daß, wenn ich Leopold fortjagte, Hilde ihm nachfolgen und auch die Kinder mitnehmen würde. Sie meinen es gut mit mir, Tröger, aber wenn ich auch mich selbst nicht kenne, so weiß ich doch von Hilde genug, um sagen zu können, daß es sinnlos wäre, auszuführen, was Sie mir vorschlagen. Ich bitte Sie, geben Sie mir noch einen Rat.»

Tröger besann sich nicht lange.

«Es ist Krieg. Melden Sie sich freiwillig zur Front.»

Es gibt Situationen im Leben des Menschen, wo der Grad seiner Verzweiflung den Punkt erreicht, an dem er sich unweigerlich zugrunde richtet durch den Gebrauch seiner eigenen Vernunft. Es ist kennzeichnend für diesen Zustand gefährlichster Nichtidentität, daß der Betroffene taub wird gegen die Stimme seines Instinkts. Nur von außen ist er dann noch zu retten, und glücklich ist derjenige zu preisen, dem es in solcher Bedrängnis gelingt, nach einem Zeichen zu rufen und ihm zu folgen.

Das soll nicht dazu verleiten, Ottokar Tröger als lebensklugen Psychologen gelten zu lassen. Immerhin gerieten sowohl Zara

Wolkenberg als auch Henning Fischeler in der allerentscheidungsbedürftigsten Notlage ausgerechnet an ihn. Und er spürte hier wie dort genau, worauf es ankam. Zara bewog er, zu Frieder, in die Ehe und nach Orbeswenden zurückzugehen, und schickte sie mit diesem wohlgemeinten Ratschlag unwissentlich in den Tod. Fischeler rettete er mit der Suggestion, sich in das große Schlachten zu werfen, gleichermaßen unwissentlich das Leben.

Denn Fischeler kehrte zurück. Wie Millionen andere, unter denen sich Hunderte von renommierten Malern, Dichtern, Musikern und sonstigen Künstlern befanden, hatte er sich zum Kriegsdienst gemeldet, weil er mit seinem Individualismus in eine aussichtslose Position geraten war. Der Krieg entließ ihn durch das Erlebnis der Masse geläutert.

1918 erschien in Feldgrau auf dem Lindenhof ein überzeugter Kommunist. Er glich jenem Henning Fischeler, der fortgegangen war, doch predigte er nicht mehr als Mittel und Zweck der Erlösung die Kunst. «Revolution» hieß jetzt die Parole, ihr Ziel die Aufhebung der Ausbeutung des Menschen durch den Menschen, danach die freie Arbeit Gleicher für Gleiche. Leopold Stemmer war nicht mehr der Rivale und Zerstörer seines Glücks, sondern der Genosse, den er nicht freundlich, nein, herzlich begrüßte. Hilde sprach er von allen Besitzansprüchen, dem Grundübel der alten Gesellschaft, frei, wie auch die Töchter. Ein neues Verhältnis zwischen den Generationen war eine der zwingendsten Voraussetzungen für den Aufbau der künftigen Ordnung.

Tröger hatte den Krieg nicht im Felde, nicht im Kugelhagel, sondern beim Knistern des Kaminfeuers in seinem Orbeswender Burgschlößchen erlebt. Daraus auf schlappe Gesinnung oder gar defätistischen Pazifismus schließen zu wollen wäre falsch. Nein, von der Tribüne dem großen Ringen tatenlos zuzuschauen, das war Ottokar Trögers Ding nicht.

Gleich bei Eröffnung der Feindseligkeiten hatte er sich stark gemacht im Orbeswender Kriegverein für die Errichtung eines monumentalen Siegesmals, den Geierberg überragend und weithin sichtbar verkündend den Triumph des germanischen Blutes. Flammend war seine Rede vor den Veteranen; ohne mit der Wimper zu zucken, erklärte er sich bereit, dem Vaterlande das höchste der Opfer darzubringen, in seiner eigensten Person die Entwürfe zu fertigen und über die Bauarbeiten zu wachen. Ein Memento den Feinden Germaniens, die aus ihrem Staub aufschauen sollten zu dieser titanischen Skulptur, welche an Dimension und Kraft, so versprach Tröger den Orbeswender Patrioten, noch die Mahnmale für die Völker- und für die Hermannschlacht übertreffen und hier an der geheiligten Stätte für alle Zeiten das Mächtigste an versteinerter deutscher Tapferkeit darstellen sollte.

Dieser Initiative Trögers war es zu danken, daß Orbeswenden, wenn auch fern von den eigentlichen Schauplätzen des Krieges, doch ein wirkliches Ringen und Kämpfen miterleben durfte. Es formierte sich nämlich eine starke Opposition gegen Trögers Plan und erst recht gegen die Art seines Entwurfs. Ihren Anführer fand sie interessanterweise in Paul Harmsen. Begründet wurde der Protest nicht etwa damit, daß es tunlich sein könnte, vor der Errichtung eines Siegesmals den Ausgang der Geschehnisse erst abzuwarten, vielmehr ging die Auffassung von Trögers Widersachern dahin, das intendierte Objekt sei unproportioniert und verschandele die Schönheit der niederdeutschen Landschaft, was einem Hochverrat gleichgesetzt wurde.

Die große Schlacht auf dem Kontinent kam dann doch schneller zu ihrer Entscheidung als die Auseinandersetzung zwischen Befürwortern und Gegnern von Trögers Siegesmal in Orbeswenden. Tröger hatte die Bauarbeiten am Fundament des geplanten Backsteingiganten nicht abgeschlossen, als Deutschlands Niederlage im Krieg sich mit aller Deutlichkeit abzuzeichnen begann.

Aber auch Fischeler leistete sich vor der offiziellen Beendigung des Krieges noch eine ähnlich eulenspiegelhafte Posse. Es wurde ja im Westen noch gekämpft, nachdem man im Osten mit den Sowjetrevolutionären Frieden geschlossen, und Fischeler war nicht entlassen aus der Armee, als er zurück auf den Lindenhof kam. Das erste, was er, der zur allgemeinen und besonders zu seiner eigenen Verwunderung quicklebendig – allerdings mit erheblich veränderter Geistesart – in seinem Jugendstil-Ensemble herumsprang, tat, war, sich hinzusetzen und ein Märchen zu schreiben. Das sah aus wie Anknüpfung an sein spinnenhaftes Treiben vor dem Krieg, hatte aber den bittersüßest ironischen Zug. Es war nämlich «Das Märchen vom lieben Gott», in welchem der Autor seinen Helden auf dem Potsdamer Platz in Berlin Flugblätter verteilen ließ, auf welchen zu lesen stand, es müßte unverzüglich jede Kampfhandlung eingestellt und Frieden geschlossen werden an allen Fronten. Der Mahner wird verhaftet und standrechtlich erschossen, worauf Er sich zu erkennen gibt, den Kaiser besucht und ihn beredet, dem sinnlosen Sterben ein Ende zu machen und als Friedensfürst die Völker Europas zu versöhnen. Ein Exemplar dieser hübschen Parabel schickte Henning Fischeler an Kaiser Wilhelm II. und versorgte auch Generalstabschef Erich Ludendorff mit einer Abschrift.

Die prompte Folge dieser Eingebungen war, daß die Häscher nicht wie im Märchen auf dem Potsdamer Platz, aber auf dem Lindenhofe erschienen, um an der Stelle Gottes seinen friedenswütigen Propheten in polizeilichen Gewahrsam zu nehmen. Mit Ludendorff beriet der Kaiser persönlich den Vorfall, und sie gewannen gemeinsam den Eindruck, der Märchenerzähler verlange förmlich danach, als Hochverräter hingerichtet zu werden. Aber weder Seine Majestät noch der Stratege waren als langjährige und anhängliche Liebhaber von Fischelers Kunst willens, ihm diesen Gefallen zu tun. Sie einigten sich, es müsse eine schwere, wahrscheinlich kriegsbedingte Geistesstörung vorliegen, und veranlaßten seine Einweisung in die Landesirrenanstalt Ellen zu Bremen.

Hier knüpfte Fischeler erste Kontakte zu Pazifisten und Spartakisten. Zwar wurden er und der Lindenhof im Anschluß an seine Entlassung als «nicht gemeingefährlicher Neuropath» unter polizeiliche Beobachtung gestellt, aber die Revolution im November sah Fischeler in der Reihe ihrer Protagonisten. Als in Bremen die Rote Republik ausgerufen wurde, wählte man ihn in den Rat der Arbeiter und Soldaten.

Sein politisches Programm faßte er unter dem eher eigentümlichen Slogan «Expressionismus der Liebe»; dies war auch der Titel eines Vortrages, den er am 18. November 1918 auf Einladung des «Deutschen Frauen-Ausschusses für dauernden Frieden» im Bremer Gewerbehaus hielt.

«Dieses Fürchterliche, das wir sahen und taten», verkündete Fischeler von der Tribüne, «kann nur einen Sinn gehabt haben, wenn die Anarchie in der menschlichen Gesellschaft, der Kampf aller gegen alle überwunden wird, wenn die Erkenntnis kommt, daß dieses Elend nie wieder über die Menschheit kommen darf. Krieg ist Schuld, blutige Schuld für uns alle. Sie kann nur getilgt werden durch die werktätige Liebe, durch den Sozialismus.»

Unter Henning Fischelers Zuhörern an diesem Abend befand sich Roland Lisarius, bulgarischer Generalkonsul und Herrscher über ein Imperium von Keks- und Schokoladenfabriken. Römisch waren an Lisarius nicht nur die Namensform und der Titel eines Konsuls, auch dem Maecenas war er nachzueifern bestrebt.

Die Haltbarkeit der von ihm fabrizierten Lebensmittel und seine Fähigkeiten im diplomatisch-politischen Felde hatten ihm während des Krieges die umfänglichsten Aufträge für Heereslieferungen beschert, und große Teile der auf diesem Wege erwirtschafteten Profite hatte er auf den Erwerb von Kunstschätzen verwendet. Unter anderen waren Bilder von Albrecht Dürer und Lucas Cranach in seinem Besitz. Vor allem aber galt seine Aufmerksamkeit dem zeitgenössischen Schaffen, und Henning Fischeler hatte ihn immer besonders stark interessiert, weswegen Lisarius es bedauerte, außer einigen Radierungen und Drucken von ihm nichts in seiner Sammlung zu haben.

Nun hatte er den sagenumwobenen Künstler, von dem man zuletzt noch gehört, daß ihn der Kaiser unter die Irren gesperrt, leibhaftig vor sich, und er wäre nicht Roland Lisarius gewesen, hätte er die Gelegenheit verpaßt, die Bekanntschaft mit ihm persönlich zu schließen. Das kurze Gespräch, das er mit ihm führte, als Fischeler unter spärlichem Beifall, unter Kopfschütteln bei den Bürgerlichen, die ihn schlicht für meschugge erklärten, und unter höhnischen Rufen der Arbeiterrevolutionäre, die sich über die Liebe als Mittel zur Expropriation der Expropriateure mokierten, von seinem Podium heruntergestiegen war, bot diesem hinreichend Grund, den Möchtegern-Maecenas ebenso dringlich wie herzlich zu einem Besuch auf den Lindenhof einzuladen.

Tatsächlich erschien der große Kapitalist zur sonntäglichen Versammlung auf dem ehemaligen Musentempel, wo nun statt des Stelldicheins der feinnervigen Künstler Arbeiter und Soldaten mit Kriegsgefangenen aus Belgien, Frankreich und Rußland, die bei Orbeswender Bauern Zwangsarbeit hatten leisten müssen, Deutschlands Weg zum Sozialismus berieten. So bunt zusammengewürfelt war dieser Debattierklub bei Henning Fischeler, daß der feine Herr mit der polierten Glatze, der im übrigen seinen Chauffeur mit der Limousine nicht vor dem Eingang zum Park, sondern ein Stück entfernt an der Landstraße warten ließ, seinen Brillantring abgezogen hatte und während der Besprechungen auf seine geliebte Zigarre Verzicht tat, nicht sonderlich herausstach.

Auch wenn Lisarius sich nicht zu Wort meldete in der Beratung, war er unter den Anwesenden vielleicht der Aufmerksamste, denn das Thema Sozialismus interessierte ihn brennend. Sein politisches Bekenntnis hätte er bei Bedarf, ohne sich selbst belügen zu müssen, mit diesem Begriff ausdrücken können, wenngleich er ihn auf höchst eigene und persönliche Art auslegte, was ja aber für den Rest der Versammlung ebenfalls zutraf.

Wenn man sich gegenseitig die Köpfe heiß redete, indem man die Theorien von Marx, Bakunin, Proudhon, Lenin, Owen, Kropotkin, Fourier und so weiter miteinander vermischte, konnte es wohl auch angehen, Fürst Bismarck als den Urheber eines besonderen deutschen Modells von Sozialismus zu sehen, wie Lisarius das tat. Von einem Sozialismus, der die Abschaffung des Privateigentums an den Produktionsmitteln zu seiner Voraussetzung machte, hielt der Magnat nicht sonderlich viel. Seine von Bismarck hergeleitete Formel, die er nicht den unterernährten Proleten und den verwanzten Kriegsgefangenen, wohl aber dem begnadeten Künstler und neuerwachten politischen Visionär näherzubringen versuchte, als sie nach Aufhebung der allgemeinen Versammlung noch ein Stündchen tête-à-tête miteinander verbrachten, hieß: Geldrecht plus Menschenrecht.

«Die Betonung liegt auf dem Plus, mein Lieber», erklärte er Fischeler, dem Lisarius' kultivierte Umgangsformen behagten und der ihm zugute hielt, daß er als Repräsentant der besitzenden Klasse sich dem Gärungsprozeß nicht entzog und sich den drängenden Zeitfragen stellte.

«Geldrecht ohne Menschenrecht, das ist: Amerika», ging die Erläuterung weiter. «Wenn das bei uns einreißt, ist es für alle Ewigkeit mit Deutschland vorbei. Und es ist schon eingerissen, wir hätten sonst den Krieg nicht verloren. Sie sprechen von Korruption; ich sage, es war der Verlust des Glaubens an die heilige Sendung unserer Nation, was die Schiebereien und Spekulationen erst möglich gemacht hat. Umgekehrt zögere ich nicht, das, was in den ersten Kriegsjahren unsere Siege hervorgebracht hat, klipp und klar den Sozialismus zu nennen. Lesen Sie Marx. Dort werden Sie finden, daß der Sozialismus eine Frage der Wirtschaft ist, nicht der Politik. Die Demokratie wird uns alles verderben. Sie paßt nicht zu Deutschland. Aber wo ich schon einmal hier bin: Wollen Sie mir nicht eines Ihrer schönen Bilder verkaufen?»

Diese Wendung ihres Gesprächs kam für Fischeler zwar etwas überraschend, war ihm aber durchaus nicht unerwünscht. Er führte Lisarius zu der Remise hinüber und löste umständlich aus den Verpackungen, was sich erhalten hatte aus den versunkenen goldenen Zeiten.

Darunter befand sich sein Opus magnum, seine Antwort auf Harmsens «Gottesdienst im Freien», das «Konzert», jenes Gemälde, wo Zara, Frieder, Amanda, René und er versammelt waren vor der Fassade des Lindenhofs, Hilde im Zentrum auf der Freitreppe stehend, das sibirische Windspiel zu ihren Füßen. Von diesem Bild hatte Fischeler sich nie trennen wollen, zudem war ihm der Preis, den er für den Fall des Falles festgesetzt hatte als Minimum, niemals auch nur annäherungsweise geboten worden dafür. Jetzt nannte ihm Lisarius nach wenig eingehender Prüfung exakt den doppelten Betrag dieser Summe und streckte ihm seine Hand entgegen. Fischeler schlug ein.

Mit der zuverlässigsten Bestimmtheit hätte Henning Fischeler die Beziehung, die mit der vorgenommenen Transaktion und mit den Ankäufen, welche nachfolgten, seine Interessen mit denen des Zuckerzeugfabrikanten verschlang und auf diesem Boden über die nächsten Jahre eine solide, beinahe innige Freundschaft zwischen ihnen gedeihen ließ, baldigst wieder abgebrochen, wäre damals zu seiner Kenntnis gelangt, daß der zigarrerauchende Glatzkopf, der sich als sein Gönner gerierte, zwischen zwei Hospitanzen bei den spontanen Meetings der Aufständischen zu einer sehr ernsthaften Besprechung mit den Genossen Ebert und Noske nach Berlin gereist war. Auch zu diesem Besuch hatte er nicht vergessen, sein Scheckheft mitzubringen, und gleichfalls eine Ausdehnung des einvernehmlichen Verhältnisses in die ungewisse Zukunft des Landes mit Nachdruck gewünscht. Sollten die Herren sozialdemokratischen Führer ihrerseits Wert legen auf seine Kooperation und die der übrigen Unternehmer der Hansestadt Bremen beim Aufbau der Republik, so war die ultimativ zu erfüllende Bedingung hierfür, sich über Zimperlichkeiten und Sentimentalitäten hinwegzusetzen, was hieß, der Reichswehr den Marschbefehl zu erteilen, um schleunigst dem Spuk der Räteregierung den Garaus zu machen.

Am 4. Februar 1919 wurde Bremen durch die Reichstruppen mit Unterstützung des Freikorps Caspari von den regierenden Räten und ihrer Anhängerschaft befreit und gesäubert. Von den Überlebenden suchten und fanden etliche Zuflucht auf dem Lindenhof. Rettend für die Verfolgten wurde, daß bei der Verschachtelung des Gebäudes durch die verschiedenen An- und Umbauten diverse Zwischenböden und Hohlräume entstanden waren, welche die Rollkommandos der Reichswehr bei ihren mehrfachen Razzien nicht aufzuspüren vermochten. Nur der Hausherr entging nicht der Verhaftung, als im Mai endlich doch sämtliche Verstecke ausgemacht wurden. Aber wie aus dem Irrenhaus, so wurde Fischeler auch aus dem Gefängnis ohne Prozeß und Urteil wieder entlassen.

Rosa Luxemburg und Karl Liebknecht waren ermordet, die Revolution blutig niedergeschlagen. Erneut deklarierte Fischeler seinen Lindenhof zu einer Insel. Was im großen Maßstab nicht hatte erreicht werden können, sollte jetzt wenigstens im Modell realisiert werden. Fischeler gründete eine Kommune, eine Produktionsgenossenschaft mit den Arbeitsgebieten Landwirtschaft, Metall- und Holzverarbeitung. Der Park mit seinen Zentifolien und Maréchal-Niel-Rosen kam unter den Pflug, Kartoffeln und Gemüse wurden angebaut, für Getreide reichte die vorhandene Fläche nicht hin. Die Kommunarden, die sich in der Hauptsache aus den nach Kriegsende und Revolution hier Gestrandeten, worunter gelernte Schmiede, Tischler und Landwirte, zusammensetzten, sollten jegliche Arbeit verrichten, keinen Lohn dafür erhalten.

Leopold Stemmer, der zwar bei den Versammlungen und bei den Debatten zu den Aktivsten gehört hatte, war für sich persönlich nach wie vor sehr negativ eingestellt gegen körperliche Arbeit und regelrecht perhorresziert, daß sie noch dazu unentgeltlich von ihm verlangt wurde. Aus anderen, weniger politischen Gründen war Hilde, die ihren Leopold im Januar noch zum Gründungsparteitag der KPD nach Berlin begleitet hatte, wo Stemmer auf der Rednerliste gestanden, nicht mehr gewillt, unter den neuen Bedingungen auf dem Lindenhof ihr Leben fortzusetzen.

Henning Fischeler, obwohl er in dem Gesellschaftsmodell, das nun auf der Pflanzstätte Lindenhof ausexperimentiert werden sollte, der Einbeziehung der Kinder in den kollektiven Arbeitsprozeß hervorragende Bedeutung beimaß, war einverstanden damit, daß seine eigenen Töchter von diesen Segnungen ausgespart blieben und mit Hilde und Leopold eine neue Bleibe bezogen. All die Möbel und Bilder, sämtlichen Hausrat, all die tausend Dinge, die Ausdruck von Fischelers vorexpressionistischer Vorkriegsliebe gewesen waren und seinen Ruf als Universalkünstler ausgemacht hatten, sollten sie mitnehmen bei ihrem Auszug. Er sah künftig für den Tüddelkram keine Verwendung mehr in seinem sozialen Laboratorium.

Daß Hilde Ernst machte damit und alles bis auf die letzte Untertasse und den letzten Flakon abtransportieren ließ in das kaum einen Kilometer entfernte Haus, das sie mit Hennings

Geld hatte bauen lassen, darf wohl nicht als Ausfluß unersättlicher Habgier interpretiert werden. Eher mag zwischen den Immer-noch-Eheleuten stillschweigendes Einverständnis geherrscht haben darüber, daß das, was man als Experiment bezeichnete, die größten Aussichten hatte zu scheitern, und so besaß Henning Fischeler auch nach dem einkalkulierten Verlust des Lindenhofs doch noch die Option, in dieser Form oder in jener zurückzugreifen auf das, woraus er vor seiner Erweckung zum Kommunismus bestanden hatte.

«Frei wird man nur durch das, was man los ist.» Fischeler mußte noch einmal denken an diese Worte Trögers, als Hilde fort war mitsamt dem kompletten Inventar ihrer gemeinsamen, streckenweise so gloriosen Vergangenheit.

Die Arbeiterklasse hatte Fischeler nicht nur einen neuen Traum geschenkt, sie bescherte ihm bald auch eine neue Liebe. Es war Eva Mieshoff, genannt die «Rote Eva», denn dies war nicht allein die Farbe der Fahne, für die sie focht, auch ihr struppiger Haarschopf leuchtete zinnober wie Flammen.

Schon 1917 hatte sie unter den Arbeiterinnen einer Munitionsfabrik in Kaiserslautern einen Streik organisiert und war dafür ins Kittchen gewandert. Die Amnestie bei Friedensschluß hatte ihr die Freiheit wiedergegeben, welche sie dazu nutzte, sich den Lindenhof anzugucken, dessen Name wie früher in den Kreisen der Sammler und Galeristen nun bei Sozialreformern und unbemittelten Utopisten lauffeuerartig sich als ein Geheimtip herumsprach.

Eva war überwältigt, sowohl vom Zuschnitt und Stil des Anwesens als auch von der Persönlichkeit des Gurus, der den Erprobern der neuen Lebensform vorstand. Sie wechselte augenblicks aus dem Status eines Touristen, wie sie in Scharen einliefen – teils ausebbende Wellen der Jugend- und Wandervogelbewegung, teils Betriebsgruppen, die auf Initiative der Gewerkschaft anreisten, sowie weitere zwei Dutzend Sorten von Ratsuchenden und Lernwilligen, die selbstverständlich ihrer Masse wegen nur sehr notdürftig untergebracht werden konnten –, in den Status eines Vollmitglieds der Kommune, wie eine Theaterbesucherin vom Zuschauerraum auf die Bühne gleichsam. Sie war in dem Alter, in welchem Hilde gestanden, als auf dem Lindenhof jene Tripelmariage gefeiert worden war, bekundete vom Tag ihres Eintritts Arbeitslust und Lebenseifer wie sonst niemand in der Gemeinschaft und war, wie der angegraute Märchenprinz fand, außergewöhnlich hübsch und apart.

Während er in seinen Pamphleten und Denkschriften die Aufsprengung der eingefahrenen Schemata des Daseins einforderte, die letztlich in Krieg und Vernichtung geführt hatten, räumte er den ein Vierteljahrhundert zuvor angelegten Trampelpfad zu seinem Herzen für Eva frei, indem er ein Porträt von ihr malte. Es tat seine Wirkung wie eh, das junge Mädchen fiel dem gereiften Mann um den Hals.

Ein ganzes Jahr lang war Henning glücklich mit Eva als Patriarch in seinem Arbeiter-und-Bauern-Staat en miniature. Doch hatte sich noch nicht das zweite Jahr ihres Glückes vollendet, da fand auch die Rote Eva ihren Leopold Stemmer. Der hieß diesmal Heribert Katz und war der unentbehrliche, von Fischeler über die Maßen geschätzte Agronom, der die Landwirtschaft auf eine beachtliche Höhe gebracht hatte.

Wie vom Schlage gerührt war Fischeler, als er eines Abends die beiden Hand in Hand von der Feldarbeit heimkommen sah. Von Erschießen, wer wen, und wenn nicht, wer dann sich selbst, war diesmal nicht mehr die Rede. Eva trat mit Heribert Katz an der Hand vor Fischeler hin und sprach, indem sie ihn offen ansah, lächelnd und ohne die geringste Spur von Verlegenheit, quasi als müßte er derjenige sein, den diese Neuheit am meisten erfreute: «Heribert und ich, wir lieben uns.»

Vor Beendigung des Abendmahls in der Diele hob an diesem Tag Fischeler, der wie stets der langgezogenen Tafel präsidiert hatte, die Hand zum Zeichen, daß er etwas von allgemeinem Interesse mitteilen wollte. Als das Gespräch verstummt war und die Köpfe seiner Gemeinde sich ihm zugedreht hatten, sagte er mit fester Stimme, aber doch ohne Mut, jemanden anzublicken, nach einem Räuspern in die Runde hinein: «Übrigens: Eva und Heribert lieben sich. Ich möchte, daß jeder das respektiert.»

Freilich war Fischeler selbst der einzige, der Schwierigkeiten hatte, die Tatsache zu akzeptieren. Wie ein verwundetes Wild entzog sich der Leithirsch nun seinem Rudel und suchte nach einem einsamen Platz im Wald, um in aller Ruhe und Abgeschiedenheit an seinem Schmerz zu krepieren. Klar, daß bei den Mahlzeiten das Gespräch über den Fehlenden ging. Blicke des Vorwurfs trafen Eva und Heribert, die sich jedoch gänzlich unschuldig fühlten, da ihre Liaison zum einen in dem harmonischsten Einklange mit der Theorie des großen Vorsitzenden stand, welche die Freiheit der Liebe zu ihren Hauptprogrammpunkten zählte, zum anderen zusätzlich legitimiert war durch die Worte, die man zuletzt gehört hatte von ihm. Drittens ist die Liebe sowieso stärker als jede Vernunft und jedes Gesetz.

Dennoch, mit einem vergrätzten und vergrämten Henning Fischeler machte das ganze wunderbare Kommuneleben keinen echten Spaß mehr. Kommunismus hin, Anarchosyndikalismus her, er war schließlich nicht nur der geistige Vater ihres Projekts, sondern auch der Eigentümer von Haus und Hof, auf welche er schon Hypotheken genommen hatte, um ihnen mittags und abends die Schüsseln zu füllen. Die Verärgerung über das Geturtel der Genossin Mieshoff und des Genossen Katz war allgemein.

Von Heino Tietjen, dem Schmied, der im Gegensatz zu den meisten anderen mit den Firmenschildern, die er für Auftraggeber in Bremen und Hamburg herstellte, zu den Einkünften des

Lindenhofs beitrug, kam der Vorschlag, den Alten zu besänftigen und zu trösten durch eine besondere Freude, die seine Schutzbefohlenen ihm bereiten sollten. Seine Idee war konkret, am Hang bei der Imkerei, die man eingerichtet hatte, für ihn eine kleine Hütte zu bauen, wohin er, wenn das Menschliche in der Kommune seine Kräfte überstieg, sich zurückziehen und wo er sich wohl fühlen, zeichnen und schreiben konnte.

Einstimmig nahm man die Resolution an, versammelte sich am nächsten Morgen zwei Stunden vor dem üblichen Arbeitsbeginn bei den Bienen und trat unter Anleitung des Zimmermanns vollzählig zu der verabredeten Sonderschicht an. Fischeler war gerührt, als er sah, mit welchem Einsatz und Bienenfleiß man sich plackte, ihm für seine Rekonvaleszenz diese Isolierstation zu errichten, und legte sofort mit Hand an den Bau.

Als er noch in derselben Woche sein Bienenhäuschen beziehen durfte, dessen Ausmaße kaum die einer Hundehütte überstiegen, fühlte er sich glücklicher als an dem Tag, da er den Lindenhof gekauft hatte. Fortan war es ihm vergönnt – nicht nur mit dem ungeteilten Einverständnis des Kollektivs, sondern mit dessen ausdrücklichem Mandat! –, die Praxis der Praxis zu überlassen und sich ganz der Theorie zu widmen. Dabei war er nicht ausgeschlossen, er nahm an den gemeinsamen Mahlzeiten teil, welche von Eva und Heribert mit Rücksicht auf ihn gemieden wurden, und konnte, wenn es ihm einfiel, in der Schmiede, in der Tischlerei, auf dem Feld, ganz, wie er lustig war, mittun und die Hände gebrauchen. Die Aufgabe, die Erfahrungen, die man beim Aufbau des Kommunismus in den Grenzen des Lindenhofs machte, theoretisch zu verallgemeinern blieb ausschließlich ihm vorbehalten, ebenso die Propaganda durch die zahlreichen Vorträge, zu denen man ihn im ganzen Land einlud.

Zu diesen schönen Privilegien kam noch ein weniger schönes, nämlich, ganz allein sich den Kopf zerbrechen zu dürfen darüber, wie sich der Austausch von Gütern zwischen der sozialistischen Insel und dem kapitalistischen Meer auf Dauer einrichten ließ oder, anders gesagt, welche Möglichkeiten der Finanzierung für Siedlungswesen und Arbeitsschule bestanden beziehungsweise erfunden werden mußten, oder noch anders gesagt, wie er das Geld, das seine Kommune verbrauchte, heranschaffen wollte.

Lisarius. Es verhielt sich eigenartigerweise so, daß jedesmal, wenn Fischeler sich überwand, das Geldproblem zu wälzen, automatisch der Name des Konsuls auftauchte. Fischeler beschloß zum wiederholten Male, ihm einen Brief zu schreiben. Jedoch erübrigte sich dies Unterfangen, denn bald pochte jemand an die Tür seines Bienenhäuschens, und es war der Fabrikant der Schokoladen und Kekse persönlich. Fischeler öffnete ihm die Pforte seiner engen Zelle und lud ihn herein.

«Da sind Sie also zum Asketen geworden», sagte Lisarius, nachdem er widerstrebend Fischelers Angebot angenommen und auf dem einzigen Schemel Platz genommen hatte. «Es überrascht mich übrigens nicht.»

Sein Blick fiel auf das Porträt der Roten Eva, die also in effigie wenigstens mit dem Künstler die spartanische Bleibe teilte.

«Dieses Bild muß ich besitzen.»

Lisarius bot auch diesmal wieder einen eher übertriebenen als stattlichen Preis, und besonders war Fischeler froh, daß er sofort und in bar erlegt wurde.

«Aber ich sehe da, daß Sie schon wieder schreiben», begann, als er seine Brieftasche zurückgesteckt hatte, Lisarius erneut das Gespräch. «Das beunruhigt mich. Danke übrigens für die Broschüre, die Sie mir neulich zugeschickt haben. Ich habe sie wirklich mit großem Interesse gelesen, aber gestatten Sie mir die Bemerkung, es müßte mein Gefühl mich arg täuschen, wenn ein großer Soziologe werden sollte aus Ihnen. Malen Sie. Glauben Sie mir, ich sage Ihnen das als Ihr Freund und nicht aus politischer Gegnerschaft, wie Sie vermuten, weil mir das, was Sie in Ihren Heftchen verbreiten, nicht passen kann und nicht paßt. Kekse und Schokolade können Sie weiter von mir bekommen für Ihre Leute, so viel, wie sie wollen. Aber ich werde fürderhin nichts mehr investieren in Ihren Betrieb. Es wäre doch auch unlogisch, wenn ich es täte. Es müßte Lügen strafen, was Sie in Ihren Schriften als Theorie aufzustellen versuchen. Sehr interessiert mich das Experiment, und Sie kennen meinen Standpunkt, daß Geldrecht verwerflich wird, wo es das Menschenrecht außer acht läßt. Gäbe es etwas zu lernen von Ihrer Kommune, seien Sie versichert, mein Lieber, daß ich es augenblicks übernehmen würde für die Arbeiter in meinen Fabriken. Aber leider sind die Bettelbriefe, die Sie mir schreiben, der schlagendste Beweis, daß diese Zelle, die Ihr Lindenhof darstellen soll, aus sich heraus nicht lebensfähig ist. Wie aber erst der Organismus, wenn er aus lauter solchen lebensuntauglichen Zellen zusammengesetzt wird?»

«Die Sowjetunion ...», wollte Fischeler beginnen, aber Lisarius winkte ab.

«Die Sowjetunion ist weit weg, und Sie sind nicht Lenin. Sie sind ein Künstler, Fischeler, warum zum Teufel wehren Sie sich dagegen mit Händen und Füßen? Sie haben die Behauptung aufgestellt, hier auf Ihrem Grundstück mit Ihren Genossen ohne Befolgung der bitteren Gesetze des Kapitalismus wirtschaftlich produzieren zu können. Das war ein Irrtum, sehen Sie es ein. Je früher, je besser. Das ist doch keine Schande. Sie haben etwas höchst Ehrbares versucht, nun sind Sie baden gegangen damit. Wenn Sie auf mich nicht hören wollen, hören Sie wenigstens auf Lenin: Klug ist nicht, wer keine Fehler macht. Klug ist, wer keine allzu schweren Fehler macht und sie rasch zu verbessern versteht! Ich muß mir vorwerfen, mit meiner Unterstützung die Sache künstlich in die Länge gezogen zu haben. Ich bin reich. Auch Sie waren sehr wohlhabend und könnten es immer noch sein.

Bedingung ist aber, daß wir lernen aus unseren Fehlern, nicht starrsinnig auf ihnen bestehen und unsere Substanz aufopfern, um recht zu behalten. Ich bin reich. Bin ich deshalb ein Unmensch? Nein. Ich versuche zu helfen, wo ich nur kann. Und, Fischeler, Sie haben jederzeit meinen Support. Als Künstler. Was die Menschen hier auf dem Lindenhof angeht, so will ich nicht über sie urteilen, das steht mir nicht zu. Aber ich bin zu der Überzeugung gelangt, daß ich sie nur auf einer schiefen, unseligen Bahn vorantreiben würde, wenn ich fortführe, mein Geld in diese Unternehmung zu pumpen. Das ist mein letztes Wort. Wo Sie zur Besinnung kommen und von neuem beginnen, aus Ihrer innersten Kraft, aus Ihrem Künstlertum heraus zu leben, von wo wir anderen das Kostbare beziehen, das Sie allein zu geben vermögen, bin ich Ihr Mann. Sie wissen, wo Sie mich finden.»

So zog der große Förderer, das Bild der Roten Eva unter dem Arm, von dannen, und Fischeler wäre ihm gerne nachgerannt, ihm den Lindenhof gleich ganz zu verkaufen, aber der Stolz hielt ihn fest. Er nahm Platz auf dem frei gewordenen Schemel und beugte sich wieder über das Manuskript seiner Schrift «Die Arbeitsschule als Aufbauzelle der klassenlosen menschlichen Gesellschaft».

Lisarius stieg nicht zu seinem Chauffeur in den Wagen, übergab ihm nur das jüngst erworbene Stück seiner Sammlung und schritt auf der anderen Seite der Landstraße über die heruntergelassene Zugbrücke zu seinem nächsten Besuch.

Ottokar Tröger, der den Bremer Maecenas wie stets händereibend und mit Bücklingen empfing, hatte für den unangemeldeten Gast eine hübsche Überraschung parat. Eben war der Bronzeabguß gekommen von der Porträtbüste, die Tröger geschaffen hatte von dem millionenschweren Kunstfreund. Rasch hatte er vor dessen Eintreten noch einen Lappen darüber geworfen, jetzt enthüllte er mit gestelzter Feierlichkeit sein Werk.

In ihm manifestierte sich, was ja auch in seinem Verhältnis zu Lie sich offenbart hatte: daß Ottokar Tröger, wenn nur ausreichend Geld im Spiel war, bewundernd lieben konnte. Niemand hätte die Kugel von Lisarius' Kopf so typisch zu modellieren vermocht wie Tröger. Der Kopf war glatt abgeschnitten, nicht einmal einen Hals hatte Tröger daran gesetzt. Noch eindrucksvoller schimmerte und glänzte die Glatze in Bronze, die Ohren, die beim Modell etwas hundehaft, waren menschenähnlicher, die Nase, die beim Vorbild stupsig, geometrisch strenger gemacht. Sehr gut hatte Tröger erkannt, daß die Wirkung von Lisarius' Gesicht wesentlich auf Augen und Lippen beruhte, und mutig diese Momente in seinem Abbild verschärft. Die Pupillen waren unorthodoxerweise herausgehoben aus den Augäpfeln und hatten eine angedeutete Herzchenform erhalten, der Unterkiefer war nach vorne gezogen, die Unterlippe aufgeworfen. Diese Komposition lieh dem Schädel Affen- oder doch Neandertalartiges, was im Verbund mit dem Kugelig-Kompakten beim Betrachter den Eindruck eines extremen, beängstigenden Durchsetzungsvermögens hervorrief.

«Du kannst ja sogar was», lobte Lisarius die Arbeit.

Tröger lachte in einer täppisch-weibischen Manier auf. Daß Lisarius ihn duzte, war ihm Anerkennung genug. Auf Lob im Jargon der Kunstbeflissenen konnte er in Anbetracht der pekuniären Potenz des Spenders mehr als bereitwillig verzichten.

Die Dämmerung war hereingebrochen, gegenüber beim Lindenhof flackerten Lagerfeuer auf. Gitarren wurden geschlagen, jugendliche Stimmen sangen dazu: Dem Morgenrot entgegen/Ihr Kampfgenossen all/Bald siegt ihr allerwegen/Bald weicht der Feinde Wall ...

«Mach die Fenster zu», gebot Lisarius.

«Gräßlich, nicht wahr?» bemerkte Tröger, indem er den Befehl ausführte. «Das haben wir hier nun jeden Abend.»

«Du hast Glück, mein Lieber», setzte Lisarius das Gespräch fort. «Gerade habe ich Fischeler meinen Sukkurs entzogen. Es ist schade um ihn. Will hoffen, daß er noch einmal loskommt von den Geistern, die er sich da zusammengetrommelt hat. Doch, doch, die Büste gefällt mir, wenn man es so ohne Brust und Hals überhaupt eine Büste nennen darf, heißt das. Dein Glück, lieber Ottokar, daß der Fischeler so unbelehrbar und stur ist. Daß du ihm künstlerisch je das Wasser wirst reichen können, bezweifle ich stark, aber von meiner Warte aus hast du ihm zwei elementare Qualitäten voraus. Erstens: Du kannst völkisch denken. Zweitens: Du machst dir keine Illusionen über die Macht und das Geld. In Fischeler habe ich mich, das darfst du wissen, gründlich getäuscht. Er hat schon einen Zug ins Große, ist kein Handwerker, sondern ein Konzeptionist. Das hat mir anfangs sehr imponiert. Dieses Streben nach Einheitlichkeit in allen Bereichen des Lebens. Es war schon ganz richtig von mir, nach dem Krieg auf die Sozialdemokraten zu setzen, wir hätten sonst gleich den Bolschewismus gehabt. Habe ihnen ja auch an der Universität Münster eine eigene Abteilung spendiert zur Nachzucht brauchbarer Funktionäre. Und sie haben sich erkenntlich gezeigt, mir dafür ehrenhalber die Doktorwürde verliehen.

‹Glauben Sie denn, daß ich mir den Sozialismus nicht kaufen kann?› hab ich zu Fischeler immer gesagt. Aber der Phantast versteht natürlich nicht, wie ich das meine, wie alles so ganz praktisch vorgeht im Leben. Aber, Ottokar, du weißt es, der Hase läuft anders, mit den Sozis wird's nichts, wie sich herausgestellt hat. Brave Leute im Grunde, keine vaterlandslosen Gesellen, nein, aufrichtig gewillt, uns die verhetzte Arbeiterschaft wieder vor den Karren zu spannen. Aber eben doch durchlässig für die Propaganda der Bolschewisten. Und schlimmer noch: Banausen. Keinen Sinn für die Kunst und komplett indifferent in der Frage der Religion, an der sich doch letztlich alles entscheidet. Da wäre Fischeler genau der Richtige gewesen, wenn er sich nur ein klein wenig zurechtbiegen ließe. Aber eher verhungert er in Sibirien, bevor er zugibt, daß der Mensch als Material nicht taugt für so ein System. Aus dir, Ottokar, kann noch was werden, denn du glaubst an Deutschland, ans Nordische …

Ja. Ich war bei Hitler. Die Sache steckt noch ganz in den Anfängen, aber der Mann weiß, was er will. Der Sozialismus – natürlich nicht der Kommunismus! –, aber der Sozialismus, so wie ich ihn verstehe, das heißt Geldrecht plus Menschenrecht – die Betonung liegt auf dem Plus, lieber Ottokar –, ist nicht nur in Ordnung, er ist unabdingbar, wenn Deutschland wieder groß werden will. Die Demokratie, der Parlamentarismus, das ist Plunder, mit dem man lieber heute als morgen aufräumen sollte. Ich habe mit Herrn Hitler Klartext gesprochen, wir sind uns in allem Grundsätzlichen einig. Erneuerung Deutschlands aus seinen Wurzeln, vor allem kulturell, das heißt völkisch, das Wort ‹Kultur› hört er nicht gern. Führerprinzip. Gemeinnutz geht vor Eigennutz. Das gilt auch und besonders für uns Kapitalisten. Hat mir ein hübsches Sümmchen aus der Tasche gezogen, dieser Hitler, auf den Spruch hin. Aber ich sage dir, Ottokar, das gefällt mir an dem Kerl, immer frisch von der Leber weg, nicht dieses Gedruckse und diese gespielte Verschämtheit wie bei den Sozialdemokraten. National plus sozialistisch, so läuft der Hase, die Betonung liegt auf dem Plus.

Nein. Über dich haben wir noch nicht gesprochen. Ist auch noch zu früh. Ja, ja, die Büste gefällt mir, aber erst mußt du für mich noch eines oder das andere machen. Jetzt freu dich, Ottokar, denn ich habe vor einer halben Stunde beschlossen: Du darfst dein Kriegerdenkmal bauen. Ich bezahle es dir. Daß wir den letzten Krieg verloren haben, ist mir die sicherste Gewähr dafür, daß wir den nächsten gewinnen werden. Noch etwas. Gut, daß ich dran denke. Herr Hitler hat größtes Gewicht gelegt auf diesen

Punkt bei unserem Gespräch: Keine Geschäfte mehr mit jüdischen Galeristen. Du mußt unbedingt diese Beziehung zu deinem Berliner Kunsthändler abbrechen, vor allem auch die Bilder von dieser Zara Wolkenberg in Sicherheit bringen, wenn wir damit in der Zukunft noch irgendwas anfangen wollen.»

DAS SECHSTE HEFT

Als kleine literarische Fingerübung will ich, weil Gründgens, den ich durch meine bloße Existenz und Anwesenheit hindere an der Ausübung seines ach so künstlerischen Berufes, mich auf die Art, die ihm wahrscheinlich die liebste wäre, nicht loswerden konnte, mich ausgeliefert hat an diese als Künstlerdorf getarnte Riesenklapsmüllerei und weil somit die Person des vorgeblichen Analytikers meiner Psyche zwangsläufig meine Gedanken beschäftigt, versuchen, einiges aus dessen Lebensgang zu skizzieren. Meine eigentliche Aufgabe ist dies nun gerade nicht, denn da meine kleine Schwester Medi, das «Kindchen», drüben in Amerika weder willens noch überhaupt in der Lage ist, etwas für die Verbreitung der Werke des Zauberers, Onkel Heiners und Eissis zu leisten oder für die Vertiefung des Verständnisses ihrer Schriften bei den Philologen zu sorgen, wäre es an mir, wie ich es auch getan habe über Jahre und Jahrzehnte, mich um diese Dinge zu kümmern. Nun verhielt es sich aber, schon bevor Gustaf mich verfrachtet hat an diesen Ort der Unwahrscheinlichkeiten und Bizarrerien, dergestalt, daß die Verlage mir nicht geantwortet haben auf meine Briefe, mich faktisch enterbt und von jedweder Teilnahme an den Editionsarbeiten abgesperrt haben, und es kommt diesen Leuten natürlich mehr als gelegen, wenn ich in eine Therapie gesteckt werde, wo man es als eine fixe Idee behandelt, die man mir austreiben muß, daß ich Erika Mann bin. Ich hatte schon in den dreißiger Jahren meine sehr begründete Skepsis gegen Bermann und seine Arrangements mit den Nazis; es ist leicht begreiflich, daß sie es als höchst willkommene Gelegenheit nutzen, daß mir der Vollbesitz meiner geistigen Kräfte streitig gemacht wird und daß sie sich hinter diesem Argument behaglichst verschanzen.

Mein Analytiker tut mir leid, und man braucht es sich nur lateinisch zu übersetzen, um zu erkennen, daß in Wahrheit er der Patient ist, den ich kuriere, und es muß diese Arbeit mit Anamnese, mit einem Einblick in seine Lebensgeschichte beginnen. Blüthenreich also, mit dem schlecht dazuklingenden Vornamen «Ulf», den seine Mutter Silke, eine geborene Jelten, aus dem Norddeutschen herstammend, bei seiner Geburt gegen den heftigsten Widerstand von Blüthenreich senior durchzusetzen vermochte. London war der Ort, wo er an einem der typischen, nebligen, lichtarmen Vormittage zur Welt kam, und zwar in der Geschwisterreihe nach dem gehörigen Abstand von zwölfeinhalb Jahren als drittes und, wie sich zeigte, letztes Kind seiner Eltern, die weniger aus Neigung denn aus Not an der Themse sich heimisch gemacht hatten, denn sie gehörten zum Kreis derer, die das Regime in Berlin mit Verfolgung und Vernichtung bedrohte.

Nicht allein des Wohlklanges wegen, sondern durch seine Stellung als Nachkömmling auch semantisch begründet, hatte der Vater verlangt, daß man den Knaben «Benjamin» nenne, dann aber, weil die Mutter es allerhöchstens als einen zweiten Vornamen durchgehen lassen wollte, verzichtet, später sogar seine Zunge an das ihm ebenso dumpf wie dämlich scheinende «Ulfi» gewöhnt.

Es war die dritte Niederlage, die er auf diesem Felde erlitt. Schon die Erstgeborene wurde gegen seinen Willen getauft, auf einen Namen zudem, der auf das unangenehmste seinem Geschmack widerstand: Heike. Es wiederholte sich dieser Zank, als fünfzehn Monate später Silke den Stammhalter gebar. Weil der Vater abermals sich dreinschicken mußte, daß der Name nicht aus der von ihm bevorzugten alttestamentarischen, sondern aus der nordischen Mythenwelt erwählt ward, hatte er versucht, zum mindesten etwas von einem Kompromiß zu erlangen und mit Erfolg auf «Sören» plädiert, dem von ihm so verehrten dänischen Philosophen ein Denkmal zu schaffen. Bitterer war es ihm diesmal geworden, weil in der Auseinandersetzung um «Benjamin» oder «Ulf» Blüthenreich senior geglaubt hatte, die Vorgänge auf deutschem Boden zugunsten seiner Option ins Spiel bringen zu dürfen, mit diesem Argument aber nur die tiefste, perennierende Kränkung seines Ehelebens provozierte, da Silkes Abwehr darin bestand, ihm vorzuhalten, sie hätte, wo sie nicht mit ihm verheiratet wäre, für sich und die Kinder in der Heimat gar nichts zu fürchten.

Von Berufs wegen war Abraham Blüthenreich wie Kierkegaard, sein Idol, Philosoph. Sein großes Vorbild war gleichzeitig sein hauptsächliches Arbeitsgebiet. Die Schrift, mit welcher er sich im Jahre 1926 an der philosophischen Fakultät der Universität zu Heidelberg habilitierte, unternimmt den ambitionierten Versuch, an der Hand von Kierkegaards Werken Philosophie und Psychologie auf dem Grund einer gemeinsamen Begrifflichkeit zu vereinen, und wird auch heute noch von den Spezialisten mit großer Regelmäßigkeit konsultiert, wengleich selten zitiert.

Seinen Lehrstuhl verlor Abraham Blüthenreich noch vor Erlaß des schändlichen Nürnberger Gesetzes. Eine Kette widerlichster Provokationen von in der Nazipartei organisierten Studenten und Professoren hatte den verdienten Gelehrten und ausgezeichneten Frontkämpfer des Ersten Krieges dahin zu bringen vermocht, aus eigenem Entscheid sein Amt niederzulegen. Wäre es nach ihm gegangen, hätte bei der Frage nach der Richtung ihrer Emigration Moskau den Vorzug erhalten. Viel zu mächtig war seine Germanophilie, die schließlich eine starke Mitverantwortung trug an der abgöttischen, stets glühenden Liebe zu seinem blonden, blauäugigen, altdeutsch eingefärbt redenden Weib, als daß er mit wirklichem Ernst Tel Aviv erwogen hätte, wo sich ihm eine aussichtsreiche Privatdozentur bot. Ins weite und ihrem Vorurteil nach trostlose Reich der Sowjets wollte Silke Blüthenreich unter keinerlei Bedingung verbannt sein, und sie lehnte konsequent jedes Gespräch über diese Möglichkeit ab. Dagegen gab es Jeltensche Kollateralverwandtschaft auf den Britischen Inseln, und weil die beschlossene Auswanderung der Familie durch die Forcierung der politischen Entwicklung doch noch fluchtartigen Charakter bekam, durfte man sich glücklich schätzen, unversehrt zumindest an Leib und Leben auf dem walisischen Cottage eines der Schwippschwäger von Silke sich wiederzufinden.

Nachdem es gelungen, einen beträchtlichen Bestandteil der Ersparnisse dem Zugriff der faschistischen Staatsgewalt zu entziehen und auf verschlungenen Pfaden auf ein Konto bei einer englischen Bank zu transferieren, begab sich Abraham Blüthenreich nach London und machte dort erst für sich, dann auch für seinen Anhang Quartier. So war man, was die Wohnlichkeiten betraf, wieder leidlich situiert, jedoch blieben die zahlreichen und umständlichen Bemühungen des Ernährers, in der neuen Heimat sich mit einer akademischen Anstellung zu versorgen, ohne Erfolg. Die Schuld an dieser Misere konnte er dem Gastland kaum zur Hälfte anlasten, denn im Prinzip war man nicht unempfänglich für die Nöte der Emigranten. Abraham Blüthenreich war von einer tiefsitzenden, philosophisch begründeten Abneigung gegen den Gebrauch der englischen Sprache erfüllt. Am karger werdenden Mittagstisch der Familie verlautbarte er es zu wiederholten Malen, daß der Empirismus der Todfeind der Menschheit sei, weswegen sein Weib und seine Kinder denselben dennoch nicht mehr fürchteten als den Hunger, der unüberhörbar an ihrer Tür klopfte.

Wiederum durch Silkes Vermittlung geschah es, daß Abraham Blüthenreich als Gärtner und Platzwart einer Golfanlage am Rande der Stadt Beschäftigung und Einkommen fand. Er nahm auch diese wenig vorteilhafte Wendung seines Geschicks auf die philosophische Art und gab, wenn jemand ihn auf seine Tätigkeit ansprach, zur Auskunft, er sei Schäfer geworden. Tatsächlich war sein anspruchsloses Tagewerk einem pastoralen Idyll ähnlich genug, und er brachte seinen Protest gegen den Stand und den Gang der Dinge lediglich noch dadurch zum Ausdruck, daß er, wenn er mit seinem Buch in der Hand bei schönem Wetter sich in den Anlagen erging, russische Vokabeln und Konjugationen büffelte. Aber selbst diese heimliche Resistenz gab er auf, als ihn die Nachricht von Stalins Pakt mit Hitler erreichte.

Komplexer wurde Abraham Blüthenreichs Alltag erst wieder, als eines der angesehensten Mitglieder des Golfklubs, dem er teils aus Sympathie, teils weil er ausnehmend großzügig mit Trinkgeldern war, gelegentlich als Caddie gedient hatte, ihn für den britischen Geheimdienst anwarb. Welcher seiner Eigenschaften Blüthenreich diese Erhebung verdankte, hätte er selbst nicht anzugeben gewußt, um bedeutende jedenfalls handelte es sich dabei nicht, denn die Aufgabe, die man ihm zuwies, war von sehr untergeordneter Beschaffenheit. Einige Stunden am Tag mußte Blüthenreich Feindsender hören, und die zusammenfassenden Berichte, welche seine Auftraggeber verlangten, waren, wenn überhaupt jemandem, dann höchstens ihm selber nützlich, weil sich bei dieser Arbeit seine Beherrschung des Englischen in Wort und Schrift erheblich ameliorierte. Übrigens schwand mit der verbesserten Kenntnis seine Idiosynkrasie gegen die Sprache und auch gegen den Geist, den er weiter mit ihr identifizierte.

Kompliziert für ihn war also nicht seine neue Arbeit an sich, sondern der Umstand, daß er bei Androhung der krassesten Repressalien sich verpflichten mußte, darüber das allerstrengste Stillschweigen zu wahren. Nun war Abraham Blüthenreich, obgleich am Katheder ein gewandter, streckenweise brillanter Rhetoriker, schon von Natur alles andere als geschwätzig und durch seine «Schäferjahre» erst recht schweigsam geworden, aber trotzdem fiel es ihm schwer, seiner geliebten Gefährtin, der gegenüber das Tabu in erster Linie gemeint war, weil man ihr ungebrochene Gefühle für ihr Vaterland supponierte, seine veränderten Lebensverhältnisse und besonders die Quelle seiner gestiegenen Einkünfte verborgen zu halten. Verschärfend hinzu kam, daß im Anschluß an die Schlacht von Stalingrad, welche seine alte sowjetische Ader reaktivierte und den Schwerpunkt seiner Hoffnungen von den Schultern Churchills auf diejenigen von Dschugaschwili verlegte, ein regelrechter Loyalitätskonflikt in ihm ausbrach.

Es wurden wieder die russischen Lehrbücher gewälzt, und Silke sah mit ahnungsvoller Befürchtung, wie sukzessive die Originalwerke von Gontscharow, Turgenjew, Puschkin, Leskow, Tschechow, Dostojewski, Gogol und Tolstoi die Regale im Bücherschrank ihres Gatten besetzten. Im Jahr der Entscheidung des Krieges ging diese Tendenz bei Abraham Blüthenreich schon so weit, daß er, während er für den Geheimdienst lustlos seine Berichte herunterpinnte, darüber sann, ob sich nicht vielleicht doch eine Brücke errichten ließe, Kierkegaards Philosophie mit dem historischen und dialektischen Materialismus in Verbindung zu bringen. Ohne es zu wissen, bewegte er dabei in sich Gedanken, wie sie in der Zeit nach der Ersten Russischen Revolution von 1905 Gorki, Lunatscharski und Bogdanow auf der Insel Capri hin, her und durcheinander debattiert hatten.

So wenig wie diese brachte Blüthenreich Marxismus und Existentialismus zu einer Synthese, obwohl doch beide Systeme, wie er deutlich erkannte, nach hinten mit dem Faden ihrer Entwicklung zusammenhingen in Hegels Phänomenologie. Die Rote Armee war schneller mit ihrem Sturm auf Berlin als Blüthenreich mit der Revision seines Weltbilds.

Noch im Mai waren alle Formalitäten abgetan, alle Vorbereitungen getroffen für die Rückkehr der Familie nach Deutschland. Das Haus, in welchem ihre letzte, die Heidelberger Wohnung gelegen, war dem Bombardement zum Opfer gefallen, und sowieso konnte Abraham Blüthenreich, ohne freilich über die Gründe sich aussprechen zu dürfen, in der britisch besetzten Zone mit Protektion weit zuverlässiger rechnen. Hier, im Land zwischen Weser und Ems, war ja auch die Hauptlinie von Silkes Familie abstämmig und ansässig geblieben. Das Telegramm ihrer Eltern, englisch abgefaßt, lud ebenso herzlich wie dringlich ein, heimzukehren und das Haus von Silkes gefallenem Bruder zu beziehen. So gestaltete sich auch der Umzug mit dem Transport des in England zusammengetragenen Hausstands auf dem Wasserwege über Bremerhaven sehr einfach, und die Blüthenreichs repatriierten sich in der malerischen friesischen Ortschaft Ovelgönne bei Brake.

Abraham Blüthenreichs erster Job war der des Dolmetschers beim Gouverneur in Oldenburg, was ihm, vorzüglich wegen der Berechtigung zum Einkauf in den Shops der Armee, eine Art Vormachtstellung im Dorfe bescherte. Freudig machte er sich, auch als der Winter hereinbrach, frühmorgens mit dem Fahrrad auf den knapp dreißig Kilometer weiten Weg entlang den Ufern von Weser und Hunte, ließ abends dieselbe Strecke flußabwärts sich zurückrollen mit kurzer Einkehr im Gasthof zu Elsfleth, wo der Wirt sein Kontingent an englischen Zigaretten erhielt. Allein dieses kleine, aber täglich-stetige Nebengeschäft warf in Jahresfrist einen Gewinn ab, der als Anzahlung hinreichte zum Erwerb eines Automobils.

Trotz diesem kaufmännischen Segen, der schon den Neid der Nachbarn hervorrief («Juden wieder obenauf» hieß ein Wort, das der kleine Ulf von einem Schulkameraden heimtrug), war Abraham Blüthenreich in keiner Weise gesonnen, dieser Bahn, die sich ihm auftat, zu folgen. Vielmehr war sein Beschluß, so bald als möglich im philosophischen Lehrbetrieb wieder das Seine zu leisten. Im Frühjahr 46 nahm er sich eine Woche Urlaub, vorgeblich, um im Sächsischen der Hochzeit eines seiner Vettern als Trauzeuge beizuwohnen, in Wirklichkeit aber, um sich in Jena mit dem sowjetischen Kulturoffizier zu besprechen. Diese heimliche Absicht errieten weder der Gouverneur noch seine Frau.

Sein Termin beim Genossen Zwjetlowski verlief über jede Erwartung – besonderen Eindruck machte Blüthenreichs Rezitation Puschkinscher Verse –, und er ward nach dem gemeinsamen Verzehr diverser Bouteillen des aus der Kartoffelmaische destillierten russischen Nationalgetränks gar mit Bruderküssen entlassen. Eine Berufung zum ordentlichen Professor für Marxismus-Leninismus an der Universität Fichtes war in Aussicht genommen. Einstweilen blieb Blüthenreich in Wartestellung bei seinen Beschäftigungen zwischen Ovelgönne und Oldenburg.

Zwei Mißgeschicke trugen sich ungefähr gleichzeitig zu. Bei der Elsflether Behörde ging eine Anzeige wegen Schwarzhandels ein (sein bester Kunde, der Wirt, war Sykophant), und dem NKWD wurde seine Mitarbeit bei der britischen Konkurrenz offenbar (durch Lord Wilmington, seinen Verbindungsoffizier aus dem Golfklub, der als Doppelagent auch für die Polen Spionage betrieb).

Damit war jede Hoffnung auf eine Universitätskarriere im Osten zerschlagen, und auch von den Engländern wurde ihm sein Posten gekündigt. Abermals hatte Abraham es seiner Angetrauten zu danken, daß der Familie ein Leben in Schande und Elend erspart blieb; sie wußte es über ihre Kanäle zu lenken, daß bei der Wiedereröffnung der Universität der Freien und Hansestadt Bremen die knapp besoldete, aber sichere Stellung des Leiters der philosophischen Bibliothek durch ihren Gatten besetzt werden konnte.

Was hier in wenigen groben Strichen aufgezeichnet ist, ergibt in etwa die Skizze eines Gescheiterten. Sie stimmt im wesentlichen mit dem überein, was Ulf im Heranwachsen über Abraham dachte. Sein Blick auf das Haupt der Familie war kritischer als der seiner Geschwister. Das begann schon in England, wo Ulf vor Kriegsende noch eingeschult wurde. Zunächst war es auch bei Ulf ganz normal die bewundernde Liebe des Kleinkinds für seinen Vater, ja es gestaltete sich das Verhältnis inniger noch, als dies gewöhnlich der Fall zu sein pflegt, denn Abraham hatte viel Zeit für seinen Jüngsten, nahm ihn oft von ihrer Wohnung am Camberwell Green im Bus mit hinaus auf den Golfplatz, wo er zum Schein oder zur Tarnung weiter als Platzwart amtierte.

Abraham bastelte für Ulf einen Bogen mit echter Sehne, schnitzte ihm Pfeile, ließ ihn auf Kaninchen schießen damit. Nebenbei unterwies er ihn auch im Umgang mit Bällen und Schlägern, und im zarten Alter von fünf Jahren spielte Ulf besser als der Durchschnitt des Klubs. Auch führte Abraham mit seinem Sohn lange Gespräche und pflanzte in ihn früh die Wurzeln eines auf große Zusammenhänge gerichteten Denkens.

Jedoch mit Ulfs Versetzung aus dem engen Bezirk der Familie in die weite Sphäre des Sozialen, will sagen, mit seinem Schuleintritt, begann das Vatervorbild merklich zu wanken. Daß Ulf gegenüber den anderen mit einem Makel behaftet war, bekam er gleich an seinem ersten Schultage schmerzlich zu fühlen. Die Sache war nämlich die, daß seine Uniform nicht wie die der Mitschüler eine funkelnagelneue, sondern eine abgetragene seines großen Bruders Sören war, auf welche an einigen Stellen auch die Motten ihre unschönen Spuren gezeichnet. Überdies ließ verständlicherweise der Sitz des Jacketts erheblich zu wünschen, und schließlich hatte in der Zwischenzeit das Wappen der Schule einige eigentlich minimale, aber jetzt für den Träger doch verheerende Alterationen erfahren. Es konnten diese Defizite der Etikette den scharfen Blicken seiner statusbewußten Kameraden natürlich unmöglich entgehen, und so wurde Ulf vom ersten Tag an zum Objekt bösartiger Hänseleien.

Daß Ulf die Verantwortung für diese Zumutungen insgeheim seinem Vater zuschob, war ungerecht. Silkes Sparsamkeit nämlich war es gewesen, die sie sich vehement gegen die Anschaffung einer neuen Uniform für den Benjamin hatte stemmen lassen, mit der Begründung, sie denke auch im Traum nicht daran, bei diesem Schnickschnack und Firlefanz, diesem ausgemachten Quatsch, diesem Fimmel der Engländer mit der militärischen Einkleidung ihrer Pennäler mitzutrumpfen. Abraham hingegen hatte gewünscht, das erforderte Gewand in der Regent Street auf Maß schneidern zu lassen, wofür er, wie wir wissen, auch die nötigen Mittel besaß, war aber, wie in allen grundsätzlichen Diskussionen über die Erziehung der Kinder, unterlegen gewesen. Ulf Blüthenreich erfuhr hiervon erst viele Jahrzehnte darauf, Monate nur vor dem Tod seines Vaters, dem er darob noch späte Verzeihung gewährte.

Hätte Ulf nur damals gewußt, daß Abraham für die Spionageabwehr Leib und Leben riskierte, bedeutend beitrug zum Sieg der Allianz über Germaniens Barbaren, wie hätte ihm dies auf dem Schulhof aus so mancher Patsche geholfen! So aber mußte er sich schämen in den finstersten Abgrund hinein, wenn im Kreis herumgefragt wurde nach den Berufen der Väter und nach Marschall, Major, Leutnant, Arzt, Pilot, Ingenieur und so weiter die Reihe an ihn kam, und er hatte nichts, als mit versiegendem Atem zu stammeln: «Platzwart.» (Das mit dem Schafhirt hatte er versuchsweise auch einmal gewagt und noch weit garstigeren Hohn davon geerntet.) Unfehlbar wußte einer der Vorlauten zu Ulfs Daddy das Reimwort «Caddie» zu finden, und das Händeklatschen, womit die Jungen den Takt zu ihrem Spottverslein schlugen, schnitt ihm wie Peitschenhiebe ins Herz.

Unter diesen Umständen ist leicht zu verstehen, mit welcher

Begeisterung er den Sieg der Alliierten begrüßte, dessen hauptsächliche Folge für ihn darin bestand, die verhaßte Uniform an den Nagel hängen zu dürfen. Und damit begnügte er sich noch nicht, er verlangte die volle Satisfaktion: die schändlichen Lumpen sollten brennen vor seinen Augen. So wohlerzogen und folgsam war Ulf, daß er vorher von seinem Vater das Plazet erbat für diesen hochsymbolischen Akt. Abraham bewilligte auch das pyromanische Begehren des Sohnes, unter der Bedingung jedoch, daß es nicht auf der Straße, sondern im Hof vor sich gehe. Nur ein winziges Flämmlein züngelte noch, als Silke vom Küchenfenster des Vorfalls gewahr ward. «Ich habe doch gleich gesagt», war ihr Kommentar, «daß es sich nicht lohnt, für die paar Tage eine neue zu kaufen.»

Die Ovelgönner Periode seiner Kindheit durfte Ulf Blüthenreich wenigstens in ihren Anfängen als einen Triumph, als Einzug des Siegers bei den Kapitulanten erleben. Obwohl er selbst die Grundschule besuchte, kamen aus Brake die Gymnasiasten zu ihm, um von ihm Englisch zu lernen, und zahlten auch noch dafür! Aber auch dieses ruhmreiche Blatt wendete sich wieder, und mit größerem Recht als vorher urteilte Ulf, daß sein Vater Abraham schuld daran hatte. Diese Skepsis erhielt in Bremen noch einen Beiklang von Groll, weil Abraham dies eine Mal einen pädagogisch-didaktischen Disput zu seinen Gunsten entschied und Ulf nicht, wie von Silke und noch energischer von dem Betroffenen selbst gefordert, aufs neusprachliche Gymnasium schickte, sondern persönlich beim Direktor des altphilologischen dessen Anmeldung vornahm.

Sich selbst beglückwünschte Abraham Blüthenreich sehr zu diesem Sukzeß, da er sich einzureden verstand, er habe damit für den Humanismus eine Lanze gebrochen. In Wirklichkeit war dies Manöver nur ein wenig rühmlicher Akt des Selbstbetrugs. Daß er, Abraham Blüthenreich, einst die Leuchte unter den Philosophen des Heidelberger Seminars, nun dazu verdammt war, Leihscheine abzustempeln, Kataloge zusammenzustellen und Handapparate zu beaufsichtigen, das nagte an seinem Selbstvertrauen empfindlicher als das Rasenmähen und Heckenschneiden in England. Er unternahm auch noch dieses und jenes, erneut auf einen Lehrstuhl gerufen zu werden, aber einmal degradiert, wollte niemand ihn wieder befördern. Alles, was ihm noch gelang, war, zwei Artikel in einem philosophischen Fachblatt unterzubringen. Und sosehr er versuchte, diese Dosis zu strecken, dauernd konnte er seinen Stolz nicht davon ernähren. Es schmerzte jetzt, wenn er das Periodikum der Kierkegaard-Gesellschaft aus seinem Briefkasten nahm, und er verzichtete bald aus Selbstschutz darauf, die Broschüre aus dem Umschlag zu holen.

Wenn er auf der einen Seite Silke und ihrer weitverzweigten Familie dankbar blieb, weil sie ihm das Bibliothekspfründlein hatten zuschustern können, so war diese nepotistische Begünstigung andererseits Hauptursache für die von Tag zu Tag fortschreitende Verbitterung und Verdüsterung seines ehemals so sonnigen Gemütes, und weit lieber hätte er in irgendeinem Zoo die Affen oder die Elefanten gepflegt, als den Bremer Professoren das Material für ihre Vorlesungen und Aufsätze zusammenzutragen. Sie waren auch nicht sonderlich zufrieden mit ihm, und es hätte ihn eine Dienstaufsichtsbeschwerde um ein Haar auch dies sein Gnadenbrot noch gekostet, weil er trotz vielfältigen Mahnungen nicht ablassen konnte davon, Studenten, die sich nach irgendeinem Titel bei ihm erkundigen wollten, seitenlange Literaturlisten zu erstellen, worauf sich jedesmal seine Publikationen aus den Goldenen Zwanzigern aufgeführt fanden.

Sören, Abrahams erstgeborener Sohn, hatte nicht nur alle väterlichen Pläne in Hinsicht auf Oxford und Cambridge als Hirngespinste weit von sich gewiesen, er hatte mit sechzehn ohne Abschluß die Schule verlassen und eine Lehre als Gärtner begonnen. Ohne diese Ausbildung zu Ende gebracht zu haben, wechselte er zur Landwirtschaft über und arbeitete einige Jahre bei einem seiner Onkel in Wales. Mit dem Tag seiner Volljährigkeit, der zusammenfiel mit dem des Untergangs der 6. Armee im Kessel von Stalingrad, betrieb er seine Naturalisation, um mit dem Erwerb der britischen Staatsbürgerschaft zum völligen Entsetzen seiner Mutter und zu ihrem langjährigen Kummer sogleich sich zum Waffendienste zu melden. Silkes ganzer Trost war, daß ihr Sohn bei einer Übung sich rechtzeitig verletzte und an dem Einsatz seiner Truppe in den Ardennen nicht teilnehmen konnte. In Ovelgönne war Sören nur wenige Wochen mit von der Partie, heiratete dann ein Mädchen aus dem schottischen Hochland, das er während seiner militärischen Grundausbildung kennengelernt hatte, und übernahm gemeinsam mit ihr die Landwirtschaft ihrer Eltern.

Abraham Blüthenreich konnte nicht, ohne daß Feuchtigkeit ihm ins Auge stieg, und nicht ohne Seufzen und Kopfschütteln bedenken, wie weit dieser Sproß sich entfernt hatte von ihm und dem Stamm. Dabei hatte der Junge einst in Heidelberg, als er nicht einmal zur Schule ging, die Definition der Dialektik nach dem Systemfragment des Deutschen Idealismus auswendig hersagen können …

Da die patrimonialen Projektionen ganz auf Sören gebündelt gelegen hatten, war Ulf im ersten Abschnitt seiner Kindheit weitestgehend unbehelligt geblieben von derlei Erwartungen und dem Druck, mit dessen Hilfe ihre Erfüllung zu erzwingen gesucht wurde. Als ein hoch zu schätzendes Glück durfte Ulf es betrachten, daß in der fraglichen Zeit in des Vaters Konzept er und nicht Sören als der Naturbursche galt, dem jede, aber auch jede der unabdingbaren Voraussetzungen zum Gelehrtenberuf fehlte. Immerhin hatte Abraham bei ihren gemeinsamen Promenaden auf dem Gelände des Golfplatzes Resonanz gefunden mit seinen für ein Kind äußerst anspruchsvollen Anschauungen und Reflexionen, aber auch dies war von ihm nur als ein Symptom gewertet worden für die ihrer Wesensart nach früh heraustretende Bauernschläue, der man bei all ihrer Begrenztheit einen gehörigen Zuschuß von Weisheit ja keineswegs absprechen muß.

In Bremen nun änderte Abraham seine Meinung von Ulf und entdeckte, weil er es wünschte, intellektuelle, ja intellektualistische Anlagen bei ihm. War etwa nicht in der Art, wie der Zehnjährige bei den Tischgesprächen seinen Auffassungen widersprach, der Struktur nach Platons Dialogik wiederzusehen? So trieb es ihm nicht die Röte des Zorns in das Gesicht, es zog ihm die Lippen zu kontentiertem Lächeln, wenn der kommende Rhetor ihn einen «Trottel» nannte und einen «insipiden Phantasten». Auch tat es dem Werk seiner Illusion keinen Abbruch, daß auf dem ersten Zeugnis, welches Ulf heimtrug von den Altphilologen, unter der Rubrik «Lateinisch» ein mageres «ausreichend» verzeichnet war. «Aller Anfang ist schwer», tröstete er seinen Nachfolger.

Was Ulf bei diesem Anlaß – weniger aus Feigheit denn aus Gründen der Rücksichtnahme auf das senile Syndrom seines Erzeugers – verschwieg, war, daß noch dieses Prädikat «ausreichend» nicht auf Leistung beruhte, vielmehr einer pädagogischen Erwägung der alternden Philologen sich verdankte, die in Sexta die Zensuren «mangelhaft» und «ungenügend» nicht vergaben, um den Anfängern das Erlernen toter Sprachen nicht von vorneherein zu vergällen. Da aber Ulf, teils aus verstockt festgehaltener Uneinsichtigkeit in die Nützlichkeit dieses Faches, teils aus Widerwillen gegen den Lehrer, teils aus Protest gegen die Fehlentscheidung des Vaters, seine lateinischen Lehrwerke einzig öffnete, um darin die Caesarenköpfe mit Hitlerbärtchen und die Hermesstatuen mit zusätzlichen Genitalen zu schmücken, waren die Folgen unausweichlich. Im ersten Halbjahr der Quinta hieß es «mangelhaft», im zweiten mit der vollen Härte des Lebens «ungenügend».

So wurde Abraham Blüthenreich zwar nicht mit einem Schlage herausgestoßen aus seiner gehegten Nephelokokkygía, aber doch genötigt, etappenweise herabzusteigen aus seinen Wolken auf den nüchternen Boden der Tatsachen. Kostspieliger Nachhilfeunterricht und wertvolle Buchgeschenke an den Direktor erwirkten später auf dem Gnadenwege doch noch ein Latinum für Ulf, und Abraham schöpfte frischen Mut, weil sein Sohn das Griechische mit halbem Elan anging und gleich in der ersten Runde ein «Befriedigend» errang.

Ende untere Sekunda hieß es jedoch, diese und alle zwischenzeitlich erweckten Hoffnungen zu Grabe zu tragen. Dem Direktor wurde es peinlich genug, schwer drückten hinter ihm im Regal seines Büros der Homer in der Ausgabe, aus welcher Goethe ihn kennengelernt, der Sophokles in jener, die dem Übersetzer Hölderlin vorlag, und andere Rara auf sein Gewissen; es half nichts, er mußte dem notorisch leistungsschwachen Schüler Ulf Blüthenreich die Versetzung in die nächste Klasse verweigern.

Abraham ertrug die Katastrophe mit der Gleichmut der Stoa, was das Verhängnis erst vollständig machte. Wenn er dies Jahr – welches von Ulf mehr nicht erheischte als die lässige Repetition des schon einmal wenn nicht verdauten, so doch gekauten Stoffes – als ein solches angeschaut hatte, in dem nichts zu verlieren, weil es eben ein von vorneherein bereits verlorenes war, so täuschte er sich gewaltig. Es kam der Brief in blauem Kuvert, der den Eltern abermals die Gefährdung der Versetzung anzeigte.

Die fällige Unterredung mit Achim Freiherr von Hagedorn, dem Direktor, war von ernsthaftestem Charakter und gemildert in ihrer Form für Blüthenreich senior einzig aufgrund des Umstands, daß ihm der Gang nach Canossa, will heißen in die Räumlichkeiten jener Anstalt, in welcher sein Junior so in Bausch und Bogen versagt hatte, erspart blieb, da er seinen Gesprächspartner in der philosophischen Bibliothek der Universität abfassen und in einem Winkel des Stammlokals der Professoren bei einigen Fläschchen Burgunder die Angelegenheit hinter sich bringen konnte. Ein Verbleiben Ulfs auf dem Gymnasium nach zweimaligem Scheitern an der Hürde der Versetzung auf selber Klassenstufe war den Statuten gemäß nicht zulässig, und der Freiherr von Hagedorn verband seinen Trinkspruch mit dem Bedauern, an dieselben ohne Wenn und Aber gefesselt zu sein. Höchstens könne man, einer Gepflogenheit folgend, auch im vorliegenden Falle, wo der Schüler im Einvernehmen mit den zu seiner Erziehung Berechtigten verbindlich seinen Abgang erkläre, salopp gesprochen ein, zwei oder noch mehr Augen zudrücken, um sein Schlußzeugnis solcherart zu frisieren, daß ihm die Aufnahme an einer höheren Lehranstalt, welche die Kapazitäten ihrer Zöglinge in minderer Weise beanspruche, möglich gemacht werde. Abraham Blüthenreich hatte keine Wahl, als den Direktor bei diesem Worte zu nehmen und auf den erzielten Vergleich eine weitere Flasche Burgunder zu ordern.

Freiherr von Hagedorn sprach von Steinen, welche von seinem Herzen gefallen, und ließ sich nun, da, was zu sagen, gesagt und die Sache entschieden war, sehr lobend vernehmen über Ulfs Talent, über seine Tugenden, wenn diese – seiner Meinung nach, mit Verlaub! – auch weniger im Fachlichen als im Persönlichen sich zeigten, und wies insonderheit darauf hin, daß die neu in das Kollegium eingetretene und übrigens auffallend ansehnliche Lehrerin der Biologie auf den Konferenzen sich immer wieder stark gemacht habe für ihn, schließlich auch als einzige seine Leistung mit «Sehr gut» beurteilt. In der Mathematik habe er ebenfalls bis zur Einführung der Integral- und Wahrscheinlichkeitsrechnung, die er, Ulf, aus ihm, Hagedorn, unerfindlichen Gründen ablehne, recht ordentlich mitgehalten, wie auch Chemie- und Physiklehrer verhältnismäßig wenig über ihn klagten, so daß, kurzum, auf dem Realgymnasium der Erwerb des Abiturs und der Berechtigung für den Zugang zum Hochschulstudium ohne vorherige Konsultation von Orakeln mit gutem Gewissen prognostiziert werden dürfe.

Wo nun der Ort, an welchem das auch von Ulf weiterhin angestrebte oder zumindest gewünschte Zeugnis der Reife mit dem geringsten Aufwand von Kräften zu erstehen, vielmehr zu ersitzen war, das hatte der relegierte Pennäler selbst seit langem erkundet. Eine Oberschule in Vegesack stand in dem Ruf, auch die aussichtslosesten Fälle noch zu kurieren, und Ulf war nicht der einzige in Bremen ansässige Schüler, der die Unbequemlichkeit morgendlicher Anreise und mittäglicher Rückfahrt mit der Eisenbahn gern in den Kauf nahm, um dort unter der Aufsicht – die treffender eine Nachsicht genannt zu werden verdiente – des nahezu vollständig von Reformpädagogen gebildeten Lehrkörpers weniger nach der Art eines Zugpferdes im Bergwerk wie bei den Altphilologen, sondern mehr nach derjenigen einer Frucht an einem Baume in einem sonnenbeschienenen Obstgarten seiner endgültigen Reifung entgegenzuhängen.

Neben besagter Wohlfeilheit des Beweises der Befähigung zu höheren Studien besaß das Gymnasium in Vegesack, wie Abraham Blüthenreich mit Erstaunen vermerkte, als er Ulf zum Zweck von dessen Einschreibung dorthin Geleit gab, noch einen ganz besonderen Reiz, welcher die Mühen der Anfahrt geringschätzen ließ. «Koedukation» hieß das erst runde zehn Jahre später zum Kampfbegriff gewordene Zauberwort, in welches diese Attraktion eingehüllt war. Ein Experiment mit der Sondererlaubnis und unter der Schirmherrschaft des Bildungssenators, das ursprünglich die höchst gewagte Lösung aus einer Zwangslage gewesen, dann aber durch die wider alle Erwartung günstige

Art seines Verlaufs Modellcharakter anzunehmen begann. Wie in der Volksschule erhielten Jungen und Mädchen gemeinsamen Unterricht, saßen mitunter auf ein und derselben Bank! Freilich beschränkte sich das von der Öffentlichkeit mit Argusaugen verfolgte Pionierunternehmen auf eine einzige Klasse, welche aus einem Jahrgang des Elisabeth-von-Thüringen-Lyzeums und einem solchen des in gleicher Architektur en face errichteten Gerhard-Rolf-Gymnasiums zusammengelegt worden war. Begünstigt, oder wie die Kritiker, deren Tete auch hier die Geistlichkeit der katholischen Kirche bildete, meinten, sogar regelrecht provoziert sei jene von ihnen so bezeichnete «Systematische Züchtung von Unzucht» durch den eigentlich von Sparsamkeitsgründen diktierten Beschluß der Stadtväter gewesen, das im Krieg zerbombte Lyzeum und das gleichfalls zerstörte Jungengymnasium auf einem gemeinsamen Grundstück neu zu erbauen. Zwar hatte man durch einen Zaun, welcher die Schulhöfe trennte, und durch Versetzung des Unterrichtstaktes Maßnahmen zur Aufrechterhaltung der Separation der Geschlechter ergriffen, aber, wie es der spätere Vorsitzende der Partei, die aus dem Hintergrunde die Bestrebung forcierte, in einem nicht vollkommen unähnlichen Zusammenhang formulierte: Es wächst zusammen, was zusammengehört.

Es ergab sich, daß, just als Vater und Sohn Ulfs künftig alltäglichen kleinen Spazierweg vom Bahnhof zu dem Doppelgymnasium zum ersten Mal zurückgelegt hatten, das Tor eine Gruppe von Schülerinnen und Schülern jener berühmt-berüchtigten Mischklasse entließ, in welcher zwei Mädchen – «junge Damen» war bei ihrem Anblick des älteren und des jüngeren Blüthenreich gleichzeitiger Gedanke – sich ganz besonders auffällig machten. Martina Buchkremer und Jutta Hahnemann waren die Namen dieser beiden extravaganten Geschöpfe, wie Ulf im Verlaufe des nächsten Vormittages erfahren sollte.

War es die bei Schülerinnen dieses Alters durchaus nicht zu gewärtigende volle, ja man mußte schon sagen, vollste Entwicklung der Formen ihrer weiblichen Körper, war es der moderne Look ihrer Garderobe, der gewagte Schnitt ihrer Röcke, war es die kecke Bemalung ihrer ohnedies außergewöhnlich markanten und wohlgestalteten Lippen- und Augenpartien, waren es die kühn zu Türmen hochtoupierten und bei Martina in Maron, bei Jutta blauschwarz gefärbten Haare, oder war es die Selbstverständlichkeit, mit der sie sich – auf der Straße! – ihre langen, schlanken Zigaretten von den sie begleitenden Jünglingen anzünden ließen, was in synchroner Kettenreaktion bei Abraham wie bei Ulf ein erstauntes «Real ladies!» auslöste und dann, als sich die Blicke der acht Augen in kurzem, heftigem Feuer gekreuzt hatten, dafür sorgte, daß sich bei ihnen unwillkürlich der Muskel, welcher den unteren Kiefer am oberen festhält, entspannte?

Die Gruppe war schon durch sie hindurchgeschritten, über sie hinweggerollt oder auf sonst eine schwer erklärliche Weise an ihnen vorübergegangen, und wie unter Hypnose und wieder in simultaner Bewegung drehten Abraham und Ulf ihre Köpfe rückwärts, und tatsächlich!, sie fingen auch von Martina und Jutta, bevor diese mit dem Schwarm ihrer Kameraden entschwanden, einen über die Schulter geworfenen Augenaufschlag ein.

«So, nun aber!» sprach Abraham schließlich in die gedankenvoll schwirrende Luft zwischen ihnen. «Wollen wir schauen, ob irgendwo diese Direktorin zu finden ist.»

Nicht, daß Ulf Blüthenreich sich im Verlauf der nächsten Tage und Wochen hatte aufschwingen können zum Liebhaber von Martina Buchkremer oder von Jutta Hahnemann. Sein Umgang mit ihnen beschränkte sich auf die Pausen, für welche die Koedukierten vor den Angehörigen der eingeschlechtlichen Klassen das Privilegium genossen, das Schulgelände verlassen zu dürfen. Man stand gewöhnlich vor dem Kiosk hinter dem Sportplatz und rauchte. Hauptsächlich, diesen Stammplatz gegenüber dem Besitzer der Bude zu legitimieren, investierte man dann und wann ein paar Groschen in Limonade oder Bonbons. Zigaretten erwarb man grundsätzlich hier, ausgenommen Cornelius Burfeind, Sohn von Anselm Burfeind, dem stadtbekannten Psychiater und Leiter des Landeskrankenhauses Ellen, der eine französische, in Maispapier gewickelte Sorte konsumierte, die nicht im Angebot war. Sie wurden ihm stangenweise von seiner Schwester, die an der Sorbonne studierte, geschickt. Es war aber mehr als dieser extravagante Geschmack bei der Wahl des Produkts, mit dessen Hilfe er seinem Körper das Nikotin zuführte, was Cornelius Burfeind distinguierte in dem an sich schon erlesenen Klub, der sich täglich zweimal, in der ersten und in der zweiten großen Pause, am genannten Ort zusammenfand.

Dem gesellschaftlichen Einfluß seines alten Herren verdankte es Cornelius Burfeind, anders als Ulf, wider das Reglement die Untersekunda dreimal hintereinander absolviert haben zu dürfen, womit er in der Klasse auch schlicht rechnerisch über die ausgedehnteste Lebenserfahrung verfügte. Seine allgemein stark bewunderte Gelassenheit gegenüber den Forderungen und Zumutungen, mit welchen die Lehrerschaft berufsmäßig den Lebensgenuß der zum Lernen verurteilten Jugend zu schmälern versucht, die bei ihm bis zur kompletten Indolenz ging und ihn auf den Wutausbruch eines Oberstudienrates in ähnlicher Weise reagieren ließ wie seinen Vater, wenn der etwa den Tobsuchtsanfall eines Patienten zu beobachten und zu beurteilen hatte, auch die Schonung, welche ihm die Vielzahl seiner frühreifen Marotten besorgte, verschafften ihm die Muße für seine intensive Beschäftigung mit der Literatur. So hatte er es – in jener Zeit in seinem neunzehnten Lebensjahr stehend – zu einer respekteinflößenden Bildung auf diesem Gebiete gebracht und konnte auch schon zurückblicken auf ein umfängliches Œuvre aus Gedichten, Dramen, Pamphleten und kurzen Novellen.

Unter normalen Umständen wären vielleicht die Stunden des Deutschunterrichtes geeignet gewesen zur Anbringung solch schöngeistiger Kenntnisse und Talente, aber selbst hier in der freien Luft der Reformpädagogik brachte Cornelius seine riesenhaft dimensionierten Dichterschwingen in der Enge des Klassenzimmers nicht zu ihrer vollen Entfaltung. Dies muß in der Hauptsache Frau Dr. Russe zur Last gelegt werden, die für dies Fach verantwortlich war und in dem von der Direktorin Frau Dr. Dumas zusammengefügten Kollegium nebst dieser als einzige zu einer älteren Garde gehörte. Ihr Steckenpferd war Fontane. Brecht hielt sie für einen Stümper, wenn auch vereinzelte seiner Liebesgedichte ihre Billigung fanden, von Thomas Mann erkannte sie ausschließlich die «Buddenbrooks» an, Kafka und Musil blieben gleich ganz außer Betracht. «Effie Briest», welche sie zum Gegenstand ihres Unterrichtes bestimmte, erweckte in der Klasse so gut wie gar kein Interesse, und es geschah eigentlich aus Mitleid, daß bei Gelegenheit Cornelius Burfeind in der ihm eignenden herablassenden Manier sich anschickte, einen Beitrag zu leisten. Da er aber mit seinem zweiten oder dritten Satz überging zu Flaubert und dessen «Madame Bovary», einem Werk, das er sehr schätzte, schnitt Frau Dr. Russe ihm kurzerhand das Wort ab und disqualifizierte auch bei der Klassenarbeit seinen Aufsatz, den er ohne weiteres bei einem überregionalen Feuilleton hätte zum Abdruck bringen können, mit der gnadenlosen Bemerkung: Thema verfehlt.

Es kam aber vor, und dies hauptsächlich in der fünften und in der sechsten Stunde, daß die beiden ebenso exklusive wie engagierte Konversation miteinander betrieben, wobei die übrigen Anwesenden ihnen mit gespannter Aufmerksamkeit lauschten und sich sogar stiekum bestimmte Höhepunkte und Aphorismen in ihre aufgeschlagenen Hefte notierten.

Die zum Generösen hin veränderte Stimmungslage, welche Frau Dr. Russe gemeinhin gegen Ende des Schultages zeigte und die in krassem Gegensatz stand zu der sprichwörtlichen, von einer sadistischen Ader durchzogenen Barschheit, mit der sie morgens begann, läßt sich zurückführen darauf, daß auch sie zu den Stammkunden des erwähnten Kioskes zählte. Sie stapfte – ihr übergewichtiger Leib wurde von kurzen, stämmigen Beinen getragen – mit der typischen Regelmäßigkeit einer Beamtin zu Beginn der ersten großen Pause, genauer gesagt, schon einige Minuten davor, weil sie die zweite Stunde etwas früher beschloß, um auf diesem Weg die Konfrontation mit den Schülern zu meiden, hinüber, reichte dem Inhaber ihre krokodillederne Handtasche hinein in die Bude, wo er sie auflud mit einer Zahl kleiner Flaschen eines Kräuterlikörs, die er zur Vermeidung allfälliger verräterischer Geräusche in Seidenpapier einschlug. Wo und wann sie sich gütlich tat an diesem Labtrunk, blieb Schülern wie Lehrern Geheimnis; daß aber die beiden letzten Schulstunden diejenigen waren, in denen die Wirkung ihre Klimax erreichte, konnte niemandem entgehen. Schon rein äußerlich stark verändert kehrte sie aus der zweiten großen Pause zurück. Präsentierte sie sich bei Dienstantritt in der natürlichen Schönheit eines durch zahlreiche und starke Erlebnisse gezeichneten Gesichtes, so erschien sie jetzt in einer Maquillage, die sowohl hinsichtlich des Raffinements der Pinselführung als auch was Leuchtkraft und Erlesenheit der verarbeiteten Kosmetika anging, das, was Martina Buchkremer und Jutta Hahnemann vermochten, weit in den Schatten stellte. Zu diesem Glanz der Schale gesellte sich das Glühen des Kerns, welches von ihrem Kräutergebräu bewerkstelligt war.

Die Sache war nun die, daß sie in diesem äußerlich wie innerlich gesteigerten Zustande eine extrem zu nennende Vorliebe für delikate Themen und Redensarten an den Tag legte. Hierbei war zwangsläufig Cornelius Burfeind nicht als der gebildete Literat, sondern als Bonvivant ihr Mann, und er ließ sich auch gerne herbei, ihr für die zweideutigen Scherze, zu denen sie sich aufgelegt zeigte, Stichworte zu liefern.

Ulf Blüthenreich schwankte zwischen einer Erregung, die sich, wenn für die letzte Stunde Deutsch auf dem Plan stand, schon in der vorhergehenden kleinen Pause bemerklich machte, und einem gewissen Degout, wenn er, was nicht ausbleiben konnte, sich vorzustellen begann, wie das in concreto wohl aussehen würde, hätte Cornelius Burfeind tatsächlich sich eingelassen auf ihre kaum noch verhüllten Avancen, wobei er beim Ausmalen dieser leicht makaberen Phantasien natürlicherweise sich selbst an dessen Stelle plazierte.

Cornelius' unumwundenes Bekenntnis auch zu den Freuden der gleichgeschlechtlichen Liebe bewog Ulf jedoch, einen festen Abstand zu halten, teils weil er fürchtete, Opfer von dessen Verführungskünsten zu werden, teils weil er es für widersinnig hielt, mit solcher Orientierung ausgerechnet einen der begehrten Plätze in der «Gemischten» zu belegen, noch dazu einen derart exponierten, geradewegs prominenten. Unverkennbar war schon in dies Argument Neid einschlägig, was erst recht galt von Ulfs Vorbehalt gegen Cornelius, der sich auf eine Widersprüchlichkeit bezog, die er erblicken wollte in dem einerseits betont maskulinen Air, mit dem der junge Burfeind sein starkes, schwarzes, noch die Schlüsselbeine bedeckendes Brusthaar und das energische Sprießen seines auf Stoppellänge gehaltenen Bartes zur Schau trug, und in dem andererseits prononciert tuntenhaften Getue, mit dem er etwa sein französisches Arbeiterkraut aus einer Zigarettenspitze mit Perlmutterintarsien paffte.

Ulf hegte den immer mehr sich bestätigenden Verdacht, die

schwule Konviktion, mit welcher Cornelius hausierte, könnte in Wahrheit fingiert und ein Trick sein, sich des Interesses und der Zuneigung des weiblichen Geschlechtes um so zuverlässiger zu versichern. Diese Supposition ging über den Neid hinaus und stellte bereits eine Manifestation von Ulfs Eifersucht dar, denn es war die so bezeichnete Art von Qualen, die er litt, wenn er zusehen mußte, wie Martina Buchkremer und Jutta Hahnemann in der Pause vor dem Kiosk mit unter der Wimperntusche glühenden Augen an Cornelius' Lippen hingen, während er im Plauderton über Drogen, Selbstmord und ähnliche bürgerschreckende Materien referierte.

Daß Ulf auf diese beiden sich festgelegt hatte, innerhalb der Alternative jedoch die Entscheidung offenließ, könnte ausgelegt werden als ein Indiz für die Unaufrichtigkeit seiner Gefühle. Jedenfalls war es nicht ein Mangel an Bescheidenheit, was ihn in der Schwebe hielt, vielmehr ein Übermaß derselben. Bei dieser wie bei jener glaubte er, seine Hoffnungen auf einen wenig wahrscheinlichen und eigentlich nicht einmal recht zu erdenkenden Vorgang des Erbarmens und der gütigen Herablassung beschränken zu müssen, und wollte diese an sich minimale Chance zusätzlich nicht seinerseits durch eine voreilende Fixierung halbieren.

Beide hatten sie «feste Freunde», die sie sich nicht aus dem Kreis der Grünschnäbel ihrer eigenen Altersstufe erwählt hatten. Nein, um gestandene Männer handelte es sich, nicht um Pennäler: Handwerker, die Geld verdienten und wußten, auf welche Art man eine Frau anfassen muß. Klug, weise geradezu war es von Ulf, sich nicht einem Vergleich auszusetzen, dem er in keiner Weise standhalten konnte. Ulf kannte die Burschen, man konnte, wenn man es wünschte, täglich einen der beiden betrachten, weil sie abwechselnd am Steuer eines schon etwas älteren, aber in hervorragendem Stand gehaltenen Opel vor dem Schultore warteten, um die Grazien abzuholen und nach Bremen oder sonstwohin zu spedieren.

Ulf vermied diesen Anblick, lieber verließ er die Schule nach hinten über den Zaun, was für den Weg, der ihm bestimmt war, den zum Bahnhofe nämlich, ohnedies eine kleine Abkürzung war.

Gerade mit unseren heißesten, gierigsten Wünschen, mit denjenigen, die uns so nahegehen, daß wir über weite Strecken vermeinen, mit ihnen identisch zu sein, pflegt es sich so zu verhalten, daß sie sich erfüllen, wenn wir sie aufgegeben haben.

DAS SIEBENTE HEFT

Endlich ist es heraus. Meine Patientin ist es, sie schiebt mit meinen Heften herum, ahmt mir Stil und Schrift nach, um sich in den Besitz meiner Seele zu bringen. Klages hätte sie vielleicht zu täuschen vermocht mit dieser gar nicht plumpen Imitation meiner Handschrift, nicht aber den Urheber in eigenster Person und Gestalt!

Und selbstverständlich ist derjenige Moment, in welchem sie mich dies entdecken lassen, identisch mit demjenigen, da sie mir jeglichen Einfluß auf meine Schutzvertraute entziehen. Salopp gesagt, juckt mich das eher wenig, denn ich bin weit genug vorangeschritten in meiner Therapie, um mit eigener Stimme das Wort der Kranken und ihres Leidens zu tragen. Solche Umstände, die mich von der Vollendung ihrer Analyse abhalten könnten, sind schlechterdings nicht erdenklich. Ich bin Erika Mann. Geradesogut, wie sie es ist.

Nun, da ich sie nicht nur an meiner Patientin und ihrem Leib bin, sondern an mir selbst und an meinem eigenen, wird mir auch klarer, warum sie nicht Thomas oder Heinrich Mann sein wollte oder, was sich am meisten wohl angeboten hätte wegen ihrer problematischen Heimat und ihrer Tendenz zu Schauspiel und Drogen, Klaus Mann, innerfamiliär Eissi genannt. Diese Mann-Männer gingen darauf, die jeweiligen Standbilder von sich, die sie, ein jeder auf seine Art, mit den verschiedenen seelenräuberischen Romanen erschufen, als solche des Vorbildhaften und Nachlebbaren aufzurichten für die ihnen nachfolgenden Generationen. In diesem Sinne war auch Eissi von allem Anfang an Vater und in Gefahr, innerlich zu kollidieren mit seinem Sohntum. Dies der Grund und die Ursache fürs Beispielhafte an Eri. Sie hat sich nie einen Seelendiebstahl zuschulden kommen lassen, und doch gilt sie der weiteren Öffentlichkeit als eine literarische Person. Jene Abstinenz von den Seelendelikten, die man ihr zugute halten mußte und muß – denn einen Zweifel am Vorhandensein der zu solchem Geschäft benötigten geistigen Gaben hatte niemand in der Familie –, sie war zugleich das Fatale bei ihrem Tod. Da stand kein Gefäß einer Romangestalt bereit, ihre Seele aufzunehmen, sie verplätscherte ins Multiple. Erika Manns gibt es in Fülle, ich bin eine davon, und obwohl ich an Geschlecht und Jahrgang sehr wenig passe zu dieser Figur, bin doch ich, Ulf Blüthenreich, die einzige echte Erika Mann.

Sobald die Patientin sich einmal festlegt auf dieses Motiv, wird es zum Gesetz der Psychose, daß sie sich der Teilnahme an der Maltherapie mit großer Energie widersetzt, mit einer Energie, die zunimmt in gleichem Maß, wie man sie zu solchem Seelenspiel mit mehr oder minder verkappter Gewalt zu zwingen versucht. Jedenfalls will ich Cornelius Burfeind nicht verteufeln.

Dem wolle nun, wie dem sei; ein für die Maus unabbeißbarer Faden, welcher mich an die realen Geschehnisse bindet, bleibt die höchst vitale Gegenwart Jutta Hahnemanns, meiner ehemaligen Schulkameradin oder, wie es von meiner Patientin dargestellt wurde, meines Jugendschwarms. Bevor es eine andere tut, sollte ich vorbeugend einige Worte zu dem weiteren Verlauf ihres Bildungsgangs in dieses Heft hineinsetzen.

Die Sache lief damals wirklich darauf hinaus, daß ich während der Osterferien in einem kleinen und schäbigen Hotel im Quartier Latin das Bett mit ihr teilte. (Rue Cujas war die Adresse, man hörte das Läuten vom Glockenturm der Sorbonne.) Zwar schenkte sie mir, der ich damals im wörtlichsten Sinne unbeleckt war, großzügig von ihrer bemerkenswert umfangreichen Erfahrung, setzte aber anschließend in Bremen die Beziehungen zu ihrem Kraftfahrzeugschlosser fort und zog sogar vor dem Abitur noch in dessen Wohnung in Vegesack. In der Schule behandelte sie mich mit einer Mischung aus Mitleid und Verachtung, was sich natürlich auf meine mangelnde Kompetenz im Genitalen bezog. Nicht nur ihr werktätiger Kraftprotz hielt mich von ihr entfernt, sie soll auch unseren Biologielehrer verführt und, was außer mir jedermann wußte, wiederkehrend mit Cornelius Burfeind sexuell Begegnung gehabt haben.

Ein für mich heute nachgerade logisch notwendiger, seinerzeit aber vollkommen unbegreiflicher Akt ihrer Seite, mit dem sie ihre sämtlichen Bekannten und Verwandten schockierte, war, daß sie sich nach dem Abitur in Tübingen für das Studium der evangelischen Theologie immatrikulierte. Ob das schon Beeinflussung durch Cornelius Burfeind und durch seinen von mir mehr als von ihm bewunderten Vater war, will ich dahinstellen. Ich hatte längst die Entscheidung getroffen, Psychiater zu werden, und begann, wie es sich dazu gehört, in Heidelberg mit Medizin. Gleich welche Schule man auch vertritt, der Analytiker ist zuallererst einmal Arzt, und das, was Jutta Hahnemann heute hier in Orbeswenden betreibt, ist ebenso unwissenschaftlich wie verderblich für die Patienten.

Der Kontakt zwischen ihr und den Burfeinds ist, wie ich inzwischen vermute, niemals abgerissen, sie muß Briefe getauscht haben mit Cornelius, auch während sie in der Schweiz und er in Kanada war. Er war ja gewissermaßen in der Irrenanstalt geboren und hatte in frühester Kindheit von seinem Vater erfahren, was sich mit den seelisch Leidenden anfangen läßt. Interessanterweise lehnte er aber in den Gesprächen vor dem Kiosk alles Klinische ab und hing der populär werdenden Auffassung an, es gelte nicht den einzelnen Irren, sondern den Wahnsinn der Gesellschaft zu heilen, gegebenenfalls gar zu operieren. Daß Cornelius sich den mühseligen Büffeleien medizinischer Studien unterwerfen würde, das hatte sich sein Vater wohl von ihm gewünscht, in seiner berufsmäßigen Menschenkenntnis jedoch nie ernsthaft erwartet. Anders begab sich Cornelius, sobald ihm die Reife attestiert worden war, ohne je mit solchen Varianten wie Göttingen, Erlangen oder Konstanz befaßt gewesen zu sein, auf den Kontinent der Größe, und im Grunde wunderte sich von uns niemand darüber. Ich hörte dann über viele Jahre nur indirekt und in Abständen von seinen transatlantischen Geschicken und Geschicklichkeiten. Ob er es veranlaßt oder ob es andere Anziehungen waren, Jutta Hahnemann blieb nicht bei der Theologie, sie nahm Verbindung mit den Adepten von C.G. Jungs System auf und wechselte von Tübingen über nach Zürich.

Ob ihr Teenagerspleen mit Tübingen und mit der Theologie etwas wie eine Weltflucht und eine Einschränkung auf klösterliche Lebensform darstellen sollte, das habe ich leider nie nachprüfen können. Fest aber steht, daß sie vor Franz Buhnske, unserem Kunstlehrer, ihre Genitale und ihre Nates entblößte und in obszöner Rede ihn zu ihrer Penetration nicht nur einlud, sondern ihn unterwürfigst anflehte darum. Franz Buhnske, den wir – das heißt jener Kreis von Schülern, der um Cornelius Burfeind geschart war – manchmal an Wochenenden in seinem schönen Haus im Dorfkern Orbeswendens besuchten, geriet jedoch nicht in Versuchung, der um Unzucht bettelnden Abhängigen den Willen zu tun, denn er war homosexuell und lebte damals in fester Bindung mit dem Englischlehrer unserer Schule. Ich darf nicht müde werden, den Freigeist von Frau Dr. Dumas, unserer Direktorin, zu preisen, die so etwas, was auch bei den Eltern ein offenes Geheimnis war, an das niemand anstieß, in der graufinsteren Adenauerperiode hat durchhalten können. Diese intimen Details sind gesichertes Wissen, denn ich habe sie in der Analyse selbst aus Franz Buhnske geholt.

Wolle dem, wie dem sei; eine Änderung ihres Lebenswandels,

das Eindringen eines klösterlichen Ideals, wird Tübingen schon bewirkt haben bei Jutta, denn als sie schon eine mit allen Wassern geweihte Priesterdienerin des Jung-Kultes war, schrieb sie über Hildegard von Bingen ein übrigens gut recherchiertes und keineswegs unkluges Buch. Franz Buhnske muß immerhin eine gewisse Dankbarkeit empfunden haben für ihre Exhibitionen, denn er widmete sich ihren Arbeiten während der Unterrichtsstunden mit ganz besonderer Hingabe und Sorgfalt, lobte, was sie nur machte, und forderte sie auf, sich bei der Akademie in Düsseldorf zu bewerben, half ihr bei der Fertigstellung der Mappe.

Die an der Akademie lehrenden Maler waren zu Franz Buhnskes Verdruß und zu Jutta Hahnemanns tiefgehender Kränkung anderer Meinung über den Grad ihrer Begabtheit und sandten ihr die Mappe mit einem hektographierten Ablehnungsschreiben zurück. (Dies alles geschah, lange, lange bevor man Joseph Beuys zum Direktor bestellte.) Zum Glück ist durch diese Zurückweisung nicht gleich ein Schicklgruber aus ihr geworden, doch bemerkt man noch heute einen Rest dieses Stachels an ihr, und im übrigen hat sie zum Sternbild den Widder. Es konnte unter dem Zusammenwirken dieser Komponenten kaum anders passieren, Jutta Hahnemann mußte sich zwangsläufig zur Maltherapeutin entwickeln.

Aus komplett verschiedenen Ursprüngen und auf wenig ähnlichen Wegen kam Cornelius Burfeind an einem dem Jutta Hahnemanns sehr nahe gelegenen Standpunkt zum Ziel.

Nachdem er auf jenem Gymnasium in Vegesack seine Abiturprüfung bestanden, war er, ohne besondere Gründe dafür angeben zu können und eigentlich aus einer Laune nach Montreal geflogen. Hier mietete er sich einen sehr hübschen Loft und widmete sich einem ausschweifenden Lotterleben, welches er in einem fortgeschritteneren Alter unter der entschuldigenden Rubrik «Wanderjahre» begriff. Bei all seinen Experimenten mit den verschiedenartigsten Drogen, den Erkundungen der Möglichkeiten gleich- und gegengeschlechtlicher Liebe zu zweit, zu dritt und in größeren Gruppen, blieb seine Gesinnung literarisch orientiert, und er behielt stets im Auge, wie das, was ihm widerfuhr, sich in einem Gedicht, im Drama oder in Prosa ausnehmen würde.

Sein Vorbild war nicht mehr wie in Schulzeiten Lord Byron; Ezra Pound war nun der Dichter, dessen auf Posterformat vergrößertes Konterfei die ansonsten kahlen Wände seines Lofts schmückte und in effigie seinen Bemühungen beistand. Die Lyrik, an der Cornelius Burfeind, mehr auf klangliche Wirkungen denn auf Weisheit erpicht, laborierte, mischte Quebequois und afroamerikanisches Englisch mit deutscher Sprache, die merklich den Dichtungen René Wilhelm von Rülikens nachgeformt ist.

Auf dem Umweg über die Beschäftigung mit diesem Poeten stieß Cornelius Burfeind auf das Phänomen Orbeswenden und die Maler. Angeregt durch Bildbände, die er sich aus Bremen schicken ließ, und auch von gewissen Rauscherfahrungen beeinflußt, vertrieb er sich manch langweilige Nachmittagsstunde mit Zeichnen und Aquarellieren, wobei er den Eindruck gewann, daß seine Begabung auf diesem Gebiet seiner dichterischen in nichts nachstand.

Mehr aus Jux und verführt durch Bekannte, denn um dem Drängen der Eltern nachzugeben, die ihn leise mahnten, nach zwei verbummelten Jahren doch endlich ernsthaften Studien sich zuwenden zu wollen, gab er bei der Académie des Beaux Arts eine Mappe ab, mit der er sogleich Aufnahme fand. Vater, Mutter und besonders die Schwester, die inzwischen längst ihr Studium an der wirtschaftswissenschaftlichen Fakultät der Sorbonne mit Auszeichnung absolviert und bereits die ersten Sprossen der Karriereleiter im Management von Roland Lisarius' Süßwarenkonzern unter sich gebracht hatte, zeigten sich hocherfreut über diese gute Nachricht aus der Neuen Welt und waren erleichtert, daß aus dem schon in die Mitte seiner zwanziger Jahre gelangten Müßiggänger nun doch noch etwas zu werden schien.

Sie haben Ihre Entscheidung richtig getroffen, Professor. Wenn Sie mitschreiben, sind wir sicher, daß uns nichts entfleucht. Auch, dünkt mich, dürfte Ihr Schulfreund, Gönner und Unterdrücker Cornelius Burfeind beglückt davon sein, wenn er es einmal schwarz auf weiß vor sich sieht, was der gute alte Ulf Blüthenreich sich so im stillen denkt über ihn. Dringend möchte ich Ihnen raten, bei dieser Beschäftigung mit dem Omnipotenten die Aufhellung der Rolle, welche Jutta Hahnemann in dem Konsortium gespielt hat und spielt, so rasch als möglich zu Werke zu bringen. Die Hexe besteht darauf, daß ich ab morgen in einem der Malateliers meinen diagnostizierten Wahnsinn in Verkäufliches umsetze, und wir müssen uns wohl oder übel abfinden damit, daß dies unser letztes trautes Plauderstündchen sein wird. Sodann:

Ich hatte zusehen müssen, wie die Weißkittel, dich ich zunächst für «flüchtig hingemachte» Männer gehalten, sich als allzu handfeste Kerls entpuppten, die mit einem Vergnügen, das dem Marquis de Sade angestanden hätte, meinen Vater in Stücke zersägten. Das war für mich schrecklich, denn nichts in der Welt fürchtete ich mehr als seinen Tod. Früher wäre vielleicht die Vorstellung von Eissis Tod eine noch perhorreszierendere gewesen. Da er aber seine Selbstmordversuche mit einer gewissen Regelmäßigkeit wiederholte, gewöhnte man sich nachgerade daran, so daß man die Angst verlor. Ich assistierte, Sie wissen es, Doktor, ich assistierte bei dieser Operation, mit welcher sie seine Zeitlichkeit transzendierten, ich hielt noch das abgesäbelte Bein. Kaum waren die Glieder vom Rumpf getrennt, setzten sie sich auf einem anderen Plan wieder zusammen. Sie können es seine

Lichtgestalt nennen oder seinen Schatten, seine Anima oder Ψυχή, ganz, wie Sie wollen. Das, was ich Ihnen aus eigenem, körperlich-sinnlich Erfahrenem mitzuteilen gedenke, dieser oder jener Theorie über das Leben nach dem Tod anpassen zu wollen empfiehlt sich nicht, denn es ist persönlicher Art. Es betrifft meinen Vater, nicht die Menschheit. Vielleicht noch mich, meine Brüder, Schwestern, Großeltern, Neffen, Nichten, Tanten, Onkel, meine Mutter, aber am Ende doch eigentlich wieder nur ihn selbst.

Der Zauberer stand von seinem Totenbett auf, verwandelt in die von ihm selbst geschaffene Gestalt des Hans Castorp. Nun verhielt es sich so, daß die Metamorphose auch diesen letzteren im höchsten Grad betraf, so sehr, daß er nach ihrem Vollzug nicht mehr der war, der er gewesen. Er war nun eher ein Aschenbach oder Adrian Leverkühn, etwa auch ein vergreister Tonio Kröger. Eine kuriose Melange hatte statt zwischen dem Kreator und seinem Geschöpf. Ich wünschte, den daraus hervorgegangenen Mestizen «Zaustorp» zu taufen und ihm zu immer leichterer Unterscheidung den Vornamen Tommy zu geben.

Tommy Zaustorp fand, was nach langer Abwesenheit nicht ganz so verwunderlich war, auch die gewohnte Entourage in großer Veränderung vor. Was war der Zauberberg? Eine Erhöhung. Ein Symbol, das man in solcher Simplizität einem derart abgetakelten Genre, wozu der Roman freilich stets zu verkommen droht, kaum noch zugetraut hätte. Eine erhöhte, götternahe Warte. Da aber mein Vater durch das Dahingehenlassen seines Lebens als eines menschlich-biologischen ohnehin eine teichoskopische Perspektive einnehmen durfte, war es um die paar tausend Meter über Normalnull nicht mehr gar so bedeutend. Es trifft vorläufig, wie ich es schildere, noch nicht den neuen Stil des Lebens, das der Zauberer führt und das, man bedenke, immerhin dasjenige eines Toten ist. Wir aber, Sie, Professor, und ich, wir sind lebendig Lebende, und da spielt es sich doch immer auf eine ganz andere Art ab, obwohl der Unterschied so groß, wie man ihn gemeinhin schätzt, auch wieder nicht ist. Zum Beispiel fanden die fünf täglichen Mahlzeiten weiter in der bekannten Ausführlichkeit statt. Mit der interessanten Nuance, daß sich auf den Tellern und in den Schüsseln nichts befand. Man aß aber unter Benutzung des vollen Bestecks pantomimisch alle Gänge durch, wie es die meisten von uns aus den Spielen der Kinderstube kennen dürften. (Allerdings: Kinderstube vorausgesetzt!) Um so eifriger wurden die Gläser gefüllt. Ich habe noch nicht davon gekostet, ich weiß nicht, ob es Ambrosia ist. Berauschend in jedem Falle ist es, denn der ginge quer in die Irre, der annehmen wollte, es wäre den Toten um Steigerung nicht mehr zu tun. Man merkt neuerdings dem Zauberer seinen Pegel sehr genau an. Bei Onkel Heiner war es schon immer so. Ihm mußte – auf eine andere Art natürlich, weil er ein anderer war – das gleiche wie Tommy geschehen.

Verzeihen Sie, Professor, aber gelegentlich bleibt auch mir nichts weiter übrig, als die erwähnte Phantasie zu gebrauchen, denn ich war bei Onkel Heiners Tod nicht zugegen. Das will nicht viel besagen, werfen Sie ein. Mit Recht, mit Fug und Recht, mein kluger Professor, schließlich war auch Onkel Heiner viele hundert Kilometer entfernt, als seine Schwester, Tante Carla, sich die Blausäure in den Schlund spülte, und doch rief sie ihn laut und vernehmlich in dieser Minute. Noch als avantgardistischer Greis in Kalifornien war Onkel Heiner mit dem Erstaunen darüber nicht fertig geworden, und er behandelte es verständnislos in seiner Zeitalterbesichtigung. Üsis irgendwie, daß Onkel Heiner sich selbst als Zeitalter bezeichnen konnte. «So, jetzt kommt her und besichtigt mich!» Da war dieser sonderbare Exhibitionismus hinter der sorgsam gehüteten und bewahrten, bei Schadhaftigkeit auch ausgebesserten lübischen Giebelfassade.

Es ist ein Gesetz, ich verbessere, es ist ein Privileg, da es lediglich einer verschwindend geringen Minorität, nämlich den Schriftstellern, auch hier nur dem enger gefaßten Kreis der Romanschriftsteller und unter diesen wiederum nur wenigen begnadeten und hervorragenden zukommt, in die irgendwo im Werk vollständig ausgebildete Seele hineinschlüpfen zu dürfen in der Stunde des Übergangs aus dem natürlichen ins geistige Leben. Von Onkel Heiner als Onkel Heiner zu sprechen ist daher ebenfalls nicht genau. Angelangt nach einem äußerst mühsamen Aufstieg, zwar nicht am Gipfel, aber doch schon am Grat erschöpften Bewußtseins, aber doch gelöst von leiblicher Pein, war er zu wenigstens gleichen Anteilen unter bevorzugter Dividende zum gehorsamsten Diener Seiner Majestät des Kaisers, Diedrich Heßling, geworden. Machen wir auch hier die beiden Namen in eins: Heiner Hesselmann wäre ein mögliches Destillat.

Heiner Hesselmann hatte noch das Gefühl, auf der Flucht vor den Nazis die Höhen der Pyrenäen erklommen zu haben, fand sich aber auf einem eichenbestandenen Sandhügel fünfzig Meter über dem Meer. Es kongruiert diese kleine Erhebung mit dem diesseitigen Geierberg, und ich schätze, daß auch der irdische Ortsname «Teufelsmoor» nicht ganz ohne Bezug bleibt.

Heiner Hesselmann benötigte, um von der Bahnstation zum «Berghof» zu gelangen, keinen Schlitten. Es war zwar auch hier wie in Davos der Tag aus allen vier Jahreszeiten gemischt, aber für den Moment wehte ein Lüftchen von himmlischer Wärme, was ihn dazu veranlaßte, seinen Paletot von den Schultern zu nehmen, als er aus dem Waggon stieg.

Daß Heiner Hesselmann am Bahnhof eingetroffen, disqualifiziert allein schon alle Legende, die späterhin um seinen abenteuerlichen Spaziergang über die Grenze sich rankte. Sie hatten die letzten Kilometer mit der Kleinbahn gemacht. Er wußte nun nicht mehr, wo seine Begleiter verblieben, und sah sich entgegen der lebenslang gepflogenen Gewohnheit ohne Gepäck auf der Reise. Daß es ihn zum Bruder zog, war nicht in seinem Bewußtsein.

Natürlich reckte er sich als erstes nach dem Schild mit dem Namen dieser Station. Seine Augen fingen es auch, und da das lange und dichte Gedränge von Konsonanten ihm überhaupt nicht aussprechbar und nur mit größter Anstrengung zu entziffern schien, atmete er durch mit großer Beruhigung, weil er sich sicher sein konnte, daß dieses Ausland außerhalb des Machtbereichs der nationalsozialistischen Regierung in Berlin liegen mußte. Dem widersprach die merkwürdige Bekanntheit, ja Vertrautheit, die Hesselmann für das aparte Bahnhäuschen empfand. Es sah nicht nur danach aus, es erwies sich auch bei der näheren Prüfung, daß in diesem Stationsgebäude weder Fahrkarten verkauft noch Auskünfte erteilt wurden. Das für die Abgeschiedenheit der Ortschaft äußerst stattliche, ja repräsentative Bauwerk, von Henning Fischeler persönlich entworfen und eingerichtet in seinem Jugendstil, war vollständig unter verschiedene Gastwirte aufgeteilt worden, welche die Kundschaft, ganz deren jeweiligen Ansprüchen nachkommend, bedienten. Heiner Hesselmann wollte gleich in ein Restaurant eintreten, welches seine mit weißen, gestärkten Batisttüchern gedeckten Tische bis auf den Perron hinausgeschoben hatte, mußte aber zu seinem Erstaunen konstatieren, daß er keinen Hunger, ja nicht einmal einen Anflug von Appetit im Leibe verspürte, was wir Beobachtende bestens verstehen, da eben der Leib dasjenige war, was ihm abging. Dagegen hatte er größte Lust, sich an einem Gläschen Wein oder Schnaps zu stärken, vielleicht auch nur einen gut gekühlten Krug Bier in sich zu schlürfen. Er begab sich dazu in den vormaligen Wartesaal dritter Klasse, wo ein langer Tresen eingebaut war, vor welchem auf Hockern mit strohgeflochtenem Sitz vor ihren Gläsern die Einheimischen in den Nachmittag dösten.

Lassen Sie mich schon jetzt von der Eigenart sprechen, welche die Erinnerung annahm bei diesen besonderen Toten. Die reale Erinnerung – wobei das an sich schon ein Widerspruch ist, weil die Erinnerung eben nicht das Reale –, ich meine diejenige an das wirklich, äußerlich verbrachte Leben, war gelöscht, wirkte untergründig dennoch fort, analog etwa dem, was wir bei uns mit dem Ψα-Wort als «das Unbewußte» belegen. Versuchen wir uns den Zustand des mortalen Bewußtseins annäherungsweise mittelst einer Vergleichung mit dem Phänomen des Traumes zu imaginieren. Nicht von ungefähr hat man vom Schlaf als des Todes Bruder gesprochen, hat Shakespeare im «Hamlet» die beiden ineinander übergehen lassen. Wie unsere allnächtliche Erfahrung uns lehrt, kümmert der Traum sich wenig um raumzeitliche Kontinuität und Kausalität, namentlich mit der Erinnerung ist es ein sonder Ding bei ihm, es gibt sie dort eigentlich nicht. Denn die Erinnerung des wachen Bewußtseins wird, wenn wir träumen, in Verminderung um eine Dimension dramaturgisch verwandelte und bearbeitete Gegenwart. Das trifft auch für die Toten mit gewissen Einschränkungen zu.

Heiner Hesselmann und Tommy Zaustorp ausnahmsweise verfügten über Reminiszenzen, aber nicht über die Thomas/Heinrich Mannschen, sondern über die Castorpschen und Heßlingschen. So gab der eine nicht auf, sich in settembrini-/naphtaschen Tiraden zu baden, und der andere konnte stundenlang von seiner Fabrik in Netzig erzählen. Sie waren beide einzige Söhne der Eltern, weder dieser noch jener wußte von einem Bruder. Dabei sehen sie dort, was mich auf eine unangenehm komische Art affiziert und was ich im Zustand der Gnade als Mittlerin zwischen den Sphären ebenso gründlich studieren kann wie jetzt an Ihnen, gerade so aus wie auf den Porträtphotos von Thomas und Heinrich Mann, die man kennt, Onkel Heiner mit dem Spitzbärtchen und dem abgeflachten, wie auf der Kinoleinwand von der Seite betrachteten Gesicht, der Zauberer mit der Warze unter dem linken Auge. Die Figuren passen schließlich von ihrer Epoche her perfekt zueinander. Man könnte sich den «Untertan» und den «Zauberberg» durchaus als einen einzigen Roman vorstellen, ein Puzzle, kapitelweise ineinander verschränkt. Es ergäbe solcher Wechsel der Bühne das vollständige Bild des deutschen Bürgertums unter dem Kaiser, das Amok laufende und das im Luxus zum Adel verfaulende. Es braucht wohl nur ein Minimum an Erfindung, die Szene zu schreiben, die den Untertan auf den Zauberberg bringt. Man läßt es den Untertan an der Lunge kriegen, schwups ist er im Hochgebirge im Sanatorium. In den Friedenszeiten gab es immer wieder Pläne für gemeinsame Bücher der Brüder. Für den Zauberer kam das spätestens in Frankreich nicht mehr in Frage, von Onkel Heiners Seite ist es wahrscheinlich nie sonderlich ernst gewesen damit. So weit, so gut. Knüpfen wir an.

Heiner Hesselmann nahm, nicht ohne sich bei Wirt und Gästen zu vergewissern, daß der Hocker wirklich unbesetzt war, Platz am Tresen, indem er den Paletot auf seine Knie legte. Er freute sich, daß die Einheimischen seine deutsche, hanses-tädtisch tingierte S-prache problemlos verstanden und sie auch, wie ihre Antworten zeigten, aktiv fehlerfrei beherrschten. Trotzdem scheiterten Hesselmanns Versuche, mit einem der Männer am Tresen ein Gespräch zu beginnen, nur dem Wirt zog er mühselig dies und das aus den Zähnen. Der empfahl ihm unter anderem, für den Weg zum Waldgasthof ein Taxi zu nehmen, war auch bereit, für Hesselmann hinaufzutelefonieren, um seine Ankunft im Dorf zu vermelden. Es kam von dort aber überraschend die Auskunft, es habe sich durch Vervielfachung diverser Mißgeschicke nicht einrichten lassen, das für ihn vorgesehene Zimmer pünktlich zu räumen. Man müsse ihn bedauerlicherweise bitten, für ein oder zwei Tage im Hotel zu logieren, wobei der Waldgasthof jedenfalls für die Differenz zum Preis der Pension aufkommen werde. Auch sei das Gästeapartment im Lindenhof frei und stehe fakultativ ebenfalls zu seiner Disposition. Dies zu seiner Kenntnis nehmen zu müssen verärgerte Heiner Hesselmann so gründlich, daß er laut über die «Schlamperei», wie er sich ausdrückte, zu lamentieren begann. Gleich bestellte er auf den Schrecken einen neuen Krug Bier und dazu einen doppelten Kognak. Das Hotel, das man ihm zuwies, hieß «Zum wilden Eber», und der Name «Lindenhof» schien ihm, trotz der etwas schlappen Gesinnung dahinter, in stärkerem Maß vertraueneinflößend. Weiterhin meinte er, von Anfang an auf ein zweites Zimmer Wert legen zu müssen und sich diesbezüglich auf keinen Kompromiß einlassen zu dürfen. Er entschied für den Lindenhof. Obwohl ihm der Wirt auch für diese Strecke zu einem Taxi riet – womöglich gehörte der Fuhrbetrieb einem seiner Verwandten –, ließ Hesselmann sich, da er ohne Gepäck war und lustig, die Glieder zu brauchen, den Fußweg erklären und pfiff ein Kommerslied, als er die Wiese, die man ihm angezeigt hatte, hinaufstieg.

Tommy Zaustorp, der «schon seit einiger Zeit», würden wir sagen, wenn es sich bei ihm und Hesselmann mit der Zeit nicht gerade andersherum verhielte, nämlich so, daß sie rückwärts verläuft, wieder auf dem «Berghof», will heißen, im Waldgasthof residierte, war sehr vereinsamt und sehnte sich stark nach Austausch und geselligem Verkehr. Die Ankündigung des neuen Gastes hatte ihn elektrisiert. Wir dürfen konstatieren, daß hierfür jener Fundus, den ich mit unserem Unbewußten verglich, verantwortlich war. Der Name Heiner Hesselmann mußte ihm auf der Oberfläche seines Bewußtseins gleichgültig sein, aber doch weckte er in ihm eine Ahnung, als ob sich dahinter ein verlorener Teil seines Ichs verberge, der sich neu mit ihm vereinigen wollte.

Wie war es im allgemeinen um ihn bestellt, was Umgang und

zwischenmenschliche Kontakte betraf? Öde, können wir sagen. Sein Vetter Ziemßen, den er noch als Lebender, nachdem dieser in seinen Armen gestorben, in dessen Welt hatte antreffen können, war nicht mehr mit von der Partie. Settembrini, Naphta, Peeperkorn konnte Tommy Zaustorp sich «flüchtig hinmachen», wann er nur wünschte, das war das Leichteste für ihn, es hatte aber den vorigen Reiz nicht mehr. Sie wiederholten sich, entwikkelten sich nicht. Selbst Frau Stöhr, wenn er aus lauter Verzweiflung auch einmal sie sich «flüchtig hinmachte» an seinen Tisch, brachte keine neuen Bildungsschnitzer hervor. Nicht einmal mehr an Hofrat Behrens' Starckdeutsch mit seinen ulkigen Metaphern konnte sich Zaustorp ergötzen, denn wo kein Kläger, da ist kein Richter, heißt es ja, und was soll ohne Körper der Arzt? Kurzum, von der ganzen Personnage waren ihm nur geblieben die Zwergin, die ihn bediente, und Madame Chauchat, alles übrige war «flüchtige Hinmacherei».

Es wäre unendlich kompliziert, wollte ich Ihnen den Vorgang erklären und dabei auf jeder Stufe genau das Reale vom Eingebildeten trennen, aber es versteht sich ja fast von selbst, daß bei einer solchen Verminderung des Betriebes die überflüssigen Zimmer abgeschafft wurden. Von dem ganzen Zauberberg hatten sich neben dem Speisesaal gerade zwei Zimmer für Gäste erhalten, wovon Madame Chauchat das eine und Tommy Zaustorp das andere bewohnte, die Zwergin schlief in einer Kammer unter dem Dach. Im Grunde wäre auf Zimmer Nr. 2 noch zu verzichten gewesen, denn Zaustorp hielt sich größtenteils bei der Chauchat auf. Nur eben jetzt versteifte er sich und wehrte sich, obwohl er sich ausdrücklich einverstanden erklärt hatte damit, energisch dagegen, sein Quartier frei zu machen für den erwarteten Gast. Die Zwergin war am Rand der Verzweiflung. Ich habe sie selbst gesehen, wie sie die Hände rang und nur mit äußerster Mühe ihre Tränen zurückhalten konnte.

Sie schauen so ungläubig, Professor, es erscheint Ihnen kraus, was ich erzähle. Aber es muß Ihnen doch einleuchten, daß ich sofort, als mir die neuen Umstände meines Vaters offenbar wurden, versucht habe, mich in seiner Nähe zu halten. Also habe ich mich im Waldgasthof nach einem Zimmer erkundigt. Keine Angst, Professor, ich gehe Ihnen nicht verloren, es hätte sich lediglich um die Stunden gehandelt, die ich im Jenseits verlebe. So oder so konnte die Zwergin mir kein Logis offerieren, wußte sie doch nicht, wie den fest gebuchten, von weit her anreisenden Herrn Hesselmann unterzubringen.

Wenn ich es Ihnen eben auch so dargestellt habe wie eine Geschichte, die man in einem merkwürdigen Büchlein aufschlägt, so bin ich dank meiner gesegneten Eigenschaft leider nur allzu tangiert von diesen Dingen. Sie hörten ja, daß man Hesselmann in mein Apartment ausweichen ließ. Nun hätte ich im Prinzip keine Schwierigkeiten, auf ein paar Tage mit Onkel Heiner die Wohnung zu teilen. Man hätte sich schon irgendwie arrangiert. Aber jetzt, wo er so verquickt ist mit dem Heßling aus seinem Buch, ich sage Ihnen, da ist ein arg garstiges Gespenst geworden aus ihm! Er macht mich buchstäblich verrückt, ich kriege kein Auge zu in der Nacht. Ich bin wahrhaftig kein Jammerlappen und brüste mich auch, keine Meckerziege zu sein, aber mein Wort darauf, Professor, lange halte ich es mit ihm nicht mehr aus.

Er spricht zu mir auf die ungehörigste Weise. Sie kennen mich nur als Ihre Patientin, ich hätte es sonst kaum nötig, Ihnen den Hinweis zu liefern, daß ich alles andere als zimperlich bin. Gewiß, der inzestuöse Wust ist kompakter bei mir und schwieriger auseinanderzuziehen als bei einem Dutzendmenschen, das gebe ich zu und läge wohl anderenfalls nicht hier auf Ihrer Couch. Onkel hin, Onkel her, der Mann benimmt sich wie der gewöhnlichste Bauarbeiter und Schmutzfink. Dabei stinkt er nach Kognak. Er sollte lieber Ambrosia trinken, denn davon bekommt man, wie ich vermute, nicht eine so übelriechende Fahne. Daß er mich nicht erkennt, daß er nicht sieht, daß ich die Tochter seines Bruders bin, daraus ist ihm kein Vorwurf zu machen, das steht, wie ich anzudeuten versuchte, auf einem anderen Blatt. Aber ermessen Sie diesen vollständigen Mangel an Pietät, geschätzter Professor. Er ist doch ein Toter! Was bildet er sich ein, mit lebendigen Frauen zu flirten, einmal abgesehen davon, daß ich verheiratet bin und den Ehering trage. Und glauben Sie mir, «flirten» ist ein Ausdruck, den ich wähle, nicht um diesen pornographischen Flegel zu schonen, sondern um meiner eigenen Empfindsamkeit nicht zusätzlich Schmach und Pein anzutun. Wußten Sie übrigens, daß Mielein damals, als Onkel Heiner sich nicht *aus dem*, sondern *zu* Staub gemacht hatte und diese Irrfahrt durch das Zwischenreich antrat, in seiner Wohnung in Santa Monica die Schreibtischschublade bis an den Rand mit Aktzeichnungen angefüllt fand? Und «Aktzeichnung» ist wieder so ein Euphemismus wie «Flirt». Porträts von Vulven wäre angemessener. Die hatte seine Erinnerung mit jeder Ader bewahrt und er sie daraus mit erstaunlicher Akribie reproduziert, während die übrigen Bestandteile der betreffenden Damen strichhaft skizziert in den Hintergrund flossen. Von dieser Seite muß man es jedenfalls begrüßen, daß Onkel Heiner Schriftsteller wurde, als Zeichner oder gar Maler hätte er den Zauberer so kompromittiert, daß der unter dem Familiennamen nicht einmal den «Kleinen Herrn Friedemann» hätte herausbringen können. Mielein wußte schon, warum sie säuberlich die Distanz zu ihm hielt und ihn konsequent siezte bis zum Schluß. Dabei darf man auch das Mielein nicht als prüde verkennen, sie ließ sich zum Beispiel die Anzüglichkeiten Gerhart Hauptmanns gerne gefallen, weil der in diesen Dingen ein hohes Stil- und Taktgefühl wahrte, was man von unserem Heinerle leider nicht sagen kann. Selbst in den Hafenbars, wo er seine Deerns aufgabelte, die er zu allem Überfluß auch noch heiraten mußte, weil er sie nicht mehr loswerden konnte, dürfte der Ton nicht so abgeschmackt und fühllos gewesen sein. Muß ich nicht zweifeln, ob er diesen würdigen Totenstand wirklich verdient hat, dies behagliche Hausen in der selbstgeraubten und zurechtgebastelten Seele, wenn er sein gesamtes telekinetisches Vermögen, das den Jenseitigen erlaubt, sich uns, wenn auch in sehr bescheidenem Rahmen, bemerklich zu machen, einzig darauf verwendet, an meiner Klitoris und an meinem Anus Druck zu erzeugen? Endlich verstehen Sie, daß ich ihn loswerden muß. Nein, ich möchte nicht ausziehen aus dem Lindenhof, es gibt dort auch entzückend charmante und wohlerzogene Geister, wenngleich mit diesen natürlich der Kontakt sich nicht so rege gestaltet wie innerhalb meiner Familie. Nein, dieser Hesselmann muß schleunigst auf den Waldgasthof, das ist die Lösung.

Sie sind Psychologe, und ich gehe davon aus, daß Sie nicht von mir die Belehrung erwarten, daß diese Wissenschaft bei den Toten weit reinere und unvermischtere Anwendung findet als bei denen, die leben und noch unter andere Disziplinen fallen, und so verstehen Sie bestens, daß der momentane Trotz des Zauberers nicht seinem Wunsch und seiner Empfindung entspricht. Ich muß, und zwar noch heute, gleich, wenn ich fertig bin mit meinem Diktat, unter einem Vorwand zum Waldgasthof gehen und suchen, die Sache zu regeln. Um es Ihnen ganz offen zu sagen, Professor Blüthenreich, bin ich nämlich tief unglücklich über dies Konkubinat des Zauberers mit den kirgisischen Augen. Sicher ist dabei die Eifersucht mit im Spiel, auch Mitleid, da sich Mielein – ganz gleich, wo sie ist – grämt, wenn der Vater ihrer sechs Kinder verlottert in den Kissen einer derart zweifelhaften Person. Wenn ich wüßte, wie ich es anstellen könnte, hätte ich keinerlei Skrupel, Heiner Hesselmann mit dieser Madame zu verkuppeln. Sie wissen, ich habe einmal in Bremen die Viola gespielt. Nein, nicht das

Instrument, es ist eine Rolle, vielleicht die schönste, die Shakespeare ausgesponnen hat. Wer weiß, wäre er nicht ein Dramatiker gewesen, sondern ein Romanschriftsteller, möglicherweise lebte er heute in ihr. Doch, ich glaube, es ist gut, daß mir gerade jetzt dies Stück wieder einfällt, ich habe stets eine besondere Vorliebe gehegt für diese Intrige, und ich sehe noch von der Bühne im Parkett den Zauberer sitzen, der ein durch und durch Verzauberter war. Ich will mich verkleiden und als ein junger Mann vor ihn treten. Ob es gelingt? Professor, sehen Sie, welch knifflige Frage vor uns steht? Ist es möglich, die Toten zu täuschen?

Der Lindenhof stand, nachdem Lisarius seine Beihilfe gestrichen hatte und diverse Versuche Fischelers, das Projekt auf die Arbeitsschule zu konzentrieren, um damit staatliche Zuschüsse einholen zu können, fehlgeschlagen waren, endgültig vor dem Bankrott. Aber wo die Gefahr zunimmt, wächst ja, laut Hölderlin, das Rettende auch, und so war die Lösung noch nicht erkannt, jedoch bereits anwesend, wiederum in Gestalt und Person einer Frau.

Małgorzata Dłuzniewskaja, deren polnischer Familienname in der Welt des Kommunismus Klang besaß und Assoziationen wachrief. Ihr Vater, Kazimierz Dłuzniewski, gehörte dem Stab der engsten Mitarbeiter Wladimir Uljanows an und trat eben in der Zeit der durch die Inflation beschleunigten Krise des Lindenhofs in Moskau mit der Idee zur Gründung einer neuen, weltweit angelegten Organisation hervor. МЕЖДGУНАРОДНАЯ ОРГАНИЗАЦИЯ ПОМОЩИ БОРЦАМ РЕВОЛЮЦИИ, kurz, МОПР sollte sie heißen, Internationales Hilfswerk des revolutionären Kampfes, was sich dann, als diese Einrichtung wirklich ihre Tätigkeit aufnahm, prägnanter übersetzte mit: Internationale Rote Hilfe. Ihre Aufgabe bestand nach dem Willen des Initiators Dłuzniewski in der Erfüllung, wenn man so sagen darf, karitativer Zwecke an den Opfern des proletarischen Klassenkampfs, vorzüglich in den entwickelten kapitalistischen Ländern Europas. Die aus Spendenaktionen sowohl in der Sowjetunion als auch im Westen zusammengetragenen Mittel sollten einmal direkt den politischen Gefangenen in den Knästen, dann aber auch ihren Angehörigen sowie den Witwen und Waisen der auf den Barrikaden Gefallenen zugute kommen durch «Gewährung von Rechtsschutz, barem Gelde, Lebensmitteln, Kleidungsstükken, Unterbringung der Kinder in Kinderheimen», wie es in der Satzung hieß.

Der Status des Hilfswerks war überparteilich, und tatsächlich gelang es zum Beispiel der deutschen Sektion, der «Roten Hilfe Deutschland», eine der größten Massenorganisationen der Weimarer Republik zu werden mit insgesamt über einer Million Einzel- und Kollektivmitgliedern. Bedeutsam war auch der weitgefaßte Kreis von Künstlern und Intellektuellen, die bei verschiedensten Gelegenheiten die Appelle der Roten Hilfe mit ihrer Unterschrift zeichneten. Albert Einstein, Stefan Zweig und Lion Feuchtwanger gehörten neben zahlreichen anderen hierzu, und nicht nur Heinrich, sondern auch Thomas Mann.

Małgorzata Dłuzniewskajas Verbindung zu Fischeler lief nicht, wie anzunehmen, über die Kanäle der Kommunistischen Partei oder ihrer Sympathisanten. Sie rührte noch von den weitverzweigten Kontakten des Jugendstildesigners her, denn Małgorzata war eng befreundet mit der Tochter eines Verlegers, für den der emsige Märchenprinz Hunderte von Büchern ausstaffiert hatte. Weniger aus Interesse an der Anarchokommune denn aus schlichtem Erholungsbedürfnis war sie im Sommer 1922 nach Orbeswenden gekommen und wurde von Henning Fischeler in einem Nebengebäude, das sonst seiner Mutter vorbehalten war, logiert.

Die beiden Jahre, die seit seiner Trennung von der Roten Eva verstrichen, hatten noch nicht den Schmerz dieser Wunde kuriert, und schon als er Małgorzata zu ihren Zimmern führte, fühlte er klar, daß, falls es doch noch eine Frau gab für sein verwickeltes Leben, es diese sein mußte. Daß, wenn auf der Welt wider Erwarten ein solches weibliches Wesen existierte, welches anders als Hilde oder Eva auf Dauer an seiner Seite auszuhalten imstande war, selbiges nur eine Genossin sein konnte, stand für Henning Fischeler ohnehin fest, und wenn man ihn nun aufgefordert hätte, es auf einen Begriff zu bringen, was diese Polin so unterschied von ihrer Vorgängerin, daß auf Anhieb Glut in die Asche seines Herzens geriet und eine auf immer verloren geglaubte Hoffnung neu darin geboren ward, so hätte er zur Antwort gegeben: Linientreue.

Das bezog sich zuerst auf die von Małgorzatas Antlitz. Es wäre höchst wunderlich gewesen, hätte Fischeler nicht auch bei ihr diese ach so bewährte Methode der Annäherung gebraucht und sie gebeten, ihm für ein Porträt zu sitzen. Um so größer mußte diese Annäherung werden, als seine Mutter bei aller Liebe zu ihrem Sohn gegen Ölfarbe und Terpentin allergisch war und ergo die Sitzungen in dem Hüttchen beim Bienenschwarm stattzufinden hatten.

Der Haaransatz, die Bögen der Brauen, der Nasenrücken, Lippen und Kinn: alles hatte bei Mawga, wie er sie nannte, einen so klaren klassischen Schwung, daß er sie, nachdem er sie einmal gesehen, ohne weiteres auch mit geschlossenen Augen hätte hinmalen können. Das Blond ihres kurzgeschnittenen Haares war golden, ein kleines Fest für Fischeler, es auf seiner Palette zu mischen. Es war keine Frau, die aufschaute zu ihm, um später, emporgewachsen an ihm, ihn fortzustoßen von sich. Sie war gebildet und, wenn auch nur halb so alt wie Fischeler, im Gegensatz zu ihm firm in Problemen des Verhältnisses von Staat und Revolution, von Materialismus und Empiriokritizismus, wußte, was die Kinderkrankheit des Kommunismus, was das höchste Stadium des Kapitalismus war, und hatte Antwort auf die Frage: Was tun?

Ehrfurcht mußte man nennen, was Henning Fischeler empfand, wenn sie von Lenin erzählte, wie sie als Kind auf dessen Knien gesessen, und natürlich übertrug sich die Aureole des göttergleichen Ingenieurs des Oktobers in den Augen des Künstlers auf sein Modell. Mawgas Reaktion, als Henning ihr das fertige Bild zeigte, war eher kühl.

«Es ist schön. Aber es ist bürgerlich.»

Fischeler hätte gerne von ihr gehört, was eine sozialistische Malerei wäre, doch leider stand diesbezüglich kein Leninzitat zu ihrer Disposition. Aber aus eigenem Ermessen konnte sie sagen: «In Orbeswenden wirst du es nie erfahren. Du mußt nach Moskau, wenn du es herausfinden willst.»

Dieses Wort von Mawga war für Henning fast so, als hätte Lenin ihn in den Kreml gerufen. Sorge machte ihm nur, was aus seinem Lindenhof werden sollte, aber auch hierfür hielt die Dłuzniewskaja eine ebenso simple wie praktische Lösung parat.

«Du schenkst ihn der Roten Hilfe, und die können daraus ein Kindererholungsheim machen.»

Mawga hatte recht. So war allen Seiten am besten gedient. Nur eins war da noch, was Henning heftigen Kummer bereitete:

«Mit Freuden, Mawga, stelle ich der Roten Hilfe meinen Besitz zur Verfügung, ohnehin ist er verschuldet fast schon zur Gänze. Nicht mit Freude, mit flammender Begeisterung ginge ich nach Moskau, gemeinsam mit den sowjetischen Völkern einen Neuen Menschen aus mir zu formen. Aber mein Herz ist zu schwach geworden, von dir, jetzt, wo ganz unerwartet dies höchste irdische Glück mir beschert wurde, dich kennenlernen zu dürfen, mich wieder zu trennen ...»

«Wer spricht von Trennung? Ich bleibe an deiner Seite, wir gehen zusammen.»

Wenig mehr als neun Monate brauchte es, bis der neue Mensch das Licht der Welt erblickte. Sie nannten ihn Julian, und seine Wiege war im Kreml aufgestellt, wo Mawgas Eltern ihnen zwei kleine, aber gemütliche Zimmer besorgt hatten. Im fernen Orbeswenden hatte bereits die erste Gruppe von Kindern, von der Roten Hilfe zur Erholung geschickt, ihren Einzug gehalten. Freilich hatte Henning Fischeler, als er den Kaufvertrag unterschrieb, nicht nur sein Jugendstilparadies geopfert, sondern auch die pädagogischen Ideale, nach welchen die von ihm erdachte Arbeitsschule aufgebaut werden sollte, aber selbst in ihrer neuen Bestimmung diente seine Gründung der Sache der Befreiung der Arbeiter aus dem Joch der kapitalistischen Ausbeutung. War es schon unmöglich, eine an der Sowjetunion orientierte und von Moskau dirigierte Massenbewegung mit dem erklärten Hauptziel der Eroberung der politischen Macht seinen im Bienenhäuschen erklügelten anarcho-libertinären Erziehungsgrundsätzen zu akkommodieren, so bestand umgekehrt immerhin die Möglichkeit, die eigene Ideologie der Parteilinie anzupassen. Der Prophet hatte aufgehört, den Berg herbeizupredigen, er war selber zum Berge gegangen.

Es waren die Jahre, in welchen das Schicksal der Russischen Revolution sich entschied. Aus nächster Nähe erlebte Fischeler die Kämpfe, die um die Nachfolge Lenins entflammten. Die Kurskorrektur, die er vorgenommen, seine Bindung an Mawga und die Partei führte so weit, daß er in diesem Ringen um die Zukunft des Sozialismus nicht auf die Seite der Intellektuellen trat, vielmehr jeglichen Vorbehalt theoretischer Art über Bord und sich ganz in den Dienst des Praktischen warf, beizutragen zur Sicherung des Errungenen und zum Aufbau der von Krieg und Bürgerkrieg zerrütteten Ökonomie.

Das war der erste, überwältigende und den Rest seines Lebens bestimmende Eindruck von Rußland: die elenden Umstände des

Alltags, der Mangel, der Hunger und dabei gleichzeitig die Bereitschaft der Massen, die unendlich scheinenden Entbehrungen, die unabsehbaren Anstrengungen auf sich zu nehmen und mit der Arbeit der eigenen Hände die materiellen Grundlagen der neuen Gesellschaft zu schaffen, eine moderne Industrie zu erbauen, die Landwirtschaft zu technisieren. Das war im Vergleich zu Deutschland der Unterschied, dem er die größte Bedeutung beimaß, denn das Chaos und die Misere herrschten hüben wie drüben. Aber hier gab es den Enthusiasmus des Volkes, das mit dem alten Regime gebrochen hatte und an die Arbeit ging, deren Lohn, wenn überhaupt, die nächste Generation erst in Empfang nehmen würde. Das Pendel schlug aus zugunsten Stalins, und nicht für ihn zu sein bedeutete, gegen ihn zu sein.

Es hätte verlockend sein können für Fischeler, da er doch im Kreml wohnte und die streitenden Diadochen täglich von Angesicht sah, sich einzumischen in den Kampf um die Macht. Als Ausländer, der nur mühselig Fortschritte im Russischen machte, fehlten ihm hierzu sowohl das Mandat als auch die benötigten rhetorischen Waffen. Aber selbst mit sowjetischem Paß und perfekter Beherrschung der Sprache hätte er sich aus den Richtungskämpfen, die um ihn herum tobten, herausgehalten und weder für Trotzki noch für sonst jemanden seine Stimme erhoben. Das war keine Feigheit bei ihm, keine weise Vorahnung des blutig-mörderischen Ausgangs der Querelen in der Partei Lenins. Es war die bittere Lehre aus seinem Experiment auf dem Lindenhof, daß einzig der Stählerne eine Hoffnung bot, den Sozialismus vor dem Ruin zu bewahren, denn wenn die Sowjetunion bankrott ging, würde es keine Rote Hilfe geben, die käme und den Betrieb übernähme.

Sicher war das Leben, das die neue Familie in ihren zwei Zimmern führte, dürftig, armseliger noch in vielerlei Hinsicht, als das des Asketen im Bienenhäuschen gewesen, aber wenn etwas fehlte, so sah man das «Noch nicht, es wird kommen», während man in Orbeswenden im ähnlichen Falle gedacht und gefühlt haben würde: «Nicht mehr, es ist verschwunden.» Zudem war ja das, was sie dort im Kreml hatten, bei aller Eingeschränktheit geradezu luxuriös, gemessen an dem, womit der Durchschnittsprolet sich abfinden mußte, und die hohe Stellung von Mawgas Vater im Parteiapparat erleichterte manches.

Henning war mit Mawga und Julian, mit seinen veränderten Lebensumständen nicht zufrieden, denn die Zufriedenheit war eine Befindlichkeit, die er nie kennengelernt hatte und auch nicht mehr kennenlernen sollte, aber er war glücklich mit ihnen, fühlte in sich und um sich herum ein Werden und ein Entstehen, die Zeit des Absterbens und des Vergehens erst der romantisch-privaten, dann der romantisch-kollektiven Träume lag hinter ihm. Und «glücklich» ist eigentlich noch zuwenig gesagt. Treffender wäre, von «Beseeltheit» zu sprechen. Mawgas kühne Verheißung ging in Erfüllung: Fischeler fand einen neuen Stil der Malerei, den sozialistischen, wie ihm schien.

Es war eine Anlehnung an den Kubismus, enthielt aber noch Elemente des Expressionismus, den Fischeler im letzten Kriegsjahr adaptiert, aber inzwischen wieder aufgegeben hatte. «Komplexbilder» nannte er diese neuartigen Hervorbringungen. Für die Art der Auflösung der Form in die Fläche, wie der Kubismus sie praktizierte, interessierte sich Fischeler nicht, jedoch übernahm er die Aufteilung des Bildes in Segmente. So wurden Versatzstücke der Realität, Symbole, Schrift zu komplexen Bildwirklichkeiten montiert. Das war nahe an der Agitprop-Kunst Tscheremnychs, Maljutins und Lewins, die ihn angeregt hatte, besonders weil der rote Stern, Hammer und Sichel immer wieder auftauchten, unterschied sich aber doch wieder von ihr, auch wenn Fischelers Komplexbilder gleichfalls didaktisch, aufklärerisch agitatorisch sein wollten. Die in der Sowjetunion vorherrschende

Plakatkunst des Agitprop war graphisch orientiert, der Buchstabe entwickelte sich zur Form, Fischelers sozialistischer Stil malerisch gesinnt, das ins Bild aufgenommene Wort Verstärkung der Aussage.

Fischeler fand mit seiner neuen Technik auf Anhieb starke Resonanz bei Publikum und Kritik. Seine Ausstellungen im Museum für neue westliche Kunst, später in der Galerie des Moskauer Künstlerverbands und im Museum der Völker der UdSSR waren überlaufen, die führende Kunstzeitschrift «Iskusstwo» lobte den Durchbruch zu einer dialektisch materialistischen Darstellungsweise und attestierte dem Deutschen tieferes Verständnis für die Rolle der Kunst beim Aufbau des Sozialismus, als dies bei seinen sowjetischen Kollegen der Fall sei. Aus dem gehätschelten Liebling des deutschen Bürgertums um die Jahrhundertwende wurde Ende der zwanziger Jahre der verdiente Künstler des Volkes. Er wurde auf ausgedehnte Reisen in die Republiken geschickt, sammelte Eindrücke in Karelien, Tadschikistan, Usbekistan, Aserbaidschan und gab sie panoptisch auf neuen Komplexbildern wieder.

Der sowjetisierte Henning Fischeler war aber nicht nur der wiedererwachte stilbildende Künstler, er ging auch ganz nüchtern-praktischen Arbeiten nach. So war er für das «Allunions-Komitee für Standardisierung des Bauwesens, Gruppe landwirtschaftliches Bauen» tätig, Anfang der dreißiger Jahre beim «Laboratorium für Biontisierung (Keimstimulierung) der Saat» angestellt und dort mit der künstlerischen Propaganda beauftragt.

Nach Deutschland kam er nur noch, um bei Veranstaltungen der Kommunistischen Partei als Augenzeuge über das Leben in der Sowjetunion zu berichten. «Schönfärberisch» nannte die bürgerliche Presse, die sich hie und da noch an den Märchenprinzen von Anno dazumal und an den neuen Franziskus im Bienenhäuschen aus den Anfangsjahren der Weimarer Republik erinnerte und einen Journalisten hinschickte, die Schilderungen, die Fischeler an solchen Abenden gab. Der Vorwurf traf, wenigstens aus der Subjektive Fischelers betrachtet, nicht zu. Denn so positiv und optimistisch, wie er sie referierte, hatte er die Stimmung im Vaterland der Arbeiter und Bauern wirklich erlebt, und seine Komplexbilder, die als Diaprojektionen seinen Vortrag begleiteten, hielt er für objektive und handgreifliche Beweise der Sachverhalte, von denen er sprach.

Eine Stippvisite beim Kindererholungsheim «Lindenhof» der Roten Hilfe stand bei diesen Deutschlandreisen selbstverständlich auch auf dem Programm, und Fischeler nutzte diese Abstecher nach Orbeswenden, um seine Familienangelegenheiten zu regeln, seine Ehe mit Hilde zu lösen, um die mit Mawga schließen und Julian den Familiennamen Fischeler geben zu können.

Das Erscheinungsbild des vom Moordorf zur Künstlerkolonie, von der Künstlerkolonie zur Touristenattraktion mutierten Dorfes hatte sich während seiner Abwesenheit wiederum gewandelt. An der Nordkuppe des Geierbergs zwischen Paul Harmsens Haus und Lüder Knickrehms Hotel hatte Ottokar Tröger seine monumentalarchitektonischen Gelüste auf Rechnung von Roland Lisarius austoben dürfen.

Tröger und Lisarius hatten sich zwar nicht eigentlich gesucht, aber dennoch gefunden. Lisarius' Entscheidung gegen Fischeler und für Tröger hatte zumindest in einem Punkt Ähnlichkeit mit Fischelers Fusion in den Stalinismus. Auch Lisarius war spätestens 1922 der Meinung, der Worte seien nun genug gewechselt, die Zeit gereift, zur Tat zu schreiten, an den Bau zu gehen. Gemeinsamkeit im Weltanschaulichen glaubte er mit Ottokar Tröger ausreichend feststellen zu können, um ohne weitere Erörterungen der Standpunkte das Auge aufs Praktische hin zu richten. Zur Elaboration einer differenzierteren nationalsozialistischen Theorie war Tröger ohnehin nicht tauglich, weil die

Diskussionen, die Lisarius anfänglich mit ihm zu führen versuchte, wegen des Mangels an Bildung bei seinem Gegenüber und besonders wegen dessen Opportunismus, der ihm jeden Widerspruch gegen eine von seinem Gönner behauptete These unmöglich machte, sich als ebenso schal wie unergiebig erwiesen. Lisarius, der zwischenzeitlich Bekanntschaft mit Henry Ford geschlossen hatte und von seinem früheren Antiamerikanismus abgerückt war, hielt seither Zeit für ebenso kostbar wie Geld und fand es sparsamer, zur Lösung dieser Aufgabe einen zusätzlichen Mann einzukaufen. Ein Privatgelehrter, eine kuriose Figur, die Roland Lisarius auf seine Gehaltslisten setzen ließ, hatte herausgefunden, daß jegliche kulturelle Leistung, welche die Menschheit zu verzeichnen, letztlich auf die Germanen zurückging. Das versunkene Atlantis spielte eine hervorragende Rolle bei dieser Neudeutung, und da die vollständige Revision der bisherigen Geistes- und Sozialgeschichte nicht bei Null, sondern förmlich viele tausend Meter unter dem Meeresspiegel anzusetzen hatte, konnten gewisse Inkongruenzen und Aporeme bei Schöpfung der Grundlagen für die zukünftig weltgültige Wissenschaft gar nicht ausbleiben. Daher Lisarius' Beschluß, sich mit Tröger nicht kleinlich herumzuzanken, was nun im einzelnen nordisch, germanisch, niedersächsisch war und was nicht, vielmehr beim Auftauchen solcher Zweifelsfragen den eigens geheuerten Experten zu konsultieren.

Daß Tröger mit diesem Modus wie mit allem, was Lisarius ihm vorschlug, einverstanden war, versteht sich von selbst. Das Monument am Geierberg, nicht mehr als Siegesmal, statt dessen als ein Memento für die Gefallenen Orbeswendens deklariert, 1922 fertiggestellt, war nach übereinstimmender Auffassung nordisch, germanisch und niedersächsisch; und da es ganz aus Backsteinen errichtet, mußte ergo der Backstein eo ipso nordisch-germanisch sein, und wenn Tröger bei den weiteren Bauten, die er für Lisarius schuf, beim Backstein blieb, konnte im Prinzip ideologisch nichts schiefgehen.

Man täuschte sich aber, wo man annehmen wollte, das Verhältnis zwischen Lisarius und Tröger sei schlicht dasjenige zwischen einem Magnaten und seinem gut dotierten Trabanten gewesen. Tröger hatte durchaus nicht sein in Pariser Hungerjahren bitter bezahltes Künstlerselbstbewußtsein verloren. Aus seiner Sicht stellte sich die Beziehung zu Lisarius dar als die von Genie und Mäzen.

Folglich betrachtete er es als sein Teil, Ideen auszubrüten, während die Aufgabe des Konsuls darin bestand, das nötige Geld erstens für eine Lebensgestaltung, welche ihn lähmender Sorge um Alltäglichkeiten enthob, zweitens für die Umsetzung seiner Ideen zu seiner Verfügung zu stellen. Trögers Phantasie bezog sich hauptsächlich auf Orbeswenden, wo mit dem Kriegerdenkmal ein erster Akzent schon gesetzt war und das er Zug um Zug zu einem neuen Walhalla aufzubauen gedachte.

Bald jedoch geriet an den Tag, daß Lisarius bei weitem nicht das Format besaß, welches Tröger ihm imputierte, daß ihm, wenn es darauf ankam, seine Kekse und Schokoladen sehr viel mehr am Herzen lagen als die Kunst und die Religion, die Schaffung einer repräsentativen germanischen Weihestätte mit allem Drum und Dran, wie Ottokar sich das vorstellte. Ja, der steinreiche Mann, der doch Anspruch erhob, an erster Stelle mitzuwirken an der Neugestaltung des Schicksals der deutschen Nation und der anverwandten nordischen Völker, brachte seine wahre Krämerseele zum Vorschein und wurde zum Pfennigfuchser, wenn Tröger Einzelheiten seiner Planungen mit ihm besprach. Statt die von Tröger ausgeguckten Grundstücke am Geierberg zu erwerben, hatte er ohne jede Absprache in Bremen die Töpferstraße, eine Seitenstraße des Marktplatzes, gekauft, nur weil die ihm spottbillig angeboten worden war. Nun sollte der arme Tröger das aus Backsteinen zu formende Heiligtum, an dessen Konstruktionsplänen er Wochen und Monate gesessen und dessen Wirkungen zu großen Teilen auf der Einbeziehung der Landschaft beruhten, in die Enge der Bremer Altstadt hineinmodeln.

Nachdem er mit Lie über mehrere Tage hinweg das Für und Wider eines solchen Schrittes durchgekaut hatte, entschloß sich Tröger, Lisarius einen Brief zu schreiben, um in der allerhöflichsten Form gegen diese Zumutung seinen Protest einzulegen. Lisarius' Antwort war eindeutig: «Ich glaube wohl, daß sich eine Arbeitsgemeinschaft zwischen uns finden läßt, und doch wird dieselbe nie zu einer Gefolgschaft des einen oder anderen werden können. Ich kann mir das nur so denken: Entweder stelle ich dir eine Aufgabe, und du führst sie aus, oder aber wir kommen zur Arbeitsteilung in der Weise, daß du dich auf die Darstellung dessen beschränkst, was ich denke. Wünschst du aber etwas darzustellen, was du denkst, so kann ich nicht Anteil haben.»

Maßlos erbost war Tröger, als er das las, und hätte gerne wie Thor mit Blitz und Donner gewütet, aber nach einigen Stunden beruhigte er sich auf Zureden Lies.

«Gut denn also», war seine Resolution, «wenn er es *so* haben will, dann bekommt er es so. Aber wenn er mich unterschätzt, dann wird er dafür bezahlen, teuer bezahlen.»

Zwei Gründe waren es, die Tröger bewogen, in den sauren Apfel zu beißen, statt vorzeitig mit Lisarius zu brechen. Der eine war Zara, der andere Hitler. Das Werk Zara Wolkenbergs befand sich nach dem gelungenen Deal mit Frieder in Fischerhude nahezu vollständig in Trögers Besitz, und es war ihm geglückt, Lisarius für diese Künstlerin zu begeistern. Der Konsul hatte sich Trögers Meinung angeschlossen, ihre Malerei sei die bündige Antwort des Germanentums auf das, was die Franzosen in Paris als Moderne zelebrierten. Geradezu vernarrt war er in einzelne von ihren Bildern, wobei Tröger ihm die stärksten noch gar nicht gezeigt hatte. Für Zaras kleinformatiges Selbstporträt mit der Bernsteinkette beispielsweise war von Lisarius eine Summe geboten, die noch über dem lag, was er Fischeler für dessen «Konzert» bezahlt hatte. Aber Tröger hatte dazu nur freundlich-müde gelächelt und versichert, daß er gerade an diesem so sehr hänge, daß er es nicht einmal gegen Lisarius' Lutherbildnis von Lucas Cranach eintauschen würde. Das war natürlich gelogen, aber Tröger hatte genug von den Kunsthändlern gelernt, um zu wissen, wie er es anfassen mußte, wenn er Lisarius seine Zara-Wolkenberg-Sammlung komplett und zum Maximalpreis andrehen wollte.

Der zweite Grund, auch unter unwürdigen Bedingungen festzuhalten an der Verbindung mit dem politisch ambitionierten Kapitalisten, war Trögers Spekulation, durch dessen Vermittlung selbst die Bekanntschaft des ausersehenen Führers machen zu können. Tröger hegte nicht den geringsten Zweifel und wurde in dieser Auffassung auch von Lie sehr bestärkt, daß, sollte es dazu kommen, daß Hitler aufmerksam auf ihn wurde, dieser ihn zum Oberbaumeister der deutschen Erneuerung einsetzen mußte. Da Tröger diese seine tiefste und endgültige Bestimmung mit jedem Wahlsieg der NSDAP deutlicher spürte, war das Projekt Töpferstraße als eine Referenzarbeit zu betrachten, den künftigen Herren im Lande ein Beispiel wahrhafter nationalsozialistischer Baukunst zu liefern, woraus dann die Zusammenarbeit mit Hitler ganz zwangsläufig hervorgehen mußte.

Tröger bat Lisarius um Verzeihung für seine aufsässige Laune und stürzte sich mit Feuereifer in die Aufgabe, die er ihm gestellt. Lisarius war nicht nachtragend und schluckte nicht nur die aufgeblähten Voranschläge auf die Kosten, er war auch prompt einverstanden, ja angetan, als Tröger ihm die Idee insinuierte, eines der Häuser in der geplanten Straße dem Andenken und dem Werk Zara Wolkenbergs zu reservieren.

«Jetzt sitzt er in der Falle, jetzt haben wir ihn in der Hand», sagte Ottokar zu Lie, als er von dieser Besprechung zurückkam.

Ein «Haus Atlantis» wurde gebaut mit einem Himmelssaal, einer an der Fassade über drei Stockwerke sich ausstreckenden Figur des gekreuzigten Odin (da Christus nach den Forschungen des Experten eine jüdische Fälschung des germanischen Mythos) und weiteren Ornamenten und Details zur Versinnbildlichung der wahren Religion des nordischen Menschen. Asymmetrie der Grundrisse und unregelmäßige Vermauerung der Backsteine waren die Markenzeichen des völkischen Architekten, geschwungene Balken als Träger und Säulen setzten im Inneren diese Eigenart seiner Handschrift fort. Etwas sachlicher und herkömmlicher wurde das Gebäude gestaltet, in welches die Leitung von Lisarius' Firma einzog; spielerischer wieder durfte Tröger beim Zara-Wolkenberg-Haus seine Wände wölben, die einzelnen Backsteine nach Belieben vor- und zurückspringen lassen.

Die kuriose Häuserzeile wurde schon während ihrer Entstehung vielfach bestaunt. Lachend und kopfschüttelnd führten die Handwerker aus, was Tröger von ihnen verlangte. Allerdings erhielt Trögers Freude über den regen Anteil, welchen das Bremer Völkchen an der ulkigen Aufheiterung seines Stadtbildes nahm, einen sehr empfindlichen Dämpfer, weil die nationalsozialistische Prominenz, die Lisarius mit persönlichen Briefen eingeladen hatte, den Eröffnungsfeierlichkeiten demonstrativ fernblieb.

Um so ungeteilter war sein Vergnügen, als er den Schlußstrich unter seine Abrechnungen mit dem Schokofürsten zog. Er hatte nicht nur eine reiche Frau und einen reichen Freund, er durfte feststellen, daß er nun ebenfalls reich war. Sein Honorar war äußerst stattlich gewesen, hinzu gesellten sich die Sümmchen aus tausenderlei Einzelpöstchen, die er boshafterweise überkalkuliert hatte, und vor allem der monströse Betrag aus dem Erlös jenes Teils seiner Zara-Wolkenberg-Kollektion, der an

Lisarius übergegangen und in dem für sie erbauten Museum ausgestellt war.

«Jetzt könnten wir uns im Prinzip zur Ruhe setzen», meinte Ottokar zu Lie, als er ihr die formidable Bilanz präsentierte. «Aber Pustekuchen. Jetzt fange ich an. Jetzt zeige ich dem Kerl, was eine Harke ist. ‹Wünschst du aber etwas darzustellen, was du denkst, so kann ich nicht Anteil haben.› Schreib's dir hinter die Pinscherohren, Glatzkopf! Ist doch kein Wunder, daß die Nazis dich hängenlassen mit deiner albernen, eitlen Töpferstraße! Wir können von Glück reden, Lie, daß sie nicht gekommen sind zur Eröffnung. Hier in Orbeswenden werde ich ihnen zeigen, was nationalsozialistische Kunst ist, und Lisarius wird mir nicht mehr reinquatschen, mir diese Absurditäten aufzwingen, die ihm der verdammte Wirrkopf einbläst, und den tiefernsten Geist meines germanischen Schöpfertums ins Humoristische verbiegen. Dafür habe ich gesorgt.»

Wenn also der Kompromiß mit der von Lisarius geforderten Illustration der krausen Thesen des von ihm geheuerten Germanologen ihn schon nicht empfohlen hatte beim designierten Retter des deutschen Volkes, so hatte Tröger an diesem Auftrag doch eine ebenso persönliche wie verbindlich nordische Machart entdeckt und entwickelt. Jetzt handelte es sich bloß noch darum, den Schwung zu erhalten und den gefundenen Stil, von den aufgezwungenen Verirrungen gereinigt, in Orbeswenden zur Vollkommenheit zu führen. Seine Trutzburg nach altdeutschem Vorbild schien ihm nun ganz unpassend, und er hatte auch schon einen Käufer dafür, der darin ein Bordell einrichten wollte, was Tröger besonders gefiel, da er es als eine gebührende Antwort empfand auf den Lindenhof, der ihm mit dem Geplärr revolutionärer Arbeiterlieder aus unschuldigen Kinderkehlchen lange genug die Freude an seinem Besitz vergällt hatte.

Systematisch begann er, am Geierberg Grundstücke anzukaufen, und setzte sich dort ein neues Haus hin, Prototyp des nordisch-germanischen Gutsherrenanwesens der Zukunft. Von dort aus leitete er die Arbeiten zu einem Großkomplex, der ein Restaurant, ein Logierhaus und ein Museum umfaßte.

Man war eben dabei, die Fundamente zu legen, da wurden Tröger weitere angrenzende Grundstücke feilgeboten, und gegen den Rat Lies ging er auf all diese Offerten ein. Bevor er mit dem Rohbau seines großen Backsteinensembles fertig war, ließ er drum herum für mehrere kleinere Häuser, welche Galerien unterschiedlichen Typs beherbergen sollten, die Keller ausschachten. Lies Proteste, ihre Drohungen, sich von ihm scheiden zu lassen, wenn er so weitermachte, überhörte er geflissentlich; er glaubte zu wissen, was er tat. Wenn sie ihm eine Szene machte, ihm mit tränenerstickter Stimme Stein und Bein schwor, sie werde eher tot umfallen, als einen Finger zu rühren, um ihn unter dem Schuldenberg, den er aufhäufte über sich, wieder hervorzuziehen, dann nahm er sie nur in den Arm und lud sie zum Champagner-Diner bei Knickrehm ein, wo er mit großen Scheinen bezahlte, um keinen Zweifel zu lassen, wer in Orbeswenden die Fäden zog und wer zu tanzen hatte.

Es kam, wie es kommen mußte, Ottokar Tröger erging es wie manch übermütigem Baulöwen vor ihm und nach ihm. Was er für den Bauherrn in betrügerischer Absicht viel zu hoch angesetzt hatte, war nun in seiner eigenen Rechnung erheblich zu knapp kalkuliert, an allen Ecken und Enden mußte nachgeschossen werden, die Handwerker machten mit ihm, was er mit seinem Auftraggeber gemacht, schlechtes Wetter und Pfusch, der korrigiert werden mußte, erledigten das übrige, und im Handumdrehen wurde aus Zahlungsschwierigkeiten die Zahlungsunfähigkeit.

Nun war guter Rat teuer und von Lie nicht mehr zu haben. Lisarius. Tröger machte sich auf den Gang nach Canossa, das heißt nach Bremen. Hier mußte er in den von ihm selbst erbauten und eingerichteten Gemächern endlos antichambrieren, bis Lisarius mit ihm sprach.

Selten hatte dem Schokogiganten eine Zigarre so köstlich geschmeckt wie die, die er schmauchte, während er seinem Buchhalter die Klauseln des Diktatfriedens mit Ottokar Tröger zu Protokoll gab. Die geforderte Gebietsabtretung ging dahin, daß Tröger sämtliche Immobilien mit Ausnahme des Grundstücks, auf dem sein neues privates Haus stand, Lisarius' Aktiengesellschaft überschreiben, dazu als Tribut die Reste seiner Zara-Wolkenberg-Sammlung bis auf das letzte Stück ausliefern mußte. Die Entschädigung, die Lisarius ihm gnädigerweise gewährte – «aus alter Freundschaft und weil man trotz allem kein Unmensch ist», wie er schmatzend bemerkte –, betrug kaum ein Fünftel dessen, was Tröger investiert hatte.

Dabei hatte er sogar noch Glück, daß der Konsul sich das kaufmännisch absolut schwachsinnige Großprojekt aufhalste und ihn aus der Tinte zog. Daß dieser ihn zappeln gelassen und mehrfach hatte anreisen lassen, ohne ihn zu empfangen, war nämlich keine bösartige Schikane gewesen, vielmehr hatte sich in Sachen Zara Wolkenberg ein allerhöchster Besuch angesagt, den Lisarius unbedingt abwarten mußte, bevor er in Trögers Angelegenheit sich entschied.

Adolf Hitler persönlich wünschte im Anschluß an eine Kundgebung der NSDAP auf dem Bremer Marktplatz sich mit ihm zu besprechen. Lisarius empfing ihn mit allen erdenklichen Ehren und glaubte, mit dem Mann, dessen Weg er in seinen holprigen Anfängen tatkräftig zu ebnen geholfen, ein einvernehmliches Plauderstündchen vor sich zu haben, in welchem man vielleicht auch diesen oder jenen Aspekt der künftigen Zusammenarbeit und gegenseitigen Unterstützung anschneiden konnte. Jedoch mußte der Herr der KUSSU, der «Keks-und-Schokoladen-Süßwaren-Union», wie der Trust nach Einverleibung mehrerer mittelständischer Unternehmen sich neuerdings nannte, feststellen, daß er extrem schief gewickelt war in dieser Erwartung.

Der Mann in der braunen Uniform, noch schwitzend und mit erhöhtem Opiatspiegel nach seiner Rede vor dem Rathaus, nahm nicht auf dem angebotenen Nappafauteuil Platz, stapfte in Lisarius' Büro auf und ab und schlug sogar einige Male mit einer kurzen Reitpeitsche, die er sonderbarerweise mitgebracht hatte zu diesem Gespräch, auf Lisarius' mit schönen Intarsien eingelegten Schreibtisch aus Kirschholz. Lisarius wußte in seiner grenzenlosen Verlegenheit nicht, ob er sitzen bleiben oder selbst aufstehen sollte, und beging dazu noch den unverzeihlichen Fauxpas, dem berühmten Abstinenzler von seinem Kognak einschenken zu wollen. Mit offenem Mund und angestrengt gespitzten Hundeohren bemühte er sich, aus dem geknödelten Süddeutsch seines Gastes, der sich aufführte, als sei er nicht der Kandidat einer Partei bei den kommenden Wahlen zum Reichstag, sondern bereits der unumschränkte Diktator, wenigstens die wichtigsten Wörter herauszufischen.

«Zara Wolkenberg» verstand er, «Entartete Kunst» und «Affenkästen», was, wie Lisarius mit Schmerzen begriff, sich auf die von Tröger geschaffene Architektur seiner Töpferstraße bezog. Von Geld war die Rede, von Zeit und von der Machtergreifung, die unmittelbar bevorstand.

«Schön und gut, Herr Hitler», wollte Lisarius den Aufgebrachten beschwichtigen. «Vielleicht erinnern Sie sich noch an die Jahre 22 und 23 und daran, daß ich damals derjenige war … Bedenken Sie doch, daß Sie heute wahrscheinlich ohne mich …»

Damit hatte er aber bei dem Österreicher eine ganz falsche Taste gedrückt.

«Bilden Sie sich vielleicht ein, daß Sie hier mit einem Hampelmann sprechen?!» bekam er zu hören. «Bin ich denn etwa ein

Marxist, dem man ein paar tausend Mark in sein Zigarrenetui stopft, und damit ist die Sache erledigt? Wer nicht für mich ist, ist gegen mich.»

«Aber ich bin doch immer für Sie gewesen», entrüstete sich nun auch Lisarius, erhob sich aus seinem Sessel und schob, die Fäuste auf den Schreibtisch gestützt, drohend seinen Nacktschädel vor.

«Wer diese verjudeten Schmierereien als nationalsozialistische Kunst ausgibt» – Hitler wies mit dem Peitschenknauf auf das Selbstporträt mit der Bernsteinkette, Lisarius' Lieblingsbild, das er hier in seinem Privatkontor aufgehängt hatte –, «der ist niemals für mich gewesen und wird auch in Zukunft nicht für mich sein.»

Lisarius fühlte sich einer Ohnmacht nahe, sank in seinen Sessel zurück. Eine lange Minute war Schweigen im Raum, nur das Schnauben der beiden Männer, ähnlich dem zweier zum Kampf bereiter Hengste, zu hören.

«Also gut, Herr Hitler», sagte Lisarius endlich. «Kürzen wir's ab.»

Er zog eine Schublade auf und holte ein Scheckheft hervor. Als er nach der Füllfeder greifen wollte, sah er, wie der Peitschenknauf zustieß und das Scheckheft über die Tischkante fegte.

«Ich verlange, daß Sie den Schund von diesem Weibsstück an die Juden verhökern und unverzüglich alles, was Sie dafür bekommen, der Partei überweisen.»

Zwar erlegte Lisarius noch in derselben Woche bei der Parteikasse eine Spende, deren Höhe dem Wert seiner Zara-Wolkenberg-Sammlung beinahe entsprach, doch dachte er nicht im Traume daran, sich von ihren Bildern zu trennen; im Gegenteil, es war ihm ein gesteigertes Vergnügen, von Tröger das, was ihm noch fehlte, dazuzuholen.

DAS ACHTE HEFT

«Die gedanklichen Richtungen des Kranken sind ernsthaft aufzunehmen und konsequent weiterzuführen; dadurch begibt sich der Forscher auf den Standpunkt der Psychose. Schon dieser Umstand alleine kann Anlaß dazu geben, daß man ihn für verrückt hält.» Das stammt nicht von mir, von Carl Gustav Jung wurde es 1914 in der zweiten Auflage seines Aufsatzes über den Inhalt der Psychose so formuliert; eben habe ich es aus dem dritten Band seiner Gesammelten Werke, dem, der die Schriften zur Psychogenese der Geisteskrankheiten enthält, säuberlich exzerpiert.

Es wäre aber ganz zwecklos, wollte ich Jutta Hahnemann mit dem Zitat konfrontieren, ich glaube, sie hat Jung nicht nur niemals wirklich verstanden, sie hat ihn überhaupt nicht richtig gelesen. Ich muß Gründgens anrufen, daß er sie abholt, denn es ist nicht mehr von der Hand zu weisen, daß die Hexe es sich zum Ziel gesetzt hat, aus Eri eine Schizophrene zu machen. Ich will dabei keineswegs leugnen, daß es Anhaltspunkte gibt für diesen Befund, da diese sich in einem abgespaltenen Komplex für den Psychiater Ulf Blüthenreich hält.

Diese zuletzt hervorgebrachte Wahnidee muß man eine unglückliche nennen, da derselbe Ulf Blüthenreich mit heutiger Post von der Direktion ein Schreiben erhielt, in welchem ihm mitgeteilt wird, daß er mit sofortiger Wirkung suspendiert ist vom Dienst und vorläufig beurlaubt. Dieser Schritt der obersten Leitung entbehrt nicht der Logik, da man es als einen Mangel in seiner Behandlungstechnik, als einen gravierenden Kunstfehler ansehen muß, daß im selben Moment, da der Komplex, in welchem sie vermeinte, Sezen Yenigül zu sein, aufgelöst wurde, sich dieser andere bildete, der sie zur Identifikation mit dem Analytiker brachte. Bei mir umgekehrt wurde dieser Komplex erfolgreich verdrängt mit dem Resultat, daß ich nun wieder ganz und ausschließlich die Tochter des Zauberers bin und durchaus gewillt zur Fortsetzung der Analyse, in welche Ulf Blüthenreich ursprünglich so starke Hoffnungen setzte. Dabei habe ich mir über das Unsaubere seines Interesses in keiner Phase Illusionen gemacht. Mich wiederherzustellen, mich zu befreien von den Störungen meines Geistes, das ist von Anfang an nicht seine Absicht gewesen, wie gleich aus den ersten Zeilen der Hefte, die er zur Beschreibung meines Falls angelegt hat, deutlich hervorgeht. Er hat sich eingebildet, auf meine Kosten Psychiatriegeschichte machen zu können. Nicht mit Erika Mann, kann ich dazu nur sagen. Dann hätte er zumindest seine Hefte besser versteckt halten müssen vor mir.

Das hat er jetzt davon, daß sie ihn gnadenlos in die Maltherapie stecken und ihm dabei einreden, er sei Sezen Yenigül, eine Schauspielergattin türkischer Herkunft, ohne Lebensgeschichte, ohne Beruf. Bestenfalls bringt er etwas hübsch archetypisch Schizophrenes auf seine Leinwand, dann geben sie ihm vielleicht eine Einzelausstellung. Das ist natürlich bedauernswert, daß er sich in eine derart aussichtslose Abzweigung seines Schicksalswegs hineinverirrt hat, denn soweit ich ihn kennen und zu beurteilen gelernt habe, wäre er, wenn überhaupt, auf dem Gebiet des Literarischen imstande gewesen, seine Abspaltung zu künstlerischem Ausdruck und zu gesellschaftlicher Anerkennung zu heben. Deshalb schreibe ich ja auch weiter an seinen Heften, die ich als eine Art von Vermächtnis betrachte, selbst wenn er gerügt hat, daß ich seine Handschrift nicht gut genug imitiere. Schon die Fixiertheit auf diese ganz spezielle Sorte von Heften und diese kindische Geheimnismacherei, die er damit getrieben, konnten doch nur als Zeichen dafür gewertet werden, daß durch das Zusammentreffen mit mir in seinem Oberstübchen die Schrauben sich sehr hurtig zu lockern begannen. Für meinen Geschmack eigentlich eines der gefälligeren Produkte aus dem Programm von Burfeinds Orbeswender Andenken- und Kultartikeln, wie sie an den Verkaufsständen in den verschiedenen Museen und Galerien den Touristen angedreht werden, denn Henning Fischelers Jugendstilornamentik nimmt sich auf den Umschlägen solcher Schreibhefte erheblich passender aus als auf dem Zifferblatt der Armbanduhren, die sie in Taiwan herstellen lassen und hier zum Fünfzigfachen ihres Einkaufspreises verscherbeln. Ich teile dies Faible des Professors, den ich auch in seiner Abwesenheit weiter so anreden möchte, durchaus; auch meine Lust am Schreiben findet sich durch die Güte des Büttenpapiers und die hübsche Verzierung am Kopf jeder Seite merklich gesteigert, nur sollte festgestellt werden, daß diese rare, erlesene Ware sich bestens eignet, die Konfessionen empfindsamer Seelen an sich zu ziehen und zu bewahren, wohingegen die Notizen harter wissenschaftlicher Arbeit, auf solchen Blättern niedergelegt, einen Eindruck von unfreiwilliger Komik erzeugen. Blüthenreichs Handschrift hat ohnedies so einen Stich ins Feminine, etwas Jungmädchenhaftes geradezu, das ihm, da er doch so ein bewanderter Graphologe, selbst aufgefallen sein muß. Er wäre daher, denke ich mir, im Sinne seiner ärztlichen Identität, auch im Sinne der Immunität seines psychischen Apparats wesentlich besser beraten gewesen, hätte er den klinischen Bericht, um den es ihm ging, mit der Maschine auf nüchternes Weiß im DIN-Format hingetippt.

Zu dem Gruppenporträt der Künstler, die um 1900 der Geierberg nach Orbeswenden heranzog, das nach seinen dubiosen Angaben in einer Reihe xenographischer Anfälle aus ihm hervorkam, hat ihn möglicherweise die eigentümliche Wahl seines

Schreibmaterials erst verführt. Dem wolle nun, wie dem sei; die Produktion dieser Hefte in Fischelers Jugendstildekor ist eingestellt worden. Was Frau Johnen doch in ihrem Lager noch auftreiben konnte, liegt auf meinem Tisch; wenn ich meine Analyse und die von Blüthenreich begonnene Orbeswenden-Legende abschließen will, dann muß ich es geradlinig tun, Abschweifungen vermeiden in jeglicher Richtung und Form.

Diese gebotene Ökonomie durchhalten zu können, empfiehlt es sich, Ulf Blüthenreich mitleidlos Jutta Hahnemann und den Maßnahmen ihres Malterrors zu überlassen. Sein Interesse an meinem Fall war ohnehin unsauber, ja es strotzte regelrecht vor Unrat. Ich rede von einem Motiv, das bei ihm, wie ich seinen Notizen entnehme, zwar nicht von vorneherein da war, sich im Verlauf unserer Sitzungen dafür um so rascher und kräftiger hervortat, nämlich jene weitverbreitete Neugier, die sich auf alles bezieht, was unsere Familie angeht. Das camoufliert sich mal germanistisch, mal psychologisch, ist aber in seinem Grunde stets Ausdruck des deutschen Tiefspießertums und der verklemmten Lust gewesen, die verdrängten Inzestwünsche zu projizieren auf uns, gepaart mit der unausrottbaren Sucht, die titanische Leistung des Zauberers zu verkleinern, bis man sie endlich mit dem eigenen Gartenzwergmaßstab zu bewerten vermag. Am widerlichsten habe ich das bei denen gefunden, die sich als die Kenner und Bewunderer seines Werks aufgespielt haben. Bislang hat noch einen jeden von ihnen sein Schicksal pünktlich ereilt, und Blüthenreich ist nur das jüngste, aber sicher nicht das letzte Beispiel dafür, wie diese Ambition, sich in unsere Familienangelegenheiten zu mengen, sich selbst rächt und vernichtet.

Ich war also oben auf dem Zauberhügelchen, als Bursche verkleidet. Professor, das Problem ist gelöst: Es ist nicht nur möglich, die Toten zu täuschen, man kann, wenn man wie ich die Fähigkeit besitzt, überhaupt mit ihnen umzugehen, und wenn man es darauf anlegt, sie nach Strich und Faden verarschen. Verzeihen Sie das grobe Wort, ich habe es mit Absicht gewählt, von wegen der analen Symbolik und daß Sie Ihre Schlüsse draus ziehen.

Beim «Berghof» oder «Waldgasthof», wie Sie ihn zu nennen belieben, erschien auf mein Läuten natürlich erst einmal die Zwergin. Sie wollte mich abwimmeln, behauptete dreist, Herr Zaustorp sei gar nicht im Hause. Da hatte sie aber nicht mit mir gerechnet und wie gut ich die Viola studiert hab. Orsino schickt sie, an seiner Stelle um Olivia zu werben. «Doch, mein Gebieter», läßt Shakespeare die als Junge verkleidete Viola dagegen einwenden, «ist sie so ganz dem Grame hingegeben, wie man erzählt, läßt sie mich nimmer vor.» Davon will der Herzog aber nichts wissen: «Sei laut und brich durch alle Sitte lieber, eh du den Auftrag unverrichtet läßt. Sprich, es solle fest dein Fuß da wurzeln, bis du Gehör erlangt.» Das war mir selbstverständlich noch im Ohr, und ich verhielt mich ganz nach dieser Instruktion. Die Zwergin führte sich auf, als hätte sie ihrerseits Anweisungen, die Schwelle gegen jede Art von Besuch zu verteidigen, notfalls mit bösen Worten und, wenn auch dies Mittel versagte, sogar mit Gewalt.

«Nun packen Sie sich aber zusammen, Sie Früchtchen!» Das war ich. Tja, mein lieber Professor Blüthenreich, Sie können von Glück reden, daß Sie noch nicht die Gelegenheit hatten, mich von dieser Seite kennenzulernen. «Wenn Sie nicht augenblicklich in die Hufe kommen und Herrn Zaustorp melden, daß Pribislav Hippe vor der Tür steht und mit ihm zu sprechen wünscht wegen eines Bleistifts, den er sich vor einiger Zeit ausgeliehen hat, dann …» – «Was dann?» fragt mich das Miststück und blinzelt frech von unten. «Jetzt hört sich aber alles auf!» sage ich. «Ich bin nicht, was ich scheine, aber Sie sind außer Ihrer Erscheinung nichts und im Grunde nicht einmal das, denn Sie sind in Wirklichkeit auch kein ordentliches Gespenst.»

Zugegeben, Professor, das war unschön von mir, ihr den Marsch ausgerechnet in dieser Weise zu blasen, ich hatte aber, wie erwähnt, qua Rolle Ermächtigung, über die Grenzen des guten Geschmacks hinauszugehen. Also machte ich sie mir weiter zurecht: «Sie sind doch nicht mehr als ein ganz peripherer, bagatellenhafter Seelenraub und dürfen sich wundern, daß der Zauberer sich überhaupt noch daran erinnert. Oder glauben Sie etwa, ich hätte – um Ihnen einmal das passende Beispiel für sich selber zu geben! –, wenn in den Memoiren des Hochstaplers Krull die Rede von einem Aschenbecher oder einem Handtuch gewesen wäre, die er bei der Abreise aus einem Hotel mit in den Koffer gepackt, das nicht als unbedeutende, unsymbolische, den Gang der Handlung unnötig aufhaltende Nebensächlichkeit herausgestrichen aus seinem Manuskript?! Sie profitieren doch überhaupt nur davon, daß ich zu der Zeit, als mein Vater geruhte, Ihrer erbarmungswürdigen Gestalt Ewigkeit zu verleihen, indem er Sie im ‹Zauberberg› vorkommen ließ, mit Heiraten und Theaterspielen beschäftigt und noch nicht mit der Redaktion seiner Texte betraut war, weil ich Sie nämlich andernfalls in weiser Voraussicht unserer heutigen Begegnung gleich bei Ihrer Entstehung ratzekahl eliminiert haben würde. Sie sind der Geist einer Lebenden, nicht einer Toten und haben also nicht den mindesten Grund, sich in dieser Art aufzublasen vor mir, denn der Geist an Ihnen ist – eine Quantité négligeable fürwahr! – noch dazu Geist vom Geist meines Vaters, den er bei der Verwandlung Ihres weniger als unbedeutenden lebendigen Vorbilds in die literarische Nebenfigur, die Sie sind, notgedrungen absondern mußte. Von dieser Energie hat er noch zu sparen versucht, indem nicht der Erzähler des Romans, sondern eine nach Vorbild und Figur allerdings höchst beträchtliche Gestalt, Mynheer Peeperkorn nämlich, Ihnen einen Namen gab.»

Sie stotterte lächelnd und sagte dann, daß ihr Name Emerentia sei. «Mein Kind», fuhr ich gleich Peeperkorn aufs ernsteste und mit den ihm vom Zauberer geborgten Worten fort, «das übertrifft alle meine Erwartungen. Emerentia – der Name ist wohl wert, daß man ihm nachhängt und alles Gefühl seiner Brust daransetzt, um – in der Koseform – Sie verstehen mich wohl, mein Kind: in der *Koseform* – möge es Rentia heißen, aber auch Emchen wäre erwärmend – für den Augenblick halte ich es ohne Schwanken mit Emchen. Emchen also, mein Kind, merke auf ...»

Das können Sie nachlesen, Professor, das steht wörtlich so drin im «Zauberberg». Und es tat jedenfalls seine Wirkung, daß ich recte zitierte, denn Tommy Zaustorp, der durch den Lärm an der Tür aus seiner Liegekur auf dem Balkon von Madame Chauchats Zimmer aufgeschreckt war und sich neugierig über die Brüstung beugte, war eigenartigst betroffen, aus meinem Munde zu hören, was er selbst in den von Mynheer Peeperkorn hineingelegt hatte.

«Junger Mann», rief er, indem er sich noch weiter vorbeugte, mit gepreßter Stimme zu uns herunter, «Sie scheinen mit den Gebräuchen des Hauses wenig vertraut. Wissen Sie denn nicht, daß jetzt Liegekur ist, daß uns der Hofrat für diese Stunde bei Androhung von Strafe die strengste Ruhe auferlegt hat? Bleiben Sie, wo Sie sind! Und keinen Mucks mehr! In einer Viertelstunde komme ich zu Ihnen hinunter.»

Die Zwergin verdrehte die Augen und hob die Hände zum Himmel, eine Gebärde, die man oft bei Dienstboten sieht, weil sie es bei aller Mühe und Plage ihren Herrschaften doch niemals recht machen können. Mit mir aber war sie noch nicht ganz fertig, und bevor sie die Tür vor meiner Nase nicht zuschlug, sondern, weil es ja die Stunde der Liegekur war, mit übertriebener Vorsicht ins Schloß schob, zischte sie mir voll Gift etwas zu:

«Mag sein, daß ich kein echtes Gespenst bin, aber Sie, *Fräulein*, sind überhaupt keins.»

Ich vermerke dies nicht, weil ich mich etwa geärgert hätte über den frechen Abgang der Zwergin, sondern um Sie auf das parapsychologisch interessante Phänomen hinzuweisen, welche Selbständigkeit diese aus flüchtigem Seelenraub hervorgegangenen Wesen bisweilen entwickeln.

Er kam dann herunter, begrüßte mich höflich-kokett und schlug vor, gemeinsam einen kleinen Spaziergang zu machen. Ich trug den weißen Overall, den ich mir damals für die 10 000-Kilometer-Wettfahrt mit Ricki Hallgarten hatte anfertigen lassen, weil ich darin besonders sportlich und maskulin wirke; er war in einen hellen Sommeranzug gekleidet und hatte trotz der angenehmen Wärme seinen unvermeidlichen Hut auf dem Kopf. Damit man ihn zum Grüßen abnehmen kann, falls man unterwegs einem Bekannten begegnet. Sie wissen.

Ich stellte mich ihm als einen am Orte ansässigen Neffen von Heiner Hesselmann vor. «Aber», wunderte Zaustorp sich, «dieser Herr Hesselmann gehört doch zu *uns*.» – «Selbstverständlich», bestätigte ich. «Wie kommt es denn also», fragte er mich, «daß Sie, der Sie allem Anschein nach zu den anderen, ich will sagen, zu den Ungestorbenen zählen, mich sehen, mit mir sprechen, mit mir diesen Weg entlanggehen, ganz als hätten Sie diese peinliche Sache des Lebens schon hinter sich liegen?» – «Das, Herr Zaustorp», gab ich ausweichend zurück, «ist mir selber ein Rätsel oder ein Wunder, und ich habe mich deshalb in psychiatrische Behandlung begeben.» – «Castorp, mein Name, nicht Zaustorp», verbesserte er. «Wollen Sie mir dennoch gestatten, Sie weiterhin Zaustorp zu nennen», bat ich ihn und fügte hinzu: «Mein Onkel wird sich Ihnen nämlich auch nicht als Hesselmann, sondern als Heßling vorstellen», als sei das zweite eine Begründung fürs erste. «Ehrlich gesagt», meinte er dazu, «ist es mir schon verwirrend genug, daß ich Toter mit einem Lebenden rede, als wäre nicht das geringste dabei. Sicher, das Leben ist schwer, aber das Totsein ist auch nicht ganz einfach. Nicht, daß ich mich beklagen möchte, gewiß nicht. Bei wem auch? Bei Gott? Wo ich ihm doch, seit der Leib hin ist, angehöre als Seele. Das wäre widersinnig, geradezu albern. Bei Ihnen erst recht nicht. Sie sind ein ausgenommen appetitliches Exemplar von einem jungen Mann, Sie gefallen mir sehr, wenn Sie meine Direktheit verzeihen. Aber – und Sie können ja nicht anders – Sie erinnern mich an das Leben, und das ist schmerzhaft. Ich merke dann, daß der Abschluß doch nicht vollständig geglückt ist, daß ich mit irgend etwas dranhänge an eurem Leben.»

Sie verstehen, Professor, daß ich vor Freude fast gehüpft wäre, als er das sagte. Ich beherrschte mich aber und log ihm etwas vor: «Dasselbe hat noch heute morgen beim Frühstück mein Onkel zu mir gesagt. Mit den Lebenden, die indifferent sind gegenüber den Toten, hält er es aus. Aber mit mir zusammenzusein ist grausam für ihn, weil ich so etwas wie Sehnsucht in ihm erzeuge, daß es ihn kitzelt und sticht, zurückzukehren in die Leiblichkeit und in die Schmerzen.» Er ging darauf ein: «Er ist eben ein echter Toter, Ihr Onkel. Sehen Sie, ich war im Krieg. Das war eine Illusion. Sie verstehen mich richtig? Ich meine, nicht der Krieg war eine Illusion, den gab es wirklich, aber wir Soldaten, die wir begeistert hineinzogen in jede neue Schlacht, wir waren verblendet, denn wir glaubten, dem Tod ein Schnippchen zu schlagen. Wir waren fest überzeugt, ihn nicht einzeln sterben zu müssen, wovor jeder seine ganz eigene und einzelne Furcht hatte, sondern als Gruppe und geschlossene Masse hinüberzukommen. So war's aber nicht. Helm ab zum Gebet! Das hätte einen ja belehren müssen, wenn man es sah, daß das Ende dann eben doch nicht die Vollendung, diese kollektive Apotheose war, sondern daß es im Gegenteil den einzelnen herausriß aus dem Ganzen, aus dem

Zusammenhang, in den er kämpfend schon aufgenommen. Ich hätte diese Enttäuschung an mir selbst nicht überlebt, würde ich sagen, wenn es nicht gar so paradox klänge. Das Glück ist eine Sache der Lebenden, auf unserem Standpunkt verliert das Wort seinen Sinn, aber ich will es dennoch ein Glück nennen, daß ich nicht gleich, als es mich, wie es bei uns Soldaten hieß, ‹erwischt› hatte, starb. Eine Granate hatte mir den rechten Fuß weggerissen, und ich wurde zum Verbandsplatz getragen. Da lag ich dann eine Weile und konnte mir klarwerden über den Irrtum, dem ich aufgesessen war. Ob es nun die richtige Indikation war oder ob sie uns in der Hektik verwechselten: als der Stabsarzt zu mir kam, entschied er ohne Zögern auf Amputation. Ich war nicht mehr bei Bewußtsein und konnte infolgedessen nicht protestieren, auch nicht, als sie nach dem verletzten noch das gesunde Bein abnahmen. Dann kam schon der Übergang, und genau, wie sie mich dort auseinandergepflückt hatten, wurde ich wieder zusammengesetzt. Ich ging dahin zurück, wo ich hergekommen war. Ins Hochgebirge. Ins Sanatorium. Manchmal erinnere ich mich noch, wie schön es hier war, wie angenehm in seinem Gleichlauf, wie ich das Gefühl hatte, im Zusammensein mit den Kranken Lektion für Lektion das Sterben zu lernen. Als es soweit war, konnte ich es so gut und so schlecht wie jeder andere auch. Sterben kann jeder Idiot. Es ist bitter, sich das einzugestehen, aber der Krieg hat es mir viele Male gezeigt. Plötzlich also steht man da und weiß: Jetzt bist du tot. Man hat auch wieder so eine Art Leib, natürlich nicht mit Drüsen, Lymphen, Verdauungskanälen und all diesen tausend und abertausend unbegreiflich zusammenwirkenden Teilen, aber so, daß man sich bewegt, daß die anderen Toten, die flüchtig Hingemachten und Leute wie Sie einen erkennen, daß man seine Ambrosia schlürft und bei einem anständigen Quantum auch seinen gehörigen Rausch davon kriegt und – wofür ich besonders dankbar sein will – daß einem die Zigarre schmeckt. Gut, daß wir davon sprechen, denn vor lauter Redseligkeit hätte ich fast vergessen, mir eine anzustecken. Ich frage Sie im Ernst, junger Mann: Wozu dieses lange Sitzen beim fünfgängigen Menü vor leeren Tellern und dieses kindische Herumklappern mit dem Besteck, wenn nicht dazu, sich auf die Maria Mancini zu freuen, die man, nachdem man aus der leeren Kristallschale die nicht vorhandene süße Speise gelöffelt, in Brand setzen wird?»

«Waren Sie nicht umgestiegen auf eine andere Marke?» – «Woher wissen Sie das?» – «Jeder weiß das», war ich zu antworten versucht, konnte es mir aber noch rechtzeitig verbeißen.

Ich war sehr gespannt, ob er mir von seinen Zigarren anbieten würde. Tatsächlich hielt er mir das schöne Lederetui hin, aber als ich zugreifen wollte, war da nur Luft. Sie kennen das sicherlich aus Ihren Träumen, Professor, aber nehmen Sie es nicht als Beleg, daß ich Ihnen hier Bären aufbinde und Ihnen mein Geträumtes als wirklich Erlebtes unterzujubeln versuche. Er ist ja nicht stofflich, und wenn daraus nach unseren Begriffen auch nicht zwingend logisch hervorgeht, daß seine Requisiten ebenfalls der Materie entbehren, so ist es immerhin denkbar.

Ich war nun reichlich kurios zu erfahren, wie es sich mit Dingen verhält, die an sich real sind und von ihnen in die Hand genommen werden. Das ist, denke ich, auch für die Wissenschaft von hohem Belang, ob bei einer solchen Übergabe eines Gegenstandes von einem Lebenden an einen Toten ein Vorgang der Dematerialisation abläuft und, falls ja, in welchen Phasen. Er hatte nämlich vergessen, Streichhölzer einzustecken. Ich zog meine hervor, machte geschickt einige gespielt ungeschickte Versuche, ihm Feuer zu geben, und wollte ihm dann das Päckchen in die Hand reichen, daß er es selber probierte. Er griff aber durch meine Schachtel genauso hindurch wie ich durch seine Zigarren. «Sehen Sie», sagte er mißvergnügt, «da haben wir wieder die Grenze. Zu ärgerlich! Sie haben nichts von meinen Zigarren, und ich kann Ihre Zündhölzer nicht gebrauchen. Das hat man davon. Es empfiehlt sich eben nicht, die Sphären durcheinanderzumischen. Die Toten sollten sich mit Toten umgeben, und die Lebenden sollten sich ebenfalls mit ihresgleichen befassen, sie sterben doch immer früh genug. Das paßt doch gar nicht zu mir, daß ich mich aufrege und fluche. Ich bin doch erlöst. Aber verdammt noch mal, mir kommt die Galle hoch – wo ich doch gar keine Leber besitze! –, und der Tag ist für mich schon gelaufen: Hier ist meine Zigarre, und ich kann sie nicht rauchen!»

Er war nicht eigentlich vergrätzt, denn das schafft ein Toter gar nicht, aber doch irgendwie angesäuert und alteriert. Ich hatte große Bange, es ein für allemal mit ihm zu verderben, und bettelte, er möge mir noch einen Versuch zugestehen, ob nicht vielleicht wenigstens die Flamme von meinem Hölzchen hinüberginge in seinen Tabak. Diesmal schützte ich das entzündete Streichholz mit meinen Händen, und – in der Tat – es funktionierte. «Fabelhaft», freute er sich, «es geschehen noch Zeichen und Wunder, auch auf unserer Seite, wo man leicht den Eindruck gewinnt, es sei alles abgekartet und eine Überraschung überhaupt nicht mehr möglich. Genauer betrachtet ist es allerdings nicht so erstaunlich, denn hat nicht Prometheus das Feuer von den Göttern geraubt?»

Ich ging über seine Gleichsetzung von Göttern und Toten hinweg und bemühte mich, das Gespräch wieder auf den Onkel zu lenken. «Was Sie über die Unannehmlichkeiten im Verkehr zwischen Lebenden und Toten gesagt haben», knüpfte ich an, «deprimiert mich zugegebenermaßen, denn ich für mein Teil ziehe ausschließlich Vergnügen und Belehrung daraus. Aber wenn ich Ihre derzeitigen Verhältnisse recht überblicke, so sind Sie doch komplett isoliert, denn was Ihnen verblieben ist an Gesellschaft oben auf Ihrem Berghofe, die Zwergin und die Kirgisin, die sind doch keine wirklichen Toten. Nun klar, so ganz kann ich mich nicht hineinversetzen in Ihre Lage, immerhin scheint mir – und übrigens haben Sie das ja eben selber gesagt –, ein echter Toter wäre der Umgang, der sich am besten eignet für Sie.» Dem wollte er nicht widersprechen. «Warum sperren Sie sich dann dagegen, daß mein Onkel in Ihrem Berghof Quartier nimmt?»

«Wie kommen Sie dazu? Ich kenne Ihren Onkel doch gar nicht.» Pikiert zog er seine Lippen zu einem kleinen o und schob mit den Augenbrauen seine Stirne in Falten. «Ebendarum ist es mir so unverständlich, daß Sie das Zimmer, das für ihn reserviert war, blockieren.» – «Junger Mann», antwortete er und versuchte dabei, eine gewisse Strenge hineinzulegen in seinen Ton, «es ist mir mehr als rätselhaft, woher Sie Ihre Informationen beziehen, aber schließlich ist das in Rede stehende Zimmer dasjenige, das ich seit meinem Tode bewohne.» – «Soll ich meinem Onkel also mitteilen, daß definitiv nichts daraus wird?» – «Das habe ich doch gar nicht gesagt. Es ist ja zutreffend, daß ich mich hauptsächlich bei Madame Chauchat aufhalte und es mir mehr so in petto halte, falls eine Retraite notwendig werden sollte. Sie kennen die Launen der Frauen.» – «Zu gut nur, zu gut», warf ich ein. «Dann hat», meinte er, «wenn ich mich so ausdrücken darf, jung wie Sie sind, schon Ihr Aug' um Liebesgunst gebuhlt?» – «Ein wenig», hätte ich reagieren müssen auf das Stichwort, das er mir gab, aber ich hatte jetzt keine Lust zu dem Zitierspiel. Man mußte doch irgendwie vorankommen, die beiden zusammenbringen.

Wir waren auf dem Paul-Harmsen-Weg ganz um den Geierberg herumgegangen und erreichten schon das pompöse, klotzige Haus, welches der Maler sich in seiner ersten Erfolgszeit gebaut hat und worin das Zentrum für Kunsttherapie «F», das Frau Dr. Hahnemann leitet, untergebracht ist. Ich erzählte ihm ein bißchen davon; er wußte gar nichts, nichts von den Künstlern, die ihre Kolonie hier gegründet, nichts von den Studios, in denen heute gearbeitet wird. Er glaubt immer noch, das «Dorf» sei Davos Platz. Daß er dort nicht mehr wie gewohnt einkaufen kann, führt er darauf zurück, daß er als Toter den Ladeninhabern nicht wahrnehmbar ist. «Wenn mich die Zeit jünger macht», sagte er beiläufig, «will ich auch wieder mit dem Zeichnen beginnen. Mein Thema sind Schiffe. Zwar werde ich beim technischen Zeichnen während des Ingenieurstudiums nur Mittelmaß sein; wenn es aber gilt, die geistige Anschaulichkeit durch die sinnliche zu unterstützen, Schatten zu tuschen und Querschnitte in munteren Materialfarben anzulegen, werde ich es an Geschicklichkeit den meisten zuvortun. Wenn ich aber erst wieder fünfzehn sein werde und bei Blohm & Voss der Doppelschrauben-Postdampfer ‹Hansa› vom Stapel läuft, werde ich in Wasserfarben ein wohlgetroffenes und bis weit ins einzelne genaues Bildnis des schlanken Schiffes ausführen und namentlich das transparente Glasgrün der rollenden See so liebevoll und geschickt behandeln, daß jemand sagt, das sei Talent.»

Die größte Freude glaubte ich ihm dadurch bereiten zu können, mit ihm den Abstecher zum Friedhof zu machen. Weit gefehlt aber, Professor, er schüttelte sich vor Entsetzen, als ich ihm das vorschlug. «Die Friedhöfe sind für die Lebenden, nicht für die Toten. Ein Ort dieser Art wäre der letzte Platz, wo unsereiner seinen Fuß hinsetzen würde. Es könnte am Ende geschehen, daß man dort seinem eigenen Abfall begegnet. Wo sie damals meinen Leichnam eingebuddelt haben, weiß ich nicht, und es interessiert mich nicht die Bohne.» Da hatte ich also unwissentlich einen schlimmen Fauxpas begangen, eine derbe Geschmacklosigkeit mir geleistet und hätte gern zu einem anderen Thema gewechselt. Entsprechend machten wir um den Friedhof einen entschiedenen Bogen, liefen, in der Verlegenheit, die ich ausgelöst hatte, stumm nebeneinander den Weg zum Bahnhof hinunter.

Ich mag weder den Bahnhof, noch reizt mich die Straße, die dahin führt. Ich will also vermuten, daß es eine unbewußte Anziehung war, die ihn dahin leitete, wohin ich ihm nur folgte, denn tatsächlich trafen wir Hesselmann dort.

Je mehr wir uns dem Bahnhofe näherten, desto unsicherer wurde der Schritt meines Begleiters. Er blieb stehen und legte mir seine Hand auf die Schulter, was ich nur sah, aber nicht spürte. «Wußten Sie, daß wir Toten die Gastwirtschaften, in denen die Lebenden sich amüsieren, kilometerweit riechen? Es ist noch ein ganzes Stück zu laufen zum Bahnhof, nicht wahr, aber mir steigt schon der Bierdunst geradezu penetrant in die Nase. Es wäre besser, wir machten Demi-tour.» Das gefiel mir erst recht nicht, denn wir hatten schon mehr als die Hälfte der langweiligen Strecke hinter uns liegen. «Es ist nicht mehr weit», sagte ich deshalb. «Sie mögen es für eine Lebenden-Unart ansehen, aber mich verdrießt es, auf halbem Wege zu wenden.» – «Sie wollen also wirklich einkehren in eines von diesen Bahnhofslokalen?» – «Es ist einmal so, Herr Zau... ich meine, Herr Castorp, daß wir Erdenmenschen vom Wandern ermüden.» – «Mir scheint, Sie sind nicht im Bilde über sämtliche Folgen, die der Alkohol zeitigt.» – «Soweit ich von Ihnen weiß», sagte ich dazu, «wirkt er bei Ihnen ganz in der Weise, wie er es bei uns Lebenden tut.» – «Durchaus nicht», widersprach er, «durchaus nicht. Die Getränke, von denen Sie sprechen, werden nicht ohne Grund ‹geistig› genannt, denn in einem bestimmten Grade der Trunkenheit nehmen die Ungestorbenen Kontakt mit der Geisterwelt auf, das heißt, sie platzen mir nichts, dir nichts in unsere Sphäre hinein.»

Ich hatte das starke Bedürfnis, etwas Grundsätzliches zu klären, und so stellte ich ihm auf die Gefahr hin, dumm zu erscheinen, die Frage: «Aber ist es nicht so, daß die Lebenden ständig um Sie herum sind?» – «Natürlich», sagte er. «Obwohl die überwältigende Mehrheit der Menschen dies alles andere als natürlich empfindet. Wir sehen euch, stehen mitten unter euch, hören und verstehen jede Rede, gleich in welcher Sprache, aber umgekehrt sind wir normalerweise vor euch geschützt. Ich muß Sie doch nicht ausdrücklich versichern, daß Sie mit Ihrer Gabe eine Ausnahme darstellen, wie sie sich unter Millionen Ihresgleichen kaum ein zweites Mal findet. Daß unserem Einfluß auf das Leben so enge Grenzen gesetzt sind, das hat seinen Sinn, und es gerät dieser schirmende Wall in Gefahr, wo der Alkohol ins Spiel kommt. Da kann es passieren, daß so einem Trunkenbold, mit beiden Füßen unsicher zwar, aber im Leben, das Seelchen von der Leine flattert und sich unter uns tummelt.» Ob dies denn für die Toten unbedingt unangenehm sei, erkundigte ich mich. «Das kommt ganz auf den jeweiligen Toten an», erfuhr ich von ihm. «Mir zum Beispiel ist es durchweg zuwider. Andere aber gibt es, die sind geradezu erpicht auf diese Art zwielichtiger Begegnung. Es hängt eben sehr davon ab, wie man früher sein Leben geführt hat. Ich hatte Ihnen vorhin schon eine Andeutung gemacht, warum mir das Gespräch mit Ungestorbenen bisweilen prekär ist. Wenn dies schon für Sie gilt, der Sie nüchtern und mit Feingefühl bestrebt sind, auf die Besonderheit unserer Umstände die weitestgehende Rücksicht zu üben, was, denken Sie, ist der Fall, wenn so ein vom weißen Blitz kurzfristig erhellter Suffkopp, der nicht im mindesten weiß, was er faselt, uns auszuforschen versucht?»

Wir hatten uns unterdessen wieder in Bewegung gesetzt und waren von den Bahnhofsgaststätten nur noch wenige Schritte entfernt. «Wenn Sie hineingehen wollen», sagte Zaustorp, «so warte ich draußen auf Sie. Mein Lebtag habe ich es strikte vermieden, mit Vorsatz mich zu betrinken, habe Alkohol, in welcher Form immer, ausschließlich neben dem Essen genossen. Nun bin ich zwar aus meiner Haut heraus, deswegen kann ich doch nicht anders. Die irdische Speise nährt mich nicht nur nicht, ich kriege sie weder hinein noch hinunter, aber ohne das begleitende Ritual mit dem Besteck auf den leeren Tellern und Schüsseln könnte ich unmöglich meine Ambrosia schlürfen.»

Ich hatte durchs Fenster in der Kneipe im ehemaligen Wartesaal der dritten Klasse schon Onkel Heiner alias Heßling erspäht und legte es logischerweise darauf an, beim Zauberer/Castorp die Widerstände zu beseitigen, um ihn, koste es, was es wolle, hineinzulotsen. «Verzeihen Sie», suchte ich auf einem Umweg nach meinem Ziele zu steuern, «wenn ich Ihnen schon wieder eine Frage vorlege, mit welcher ich zu gleicher Zeit unerlaubte Dummheit und übertriebene Neugier bezeuge, aber – es liegt mir schon lang auf dem Herzen – was ist eigentlich diese berühmte Ambrosia?» – «Ein Euphemismus», war seine Antwort. «Ein Euphemismus, soso», sagte ich, nicht wenig verdutzt, «ein Euphemismus, aha. Und, ein Euphemismus, wenn ich auch das jetzt noch fragen dürfte, wofür, bitte schön?» – «Für Schnaps.» So schlicht hätte ich mir die Verhältnisse denn doch nicht gedacht. «Sie meinen also damit», sagte ich, das Wissen über diesen Gegenstand endgültig sicherzustellen, «daß wir Lebenden, die Ungestorbenen, wie Sie sich auszudrücken belieben, und Sie, die Toten, ein und dieselbe Flüssigkeit zu uns nehmen?» – «Ja und nein», sagte er. «Erst einmal: dieselbe sowieso nicht, höchstens die gleiche. Aber das ist ja Grammatik und Spitzfindigkeit. Sachlich: Wir nehmen nicht die Flüssigkeit auf, wir ziehen nur den Wirkstoff heraus. Wenn Sie mir aufmerksam zugehört haben, dürfte Ihnen nicht entgangen sein, daß ich dort, wo ich der Ambrosia Erwähnung tat, nie von Trinken sprach, sondern stets nur von Schlürfen.»

«Unbedingt müssen Sie mir das demonstrieren», lockte ich ihn und wollte sein Handgelenk umgreifen, um ihn mit mir zu ziehen, bekam aber natürlich wieder nichts als Luft zu fassen. «Sie lernen es doch nicht», wehrte er ab. «Und sollte Ihnen wirklich so viel daran liegen, können Sie gerne einmal bei einer unserer Mahlzeiten auf dem Berghof hospitieren.»

Professor, Hand aufs Herz! Was hätten Sie an meiner Stelle getan? Es gibt nun einmal kein Mittel, einem Toten zu drohen oder ihn zu erschrecken. Es war aussichtslos, und ich hatte mich schon damit abgefunden, diese günstige Gelegenheit vorübergehen zu lassen, um später mit einem neuen Anlauf Zaustorp und Hesselmann doch noch zusammenzuführen, da kam der Kellner heraus, der ein wenig Luft schnappen und sich die Beine vertreten wollte. Er machte eine witzige Bemerkung über meinen Overall, in welcher Derbheit und Finesse sich eigenartig überkreuzten. Dazu strich er mit einer maskulin-femininen Bewegung seiner feingliedrigen, aber sehnigen und dunkel behaarten Hand über seine weiße gesteifte Schürze, als hätte er es darauf angelegt, den Zauberer, den er gar nicht sah und dessen Penchant er erst recht nicht kennen konnte, für sich einzunehmen. Es war exakt der Typus, auf den seine Reflexe pawlowisch ansprangen und den Mielein und ich mit den Jahren aus Tausenden so zweifelsfrei herauskannten wie er selbst, so daß wir, wenn wir ohne ihn unterwegs waren, mit den Fingern darauf zeigten und den Zauberer bedauerten für das, was ihm entging. Ganz nebenbei, Blüthenreich: Finden Sie nicht, daß das einmal eine hübsche Anwendung für die Psychoanalyse wäre, herauszubekommen, woher die Libido, die der Zauberer mit solcher Regelmäßigkeit auf Kellner einer bestimmten Sorte übertrug, eigentlich stammte?

Wie ich zu meiner Freude und Erleichterung feststellen durfte, hat der Tod dieses Faible bei ihm in keiner Weise gemindert. Faiblesse oblige, wie bekannt ist, und als unser schneidiger Garçon von der frischen Luft genug geschöpft hatte und für mich die Tür noch einen Moment in seiner verführerischen Hand hielt, war Tommy Zaustorp, ohne mir seinen Sinneswandel durch ein

Wort oder einen Blick zu erklären, schon vor mir hineingeschlichen.

«Da kommt endlich mal ein Toter», rief der vom Ambrosiaschlürfen sichtlich angeheiterte Heiner Hesselmann bei unserem Eintreten quer durch den verqualmten Saal. «Mit lauter Stimme», hätte ich gesagt, aber es war ja nur für mich und Zaustorp zu hören. Meine Maskerade verfing bei Hesselmann nicht; auf den ersten Blick hatte er es spitz und grölte, indem er mit der flachen Hand auf die Theke schlug: «Und meine Nachbarin, die Geisterseherin, ist eine Lesbe! Da wundert mich nichts mehr.»

Zaustorp, der in dem Zigarettendunst und in dem Lärm die Orientierung verloren hatte und sich verwirrt nach seinem Kellner umsah, schien von der rüpeligen Anrede weniger schockiert, als ich befürchtete, und reichte dem unerkannten Bruder, der sich vom Hocker erhob und auf ihn zuschritt, ohne Zögern die Hand. Ich wollte die beiden einander vorstellen, doch kam mir der Onkel zuvor. «Heßling, mein Name, wenn Sie gestatten. Papierfabrikant. Gebürtig aus Netzig.» – «Oh, Sie sind es», gab Zaustorp überrascht zurück. «Mein Name ist Castorp. Wir hatten Sie auf dem Berghof schon vor einigen Tagen erwartet.» – «Eine Schlamperei, eine verfluchte Schlamperei!»

Hesselmann ließ sich dann sehr weitläufig über seine Logisprobleme aus, wozu Zaustorp, dem ja damit nichts Neues erzählt wurde, nur mit dem Kopf nickte und von Zeit zu Zeit ein «Mmhmmh» brummte. «Sagen Sie selbst», versuchte Hesselmann ihn zu deutlicherer Bekundung seiner Zustimmung zu bewegen, «dieser Berghof ist doch eigens eingerichtet für Tote. Wie kommt man dazu, mich mit dieser zwittrigen Person» – damit meinte er natürlich mich – «zusammenzupferchen?» – «Wenn ich richtig gehört habe», sprach mit größter Ruhe und Verständigkeit Zaustorp, «so ist das Zimmer, welches vorgesehen war für Sie, heute morgen frei geworden.» Mir fiel ein Stein vom Herzen, und Hesselmann zeigte sich wenigstens ebenso hocherfreut. Er wollte auf die günstige Nachricht umgehend eine Flasche Champagner spendieren, erinnerte sich dann aber schmerzhaft, daß er als Toter hier im Getriebe der Lebenden nichts mehr zu bestellen hatte. «Tja», resümierte Zaustorp, «das gehört so zu den Dingen, an die Sie sich erst noch gewöhnen müssen. Sie sind, nehme ich an, erst vor kurzem gestorben? Machen Sie sich nur deswegen keinen Kopf, Herr Heßling. Ich habe mein Leben schon vor etlichen Jahren gelassen, auf dem Schlachtfeld übrigens, falls Sie das interessiert, aber diese Schnitzer unterlaufen mir heute noch. Auf dem Berghof werden Sie sich wohler fühlen, es ist dort alles zugeschnitten auf unsere Art zu … *leben,* hätte ich fast gesagt. Das sind eben diese kleinen Ausrutscher, die man, wie man sich anstrengen will, doch nicht restlos vermeidet. Wir haben dort oben auch unsere eigenen Gläser, und man ist nicht angewiesen darauf, sich über die der Lebenden zu beugen und den Armen die Essenz aus ihren Getränken zu lutschen. Es sieht uns zwar keiner dabei, aber man geniert sich trotzdem.»

Hier widersprach ich und wiederholte meine Bitte, einmal zusehen zu dürfen, wie ein Toter sich labt an irdischen Säften. Hesselmann war spontan bereit, mir diesen Anschauungsunterricht zu erteilen, und schob seinen Kopf über einen Humpen, welchen unser Kellner, der hinter den Tresen zurückgekehrt war und an dem Zaustorps Augen wehmütig hingen, eben frisch gezapft hatte. Seine aufgestülpten Lippen führte Hesselmann tief in den Schaum der Blume hinein und saugte dann mit – für mich – geräuschvollem Schlürfen, ohne daß jedoch davon in der gelben Flüssigkeit ein Strudel oder auch nur Blasen entstanden. Der Gast, für den das Bier hingestellt war, nahm einen kräftigen Schluck, ohne an seinem Genuß irgend etwas zu vermissen, und so bewies die Demonstration auch für mich eigentlich nichts.

«Der Mann», wies Hesselmann meinen Einwand zurück, «ist schon so hinüber, der merkt gar nicht mehr, was er trinkt. Sie servieren hier übrigens auch alkoholfreies Bier. Zum Lachen, nicht wahr?» Er stieß Zaustorp mit dem Ellenbogen an, und auch der fand es komisch.

«Also aufgepaßt», wandte Hesselmann sich an mich und hob seinen Zeigefinger. Ein anderer Gast hatte vor sich ein Glas mit Rum, an dem Hesselmann das Experiment wiederholte. Wir mußten einige Minuten warten, bis der Betroffene, der sich sehr engagiert mit der Dame neben ihm unterhielt, wieder nach seinem Drink griff. Er nippte daran, verzog ungläubig sein Gesicht, nahm einen größeren Schluck, noch einen und reklamierte beim Kellner, es sei nicht der Rum seiner Marke, wenn es überhaupt welcher sei.

Für Henning Fischeler in Moskau öffnete sich mit dem Januar 1933 ein neues Betätigungsfeld: die antifaschistische Propaganda. Überhaupt wurde es jetzt gemütlicher, denn das «Haus der Regierung» am anderen Ufer der Moskwa, wohin er nach dem Tod von Kazimierz Dłuzniewski mit Mawga und Julian übergewechselt, füllte sich dank der Hetzjagd der Nazis auf Kommunisten mit Kompatrioten. Becher, Wangenheim, Weinert und Friedrich Wolf, der eine Zeitlang auf dem Lindenhof gelebt und gearbeitet hatte, wurden zu seinen Nachbarn. Für Gustav von Wangenheims Film «Die Kämpfer» schuf er die Kulissen, mit Johannes R. Becher fertigte er die Broschüre «Das Dritte Reich», worin er Zweizeiler des Dichters nach dem Schema: «Das Kapital fand einen neuen Schergen/Das Hakenkreuz steht über Knochen-Bergen» mit Tuschzeichnungen illustrierte, welche die Holzschnitte Frans Masereels nachahmten.

Diese Mitwirkung am propagandistischen Kampf gegen Hitlerdeutschland machte Fischeler glücklich; als Alteingesessener hatte er den neu eintreffenden Exulanten ein Jahrzehnt sowjetischer Lebenspraxis voraus und konnte auf verschiedenste Art behilflich sein. Daß die Faschisten in Deutschland gesiegt hatten, war schlimm, aber das «Nach Hitler kommen wir» der Kommunisten war eine überaus tröstliche Gewißheit.

Indessen griff die Atmosphäre totaler Überwachung, gegenseitiger Bespitzelung und Denunziation, die Fischeler mit seinen Künstlergenossen in Deutschland anprangerte, in der gepriesenen Heimat der Proleten immer furchterregender um sich. Gespräche über Politik, auch und besonders unter den deutschen Exulanten, wurden lebensgefährlich. Fischeler vermied politische Themen. Mit Fremden sowieso, mit Freunden erst recht, aber auch mit Mawga und Julian, der in das Alter kam, wo man Fragen zu stellen beginnt; er vermied sie, weil es ihm das Sicherste schien, sogar im Gespräch mit sich selbst.

In neuen Komplexbildern stellte er Furcht und Elend des Dritten Reiches in vielfach variierten Panoptiken dar, aber das war ja keine Politik, das war Arbeit. Verschiedene Genossen verschwanden aus dem «Haus der Regierung». Fischeler stellte keine Nachforschungen an, wohin sie gingen, was aus ihnen wurde. Er löschte ihre Namen aus seinem Gedächtnis. Brenzlig für ihn selbst wurde es gegen Ende des Jahres 1935.

Dasselbe «Iskusstwo», das eine Dekade zuvor seine Komplexbilder als die Findung des Steins der Weisen über den grünen Klee gelobt und seine Technik als die einzig dialektisch-materialistische der sowjetischen Künstlerschaft wärmstens zur Nachahmung empfohlen hatte, wurde nun zum Instrument der stalinistischen Inquisition und verordnete unter Androhung von Strafe bei Zuwiderhandlung den sogenannten Sozialistischen Realismus. Nicht wenige wurden, gleich nachdem sie aus dem Kanon gestrichen waren, in die Lager abtransportiert. Fischeler kam glimpflich davon; seine Komplexbilder wurden in einem längeren, nicht persönlich gezeichneten Artikel als «formalistisch» gebrandmarkt, er selbst blieb aber von weiteren Nachstellungen und Verhören verschont.

Er schrieb noch eine Apologie, die er aus einem Impuls, welcher dem, der ihn zur Absendung des «Märchens vom lieben Gott» an Wilhelm II. und an Ludendorff bewogen hatte, nicht unähnlich war, an die Redaktion des «Iskusstwo» schickte, wo sie tatsächlich abgedruckt wurde. Selbstverständlich verschärfte der Kommentator die Vorwürfe und erweiterte den Katalog noch um einige Punkte, die Fischeler zu dem erwiesenen Formalismus der Arbeiterfeindlichkeit bezichtigten. Dem versuchte Fischeler nicht mehr zu widersprechen, die nächste Beschuldigung hätte «Antisowjetismus» gelautet. Die Konsequenzen waren bekannt. Fischeler gab die Technik der Komplexbilder auf.

Im Büro des Leitungsstabs der Anti-Hitler-Propaganda gehörte es zu seinen Aufgaben, die nationalsozialistische Presse zu sichten, und es war in diesen Tagen, daß er auf eine Meldung stieß, die der «Völkische Beobachter» am 26. Oktober 1935 gebracht hatte: «In aller Stille hat, wie erst jetzt offiziell bekannt wird, der Eigentümer der Töpferstraße, Roland Lisarius, vor einem Monat die im Zara-Wolkenberg-Haus untergebrachte Ausstellung der Werke der Orbeswender Malerin für die Öffentlichkeit schließen lassen. Mit diesem Entschluß ist der Erbauer der Töpferstraße den Forderungen entgegengekommen, die in letzter Zeit von nationalsozialistischer Seite erhoben wurden: die Säuberung der Kunststätten und des architektonischen Stadtbildes von den Auswüchsen einer vergangenen Zeit.»

Das reizte, wie wir verstehen, Fischelers Neugier nicht wenig. Er durchwühlte deshalb das von den Genossen sorgfältigst geführte Archiv nach Berichten in anderen Blättern und wurde fündig. Die «Frankfurter Zeitung» hatte am 10. Oktober bereits ihren Lesern kundgetan: «Tröger und Zara Wolkenberg ‹freiwillig› aus der Öffentlichkeit verschwunden: Die Kreisleitung der NSDAP in Bremen hat eine lebhafte Propaganda gegen die Töpferstraße (die von Roland Lisarius, dem kunstliebenden Besitzer eines bekannten bremischen Unternehmens, gestiftete Reihe von Backsteingebäuden mit Aufenthaltsräumen für Künstler und Räumen für Ausstellungen) eingeleitet. In einem Aufruf mit der Überschrift ‹Bremer Töpferstraße heute noch zeitgemäß?›, der den Namen des Kreispropagandaleiters trägt, heißt es: ‹Die Bremer Bevölkerung erhebt schärfsten Protest gegen den Versuch, derartige Schandwerke mit dem künstlerischen Wollen des Nationalsozialismus in Zusammenhang zu bringen, und verlangt sofortige Entfernung dieser Ausgeburten eines kranken Hirns.› Der Kampf, der vor einiger Zeit mit einem Angriff des ‹Schwarzen Korps› gegen den Bildhauer und Architekten Ottokar Tröger einsetzte, wird vor allem durch Aushänge und Mitteilungskästen der Partei geführt. Besonders bemerkenswert ist ein in diesen Kästen auf einem Plakat veröffentlichter Auszug aus der großen Rede des Führers und Reichskanzlers auf der Kulturtagung des Reichsparteitages der Freiheit in Nürnberg, der nach einer Erklärung der Reichsleitung in der Presse klar und eindeutig die nationalsozialistische Einstellung zu derartigen ‹Schöpfungen› erkennen lasse. Die völlig unverständliche Architektur Trögers am Eingang der Straße fordere schärfste Ablehnung heraus, besonders da auch hier wieder versucht werde, durch Jonglieren mit den Worten ‹nordisch, bodenständig, niedersächsisch› die gesunde Urteilskraft der unverbildeten Bevölkerung unsicher zu machen. Die Töpferstraße stehe in schroffem Gegensatz zu dem schönen mittelalterlichen Marktplatz Bremens. Die verbogenen Klinkerhausfronten und Glasfenster, das Wendeltreppenturmmuseum mit den Bildern Zara Wolkenbergs, die neuseeländische Götzengestalt am Weltenrand seien bedauerliche Zeugnisse eines krankhaften Geistes. Die Frage, ob ein Zara-Wolkenberg-

Haus in einer öffentlichen Straße einer der größten Fremdenverkehrsstädte Deutschlands noch Berechtigung habe, sei zu verneinen.»

Fischeler verließ das Büro an diesem Nachmittag in sehr aufgeräumter Stimmung; man hörte ihn, was damals höchst ungewöhnlich und verdächtig war, bei seinem Heimweg auf dem Trottoir die Melodie der «Internationalen» vor sich hin pfeifen. Gewiß dürfte es zu seiner Schadenfreude noch beigetragen haben, wäre ihm bekannt gewesen, daß hinter dem Angriff auf Lisarius und Tröger niemand anders gestanden hatte als der gute alte Paul Harmsen.

Hätte Lisarius dem ersten der Künstlerkolonisatoren doch nur beizeiten ein Bild abgekauft! Wie sehr hätte diese Investition sich bezahlt gemacht im unberechenbaren Wechsel der Zeitläufte, wieviel Verdruß hätte dem Konsul erspart bleiben können!

Was Fischeler noch mitbekommen hatte, war Harmsens erbitterte Feindschaft gegen Tröger und sein unermüdliches Bestreben, dessen Realisationen in Orbeswenden zu sabotieren. Denn sehr zu Recht, wie sich nun zeigte, glaubte Harmsen sich in seiner über Jahrzehnte bewährten deutsch-nationalen Gesinnung der von Hitler & Co. angeführten «Bewegung» näher als die selbsternannten Bastler am nordischen Mythos. Von der Gründung einer Nordischen Kunstakademie in Bremen und von Paul Harmsens Ernennung zu deren Direktor hatte Fischeler aus den Zeitungen, die er lesen mußte, erfahren, hatte ohne sonderliche Verwunderung auch dessen Antrittsrede zur Kenntnis genommen, die in verschiedenen Blättern auszugsweise abgedruckt worden war. Darin hatte der Schöpfer des «Gottesdienstes im Freien» seinen Studenten verkündet: «Die Nordische Hochschule für bildende Kunst soll, schöpfend aus dem Urgrunde deutschnordischen Volkstums, Mitarbeit am Aufbau arteigener Kultur im Sinne Adolf Hitlers leisten. Sie soll aus Blut und Boden heraus zu dem Erlebnis führen, daß die tiefste Wahrheit der sichtbaren Natur zugleich das tiefste Geheimnis birgt.»

Entgangen war Fischeler, daß Harmsen von seinen vertraglich vereinbarten acht Dienstjahren keine zwölf Monate abgeleistet hatte, als er von seinem Posten schon wieder entfernt worden war. An seine Stelle trat der weniger als durchschnittliche Porträtmaler Carl Horn. Carl Horn war der Schwiegervater von Hitlers Stellvertreter Rudolf Heß.

Sicher hätte es Fischeler sehr nachdenklich gestimmt und ihn veranlaßt, beim Pfeifen der «Internationalen» innezuhalten, wenn er gewußt hätte, daß Harmsen sich daraufhin nicht abgekehrt hatte von den Nazis, sondern mit seinem Eintritt in die NSDAP reagierte auf die Intrige der Bonzen, die ihn den Job seines Lebens gekostet. Ganz treu jener Malweise, wie sie neuerdings vom «Iskusstwo» postuliert wurde, brachte Harmsen muskulöse junge Männer, die mit freiem Oberkörper eine mit Kohlen beladene Lore den Schienenstrang hinaufhieven, auf seine Leinwand. Nur, daß er dies Bild nicht «Subbotnik», sondern «Reichsarbeitsdienst» nannte.

Es trug ihm die Berufung zum beratenden Mitglied der Reichskammer der bildenden Künste ein, wo er sich für die Qualifizierung sowohl seiner Schülerin Zara Wolkenberg als auch mit gesteigertem Eifer für die von Ottokar Tröger als «entartet» einsetzte. Tröger, der zwar mit starkem Mißvergnügen hatte zuschauen müssen, wie Albert Speer die Rolle, für welche er vom Schicksal erschaffen worden war, usurpierte, aber dennoch ohne Auftrag herumbastelte am Modell eines «Deutschen Forums» mit einem Kultbau als Zentrum, welcher sich auf einem hakenkreuzförmigen Grundriß erhob, traf es wie ein Schlag aus heiterem Himmel. Dabei war er doch gerade frisch in die Partei eingetreten, zwei Wochen früher sogar als Paul Harmsen!

Was aus seinem Lindenhofe geworden war, wußte Fischeler

nicht. Ob dort der Gauleiter residierte oder ein Kulturbonze oder ob sie die Gebäude niedergerissen hatten im Zuge irgendeiner Säuberung des Landschaftsbildes von den «Auswüchsen einer vergangenen Zeit», es mußte ihm gleichgültig sein. Von der Tagespolitik, das hieß von Moskau, hielt er sich so fern wie nur möglich, wobei Becher ihm behilflich war, weil er ihm eine und die andere «Kommandirowka» zuschustern konnte.

Fischeler malte Arbeiterunterkünfte und Spatwerke in Karelien, die Versammlung der kurdischen Hirten vom Kolchos Lenin, die Mondnacht in der usbekischen Wüste, Frauen bei der Weinernte im Karl-Marx-Kolchos Gnadenburg und weitere solcher Sujets, wobei aber diese Bilder stilistisch viel weniger den Forderungen des Sozialistischen Realismus entsprachen als jene, die Harmsen zu gleicher Zeit im Auftrag der Nazis anfertigte. Bei Fischeler war es nach der Abkehr von den Komplexbildern eine sondersame Wiederbelebung der Anfänge. Die Schilderung des sowjetischen Alltags geriet unabsichtlich zu einer Abfolge von Märchenszenen, ein Firnis lag über den Gesichtern von Baumwollpflückern und Traktoristen wie einst über denen von Dornröschen und der Melusine. Man gewann den Eindruck, als habe Fischeler nur die Bände der Brüder Grimm beiseite gelegt, um nach einer Pause, in welcher für die anderen, nicht aber für ihn, Zeit, viel Zeit verstrichen war und verflossen, die Geschichten aus Tausendundeiner Nacht aufzuschlagen, wo nun aber Ali Baba Brigadier, Sindbad Admiral der Schwarzmeerflotte und Aladin Ingenieur der petrochemischen Industrien Bakus geworden.

Becher war es auch, der Fischeler ermunterte, kunsttheoretische Aufsätze für die von ihm herausgegebene Exilzeitschrift zu liefern. Eine tiefgründig-spitzfindige Analyse der Gotik entstand, die Fischeler als «materielle Äußerung aus der Psyche des gesellschaftlichen Menschen» interpretierte, um aus der Analogie zur Veränderung des «Schönheitsgefühls» mit Beginn des Jahrtausends Hinweise auf die Ästhetik des angebrochenen sozialistischen Zeitalters zu ermitteln.

Deutschland eröffnete nach den Präludien in Böhmen und Mähren mit dem Einmarsch der Wehrmacht in Polen zum zweiten Mal einen Weltkrieg. Es war gut, daß Fischeler sich mit politischen Fragen im engeren Sinne nicht mehr abgab seit langem, denn gewiß hätte auch er sich vergebens den Kopf darüber zerbrochen, was Väterchen Stalin bewog, mit der Kriegsfurie am 23. August 1939 den berühmt-berüchtigten Pakt abzuschließen. Er konzentrierte sich auf die Vorbereitung einer großangelegten Werkschau, in welcher die Komplexbilder freilich ausgespart blieben und die am 26. Mai 1941 im Ausstellungssaal des Moskauer Künstlerverbandes von Wilhelm Pieck inauguriert wurde. Der zeitliche Abstand zwischen der Entstehung des ersten und des letzten der gezeigten Bilder betrug ein halbes Jahrhundert. Man war gerade dabei, diese größte Ausstellung von Fischelers Werken abzubauen, da kam die Nachricht, der Gröfaz habe sich mit dem Nichtangriffspakt den Hintern gewischt und am 22. Juni 1941 mit seinen Truppen die Sowjetunion überfallen.

Fischeler befand sich gerade auf einem Urlaub im Erholungsheim des Bolschoitheaters in Tarussa in der Gegend von Tula, den er unverzüglich abbrach, um sich bei Oberst Braginski, dem Leiter der deutschen Sektion der Propagandaabteilung der Politischen Hauptverwaltung der Roten Armee, zum Einsatz im großen Verteidigungskampfe zu melden. Fortan entwarf er Flugblätter für den Abwurf hinter den feindlichen Linien. Auch hielt er über Radio Moskau verschiedene Ansprachen an die deutschen Künstler, an die deutschen Bauersfrauen und weitere Klientelen. Den Vormarsch der deutschen Wehrmacht konnte dies nicht stoppen noch auch nur retardieren.

Im September 1941 standen die Deutschen vor der Stadt, die

Soldaten der Waffen-SS trugen die Sonderfahndungsliste UdSSR des Reichssicherheitshauptamtes für die Besetzung Moskaus bei sich. Fischeler durfte stolz von sich behaupten, dort eingetragen zu sein. «Bei Ergreifung sofort zu erschießen» hieß der Vermerk.

Überrumpelt noch nicht, aber stark überrascht war die militärische Führung von Tempo und Präzision der deutschen Attacke, die Maßnahmen zur Verteidigung Moskaus wurden in einer Mischung aus Hast und Panik ergriffen. Fischelers Name geriet noch auf eine andere Liste, und wenn es ihn ehrte, daß die Faschisten ihn zum Todfeind erklärten, so war es im höchsten Grad schändlich und, wie sich zeigen sollte, auch schädlich, daß er in jenem Verzeichnis aufgeführt war.

Die Meldeämter hatten in aller Eile die Adressen all jener zusammengestellt, deren Ruf- oder Familienname irgendwie deutsch klang, und die Betroffenen wurden nun, um für den Fall der Eroberung Moskaus durch Hitlers Armee ihr Leben zu schützen, wie es offiziell hieß, mehr wohl aber, weil man Schlimmes fürchtete, sollten sie in die Hände des Feindes geraten, evakuiert. Fischeler verstand nicht. Warum ich? Warum nicht auch Weinert, Wangenheim, Wolf? Er hatte sich eben nie um politische Fragen im engeren Sinne gekümmert, er hätte sonst die Antwort gewußt.

Gleich zu dem ersten Transport war er bestellt. In letzter Minute versuchte Fischeler, seine Beziehungen spielen zu lassen, denn die Witwe des ehemaligen Geheimdienstchefs war nah mit seiner Schwiegermutter befreundet. Während er schon an der Verladestelle in der Peripherie Moskaus neben dem Zug stand, bemühte sich der sechzehnjährige Julian mit einem Empfehlungsschreiben der Genossin Dzierzynskaja beim NKWD um die Befreiung seines Vaters von der Evakuierung. Ohne Erfolg. Er fuhr hinaus zu dem Güterbahnhof, dem Vater die Vergeblichkeit seines Bemühens zu künden. Gerade wurde zum Einsteigen aufgefordert. Ein letztes Mal umarmten sich Vater und Sohn. Sehr behäbig setzte sich der kilometerlange, aus Viehwagen zusammengekoppelte Zug in Bewegung. Minuten noch lief Julian neben den Gleisen, bis er Henning Fischeler für immer aus den Augen verlor.

Nach Kasachstan ging die Fahrt, und Fischeler, der ja bis zum letzten Augenblick fest daran geglaubt hatte, daß man ihn doch noch an seinen Platz in der Propagandaabteilung zurückholen würde, bemerkte voll Entsetzen, als er in dem überfüllten Viehwaggon für sich und sein Zeug einen Winkel gefunden hatte und den Inhalt seines hurtig gestopften Beutels einer Revision unterzog, wie miserabel er ausgerüstet war für das, was ihm bevorstand. Die Schlafdecke, die Gummigaloschen und den Blechkasten mit den Aquarellpinseln, die Mawga ihm mit den übrigen Sachen bereitgelegt, hatte er liegengelassen.

Als sie am fünften Tag die Ausläufer des Urals hinabratterten und Fischeler aus purer Langeweile noch einmal sein Inventar durchging, mußte er einen Verlust registrieren, der bei weitem empfindlicher war als der von Hilde, der Roten Eva und des Lindenhofs zusammengenommen. Die gute Doppelbrille für Nah- und Fernsicht war aus seiner Tasche gerutscht, im Futteral in der Dunkelheit des Waggons zertrampelt, schließlich aus dem offenen Schiebetor ins Freie gesprungen. Der Maler ohne Brille!

Es war aber zu früh, schon jetzt, auf dem Transport, die Nerven und den Verstand zu verlieren ob dieser Einbuße. Fischeler tröstete sich und dankte Stalin, denn es fand sich in seinem Gepäck noch eine Nahsichtbrille, die ihm bei der ersten Revision gar nicht aufgefallen war. Er würde also lesen und schreiben können. Zudem war er auf den letzten neun Tagen der Fahrt wachsam und hatte keine weiteren Abgänge mehr zu verzeichnen, so daß er guten Mutes dem Waggon entstieg, als der Zug Karaganda, seine Destination, erreichte.

Am selben Tag wurden die rund 2500 Ankömmlinge, allesamt

Deutsche, wenn auch die meisten von ihnen kein Wort dieser Sprache verstanden, weil ihre Vorfahren schon seit Peter dem Großen in Rußland gelebt hatten, den verschiedenen Kolchosen des Rayons zugeteilt. Fischelers neue Heimat war der Kolchos «1. Mai», etwa 90 Kilometer von der Station entfernt in der Steppe gelegen. Die Bagagen wurden auf Ochsenkarren geladen, die Evakuierten trotteten nebenher.

Nach vier Tagen traf der Treck in Woroschilow, dem Rayonzentrum, ein. Hier hatte Fischeler zum letzten Male die Gelegenheit zu telegraphieren. Er meldete Julian seine glückliche Ankunft und bat bei seiner Dienststelle um die Zurückberufung an seine Arbeit.

Von Woroschilow war es nur noch ein Katzensprung bis zu dem Dorf Kornewskaja, der Endstation seiner Reise, zwölf Stündchen, komfortabel zudem, weil Fischeler jetzt auf den Ochsenkarren aufsitzen durfte. Verdrießlich hingegen war, daß Hitler und seine Generale sich für die Schlacht um Moskau die schlechte Jahreszeit ausgeguckt hatten, was Fischeler besonders deswegen bitter ankam, weil er auf den letzten zehn Kilometern doch noch einen bösen Verlust zu verschmerzen hatte. In der Dämmerung eingeschlummert, war ihm sein brauner Paletot, den er auch als Winterjacke benutzte, vom Karren gerutscht.

Mit der Familie wiederum, bei der er einquartiert wurde, bestehend lediglich aus sieben Personen und einem Säugling, glaubte er, Glück gehabt zu haben. Er fand die Leutchen sympathisch, und er bekam in einem der beiden Zimmer, in dem zwei Jungen und die Frau mit dem Baby schliefen, eine Ecke für sich. 50 Rubel war der monatlich zu entrichtende Preis für Unterkunft und Verpflegung, was Fischeler leichtfallen würde, da er seit dem 1. Mai 1939 eine Rente von 200 Rubeln bezog. Darüber hinaus hatte er seit Ausbruch des Krieges sehr gut verdient und Rücklagen auf seinem Moskauer Konto.

Wie und wann die Rentenbehörde sein Geld zu ihm hin dirigieren würde, das gehörte zu den Fragen, die vorläufig ungeklärt blieben, und jedenfalls hielt es Fischeler für geraten, da er ohne Brille und Pinsel ohnehin nicht malen konnte, eine Möglichkeit für einen Zusatzverdienst, die sich ihm bot, nicht auszuschlagen. Er meldete sich zur Erdarbeit an dem Staudamm, welcher in der Steppe errichtet wurde gegen die Frühlingsgewässer, um Kohlfelder anlegen zu können. Die Entlohnung für die täglich vier bis fünf Stunden währende Arbeit bestand aus einer Suppe und einer Brotration von 800 Gramm. Manchmal waren es aber auch nur 600 Gramm, einige Male 500, auch Tage mit 300 Gramm kamen vor.

Es wurde November, und die Rente kam nicht, dafür kam aber der Buran, und Fischeler erkältete sich bei der Arbeit am Staudamm die Blase. Er mußte zu Hause und seinen Wirtsleuten die 50 Rubel für die Kost und das Logis schuldig bleiben. Etwas Beruhigung verschaffte ihm, daß er damit begann, seine Lebenserinnerungen aufzuzeichnen. Zwischendurch schrieb er Gesuche, an die Kriegsakademie «Frunse», an Braginski, an die Rentenkasse. Aber solange die Schlacht um Moskau tobte, wurden selbst die Briefe an seine Familie und an seine Freunde nicht zugestellt.

Der Kolchoswirt, ein Weißrusse, war wenig begeistert, als er von Fischeler auch im Dezember und im Januar statt der fälligen Zahlungen nur Versprechungen und Schwüre zu hören bekam, schränkte aber dennoch vorderhand seine Verpflegung nicht ein. Fischeler erhielt weiter Milchtee und trockenes Brot, Kascha und Kartoffelsuppe. Aber natürlich wurde nicht seinetwegen die Stube vor der gewohnten Stunde geheizt, und sein Gesundheitszustand verschlimmerte sich. Fatalerweise war sein Jägersches Unterzeug von den Wirtsleuten, die dem Kranken gut sein wollten, mit Birkenasche gewaschen worden, bei welchem Prozeß es sich in eine schlammige Masse verwandelt hatte, die beim Trocknen in sich zerfiel.

Mit dem Februar erschöpfte sich die Geduld seines Quartiergebers, er entzog Fischeler die Ernährung. Nun ging er betteln bei Evakuierten. In einer der Hütten, die er aufsuchte, teilte eine Frau ihre Suppe mit ihm. In einer anderen Hütte, wo ein altes Ehepaar lebte, bekam er einige Tage darauf noch eine Grütze und einen Milchtee.

Im März verließen ihn auch die Kräfte, die nötig gewesen wären, betteln zu gehen und die Arbeit an seinem Erinnerungsbuch, das als eine Apologie des Kommunismus und Verherrlichung der Sowjetunion angelegt war, zu vollenden. Die Blicke seiner Mitbewohner, welche den auf seiner Holzbank in der Ecke unter Schmerzen zusammengekrümmten, zum Gerippe abgemagerten Märchenprinzen trafen, schienen zu sagen: Stirb schneller, Genosse! Wie hinter einem Schleier nahm Fischeler das wahr und konnte nur noch mit einem unendlich anstrengenden, unendlich langsamen Auf- und Niederklappen der Wimpern antworten darauf: Allzeit bereit!

Am 2. April 1942 erging von Moskau aus eine Anweisung zur Auszahlung seiner Pension. Fischeler konnte alle Schulden begleichen. Man bereute nun, wie man ihn behandelt, und gab sich erdenkliche Mühe, den Moribunden zu päppeln und ihn wieder auf die Beine zu bringen. An einem sonnigen Maientag betteten sie ihn auf den Ochsenkarren und brachten ihn zum Landkrankenhaus des Kolchos «Budjonny». Dort starb er am 14. Juni 1942.

Es wurde dort im Kolchos «Budjonny» im Rayon Woroschilow nicht nur ein Künstlerleben ausgehaucht, es wurde in Kasachstan mit Henning Fischeler die Idee Orbeswenden, der Traum von einer den eigenen Gesetzen gehorchenden künstlich-künstlerischen Insel inmitten einer utilitaristischen Gesellschaft, begraben.

Einzig Paul Harmsen, mit dem alles begonnen hatte, blieb der Ortschaft erhalten. Hoch schon in seinen Siebzigern hatte sich, was wirklich gut zu ihm paßte, der Reserveoffizier 1944, nachdem Deutschland auch die allerletzte Hoffnung auf einen Sieg eingebüßt, zum Frontdienst gemeldet, den er dann allerdings nicht am Geschütz, sondern an der Staffelei ableisten mußte an der Biskaya, wo er die hohen Offiziere in Ölfarben für Familie und Ewigkeit festhielt

Ottokar Tröger war nach den Diffamierungen durch den angebeteten Halbgott und die vom Klumpfuß gelenkte Journaille nicht nur in Orbeswenden, sondern im gesamten Reich unmöglich geworden und in der Schweiz in Wartestellung gegangen. Aber solches Gras gab es gar nicht, das imstande gewesen wäre, seine Töpferstraße zu überwachsen, wo Lisarius taktvollerweise für den Odin-Christus ein überdimensionales Hakenkreuz hatte anbringen lassen. Gesuche an den Schweizer Ableger der Nazipartei um Wiederaufnahme und Rehabilitierung wurden abschlägig beschieden. Hinzu kam der Schock von Hitlers Übereinkunft mit Stalin, welche das Vermögen von Lies Familie den Bolschewisten in den Rachen schleuderte, und so war es, als bei einer Bergtour eine Lawine die beiden begrub, ein Glück, daß ihre Ehe kinderlos geblieben war, denn sie hätten ihnen doch nichts als Schulden und Schande zu vererben gehabt.

Ohne Blessur, aber auch ohne Medaille kehrte Paul Harmsen vom Atlantik nach Orbeswenden zurück. Zwar gelang es ihm noch, sein Hitlerporträt in der Lobby der Kreisverwaltung zu entsorgen, bevor die Briten sich durchgekämpft hatten, aber da er ansonsten sein Entnazifizierungsverfahren eher halbherzig betrieb, blieb er hierin im Unterschied zu vielen ähnlich gelagerten Fällen ohne Erfolg. Außer dem Stolz, dem Bibelwort, wonach die Ersten stets auch die Letzten, als ein bestätigendes Exempel dienen zu dürfen, konnte er auf seine alten Tage nichts mehr für sich verbuchen und mußte aus den Mieteinnahmen seines Hauses sein Leben auf eine recht kärgliche Art fristen.

Ottokar Tröger hat Orbeswenden es aus der Rückschau zu danken, daß es, obwohl es sich den Nazis als Kultstätte doch schon mehr aufdrängte als anbot, nicht dazu wurde. Tröger hatte es ihnen einfach vermiest und kontaminiert, weder Hitler noch Göring konnten sich später erwärmen dafür, so daß es ein Steckenpferd des Gauleiters blieb. Daß es verblichenen Ruhm in den sechziger Jahren wieder auffrischen konnte, ist das Verdienst von Cornelius Burfeind.

DAS NEUNTE HEFT

Ehrlich zu sein, geht er mir ab, mein Professor. War es schon ulkig, daß wir es eine «Analyse» nannten, wenn er zu Papier brachte, was ich zu erzählen hatte von meinen Visiten im Schattenreich, von meinen Bemühungen, die Gespenster meiner Angehörigen in trauter Familienrunde zu versammeln. Jetzt wird es mir sauer, mit eigener Hand die Zeilen aneinanderzureihen. Wie ich im nachhinein seine Qualitäten als Seelendoktor einstufen soll, darüber bin ich mir nicht schlüssig geworden, aber als mein unfreiwilliger Privatsekretär hat er jedenfalls vorzügliche Dienste geleistet. Ich wußte schon, warum ich das Schriftstellern Eissi und Gölchen, Onkel Heiner und TM überließ, auch wenn ich bedauerlicherweise die Abstinenz nicht so konsequent durchzuhalten vermocht habe wie unser Mielein, die nicht nur unter diesem Aspekt von uns allen die einzige war, die untadelig blieb. Nicht, daß ich mich als graphophob hinstellen möchte, das wäre albern, aber ich habe mich immer im gesprochenen Wort wohler gefühlt, habe bis heute Skrupel, ihm die tödlich-faktische Schriftform zu geben. Es muß wohl ein Herz sein, über das ich es nicht zu bringen vermag, auch nur die mindeste Bagatelle von einem Seelenraub zu verüben. Aber allein die Pietät schon verlangt es von mir, daß ich meine Begegnung mit Eissi, die nicht unerwartet, aber doch überraschend, gestern stattfand, gebührend dokumentiere.

Daß Blüthenreich, dem Hinweis von Rülikens folgend, Fischeler als einen ins Leben zurückgesprungenen Hanno Buddenbrook interpretiert hat, darin erblicke ich einen listigen Versuch, dem Fangkreis des Zauberers, in den er durch das Zusammentreffen mit mir unvermutet hineingetappt war, zu entrinnen. Funktioniert hat es nicht. Mir scheint, er wäre besser damit gefahren, hätte er auf diese kunst- und künstlerhistorischen Rekonstruktionen verzichtet, um gleich auf Cornelius Burfeind zu steuern, wozu er sich mit dem autobiographischen Fragment, das er selbstverleugnerisch mir unterschob, auch auf einem durchaus gangbaren Wege befand. Sollte in einem dieser letzten beiden Hefte noch Platz dafür sein, will ich mich opfern und stellvertretend für ihn abrechnen mit seinem ehemaligen Schulkameraden, den man von einer Mitverantwortung für Blüthenreichs Verhängnis wohl kaum freisprechen darf. Das aber wirklich nur, falls sich die Gelegenheit bietet, denn Blut ist, wie es heißt, dicker als Tinte, und wenn meine lieben Verwandten auch in ihrem jetzigen Zustand nicht mehr durchströmt werden von diesem Saft, so sind es doch sie und nicht irgendwelche Lebenden, wie sie mir zufällig begegnen, deren Nähe ich suche. Deshalb, verehrter Professor, lieber Ulf Blüthenreich, wo immer Sie sich aufhalten mögen und was jetzt Ihre Verhältnisse sind, will ich's Ihnen berichten, wie es sich zutrug bei meinem ersehnten Wiedertreffen mit Eissi. Sie müssen sich denken, es gibt zwei Versionen von ihm, und beide sind sie hier in Orbeswenden gelandet. Der Reihe nach aber, damit ich es geordnet erzähle.

Die Sache mit dem Berghof war zur allseitigen Zufriedenheit arrangiert. Die Brüder verstehen sich glänzend, unterhalten sich bestens und wissen vorläufig nur noch nicht, warum. Ich hatte mich zu Bett gelegt mit der wunderbaren Aussicht, endlich einmal durchschlafen zu können, ohne daß mich ein Gespenst von einem geilen Onkel in die Genitale zwickt. Sei's, daß ich mich an seine Zudringlichkeiten auf eine Art schon gewöhnt hatte, sei's, daß der Vollmond Schuld daran trug, der mein Schlafzimmer durchs Fenster taghell erleuchtete und Schatten warf, jedenfalls wollte sich der ersehnte Schlummer nicht einstellen, mich nicht hinübernehmen ins Traumreich, das ich als meine eigentliche Heimat betrachte. Fakt bleibt aber, daß ich nicht einschlafen konnte. Ich warf mich also wieder in die Klamotten – der Overall lag noch auf dem Stuhl neben dem Bett – und ging vor die Tür, nur so nach Kellnerart ein bißchen von der frischen Luft zu schnappen und mir die Beine zu vertreten. Es wurde aber ein echter Spaziergang daraus, und da der Wald vom Vollmond sehr einladend illuminiert war, kraxelte ich den Geierberg rauf. Von da zwischen den Maisfeldern zu Trögers Kriegerdenkmal. Schon aus der Entfernung war mir, als ob ich eine Tür auf- und zugehen sähe, ein Kommen und Gehen wie in einem Taubenschlag. Ob es Lebende waren, echte oder flüchtig hingemachte, oder aber Gespenster, vermochte ich aus der Distanz nicht präzis zu unterscheiden, und so pirschte ich mich im Schutz der Bäume langsam heran.

Ein Gewimmel von Toten, sage ich Ihnen, Professor, so etwas haben Sie in Ihrem Leben noch nicht gesehen. Dazu ein tausendstimmiges Gewinsel, daß ich mir die Ohren zuhalten mußte. Peu à peu konnte ich mich zwingen, diese unsägliche Mega-Kakophonie offenen Ohrs zu erdulden. Ihnen von dem Eindruck durch Vergleich eine Vorstellung zu liefern, würde ich sagen, es klang etwa so, als hätte der Teufel sein Debüt als Tonsetzer gegeben und einen Chor aus einem Rudel von Schakalen, einem von Kojoten und einem von Wölfen mit der kompletten Belegschaft der Kaniden eines Tierheims vom Pinscher bis zur Dogge zusammengestellt. Das hätte aber immer noch nicht diesen Soundtrack ergeben, der, wäre es durch irgendeine Technik möglich, ihn einem Normalbürger zu Gehör zu bringen, denselben unweigerlich – dafür garantiere ich, Professor – spätestens nach einer Viertelstunde für den Rest seines Lebens vollständig irrsinnig machen würde. Es war die Hölle. Das ist kein Vergleich, sondern ein Urteil.

Wahrlich, das Konzert, ich sagte es, hätte hingereicht, einem Ungestorbenen den Verstand restlos zu rauben, aber hinzu kam die Aktion. Was Sie auf den Bildern von Hieronymus Bosch finden können, ist die reinste Idylle gegen das, was sich gestern rund um Trögers Backsteinmonstrum abgespielt hat vor meinen Augen. Einige waren damit beschäftigt, mit Hilfe von Leitern und Seilen auf die Spitze zu klettern und sich von da in die Tiefe zu stürzen, andere standen in den Bäumen, legten Schlingen um stärkere Äste und hängten sich darin auf. Wieder andere hatten Pistolen und schossen sich damit Löcher in den Kopf oder in die Brust. Ein Becken, das ich sonst dort noch nie gesehen, war eigens aufgestellt für die, die es vorzogen, sich zu ersäufen. Selbstverbrennungen in verschiedenen Variationen, kunstvolle Harakiris waren zu bestaunen, daneben schlitzten sich weniger Ambitionierte schlicht mit Rasierklingen die Pulsadern auf. Viele schluckten einfach etwas und legten sich dann ins Gras. Natürlich starben alle diese Leute – eine erstaunliche Zahl von Halbwüchsigen und Greisen darunter – an ihren wie immer verübten Selbstmorden nicht, denn sie waren ja von vorneherein tot. (So mein erster, oberflächlicher Eindruck, den ich noch erläutern und abändern will.) Hatten sie ihre Sache erledigt, standen sie auf und gingen durch die schwingende Tür in den Backsteinturm zurück, der offensichtlich ihr Haus ist. Es verhielt sich jedoch so, daß immer eine größere Menge von ihnen herauskam, als wieder hineinging, und die Szenerie wurde deshalb immer belebter, immer «bestorbener», um mich genau auszudrükken.

Auch in der Kakophonie vermeinte ich, eine gewisse Steigerung wahrnehmen zu können, hörte mit zunehmender Deutlichkeit aus dem hundehaften Gewimmer, Gewinsel und Geheul gerufene Worte und Phrasen heraus. An «Ich habe euch immer nur geliebt!» erinnere ich mich, «Mama» kam sehr oft, war aber nicht immer exakt zu identifizieren, weil es meistens mit den Tierlauten verfloß. Auch «Warum hast du das getan?!» ging mir nah, während ich das geröchelte «Ich war zu gut für diese Welt» von einem, der schon am Strick hing, eher überheblich und ärgerlich fand. Die mit Abstand meisten dieser letzten Worte waren Eigennamen. Hier rührte es mich sehr heftig, als ich glaubte, Eissi zu hören, wie er ein gedehntes «Eehh-riehh-kaahh!!!» rief. Fast ebenso stark war ich betroffen, als aus einem Gurgeln in geringer Entfernung ein «Heiner, mein Heiner ...» zu mir drang, denn obwohl ich noch keine fünf Jahre alt war, als Tante Carla die Blausäure schluckte, war ich mir sicher, ihre Stimme wiederzuerkennen.

Verständlicherweise hätte ich mich als nächstes darum bemüht, meine Verwandten aus der Masse herauszufinden, aber ich wurde abgelenkt durch den Effekt, in dem die vermeldete Steigerung kulminierte. In der Höhe von etwa zehn oder zwölf Metern sprang in dem Gemäuer eine doppelflügelige Pforte auf, Schwefeldunst und glänzender Phosphor quollen hervor, und das allgemeine Gewimmer und Geseufze wurde für einen Moment vom Schall einer Fanfare übertönt. Eine Treppe, wie ich sie einmal mit Eissi am Broadway in einem Musical sah, faltete sich auf, und gravitätisch schritt ihre Stufen der Fürst der Hölle herab. Der Leibhaftige. Es war sein Auftritt. Sie hätten wohl Grund, guter Professor, mich zu beneiden um dieses Erlebnis, denn wem ist es schon vergönnt, dem Teufel von Angesicht zu Angesicht zu begegnen? Sicher sind Sie begierig, nach allem, was man gehört hat von ihm und gelesen, von mir zu erfahren, wie er nun wirklich aussieht, doch muß ich Sie leider enttäuschen. Sie kennen ihn längst, es war der Mephisto in Gründgens' Kostüm. Er ging zwischen den Selbstmördern einher, verteilte Komplimente wie «Sehr gut!», «Bedeutend!», «Richtig!», «Exzellent!», «Prima!» und so fort, half Zögernden, indem er sie anfeuerte, etwa so: «Ja, lustig! Her mit dem Tod!», korrigierte, wo nötig, wenn einer, der sich aufhängen wollte, den Knoten der Schlinge nicht fest genug geknüpft oder wenn ein Harakiri-Kandidat die Spitze des Dolches falsch angesetzt hatte, kurzum, er benahm sich wie Gründgens, als er, wovon es Aufnahmen gibt, mit Studenten der Schauspielschule in Moskau die klassische Walpurgisnacht inszenierte. Es war aber nicht Gustaf oder sein Geist. Wer war es dann, wollen Sie wissen. Sie bekämen es, wenn ich Sie nachdenken ließe, mit etwas Konzentration auch ohne meine Hilfe heraus, doch will ich mir nicht anmaßen, den Grad Ihres Mitdenkens auf eine solche Probe zu stellen. Es war Eissi, aber gleich dem Zauberer und Onkel Heiner durch die geraubte Seele entstellt, Hendrik Höfgen also, seine Züge aus den eigenen und aus denen Gustafs zusammengemischt. Er kam bei seinem Kontrollgang sehr nah an mein Versteck, und dies Gesicht zu betrachten hat mich mehr als alles andere erschreckt. Keinem Menschen bin ich je so verbunden gewesen wie meinem Bruder, selbst dem Zauberer nicht, und mit Gründgens war ich verheiratet, wie Sie wissen. Und in diesem Höfgen/Mephisto schillern sie ineinander, daß man in dem einen Moment glaubt, Eissi vor sich zu haben, in der nächsten Sekunde, verursacht durch einen minimalen Wechsel im Tonus der Muskulatur, das Zucken eines Fältchens, schaut aus derselben Maske Gründgens hervor. Zu der Zeit, als wir mit ihm und Pamela Eissis Stücke aufführten, «Anja und Esther» und die «Revue zu Vieren», wäre ein Mann, halb mein Bruder, halb Gründgens, mit größter Wahrscheinlichkeit die Erfüllung all meiner Wünsche, das perfekte Objekt meiner Liebe gewesen. Aber jetzt graust mir davor.

Es wäre, wenn ich gewollt hätte, leicht möglich gewesen, ihn anzusprechen, aber ich wußte nicht einmal, mit welchem Namen, mit Eissi, mit Hendrik oder mit Gustaf. Vielleicht wäre auch «Mephisto» das Rechte gewesen, so nannte Göring den Intendanten seiner Theater, und Eissi hat das, wie Sie wissen, in den Roman übernommen. Ich drückte mich aber, statt mich ihm zu erkennen zu geben, nur noch tiefer in das Gebüsch, ich hatte Angst vor ihm, Angst um mein Leben. Nach den Erfahrungen mit dem Zauberer und Onkel Heinrich, wie ich sie Ihnen geschildert, oder vielmehr nach denen mit ihren Verpuppungen in Castorp und Heßling, konnte ich nicht davon ausgehen, daß Eissi, mit Gründgens und seiner eigenen Schöpfung verquickt, in mir seine angebetete Schwester erkennen würde, wenn ich mich ihm zeigte. Bestenfalls konnte ich hoffen, daß Höfgen in mir die Roman-Barbara sah, und auch das wäre lebensgefährlich gewesen. Nein, Professor, ich war fest überzeugt, daß er, falls er mich entdeckt haben würde in meinem Versteck, mich augenblicklich rekrutiert hätte für seine Selbstmörderarmee. Mit aasigem Charme hätte er mir seine immense Auswahl an Methoden mit ihren Vor- und Nachteilen erklärt und mich dabei beraten, welche davon die für mich passendste wäre.

Ich will die Möglichkeit einräumen, daß meine Angst das Maß der realen Gefahr weit überstieg, denn ohne Frage haben mich Eissis Todessehnsucht und der nach so vielen Versuchen schließlich erfolgreiche Suizid traumatisiert. Ich sprach, wenn Sie sich erinnern, schon einmal in ähnlicher Weise davon, daß diese Angst, die ich hatte *um* ihn, den Begabten, Sensiblen, den kleinen Bruder, der auf meine Lebenstüchtigkeit angewiesen war, an irgendeinem Punkt umschlug in eine Angst *vor* ihm. Vor Gustaf hatte ich sowieso immer Angst, vor seiner Sexualität, vor seiner Schauspielerei. Erst recht freilich, als Schicklgruber und seine Komplizen uns aus Deutschland vertrieben, während er mit den Massenmördern auf Duzfuß stand und ihre Parties besuchte. Auf der anderen Seite habe ich Gründgens aber auch tief und aufrichtig geliebt, selbst wenn ich nicht mit ihm, sondern mit Pamela Wedekind schlief. Nur sind jetzt in diesem Höfgen-Mephisto sämtliche negativen Aspekte von Eissi und Gustaf zusammengepackt, und es schien mir, als sei in diesem Wesen, das wenige Meter von mir entfernt einem dieser Armen Tips für die wirksamste Giftmischung gab, durch einen Betriebsunfall, ausgelöst vom Zusammentreffen zweier extravaganter Künstlernaturen, der Teufel, der ja eigentlich immer nur eine Projektion war, wirklich erstanden. Und ich für mein Teil, ich fürchte mich vor dem Teufel, das weiß ich seit gestern.

In der Art, das Höllenspektakel abzublasen, war Satan wieder ganz Theatermann. «Danke, meine Damen und Herren, genug für heute!» rief er, ohne seine Stimme sonderlich erheben zu müssen, weil, sobald er seinen Kopf streckte, um sich an die Allgemeinheit zu wenden, das ganze steinerweichende Wehklagen augenblicks verstummte. «Morgen in alter Frische zur gewohnten Stunde.»

Die Bauchaufschlitzer ließen die Schwerter sinken, die Giftschlucker packten ihre Barbiturate in die Hosentaschen, die Todesspringer kletterten behutsam wieder die Leitern herab, und es kam der Eindruck einer, ich will nicht sagen freudigen, aber doch irgendwie entspannten Feierabendstimmung auf. Alles strebte der kleinen Tür am Fuße des Monumentes zu – der Regisseur der Hölle war über die Treppe, die sich hinter ihm zusammenfaltete, in die höhere Region entschwunden –, und logischerweise entstand dort ein fürchterliches Gedränge. Kurz reizte es mich, mich unter die Menge zu mischen und das Innere der Anstalt zu inspizieren, aber gleich verscheuchte ich diesen Gedanken, denn es war doch allzu wahrscheinlich, daß man meine Nichtzugehörigkeit dort sehr rasch aufdecken würde.

Da ich die von mir vermuteten unbewußten Anziehungskräfte zwischen Tommy und Heiner verschiedentlich schon ins Spiel gebracht habe als Begründung für das Zustandekommen bestimmter Encontres, wird der Zufall daran gewirkt haben, vor das

Gestrüpp, in dem ich zitternd hockte, jetzt Eissi zu führen. Mit einem Pfiff aus unseren Indianerspielen in der Poschi, der in unserer damaligen Konzeption den Laut eines speziellen Vogels darstellen sollte, lockte ich ihn, und Eissi reagierte sofort.

«Hier in dem Busch bin ich, gleich hinter dir», flüsterte ich. Er drehte sich aber nicht um, ging nur rückwärts näher an mich heran und raunte über die Schulter: «Bleib, wo du bist. Es ist jetzt zu gefährlich. Morgen sei pünktlich um Mitternacht. Bei dem Mammutbaum vor dem Waldgasthof. Eine Viertelstunde vielleicht können wir sprechen. Ich muß jetzt zurück.»

Keine Frage, daß ich das Rendezvous einhielt. Nie könnt ich's ausmalen mit Worten, was in mir vorging, während ich seiner harrte an der vereinbarten Stelle. Was war denn mein Leben gewesen, seit er das Band zerschnitten hatte an jenem schrecklichen Tage in Cannes? Ein solches Paar wie Eissi und mich hat es doch weder vorher noch nachher gegeben in dieser Welt. Waren wir doch Teile voneinander – so sehr, daß ich ohne ihn im Grunde gar nicht zu denken bin. Als Zwillinge präsentierten wir uns in New York, den Amis gefiel das, unser Agent schrieb es groß auf das Plakat für die Tournee, auf die er uns schickte. Ach, ich werde melancholisch ... Wie jung wir da waren! Klaus war nicht einmal volljährig, das böse Wort von Onkel Heiner von dem, der früh verdorren soll, weil er selbstgerecht hintritt zu Anfang seiner Zwanziger, wenn es schon auf den Zauberer nicht zutraf, für uns galt es bestimmt. Man hat uns ja auch immer wieder den Inzest unterzujubeln versucht, schon in der Weimarer Zeit. Die Gestapo hat es sogar aktenkundig gemacht, und als in den Staaten das Reinemachen begann, haben sich die Ferkel vom FBI die gleichen schmutzigen Phantasien gestattet.

Ich glaube, daß ich hier nicht zum Zeitvertreib die Blätter meines Seelenlebens aufschlage, Professor, und will Sie also ermahnen, bloß nicht auf diese falsche Fährte zu tappen. Nie hat es etwas gegeben zwischen Eissi und mir, nicht einmal Doktorspiele, Sie dürfen es glauben.

Auch wenn Klaus Mann, wie aus diversen Dokumenten, die ich nach seinem Tod an die Öffentlichkeit brachte, hervorgeht, nicht frei war von Eifersucht gegen meine Liebschaften, sei es mit Männern, sei es mit Frauen. Ich empfand umgekehrt höchst ähnlich, nur habe ich es besser kaschiert und will Ihnen heute gerne gestehen, daß eine kräftige Dosis sublimer Satisfaktion mit hineinfloß, wenn ich zweimal mit Bettgenossen von Eissi den heiligen Bund der Ehe einging. Grundsätzliche Laxheit in Fragen sexueller Moral? Ja. Inzest nie. Ich bin nicht der einzige Mensch, der die Liebe zwischen Bruder und Schwester als die vollkommenste ihrer Möglichkeiten ansieht, lesen Sie Musil. «Auf der einen Hand die ganze Welt, auf der anderen du», hat Eissi mir einmal geschrieben, und in dem einen Satz ist, finde ich, sein Lebensproblem ausgesprochen. Er kam nicht von mir los, konnte niemand anderen lieben, keinen Mann und Frauen schon gar nicht. Der Tod allein war stärker als ich, nur zu ihm konnte er gehen, um mich zu verlassen. Eissi wußte darüber bestens Bescheid, er hat es mehr als einmal so formuliert. Doch war auch diese Trennung nicht auf ewig, bei aller Wiedersehensfreude war er ein wenig zerknirscht, weil sein finaler Akt in Cannes selbst in dieser Hinsicht nicht hielt, was er sich versprochen hatte davon.

Zwar war ich innerlich zugleich grausamst und freudigst erregt und gespannt, aber dennoch verlief die Begegnung zwischen seinem Gespenst und mir so unspektakulär wie irgendeine im Leben, wenn wir uns nach längerer Pause einmal wiedertrafen in einem Land, das ihm so unbekannt war wie mir.

Eissi kam wie üblich mehr als eine Viertelstunde zu spät, und obschon, wie Sie mir zugeben wollen, Professor, diesmal die Umstände abstruser kaum hätten sein können, entschuldigte er sich nicht dafür, daß er mich warten gelassen, auch nicht für den Zustand, in dem er erschien, und die ganze Begrüßung bestand in einem Händedruck und einem flüchtigen Kuß auf die Wange, wovon ich erstaunlicherweise etwas spürte, nichts wirklich Körperliches, aber doch einen kühlen Hauch. Seine Hand war in meiner, als hätte ich in das Innere eines Daunenkissens gegriffen.

«Gut siehst du aus», sagte er dann, ohne mich richtig angeschaut zu haben.

«Was man von dir weniger behaupten kann denn je.» Wirklich hatte ich ihn nie so herunter gesehen, wenngleich ich früher nicht selten tief erschrocken gewesen bin bei seinem Anblick, als er sich in Kalifornien zum Beispiel die Pulsadern aufgeschlitzt oder wenn er sich das Heroin zu fleißig in die Venen gespritzt hatte. Jetzt aber fehlten ganze Teile von ihm. Er hatte ein Loch im Bauch, man hätte einen Fußball durchschießen können, so groß war es. Einen Toten-Fußball meine ich selbstverständlich, ein normaler wäre auch so durchgegangen durch ihn. Was sonst noch dran war an ihm, war abgemagert, daß die Haut in schlabbrigen Falten hing, das Gesicht so ausgemergelt, daß er, wenn ich so sagen darf, noch ein tüchtiges Stück toter aussah als die übrigen Toten. Die Lumpen, die seinen fragmentarischen, abscheulichen «Leib» an Stellen wenigstens bedeckten, waren, soweit ich erkannte, Überreste eines Pyjamas, den ich einmal bei Bloomingdale's für ihn ausgesucht hatte.

Vielleicht war das taktlos, Professor, aber ich konnte nicht umhin, ihm einige Vorhaltungen zu machen, daß er sich in dieser Weise vernachlässigt hatte.

«Wenn Mielein dich so sehen könnte», sagte ich in dem Glauben, in sein Gewissen zu treffen. «Laß gut sein, Eri», wehrte er ab, «Mielein sieht uns hier nicht.» – «Aber der Zauberer!» insistierte ich. «Er wohnt ganz in der Nähe.» Ich zeigte zu dem Gasthof hinauf. «Geschieht ihm ganz recht», sagte Eissi zynisch, «wenn er's vor die Augen kriegt, was er aus mir gemacht hat.» – «Opferhaltung und Schuldzuweisung, noch immer der alte.» – «Nicht ganz, wie du siehst.» Eissi wies auf das Loch zwischen seinem Arcus costalis und dem Os pubis.

«Wie konnte das nur geschehen?!» richtete ich etwas tantenhaft diese Frage an ihn. «Gleichviel», meinte Klaus, «man hält es mit der Pflege des Körpers nicht so genau, wenn man eigentlich gar keinen mehr hat. Seit ich nicht mehr schreibe, ist es mir ohnehin Wurscht, wie die anderen mich sehen.» – «Was, du schreibst nicht mehr?»

Daß er tot war, schien mir – schwer zwar – begreiflich und obendrein anschaulich jetzt, aber daß Eissi nicht mehr schreiben sollte, das wollte mir nicht in den Kopf. Ich wollte wie in seinen Lebenszeiten die Kranken-Schwester spielen, ihn nach den Gründen seiner Schreibhemmung fragen, aber er hielt sich gar nicht auf bei dem Punkt.

«So steht es leider, Erika», nahm er das Wort. «Diese Unvollständigkeit, die dir mein Surrogatkörperlein zeigt, ist nicht das Schlimmste. Damit könnte man sterben. Was sage ich? Längst gestorben sein könnt ich damit.» – «Du willst doch nicht sagen, du bist gar nicht tot?» – «Eben. Das ist das Problem. Halb bin ich tot, halb versuche ich vergeblich zu sterben.» – «Eissi, mach keinen Quatsch!» Er versuchte, was an seinem Gesicht noch einem Willen gehorchte, zur Grimasse zu ziehen. «Ist das jetzt Poesie, oder meinst du es ehrlich?» bedrängte ich ihn. «Nur die Poesie ist ehrlich. Das wußten wir immer: Bescheidne Wahrheit sprech' ich dir./Wenn sich der Mensch, die kleine Narrenwelt,/Gewöhnlich für ein Ganzes hält –/Ich bin ein Teil des Teils, der anfangs alles war ... Kennst du die Verse?» – «Faust.» – «Das ist das Stück. Aber die Rolle?» – «Mephistopheles.» – «Und, siehst du, Eri, der bin ich auch.» – «Wie geht das zu?»

Ich kam aus dem Staunen nicht mehr heraus und war deshalb

froh, daß Eissi endlich begann, Tacheles mit mir zu reden. «Du weißt, mit welcher Vehemenz ich mein Leben lang geeifert habe gegen das christliche Dogma», erklärte er mir, «wonach der Selbstmord den unverzeihlichsten aller Frevel darstellt. Etwas, verwerflich noch über die Sünde hinaus, weil der Mensch die Schöpfung verwirft in ihrer Gesamtheit. Weil er Gott der Möglichkeit rettender Gnade beraubt und also nicht allein Sein Werk, sondern Ihn selbst annulliert. Du glaubst vielleicht, ich sei hier Theologe geworden. In gewissem Sinne: Ja. Schau, Eri, du kennst mich, oder sagen wir besser, du hast mich gekannt. Unser Leben war seit der frühesten Kindheit so bereitet, so beschützt und so schön, so durch und durch beneidenswert unser Los, daß von vorneherein der entfernteste Gedanke an Auflehnung gegen das uns beschiedene Glück sich als pervers und vollkommen inakzeptabel verbot. Auch ich habe dich gekannt, Eri, und glaub mir, ich kenne dich noch, und deshalb ist es, daß ich es weiß: Du wagst es nicht, die Dinge von dieser Seite zu sehen. Ich will daher nicht für dich sprechen, sondern einzig für mich. Schicklgruber kam als ein großer Segen in mein Leben hinein und hat es um fünfzehn Jahre verlängert. Endlich war Auflehnung möglich gegen den Zustand der Welt und erbitterter Kampf rund um die Uhr. Und wir beide standen Seite an Seite. Nicht warst du mehr das Weib, das lebensspendende, lebensbejahende Element, das mich zwang, festzuhalten an dem, was mich zwar in all seinen Facetten einnahm für sich, was ich in jedem seiner Augenblicke feierte und gierig genoß, was mir aber doch als Ganzes nicht gemacht schien für mich. Endlich war Krieg, und du warst meine Schwester ganz ohne Trennendes durch den Unterschied des Geschlechts. Du wünschtest dasselbe wie ich: Du wünschtest den Tod. Gut, du wünschtest ihn für unsere Feinde, doch das war mir gleich. Unser Sieg war mein Ende. Das alte Dilemma stand wieder auf. Du tratst wieder auf die Seite des Lebens, und ich blieb in der Leere zurück. Du legtest nicht nur äußerlich deine Uniform ab, du wurdest auch in deinem Herzen zivil. Da sollte etwas auferstehen aus den Ruinen, und ich war so froh, wenn nicht die Welt, so doch Deutschland in Trümmern liegen zu sehen. Denn besser wär's, wenn nichts entstünde. Du schlossest dich an den Zauberer an, und der war feige wie Faust. Spricht sein: Der letzte Trunk sei nun, mit ganzer Seele,/Als festlich hoher Gruß, dem Morgen zugebracht! Und wenn die Englein rufen: Christ ist erstanden, stellt er die Schale mit dem ungenoßnen Gift zurück in sein Regal. Mag er jetzt herunterkommen von seinem Zauberberglein und mich in seinen gedrechselten Worten tadeln mit seinem erwürgenden Lob, mein Weg sei trotz allem der rechte gewesen, nur streben hätte ich müssen, immer streben und streben!» – «Und müßtest du nicht», unterbrach ich den Bruder, denn ich kannte die Leier und ertrug sie so wenig wie je, «ihm beipflichten jetzt?» – «In jedem einzelnen Punkte: ja. Im Ganzen: nie.» – «Aber das ist doch widersprüchlich, Eissi.»

«Daß das Leben ein einziger Widerspruch war, liebe Eri, habe ich, du weißt es von allen am besten, nie recht zu verdauen vermocht. Das echt Widerliche und Krumme ist aber, daß dieser Widerspruch, weil ich die Nerven nicht besaß, den Tod zu erwarten, in einer verwandelten Form sich hier fortsetzt.» Ich bat ihn, genauer zu werden und auf Einzelheiten zu kommen. «Der Selbstmord war immer mein bevorzugtes Thema. Es lag ja auch in der Familie. Tante Carla erst, dann Tante Lula, zuletzt noch Tante Nelly, obwohl sie nur angeheiratet war. Was ich nur darüber zu lesen bekommen konnte, habe ich inhaliert, habe auch selbst darüber geschrieben, wo immer es ging. Wie viele Freunde schritten mir nicht mit ihrem Beispiel voran? Ricki, Franzl von Hofmannsthal, René Crevel, beliebig könnt ich diese Reihe verlängern. Warum begeht man Selbstmord? Weil man die nächste halbe Stunde, die nächsten fünf Minuten nicht mehr erleben will, nicht mehr erleben *kann*. Plötzlich ist man am toten Punkt, am Todespunkt. Die Grenze ist erreicht – kein Schritt weiter! Wo ist der Gashahn? Her mit dem Phanodorm! Schmeckt es bitter? Was tut's? Das Leben hat nicht eben süß geschmeckt.» – «Du zitierst dich selbst», sagte ich. «Ich kenne die Stelle, sie steht im ‹Wendepunkt›.» – «Eri! So bist du mir treu geblieben über den Tod. Kennst meine Werke auswendig inzwischen?» – «Was man so Treue nennt. Die deutsche Fassung vom ‹Turning Point› habe ich doch selber besorgt. Fischer hat sie 1952 gebracht. Übrigens hat sich besonders der Zauberer eingesetzt dafür, daß das Buch in Westdeutschland herauskommen konnte. Aber klar doch, Eissi, sind mir deine Texte geläufig.» – «Das ist sehr üsis von dir, Eri. Aber ist dir auch klar, daß es der ausgemachteste Schwachsinn war, was ich damals über den Selbstmord bemerkte?» – «Ich fand's ziemlich gescheit. Aber logisch weißt du jetzt mehr.» – «Und ob. Bei den Azteken hatten die Selbstmörder eine eigene Göttin, Ixtab. Man stellte sie dar am Himmel hängend mit einem Strick um den Hals. Dem Koran zufolge kommen jene, die im Glaubenskrieg fallen, ohne jede weitere Examination und ohne Zwischenaufenthalt – schwups! – hinein ins Paradies. Ich kann das weder bestätigen noch dementieren, denn im Paradies war ich nicht und werde wohl auch kein Visum dafür erhalten. Das glaubten auch die Azteken, wobei aber diese Ausnahmeregelung auch noch für die bei der Entbindung gestorbenen Frauen und – staune, Eri! – für die Selbstmörder galt. Zu den unglücklich-glücklichen Müttern kann ich mich aus besagtem Grunde nicht äußern, was aber die Selbstmörder betrifft, so darf ich versichern, daß die Azteken auf dem Holzwege waren. Wir haben eine ganze Abteilung Azteken in unserer Hölle, sie sterben noch heute Tag für Tag und finden nicht ihren Tod.» – «Das sind wohl nicht die einzigen, die betrogen wurden von ihren Priestern», warf ich ein. «Ich fand immer das Klügste, was Leonhard Frank dir gesagt hat als Reaktion auf den Suizid eines Freundes: Das Leben ist nicht wert, es sich zu nehmen.» – «Ganz witzig. Deshalb habe ich den Spruch ja auch weitergegeben. Aber der Witz war nie meine Stärke. Du hast es mir selbst gesagt im Zusammenhang mit dem, was ich dir wunschgemäß für deine ‹Pfeffermühle› zu schreiben versuchte. Und doch hätte das Scherzwort von Leonhard Frank es verdient gehabt, unter eine andere, schärfere Beleuchtung gestellt zu werden. Es gibt da nämlich noch ein Zitat, es ist mir die ganze Zeit schon auf den Lippen, aber du läßt einen wieder einmal nicht zu Worte kommen, nur weil man ein Jahr jünger ist als du. Es stammt von einem Franzosen, aber der Name seines Urhebers ist mir entfallen, vielmehr hatte ich ihn mir gar nicht erst einzuprägen versucht, und daran siehst du schon, Eri, wie wenig ich den Ernst und den Tiefsinn dieser Worte begriff.»

Die Viertelstunde, die uns angeblich zur Verfügung stand für unser Gespräch, war längst überschritten, aber Eissi schwafelte weiter so in Girlanden. «Bitte, Eissi: das Zitat.» – «Der Selbstmord, sagte dieser unbekannte Franzose, bleibt eine Hypothese, denn das, was getötet wird, ist nicht identisch mit demjenigen, das tötet.» Ich sah nicht so recht, was ausgerechnet daran so besonders tiefsinnig sein sollte. «Verstehst du, was das bedeutet?» fragte mich Eissi. «Nein», sagte ich. «Der Selbstmord ist ein Widerspruch in sich.» – «Aber das habe ich dir doch immer gesagt», hielt ich ihm entgegen. «Papperlapapp. Das war eine Redensart bei dir. Du hast es immer gefühlt, daß meine Sympathie für den Tod nur ein verklausulierter Widerspruch war gegen dich. Aber ich sagte eben, daß, wenn man den Gedanken dieses Franzosen begreift, daß man dann erkennt, daß der Selbstmord ein Widerspruch ist, nicht gegen irgendwen oder -was, sondern *in sich*.» – «Es tut mir leid, Eissi, aber dafür bin ich zu dumm.» – «So erlaube gefälligst, daß dein kleines Brüderlein dir erklärt, worum es sich handelt. Wir reden nicht vom Freitod. Das ist ein deutsches

Wort, es gibt diesen Unsinn in keiner anderen Sprache. Es ist ein Mord, das drückt sich bei ‹Suizid› nicht deutlich genug aus. Willst du mir zustimmen, daß es ein Mord ist?» – «Ja, Sokrates, ich stimme dir zu.» – «Gut, also, wenn dies unbestritten ist, so folgt notwendig daraus, daß, damit dieser Mord stattfinden kann, ein Objekt vorhanden sein muß und ein Subjekt.» – «Und eine Waffe», sagte ich. «Sehr richtig. Ein Mittel ist ebenfalls nötig. Und wo ein Mittel ist, da gibt es Pole, Subjekt und Objekt. Danke dir für diesen hübschen Zusatzbeweis. Nun kommt der Selbstmord mit seiner Behauptung, mit seiner Hypothese, wie unser guter Franzmann es nannte: Das Subjekt tötet nicht das Objekt, sondern sich selbst. Das ist aber unmöglich. Wo kein Objekt ist, da wird nicht gehandelt, und das Töten ist verdammt noch mal eine Handlung, und zwar eine verfluchte. Soweit die Theorie, liebe Eri, die dir so schwerfällt. Morgen, wenn du zur gleichen Stunde wieder zur Stelle sein willst, bestätige ich alles aus der Praxis und aus der Erfahrung. Dann erzähle ich dir, wie es ablief an jenem Abend in Cannes. Jetzt muß ich mich sputen, denn gleich ist Zapfenstreich in meiner Hölle.»

Diesmal traf ich die Mitternacht nicht ganz pünktlich, und Eissi empfing mich sehr ungnädig. Er habe schon gestern die ärgsten Kalamitäten durchzustehen gehabt, weil er den Tröger-Bau doch nicht vor Torschluß erreicht hatte. Ich wurde ermahnt, nicht abermals seinen Vortrag mit meinen rhetorischen Zwischenfragen und sentimentalen Kinkerlitzchen zu unterbrechen. Ich nickte ihm schuldbewußt zu, und er begann.

«Ihr wart also in Sachen Thomas Mann auf Reisen in Schweden, du hattest dich losgesagt von den ehrgeizigen Plänen unserer Jugend, hattest dich selbst zur Adjutantin unseres Vaters ernannt. Aber ich will auf dieser Vorgeschichte gar nicht herumtrampeln, behalte getrost die Erneuerung deines Vorwurfs von wegen Opferhaltung und Schuldzuweisung für dich.

Der Entzug in Nizza war schiefgegangen, ich saß wieder in meinem Hotel in Cannes, im Pavillon Madrid. Am 19. Mai kam dein Brief mit dem Vorschlag, sich während des Sommers in Österreich zu treffen. Am 20. setzte ich mich hin und antwortete dir; es waren die letzten Zeilen, die ich überhaupt schrieb …»

Dazu hätte ich allerhand zu sagen gehabt, ich hielt mich aber an mein Versprechen und schwieg.

«Ich ging ein auf deine Offerte», fuhr Eissi fort, «spann sogar von einer Ausdehnung dieser gemeinsamen Unternehmung, von einem möglichen Abstecher nach Prag, wohin Jiří Mucha mich wieder sehr herzlich geladen, und schrieb dir auch, daß ich zu Tito lieber nicht wollte. Mitten in dem Brief kam, von einer Sekunde auf die andere, der Entschluß. Ich prüfte meinen Vorrat an Schlaftabletten und sah, er reichte satt für die Reise.

Vielleicht hast du es beobachten können, diese Methode genießt wenig Ansehen bei uns Selbstmordenden. Das betrifft auch unsere Tanten Carla, Lula und Nelly, wir werden gleichsam als Selbstmörder zweiter Klasse behandelt. Am anderen Ende der Skala steht, noch über dem Todessprung und dem Strick, das Harakiri. Es gilt die Meinung, mit dem Gift, und besonders mit Barbituraten, sei's eine Halbheit. Im Akt höchsten Mutes, also der Herbeirufung des Todes, sei man wieder so feig, sich zu anästhesieren. Sie vergleichen es mit einem, der im Suff jemanden provoziert, vor dem er in nüchternem Zustand Reißaus nehmen würde. Die Technik ist aber nicht allein eine Frage der Ehre, sie bestimmt auch wesentlich das Erlebnis.»

Gegen das Wort «Erlebnis» wollte ich protestieren, schon aus stilistischen Gründen, tat's aber nicht. Weiter Eissi:

«Zum vollen Genuß des Abgangs in all seinem Reichtum gehört ein ungetrübtes Bewußtsein. Das Gehirn soll das letzte Organ sein, welches seine Tätigkeit aufgibt, darauf kommt alles an. Nur so spult sich der Film deines Lebens mit sämtlichen Stationen in deinem Weltinnenraum, wenn du mir den Ausdruck verstattest, noch einmal ab.

Das war mir im Prinzip auch bekannt, aber erstens hatte ich zum Beispiel mit dem Aufschlitzen der Pulsadern schon eine schlechte Erfahrung gemacht, zweitens war ich der Meinung, daß meine Sensibilität so sehr über den Durchschnitt hinausging, daß ich unter dem Einfluß eines starken Beruhigungsmittels eben in der rechten Stimmung sein würde, diesen aufregendsten aller Filme mit der gebührenden Aufmerksamkeit zu betrachten. So verlief es denn auch.

Aber laß mich dir vorher noch berichten, wie herrlich der Augenblick war, als ich meine drei Röhrchen Phanodorm hinuntergekippt hatte. Ich sage dir, Eri, diese Minuten waren mit Abstand das Köstlichste, was das Leben zu bieten hatte für mich. Sie könnten eine Empfehlung sein für den Selbstmord, von dem ich, seit ich weiß, was er ist, aufs entschiedenste abraten muß, denn das ist doch noch ein Unterschied, ob einen der Tod so von hinten befällt oder ob man ihn mit offenen Augen umarmt. Es war ungefähr so wie damals, als wir in Cuxhaven an der Reling standen und zuschauten, wie unser Dampfer die Leinen einholte. Ab jetzt geht es nur noch vorwärts, denkst du, nie mehr zurück. Der Qualität nach entsprach mein Gefühl, als die Tabletten in meinem Magen sich aufzulösen begannen, in etwa diesem, das wir noch geschwisterlich teilten, nur von der Quantität her war es eine komplett andere Dimension, denn das Jenseits liegt nun doch ein Stückchen weiter entfernt als die Vereinigten Staaten. Noch hätte ich von Bord springen und an das Ufer zurückschwimmen, das heißt ins Hospital fahren und mir den Magen wieder auspumpen lassen können. Aber: Auf, Matrosen! Ohé! Einmal muß es vorbei sein! In dieser unvergleichlich frohen Erwartung legte ich mich auf das Bett. Genau wie im Kino wurde es zunächst einmal dunkel. Dann kam der Film.

Auch im nachhinein bin ich nicht unzufrieden damit, daß ich mich für die Tabletten entschied. Ich belächle die Fachsimpeleien meiner Schicksalsgenossen und denk mir mein Teil. Die Projektion lief in Zeitlupe ab, und ich hatte Gelegenheit, alles noch einmal im Detail zu studieren. Es war die Erbkrankheit, daß ich mich diesem Bilderbogen nicht hingeben konnte, sondern als der unverbesserliche Schriftsteller, der ich war, schon nach den ersten Sequenzen beschloß, noch eine dritte Autobiographie zu verfassen, und alles daraufhin besah, wie ich es literarisch umsetzen würde. Das schmälerte natürlich meinen Genuß, aber trotzdem war und bleibt es das Größte.

Ich will dir aber nicht vorschwärmen davon, sonst regt es dich am Ende noch an, es mir nachzutun. Bedeutsam wurde es an der Stelle, wo ich mit der Arbeit am ‹Mephisto› begann. Gustaf erschien, verführerischer, schöner und klüger, als er je in seinem Leben gewesen. Ich muß mich wirklich zurückhalten, Eri, es ist absolut nicht meine Absicht, dir die Sache schmackhaft zu machen, und doch kann ich es nicht ungesagt lassen, daß unter den Szenen meines Lebens, die jetzt Revue passierten vor mir, die erotischen – verzeih mir dies Wort unter Geschwistern – einfach noch zehntausendmal geiler waren als da, wo sie sich eigentlich abgespielt hatten. So auch mit Gustaf. Ich denke, ich brauche dich nicht an das Argument zu erinnern, mit dem die eingeschworenen oder, sollte ich lieber sagen, die eingefleischten Heteros uns immer wieder die Minderwertigkeit unserer Sexualität nachzuweisen versuchten. Daß es, wie diese Leute zu wissen vermeinten, im gleichgeschlechtlichen Akt nicht zur Vereinigung komme.

Du verstehst mich recht, Eri, nicht wahr, daß, wenn ich von einem Film spreche, der mir gezeigt wurde, daß das eine uneigentliche und vergleichsweise Rede ist, dir das, was du zu deinem Glück nicht erlebt hast, näherzubringen. Ich hätte es auch einen

Traum nennen können, aber dafür war es zu stringent, und es fehlten auch die typischen Merkmale der Dramaturgie, wie Freud sie beschrieb. Ich sah mich an meinem Tisch über dem Manuskript des Romans, und zwar hatte ich vor mir die Aufgabe, ein Bild von Höfgens Mephisto-Maske zu zeichnen. Der kahlgeschorene Schädel ...»

Eissi kramte vergeblich in seinem Gedächtnis nach den Formulierungen, die er in seinem Roman gebraucht hatte, und da er stockte, glaubte ich, ihm einen Gefallen zu tun, indem ich entgegen der Verabredung meinen Mund auftat, um den gesuchten Passus in unser beider Erinnerung zu rufen:

«Der kahlgeschorene Schädel ist weiß gepudert wie das Gesicht; die Augenbrauen sind grotesk in die Höhe gezogen, der blutrote Mund zu einem starren Lächeln verlängert. Die breite Partie zwischen den Augen und den künstlich erhöhten Brauen schillert in hundert verschiedenen Farben; hier haben Fachleute Gelegenheit, eine kosmetische Leistung von außerordentlichem Rang zu bewundern. Alle Töne des Regenbogens vermischen sich auf den Augenlidern Mephistos und auf den Bögen unter seinen Brauen: Das Schwarz spielt ins Rot, das Rot ins Orangefarbene, ins Violette und Blaue; silberne Punkte leuchten dazwischen, ein wenig Gold ist klug und sinnig verteilt. Was für eine bewegte Farbenlandschaft über den verlockenden Edelsteinaugen dieses Satans!»

Eissi bedankte sich auch und schien aufs neue beglückt, daß ich sein Werk so in mir umsorgte.

«Das gehört doch», sprach er dann weiter, «zu den besseren von meinen Sachen, findest du nicht? Nun war's in dem Film, wie ich es hilfsweise heiße, so, daß Zeile für Zeile nicht allein das Bild von Höfgen in dieser Rolle, sondern vielmehr Gustaf Gründgens leibhaftig vor mir erstand. Ein bißchen wie mit dem Pudel im Faust, aber doch wieder anders, denn ich tat nun mit ihm, ohne mit irgendeiner Art von Geplänkel noch Zeit zu vergeuden, was Goethe seinen Helden mit Gretchen tun läßt. Über Gustafs Eigenschaften als Liebhaber brauche ich dir allzu viel nicht zu erzählen, du warst schließlich verheiratet mit ihm und hast diesbezügliche Erfahrung ausreichend, um den Rest dir zu denken. In meinem sogenannten Film jetzt war unsere Vereinigung so innig und tief, daß ich förmlich mit ihm verschmolz. Ich war Mephisto. Ein gesonderter Gustaf war nicht mehr vorhanden. Ich ging auf in der von mir geschaffenen Gestalt.»

Freilich durfte ich Eissi nicht mehr unterbrechen und hätte es auch bei Erlaubnis an dieser hochinteressanten Stelle mit Sicherheit unterlassen, aber für Sie, lieber Blüthenreich, will ich doch den Hinweis anbringen, daß sich die Erfahrung, die mein Bruder mir da gestern mitgeteilt, haarklein deckt mit dem, was ich Ihnen früher als meine Theorie vom Seelenraub zu entwickeln versuchte. Aber hören wir Eissi:

«So, dachte ich mir, bist du jetzt also tot und nicht in die Hölle, aber in diese Figur vom Satan gefahren. So verhält es sich, kombinierte ich weiter, daß wir Schriftsteller auf andere Art sterben als die übrigen Menschen, daß wir fortleben in der Haut einer Person, in die wir unsere Seele hineingeschrieben und -geschoben haben lange vor unserem Tod. Wobei ‹Haut› nun ein bißchen viel gesagt ist, Erika, denn man fühlt sich nicht so richtig darin. Man empfindet Schmerz nicht und auch nicht Lust, was man entbehrt einerseits, andererseits ist man wieder sehr zufrieden damit. Wie auch immer, ich fand mich also in meinem Produkt, in diesem Mephisto des Hendrik Höfgen, wieder. Schon deprimierend die Vorstellung, für die Ewigkeit in diesem negativen Charakter hausen zu müssen … Als hätte ich mich selbst reingelegt damit, eine Ironie des Schicksals, in welcher Rachsucht einschlägig ist. Was soll's aber? Man ist, was man aus sich gemacht hat, und ergo mag's hingehen. So weit und so gut oder so schlecht. Aber jetzt kommt es erst, Eri, denn bei dieser Metamorphose trat eine höchst verhängnisvolle Komplikation auf.

Es blieb nämlich ein Teil von mir hängen im Film, ich kam nicht mit allem hinein in Mephistos Kostüm, außer dem Hendrik Höfgen gab es weiter einen Klaus Mann, den sah ich dort vor mir agieren. Einen Klaus Mann aber, Eri, und du blickst ihn mit Augen, von dem das Künstlertum subtrahiert ist. Der Fixer nur noch und problematische Sohn. Da hatte ich, wie sich herausstellte in diesen Stunden, mein Lebtag nach des Dichters Wort zwei Seelen gehabt in meiner Brust. Mit der einen war ich am Ziel. Die andere zappelte noch und zappelt bis jetzt. Laß dich nicht täuschen, Erika! Ich bin es und bin es auch nicht. Ich bin nicht, der hier sitzt und dir erzählt. Ich bin Hendrik Höfgen, der größte Schauspieler Deutschlands. Ich bin Mephistopheles und regiere die Hölle, oder zumindest diese hübsche Dependance in Trögers Backsteingemäuer: Niemand hat größere Liebe denn die, daß er sein Leben läßt für seine Freunde. Das ist mein Wahlspruch.»

DAS ZEHNTE HEFT

Ich saß noch am Schreibtisch über Blüthenreichs Heft, hatte schneller als vorausgesetzt mein Pensum erledigt und, weil ich wenig Lust verspürte, etwas über diesen Burfeind und sein kanadisches Encontre mit dem Art brut zu verfassen, auf den frei gebliebenen Seiten mit dem Bleistift gezeichnet, was mir an Bildern von der grusligen Szenerie am Tröger-Denkmal noch in Erinnerung war. Jetzt beobachtete ich durch das geöffnete Fenster einen Eichkater, der im Geäst des Kirschbaums umhersprang und von den unreifen Früchten probierte. Zu diesem Zeitpunkt war ich mit Gewißheit noch Eri, was sich an dem Text der Seiten, auf deren Einband nicht Ulf Blüthenreich, sondern mit Wahrscheinlichkeit sie «Fall Yenigül. Neuntes Heft» eintrug, sehr leicht nachprüfen läßt. Klar war ich Eri, denn ich sann, während ich dem fast fuchsgroßen Nager bei seinen Lebensmitteltests zusah, darüber nach, wie ich meinem Bruder heraushelfen könne aus seiner Klemme, die beiden Teile, in die er zerrissen, zusammenfügen in eins. Da hörte ich ein Geräusch auf dem Dach. Das war Eissi, der in seiner Selbstmördergestalt mit dem klaffenden Loch im Bauch sich von der Regenrinne zu mir ins Zimmer hereinschwang. Gleichzeitig ging unten im Keller ein Rumpeln und Poltern los, das mußte der andere Er sein, der Höfgen im Mephistokostüm. Das war er auch, und er kam, plop-klock, plop-klock, mit seinem hinkenden Pferdefuß die Treppen herauf. Da saß ich nun zwischen Eissi A und Eissi B, und es ist zwar eigenartig, aber doch auch wieder zutreffend, daß ich den Vorgang aus Eris Perspektive beschreibe, denn es ist von ihr bei der Verschmelzung etwas übriggeblieben in mir. Ich – immer noch Eri – war nicht erschrocken über den doppelten Auftritt meines gedoppelten Bruders, wunderte mich nur, daß dies am hellichten Tage, zu früher Nachmittagsstunde, geschah.

«Barbara» war die Anrede von der Seite Mephistos, der es sich schon in einem Sessel bequem gemacht hatte und umständlich das Schnürwerk löste, um seinen linken Fuß aus dem vom Theaterschuster höchst kunstvoll gefertigten Huf frei zu bekommen. «Hattest du Sehnsucht nach mir? Doch, um deinen Mut habe ich dich immer beneidet. Bist vielleicht die prominenteste von all den Emigranten – erst neulich wurde im ‹Völkischen Beobachter› wieder zwei Spalten lang gehetzt gegen dich – und traust dich her. Glaubst wohl, an diesem entlegenen Flecken erkennt man dich nicht. Wie bist du überhaupt über die Grenze gekommen? Hast du Auftrag, mich für den Widerstand zu gewinnen?»

«Hör nicht auf ihn, er weiß nicht, was er sagt», meldete sich der andere, fast hätte ich gesagt, der «wirkliche» Eissi.

«Aber *du*, Eissi», hielt ich dagegen, «*du* weißt, was er sagt.»

Dies waren die letzten Worte, die ich noch im Erika-Bewußtsein hervorbrachte, die Psychosynthese war in vollstem Gange. Ich wollte einige Sätze zitieren, die in Klaus' Roman die Höfgen-Figur zu der Barbara spricht, sie waren aber schon von ihr selbst adaptiert, kamen von ihr:

«Ich brauche dich. Ohne dich muß ich ganz zugrunde gehen. Es ist so viel Schlechtes in mir. Allein bringe ich die Kraft nicht auf, es zu besiegen, du aber wirst das Bessere in mir stark machen!»

Es entzieht sich meiner Kenntnis, ob dergleichen häufiger vorkommt, denn ich bin kein eigentlicher Fachmann der Wissenschaft von der Seele. Was jener Ulf Blüthenreich, der vor seiner endgültigen Abspaltung ein Bestandteil von mir gewesen sein muß, bemerken würde dazu, das weiß ich ebenfalls nicht, denn er führt seither ein eigenständiges und mir ganz unbekanntes

Leben, aber ich halte die Bezeichnung «Psychosynthese», wie sie mir gerade beifiel, für einigermaßen glücklich. Wenn es eine Psychoanalyse gibt, muß logischerweise eine Psychosynthese gleichermaßen existieren. Es klingt mehr als abstrus, ich weiß schon, aber erlebt habe ich diesen Prozeß als Synchronizität von Zeugung, Tod und Geburt.

Dies ist freilich eher metaphorisch und nicht wörtlich zu nehmen, handelte es sich dabei doch nicht um ein leibliches, sondern um ein Geschehnis von intrapsychischer Sorte. Dies Erklärungsmodell durchspielen zu wollen, müßte ich sagen, daß an der Zeugung ungewöhnlicherweise drei Personen teilnahmen, zwei männliche und eine weibliche. Die eigentliche Vereinigung ging vor zwischen den beiden Männern, in die ich auseinandergehackt war, hatte aber das Weib – die Erika, die mich eine Zeitlang ausgefüllt und in der ich ohne Reste aufgegangen zu sein glaubte – zur Bedingung ihres Erfolgs. Geboren wurde ich als Einziger und Integrierter, folglich müssen zwei gestorben sein bei der Entbindung. Wenn ich annehme – und alles spricht dafür, daß es sich in diesem Modus verhält –, daß die beiden Eissis nicht eigentlich selbständig, sondern Projektionen von Erika waren, so habe ich auch vorher in ihr, in nuce gewissermaßen, als Klaus Mann existiert, und daß ich dies nun vollkommen und ausschließlich bin, war nichts als der Vollzug einer prädestinierten Entwicklung, eine genetisch kodierte Metamorphose.

Der Frage, ob ich nach dieser Entpuppung zu den Lebenden oder zu den Toten gehöre, möchte ich lieber ausweichen, da ich sie zum einen nicht zuverlässig beantworten kann und zum anderen nichts abhängt von dieser Entscheidung. Mit verbürgtermaßen Lebendigen hatte ich seit dieser Verwandlung noch keinen Kontakt, habe mich aber oben im Waldgasthof schon bei den Herren Zaustorp und Hesselmann introduziert. Beide haben mich als vollwertig und zugehörig identifiziert. Selbstverständlich bin ich nicht im Kostüm zu ihnen gegangen, aber ich habe mich nicht als Klaus Mann vorgestellt, sondern Hendrik Höfgen als meinen Namen genannt. Das wurde von ihnen so akzeptiert ohne Reserven, und besonders das Vaterderivat Zaustorp ließ sich plaudernd aus über Theaterfragen, behauptete gar, mich in seiner Heimatstadt Hamburg auf der Bühne gesehen zu haben. Aber auch Heiner Hesselmann wußte sehr putzig zu erzählen von einer Laienaufführung in Netzig, an der seine Schwestern mitgewirkt hatten, von der Autorin von Wulckow, mit der er bei dieser Gelegenheit Bekanntschaft gemacht.

Dennoch ist mein Verkehr mit den Masken von Onkel und Vater weder glatt noch unproblematisch. Meine Existenz ist plastischer, hat mehr Dimensionen als ihre, ich bin auch an der Oberfläche meines Bewußtseins Klaus Mann, nicht Hendrik Höfgen, genauso wenig eine Mixtur oder ein Junktim von beiden, kein «Klaus Eisgen» etwa, nach Art der von Eri vergebenen Namen. Der Höfgen ist eine Rolle für mich, wenn auch eine spezielle mit ganz spezieller Bewandtnis, wie für diesen wiederum die des Mephisto. Das, was vorher ein Manko war, eben mein nicht vollständiges Hineingestorbensein in die von Gustaf geraubte Seele meines berühmtesten Helden, dies nebenhergehende und maßlos quälende «Mit dem Sterben nicht fertig werden können» als Fluch oder Strafe für meine Selbstermordung in Cannes, das erweist sich seit meiner Vereinigung mit mir durch Eri hindurch im Umgang mit Heiner Hesselmann und Tommy Zaustorp bei unseren Stelldicheins auf dem Zauberberglein als handfester Vorteil.

Ein wesentlicher Unterschied zwischen ihnen und mir besteht darin, daß ich nach wie vor lesen und schreiben kann, während sie über diese Fähigkeit nicht mehr verfügen. Sie sind eben bloß Geschöpfe, wobei ich daneben, wenigstens der Möglichkeit nach, weiterhin ein Schaffender bin. Die Energie, von der sie zehren und die sie aufrechterhält, ist vom Zauberer und von Onkel Heiner zu deren Lebzeiten im schriftstellerischen Schöpfungsprozeß abgesondert worden, und es fließt ihnen aus dieser Gegend fortlaufend Seelenmaterial zu. Wenn ich mich in meine Höfgenseite hineingebe und bei ihnen sitze, bemerke ich es an mir selbst ebensogut wie an ihnen. Es sind unsere Leser, die sich ja bei der Lektüre der von uns geschriebenen Romane hineinverwandeln in die von uns erdachten Figuren. Ist gerade der «Zauberberg» wieder in Mode, dann «lebt» der Vater auf, hat zufällig der «Untertan» Konjunktur, wird automatisch die Onkelgestalt davon um das entsprechende Maß intensiver. Auch ohne als Klaus Mann noch dies Überbewußtsein zu haben, das ihnen abgeht, spüre ich in meiner Höfgennatur diese mal steigende, mal sich senkende Kurve der Popularität meines «Mephisto»-Romans, und es macht sich nicht allein die Zahl der Leser, sondern auch deren jeweilige seelische Kraft und ihre mehr oder minder starke Auflösung in meine dort fixierten Gedanken und Gefühle spürbar.

Wenn hienieden ein Mensch ein Buch in die Hand nimmt, es aufschlägt und darin zu lesen beginnt, dann erhebt sich etwas aus ihm und steigt auf in eine andere Sphäre. Er übt das Sterben, könnte man sagen, und wenn er Genuß an diesem Seelensport findet, wird er anfangen, nach solchen Büchern zu fahnden, die seinem Flug die möglichste Höhe und Dauer verleihen. Solange er schwebt, solange sein Lesestoff kräftig genug ist, der Gravitation entgegenzuwirken, ist er Teil desjenigen, der für ihn schrieb. Käme der Tag, da die Leute, aus welchen Gründen immer, aufhörten, nach des Zauberers Büchern, nach denen von Onkel Heiner zu greifen, es müßten an selbigem Tage ihre Lichtscheine im Jenseits entflackern. Dann wären sie auch als Tote gestorben. Inzwischen sind sie in dieser Eigenschaft vielleicht nicht quicklebendig, aber doch erstaunlich aktiv. Es gibt sogar eine den veränderten Umständen angepaßte Neuauflage des Bruderzwists zwischen ihnen. Oberhand hat der jeweils Mehrgelesene, und er läßt es den anderen fühlen. Daß Heinrich Mann dem Zauberer in das Widmungsexemplar von «Ein Zeitalter wird besichtigt» hineinschrieb: «Für meinen *großen* Bruder, den Dichter des ‹Doktor Faustus›», das will ich als eine Vorahnung der postmortalen Verhältnisse deuten. Auf dieser Seite ist Thomas der Ältere, weil er die natürliche Welt fünf Jahre später verließ als Heinrich. Das klingt widersinnig und paradox, denn nach den Gesetzen, wie sie das Diesseits beherrschen, war Heinrich schon eine fünfjährige Leiche, als man Thomas begrub. Ist die Zeit an sich von einer anderen Beschaffenheit bei den Toten als die in der natürlichen Welt, so kann man sie doch mit bestimmten Einschränkungen auch auf dieser Seite so nennen, jedoch verläuft sie entgegengesetzt in ihrer Richtung. Das macht, daß die Toten nicht altern, sich vielmehr sukzessive verjüngen. Zumindest gilt dies für die besondere Art von Toten, von denen ich spreche, die in ihre Schöpfungen hineingestorbenen Verfasser von Seelenraubdichtungen, das heißt von Romanen. Wie dies bei den gewöhnlichen Toten zugeht, das habe ich bislang nicht beobachten können und will also diesbezüglich keinerlei Festlegungen treffen.

Karl Kraus war der Witzbold, der 1934 in die Zeilen seiner «Fackel» das seiner Meinung nach äußerst gelungene Bonmot einrücken ließ, ich sei unter den Werken von Thomas Mann nicht eben das vorzüglichste. Heute, mit all dem Abstand und bereichert um die Erfahrung des Totseins, erhalten diese Gehässigkeiten, zu denen auch ein Bert Brecht seinen Beitrag beisteuern mußte, in der Betrachtung eine veränderte Färbung. Gesetzt, ich hätte mein Leben nicht wirklich gelebt und es wäre statt dessen während der «würdigsten Stunden» unter den Händen des Zauberers in seinem Arbeitszimmer entstanden. So möchte ich wetten, es hätte den Stoff zu einem seiner besten Romane hergeben können, ihm vielleicht zu seiner absoluten Höchstleistung verholfen. Unter diesen Umständen hätte, als ihn am 12. August 1955 im Zürcher Kantonsspital die Lebenskräfte verließen, sein Seelenzeug sich nicht in die Hülle des Hans Castorp, sondern in mich, in Klaus Mann hätte es sich ergossen, und unsere Unifikation wäre perfekt. Denn das verhehle ich mir nicht, daß ich, spätestens seit das Eri-Stadium hinter mir liegt, nach einem Trick Ausschau halte, ihn hereinzuladen in mich. Wenn ich die Methode, mit deren Hilfe ich diese Erweiterung meiner Psychosynthese bewerkstelligen könnte, auch noch nicht klar umrissen vor Augen habe, sie erst undeutlich erahne, so scheint mir der Erfolg von der Theorie her allein schon dadurch verbürgt, daß es mir in meinem Leben trotz all der Anstrengungen niemals geglückt ist, von ihm unabhängig zu werden.

Das Wort, mit dem Onkel Heiner seinerzeit, als die Brüder sich gegenseitig die Existenzberechtigung abzusprechen versuchten, den Zauberer am tiefsten getroffen, mit dem er ihn lebensgefährlich verletzt hat, stand nicht in dem Essay über Zola, es stand in dem Brief, mit welchem er, nachdem das Weltgeschehen zu seinen Gunsten ausgefallen war, dem ins Unrecht gesetzten Tommy seinen Siegerfrieden anbot. «Mein Leben wäre ohne dich *wörtlich* dasselbe gewesen», schrieb der Vorkämpfer von Republik und Demokratie an den Beschöniger des zertrümmerten Obrigkeitsstaates, den Apologeten der «Königlichen Hoheit» und ihres Kriegs gegen die unmusikalische Zivilisation. Ich glaube, nicht sonderlich zu übertreiben, wenn ich sage, daß die zweite Lebenshälfte meines Vaters, wenn ich von der Rolle, die ich gespielt habe darin, einmal absehen will, fast komplett sich erklären ließe aus dieser Verwundung. Daß im Kampf Mann gegen Mann er der Unterlegene und Heinrich der Triumphierende war, das hat ihn zum Ironiker, zum Allumfasser, zum Vertreter des Sowohl-Als-auch-Geistes gemacht, hat Werke wie den «Zauberberg», «Joseph und seine Brüder» zum Vorschein gebracht. «Was für eine gute Sache das ist, die Kapitulation, wenn sie Eroberung ist, und die Unterwerfung, wenn sie die Freiheit schenkt, weil sie aus Freiheit geschieht», so spricht beim Zauberer Goethe. Als die Gerüchte aus Schweden sich verfestigten und mein Vater sich ernsthaft auf den Empfang des Nobelpreises vorzubereiten begann, da hielt er es für angemessen und für gerecht, ihn mit Onkel Heiner zu teilen. Das war nicht Großzügigkeit, noch weniger war's Koketterie; er hatte die Identität des anderen schon so weit aufgehoben in sich, daß es gleichgültig wurde, welchen seiner beiden Vornamen man wählte. Ich trage sie seit meiner Geburt, bin getauft als Klaus Heinrich Thomas Mann, und da mein Leben dies vorbestimmte, vorgezeichnete Ziel nicht erreicht hat, weil ich genug hatte von jeder Art Krieg und die Flinte ins Korn warf, desertiert bin vom Leben selbst aus einem allerradikalsten Pazifismus heraus, so liegt daran, daß ich mein Versäumnis aufhole und korrigiere, was schieflaufen mußte unter dem Druck täglich-wirklicher Existenz.

Der Punkt, an dem ich bei jedem Nachdenken über den Zauberer mit absoluter Regelmäßigkeit in totale Verzweiflung gerate, ist die Frage, wie es möglich war, daß er sein langes Leben durchlief, ohne auch nur an einer einzigen Stelle wahrhaft verzweifelt gewesen zu sein. Man hat das seine Kälte genannt, ich selbst habe ihm mehr als einmal diesen Vorwurf gemacht. Das war es, und es war's wiederum nicht. Er war eben niemals nur er selbst, er war immer auch zugleich Heinrich. Und daß nun umgekehrt Heinrich ohne ihn *wörtlich* derselbe gewesen sein sollte, das muß ihn förmlich in zwei Hälften auseinandergespalten haben mit einem Hieb.

Im Haß mit dem Bruder zu leben, das hatte er gut aushalten können; es war ja Thomas, der Heinrichs Friedensangebot ausschlug und der Tragödie ihren Lauf lassen wollte. Erst Onkel Heiners schwere Krankheit hat ihn zur Besinnung gebracht, und aus der Rückschau möchte ich mich zu der Behauptung versteigen, daß der Vater im Falle, sein Bruder wäre damals gestorben, sich nie zu der Höhe des «Zauberbergs» hinaufgearbeitet hätte. Wenn einer von den beiden unter Gefühlskälte und Unnahbarkeit litt, dann sicher Heinrich. Zu Ausbrüchen und unkontrollierten Emotionen neigte, zumindest als sie noch gemeinsam in Lübeck im Elternhaus wohnten, Tommy. Ich denke nur an die Geige, die der Mißgünstige seinem großen Bruder zerbrach, worauf der Betroffene duldsam, ja beinahe indolent reagierte. Selbst die «Buddenbrooks» betrachtete Heinrich nicht als eine ernstzunehmende Provokation, allenfalls den verspäteten, sensationellen Erfolg, als bei Fischer die billige, einbändige Volksausgabe erschien. Ich meine aber, Onkel Heiner war eingebildet und selbstverschlossen genug, daß man es ihm abkaufen darf mit der Rede von dem Leben, das ohne den jüngeren Bruder *wörtlich* dasselbe hätte sein können. Vom Tag ihrer Versöhnung jedoch, wie sie – ich war damals fünfzehn Jahre alt – am Krankenbett des Onkels erfolgte und feierliches Siegel erhielt, begann der Zauberer seine unfaßbar zähe, hartnäckige und langjährige Arbeit, um diese These zu widerlegen.

Wir Kinder hatten bis dahin den Onkel überhaupt noch nicht kennengelernt, die Eltern vermieden sogar, seinen Namen auszusprechen in unserer Anwesenheit. War die Rede von ihm, hieß er meist der «Zivilisationsliterat», und es hatte sich bei mir die Vorstellung gebildet von einem recht bizarren, nicht ungefährlichen Wesen, das sich hinter dieser Formel verbarg. Auch Eri, die doch mutiger und mannhafter war als wir Buben, hätte es niemals gewagt, eines von Onkel Heiners Büchern mit nach Hause in die Poschi zu bringen. Die befanden sich im Giftschrank in Vaters Arbeitszimmer unter Verschluß. Ihn selbst hatten wir bis zum Tag seiner Aussöhnung mit dem Bruder als einen häufig mürrischen, bisweilen jähzornigen Menschen gekannt. Golo pflegte zu behaupten, der Zauberer, welcher der Welt doch als das Muster der Sanftmut erschien, habe mich einmal beim Mittagessen geohrfeigt, weil ich ihn danach gefragt haben soll, was an Heinrich Manns Büchern eigentlich so verwerflich sei, daß man ausspucken müsse, wo auf sie das Gespräch komme. Ich kann mich an dergleichen nicht erinnern und halte es für eine begabte Erfindung von Gölchen, wofür spricht, daß er damit nicht ans Publikum ging, bevor ich mich umgebracht hatte. Zwar war ich zu dieser Zeit mit großer Wahrscheinlichkeit das frühreifste Kind in ganz Deutschland und entwarf bereits meine erste Autobiographie, dennoch stand meine Lebensbahn ausreichend offen, um durch eine intensive Bekanntschaft mit dem Onkel – hätte sie denn endlich stattgefunden – eine entschieden andere Richtung zu nehmen als die tragische, in welcher sie dann wirklich verlief. Ich will es den Eltern nicht unterstellen, daß sie mich zu Paul Geheeb auf die OSO im Odenwald schickten, um solch fatalen Einfluß fern von mir zu halten; es lag wohl doch an den Paukern vom Wilhelmgymnasium, die sich nicht mehr zu helfen wußten mit mir.

Was den Vater angeht, er war durch die Wiederherstellung des Bruders und der Brüderlichkeit schlagartig verändert. Vom Tag an ist nie wieder eine Invektive gegen den verehrten Schriftsteller und großen Humanisten Heinrich Mann über seine Lippen gekommen, und auch ich habe nie mehr ein grobes Wort aus seinem Munde gehört. Was er durchzog die nächsten achtundzwanzig Jahre, ungerührt durch Faschismus und Weltkrieg, beeindruckt nicht einmal von der Nachricht des Selbstmords seines ach so begabten Sohnes – er setzte die Vortragsreise fort und kam nicht zu meinem Begräbnis –, das war die hundertprozentige Widerlegung des Satzes von Onkel Heiner. Er hat ihn mit seinem bestialischen Fleiß überwachsen und ihn – eine Viertelstunde hätte wohl auch schon gereicht – überlebt um fünf Jahre. Nicht ein einziges Wort von Heinrich Mann sollte am Ende so stehen, wie es gestanden hätte, wäre nicht er, Thomas Mann, der Zauberer und Alles-sich-Anverwandelnde auf dieser, auf jener Erde gewesen. So hat es der Vater gewollt, und genau so ist es gekommen. Wäre die Stimme von Karl Kraus noch zu hören, er ließe gewiß auch dieses Witzchen nicht aus und gäbe es der literarischen Welt zu ihrer Kenntnis, Heinrich Mann sei unter den Werken des Zauberers ein noch schwächeres als das mißratene Kläuschen. Während der Onkel drüben in Kalifornien von allem und jedem verlassen in einer letzten Erhebung seines Eigensinns und seiner Starrköpfigkeit noch sein genialstes Buch schrieb, dem er ironischerweise den Titel «Der Atem» gab, welchen er alsbald aushauchen sollte, hatte ich die Affäre, «Leben» genannt, durch den endlich geglückten Gewaltakt schon hinter mir liegen, und das war, obwohl es ihn in den Augen der Öffentlichkeit nun nicht gerade schmückte, für den Zauberer eine Tatsache, von der große Beruhigung ausging. Was seiner lübischen Gleichmut einzig noch drohte, war die Aufteilung Deutschlands in zwei feindlich gegeneinander gerichtete Staaten und der bestechende Einfall des Ostens, Heinrich Mann auf den Präsidentenposten seiner Akademie zu berufen. Da wäre dann die alte Kluft wieder aufgerissen, der vereinsamte, vereinnahmte Heinrich wäre wieder herausgetreten aus ihm, und deshalb beeilte sich der Zauberer, Becher seine vollständige Empfängnisbereitschaft für Huldigungen auch von transelbischer Seite zu signalisieren. Daß Onkel Heiner vor Antritt der fest geplanten Reise nach Berlin in Santa Monica in seinem kleinen, vom Mielein besorgten Apartment entschlief, das war, so der Zauberer in seinen eigenen Worten, «die gnädigste Lösung», sollte heißen für seinen Bruder, meinte aber freudfehlerisch eher: für ihn.

Verzeih, Vater, es ist zynisch, wenn ich so spreche, ja kynisch mit k wie «Klaus» ist es und kynischer noch, denn nicht einer der Hunde, die du so liebtest, hat je von einem so niedrigen Standpunkt aus über dich gedacht und geurteilt. Ins übeltönende Horn der Kritikaster blas ich, schütte Wasser auf die Mühlen der Verleumder und Bösgesinnten, wenn ich es so hinzustellen versuche, als hättest du erst Onkel Heiner und dann auch mir die Luft zum Atmen geraubt, uns den Geist aus der Tinte gesaugt. Dabei hast du mich doch von allem Anbeginn an geschützt und gestützt, hast mir den Steigbügel gehalten und mich in den Sattel gehoben, wo du es dir an deinen Fingern ausrechnen konntest, daß meine Karriere als Schriftsteller dir so oder so nur zum Nachteil ausschlagen konnte. «Dem geschätzten Kollegen», schriebst du mir als Widmung in das Exemplar vom «Zauberberg», das du mir schenktest. Das war eine Ironie weit unter deinem Niveau, auch lächeltest du und faßtest es nicht als einen Angriff, sondern als eine Bestätigung auf, als ein Jahr später im «Simplicissimus» diese Karikatur von uns beiden erschien. «Du weißt doch, Papa, Genies haben niemals geniale Söhne, also bist du kein Genie.» Aber ich von meiner Seite habe aus dem satirischen Scherz ebenfalls Kräfte gezogen. Ich war neunzehn, du aber schon dreiundzwanzig, als du in deiner Frühzeit Redakteur beim «Simplicissimus» wurdest. So konnt ich mir sagen und durfte mir diese Differenz zugute halten als einen vierjährigen Vorsprung, den ich dir gegenüber besaß. Natürlich war es die pure Torheit, der Selbstmord schon damals, wenn ich mich zu solchen Vergleichen verstieg. In pubertärer Kühnheit erwählte ich sie, die schiefe Bahn in das Nichts, und das eigentliche Wunder besteht darin, daß ich mich, ohne noch etwas an ihrer Kurve ändern zu können, überhaupt so lange zu halten vermochte auf ihr. Ich könnte behaupten, daß es deine Großzügigkeit war, die mich verführte, Kredit zu nehmen auf deinen Ruhm. Das ist nun schon eine Inkulpation, die ins Ungeheuerliche spielt – die Eri in mir möchte mich prügeln dafür –, aber, Vater! Genau die Art, wie du jetzt darauf reagierst, das ist es, was ich an dir auszusetzen habe, ohne daß ich es dir vorwerfen darf. Jeder normale Mann wäre empört, käme ihm von seinem Sohne eine derartige Frechheit zu Ohren. Du aber neigst dein Haupt zur Seite, machst das Castorp-Gesicht, wie er's zieht, wenn er sich eine seiner Wagnerplatten aufgelegt hat, und sinnst nach, ob ich möglicherweise recht haben könnte mit dem, was ich dir schreibe.

Und doch war mein Talent zumindest als Ausgangsbasis, als Startkapital stärker als deins. Du siehst, selbst hier im Jenseits bin ich von dieser Todsünde, die mir mein Leben zu einer einzigen Qual gemacht hat, noch nicht erlöst. Vielleicht warst du zu sehr davon überzeugt, daß ich keine Chance hatte, deinem Fahrwasser je zu entrinnen, um sehen zu können, wie ich bei aller Leichtfertigkeit, bei aller Oberflächlichkeit und Ziellosigkeit die Instinktschärfe besaß, nach einem Halt zu tasten, an ihm mich herauszuziehen aus deinem segens- und verhängnisvollen Sog. Ich fand die Anerkennung und die Bestätigung Jean Cocteaus; daß ich dein Sohn war, das spielte für ihn nur nebenher. Er feierte meine Begabung, schrieb das Vorwort zum «Alexander»-Roman. Da war ich dreiundzwanzig. Du, Zauberer, warst schon siebenundzwanzig, als ein gewisser Samuel Lublinski zum ersten Mal vernehmlich ein Wort des Lobes über den Verfasser der «Buddenbrooks» sprach. Radiguet war auch von Cocteau entdeckt worden. Gut, willst du sagen, da hat er außer mir einen herausgebracht, dessen Frühreife noch bestaunenswerter als meine, dessen Schicksal noch weniger beneidenswert ist als das meine.

Lieber Vater, verzeih, daß ich erst jetzt dazu komme, dir auf deinen Brief aus Noordwijk vom 22. und 23. Juli 1939 meine Antwort zu geben. Dank, tausendfachen Dank und immer mehr Dank nimm von seiten des Autors, den du beglückt hast, wie nichts sonst ihn zu beglücken vermocht hätte, mit den Worten, die du gefunden für seinen «Vulkan», seinen «Roman unter Emigranten». Es ist ja schon ungewöhnlich, daß du ihn nicht durchgeschrieben in einem Zug, daß du abbrechen mußtest nach der Feststellung, du habest mein Buch «Wort für Wort» gelesen diesmal – was herüberkommt wie ein gewagtes, überschwengliches Bekenntnis –, daß du erst einmal hinuntergehen und «dein Abendbier trinken», eine Nacht lang die Kräfte sammeln mußtest, um mir sagen zu können, was und wie du bei der Lektüre empfunden.

Dein Geständnis, welches du dem Lobgesang auf mein Werk voranstellen mußtest, hat mich, das will nun im Gegenzug ich dir gestehen, nicht eigentlich «befremdet», denn die Fremdheit, wie sie nur zwischen Vätern und Söhnen vorkommt, hat seit je existiert zwischen uns und sicherlich ausgeprägter und schärfer, als dies gemeinhin der Fall. Nicht also befremdet, aber berührt hat es mich aufs heftigste, unangenehmste, hat mir das Prekäre, Peinvolle, Wurmige unseres Zusammenhangs wie nie und je fühlbar gemacht. Nun, du bist Schriftsteller mehr als genug, um dich ausgerechnet von mir in dieser Eigenschaft konfirmieren lassen zu müssen, und daher will ich annehmen dürfen, daß nicht Ungeschicklichkeit vorliegt, daß deine volle und, wie du selbst sagst, «tückische» Absicht darin war, diese wunde Saite in mir zum Klingen zu bringen. Daß du's wie eine Niederlage hinstellst, wenn mein Buch dich «gefesselt» hat, «unterhalten», «gerührt» und «ergriffen», wenn du von ihm «bewegt» worden bist und am Ende gar noch «amüsiert», wenn dein fester Vorsatz, nur «Kontakt nehmen» zu wollen, umfiel, verzeih mir, Vater, aber darin erkenne ich deinen Widerstand gegen mich und meine Arbeit, den du aufgebaut hattest und aufrechterhalten all die Jahre. Und übrigens: Wie soll ich den Hinweis verstehen, den du in den Nebensatz eingepackt hast, wo es heißt, der Kontakt, den zu nehmen du dir vornahmst, hätte ein «näherer» sein sollen als bei Hinz und Kunz? Kontakt ist Kontakt, will mir scheinen. Für meinen Geschmack bekräftigst du nur, daß du mich bis dato nicht anders behandelt hast als Hinz und Kunz, wer immer damit gemeint sei.

Du siehst, deine Confessio geht weiter als das, was du offen an den Tag gelegt hast. Ich bin dankbar für deine Beichte und will dir von Herzen vergeben. «Sie haben dich ja lange nicht für voll genommen, ein Söhnchen in dir gesehen und einen Windbeutel ...» Wer, bitte, sind diese «sie»? Cocteau? Gide? Das ist doch sonst nicht dein Stil, Vater! Muß ich mir nicht einbilden, *du* habest mich lange, will sagen zeit meines Lebens, für einen Windbeutel gehalten, für ein «Söhnchen», soll heißen für weniger als einen Sohn?

Du hast deine Meinung geändert. Mein «Vulkan» – schon mittendrin, schreibst du, fiel dir das auf – stehe als «Emigrationsroman» konkurrenzlos da, und dann zählst du sie auf, die sich darin versuchen könnten und die ich nicht zu fürchten brauche. Vater, ich darf dir vertrauen, ich habe sie niemals gefürchtet, und ich fürchte fortan auch nicht mehr den einen, der anwesend war, in welchen Winkel der Erde ich mich immer verkroch, der mir im Nacken saß und jede, jede Zeile, die mir einfallen wollte, besser gewußt hätte als ich. Dieser eine warst du. Den Roman über die Emigranten – mochtest du noch so überzeugt sein, daß er fällig war –, du konntest ihn nicht und wirst ihn nicht können. Aus einem sehr einfachen Grunde: Du bist kein Emigrant. «Wo ich bin, da ist die deutsche Kultur», sagtest du, als du nach Amerika kamst, und Gott weiß, das war kein Scherz, du meintest es ernst.

Laß es mich, da ich mich mit dieser Antwort auf deinen Brief schon in das 39er Jahr versetzt finde, in einem Aufwasch erledigen und höre meine Anmerkungen zu deinem heurigen Buch.

Du hattest uns davon ja schon verschiedentlich Proben kredenzt, und es fiel mir nicht leicht, mit meiner Skepsis hinter dem Berge zu halten. Jetzt ist die «Lotte» heraus, und während in Weimar, vielleicht gar in Buchenwald, heimlich eingeschmuggelte Exemplare kursieren, will ich dir in aller Offenheit erklären, was ich von der Angelegenheit halte. «Das Gefühl festlich erregender Außerordentlichkeit verläßt einen nie bei dieser Lektüre, das Gefühl, es mit dem Besten, Stolzesten, Geistigsten zu tun zu haben, das die Epoche zu bieten hat. Man wird sich gewiß einmal wundern, wie sie in all ihrer Erniedrigung doch dergleichen hervorbringen konnte – zum Zeichen, daß es mit all ihrem zur Schau gestellten Schwachsinn und ihrem Verbrechen nicht soviel auf sich hat und der Menschengeist unterdessen seinen Weg weiter geht und seine Werke schafft, im Grunde ungestört.»

Du kennst diese Zeilen, was kein Wunder ist, denn du selbst hast sie geschrieben in diesem Jahr 39 an Onkel Heiner, und zwar aus Princeton am 2. März, falls es dich interessiert. Sie sollten sich auf seine «Vollendung des Königs Henri Quatre» beziehen, jetzt aber, herausgerissen aus deinem Brief, sieht man es deutlich, daß du zwar deinen Bruder angeredet, dabei aber in den Spiegel geschielt und die Worte eigentlich auf den Autor von «Lotte in Weimar» gemünzt hast. Das war also dein Programm, und obwohl ich vor sehr, sehr langer Zeit einmal beim Mittagessen für eine Einmischung in euren Krieg von dir Ohrfeigen bekam, wage ich mich vor zu der Behauptung, daß es in der Tat deine Lotte genauer bezeichnet als seinen Henri. Die Diktatur der Nazis, der Krieg, den sie jetzt vom Zaune gebrochen, all die Untaten, die sie seit 33 im Lande begangen und die sie ab sofort im großen Stil auf den Erdkreis ausdehnen wollen, all das soll dem guten Namen der deutschen Kultur nichts anhaben dürfen. Deutschland mag ihnen gehören, so verstehe ich dich, und morgen vielleicht gar die Welt, aber die deutsche Kultur, die gehört uns, den Emigranten, richtiger noch gesagt, *wir sind* diese Kultur, oder, um dich nochmals bei deinem Worte zu nehmen, *du bist* diese Kultur.

Wenn Hitler es schafft, dich auch nur einen Zollbreit von deinem Weg, von deiner Arbeit, von deinem Werk abzubringen, dann hat er gesiegt. Mit dem «Joseph»-Roman hast du's uns vorexerziert. Begonnen hattest du ihn in München zu einer Zeit, da man über die Nazis noch lachte und niemals geglaubt haben würde, daß solche Kanaillen in Deutschland je hochkommen würden. Als der erste Band erschien, hatten sie die Macht schon ergriffen beziehungsweise war dieselbe von den Vorbesitzern ihnen in die blutigen, schmutzigen Hände gelegt worden. Auch «Joseph in Ägypten» kam in Nazi-Deutschland heraus und wurde nicht auf den Index gesetzt. Ich will an dieser Stelle nicht die alte Diskussion aufwärmen, um von deinem Schwanken zu reden, von dem Eiertanz, den du aufgeführt hast, dir nach Deutschland die Türen offenzuhalten, von deinem Rückzieher bei meiner «Sammlung» … Erst recht will ich nicht diese Gelegenheit nutzen, dich ein weiteres Mal daran zu erinnern, daß du es uns beiden, vor allem aber Eri verdankst, daß du dich in letzter Minute auf die richtige Seite gestellt und den Nazis eine eindeutige Abfuhr erteilt hast. Ich spreche vielmehr von deiner Kontinuität über politische und menschliche Katastrophen hinweg. Zeitlos war dein «Joseph»-Projekt vom ersten Satz, bei Goethe hattest du den Hinweis entdeckt, seinen Einfall führtest du aus; es hätte ebensogut einer der Autoren des 19. Jahrhunderts hierfür sich die Stirn nehmen können, und hätte der Zufall nicht dich darauf gestoßen, so hätte sich vielleicht ein Späterer mit der Sache beschäftigt. Wenn Hitlers Armeen Europa in Schutt und Asche legen, so wird dich das nicht davon abhalten können, dein Vorhaben, ganz wie es geplant war, zu seinem Ende zu führen, wird auch der abschließende Band hergestellt und ausgeliefert zur gegebenen Zeit. Zwischenein kommt jetzt die «Lotte in Weimar».

Thomas Mann = deutsche Kultur
Deutsche Kultur = Goethe
Thomas Mann = Goethe

Ich habe dem Mathematikunterricht in der Schule auch nicht mehr abgewinnen können als in Lübeck seinerzeit du, aber das, lieber Vater, wird eine «Äquivalenzumformung» genannt. Selbstverständlich führst du diesen Beweis nicht mathematisch, literarisch führst du sie aus, deine frevlerische, unerhörte Behauptung, und um es dir ohne Umschweife und auf den Kopf zuzusagen: Du behältst recht. Du kommst zur Deckung mit ihm.

Bevor ich der kompositorischen Mängel Erwähnung tue, die leider zu arg ins Auge springen, als daß man mit höflichem Stillschweigen darüber hinwegschreiten könnte, laß mich in aller Kürze eingehen auf den Faden, den du dir herausgesucht hast, um dein Werk an dasjenige Goethes zu knüpfen: Seelenraub. Noch davor: So albern es wirkt, wenn ich es von mir aus betone, so hebe ich es trotzdem hervor, daß natürlich ich als letzter berufen wäre, es dir anzukreiden, daß du hier eine großartige Rechtfertigung der Seelenentwendung vorgelegt hast. Ich habe es dir im Gegenteil entschieden zu danken. Von der Amnestie, ja von der Freisprechung der Seelenräuber profitiere ich in einem noch weit erheblicheren Umfang als du.

Ist dir aufgefallen, daß ich, gerade was diesen problematischsten Aspekt deiner Produktionsweise betrifft, dir am feurigsten nachgeeifert, deine Skrupellosigkeit bei der Benutzung des Seelenmaterials deiner Umgebung hie und da übertroffen habe, auch in Sachen Schimpf und Schande, Gezeter aus weitester Öffentlichkeit durchaus mit dir mithalten kann? Vermutlich bin sogar ich derjenige, der die zweifelhafte Ehre für sich beanspruchen darf, den Vogel abgeschossen zu haben auf diesem Feld insgesamt. Da warst selbst du, der diesbezüglich nie eine Zimperlichkeit gekannt hatte, indigniert bei der Lektüre und geplagt von dem Empfinden, daß das, was ich mit Gründgens veranstaltet habe, den Boden dessen verläßt, was allenfalls noch zulässig wäre. Du mochtest ihn ja auf eine Weise und warst aus eingeborener Schwäche fürs Gauklertum geradezu geschmeichelt, ihn deinen Schwiegersohn nennen zu können. Vielleicht war aber der Grund dafür, daß du ihn so gut riechen konntest, schlicht das Eau de Cologne, das er so überreichlich gebrauchte, von dem ich ihm im «Mephisto» flaschenweise Zuteilung machte und über das sich nicht zuletzt der Goethe deiner «Lotte» höchst vorteilhaft ausspricht.

Deine heile Mühe hattest du damals mit Hauptmann, als er sich zur Wehr zu setzen begann gegen die Verballhornung seiner Art und seines Wesens, die du dir mit dem Mynheer Peeperkorn glaubtest erlauben zu dürfen. Hast dich gewunden vor ihm, um Vergebung, um Gnade gebettelt. Hast dich nicht mal geschämt, ihn, weil dir weiter nichts mehr einfiel zu deiner Rettung, darauf zu stoßen, wie der Hans Castorp, der du entgegen deinen langjährigen Versicherungen à la «Bilse und ich» plötzlich selbst und persönlich sein wolltest, aufblickt zu jener Karikatur, die du von Hauptmann gefertigt, und wie er sich dieser subordiniert. Da muß man dich dann aber auch wieder bewundern und dir attestieren, daß du sie inwendig studiert hast, ganz wie du sie auswendig kennst, deine Pappenheimer, denn dieses allerabsurdeste Argument ließ Hauptmann gelten und gewährte seinen dichterfürstlichen Pardon.

Mein Fall mit Gründgens liegt anders, und er wiegt, denke ich, an sich schwerer als all die kleinen, mittleren und größeren Vergehen, wie sie auf deinem langen Holz eingekerbt sind, zusammengenommen. Das hört sich beinahe so an, als ob ich auch noch stolz darauf wäre, und in einem bestimmten Sinn bin ich es vielleicht gar. Abgestoßen und kirre gemacht hat dich wahrscheinlich weniger, daß Höfgen/Gründgens der Hauptcharakter ist in meinem Roman, an dem alles hängt und der alles trägt, und daß ich die Details aus seiner Biographie so unverblümt und umstandslos übernommen; vielmehr dürfte es dich verstört haben, wenn nicht verärgert, daß er als ausschließlich schlecht und böse erscheint. Dieser Vorwurf trifft auf Onkel Heiners «Untertan» auch, und man hat deshalb sehr zu Recht immer wieder von diesem eine Parallele zu meinem «Mephisto» gezogen. Du hast das nie ausgesprochen, wenigstens nicht mir gegenüber, daß dir diese Typen wie Höfgen und Heßling stark widerstreben, weil sie Personifikationen von Unmoral sind, woraus du bei den Autoren auf eine schwachbrüstige, ebenso mangelhafte wie gemeingefährliche Morallehre schließt. Der sensationelle Verkaufserfolg des «Untertans» muß dich verbittert und aufgeregt haben. Die Versuchung, dem Bruder auf diesem falschen, aber äußerst gewinnbringenden Wege zu folgen, hast du, das muß angemerkt sein, mit bewunderungswürdiger Tapferkeit und Selbstzucht niedergedrückt. Der Siegeszug meines «Mephistos», sein Aufstieg in die Bestsellerlisten, die Theaterversion in Paris, die Verfilmung, das kam erst, als unsere leiblichen Abfälle längst zu Staub zerfallen, und ich nehme an, daß du in deiner Zaustorpgestalt davon nichts mitgekriegt hast. Falls doch, so müßt es dich scheußlich gewurmt haben, wenngleich auch wieder ein Trost für dich liegen sollte darin, daß Onkel Heiner und ich seit unserer Verewigung in diese Schandfiguren eingehüllt sind.

Ein wenig geht es mir wie deinem Riemer, ich komme vom Hundertsten ins Tausendste, spreche von mir und Gründgens und wollte doch von Goethe handeln und dir und von eurem doppelten Lottchen. Aber das muß ich dir doch noch mitteilen, bevor ich den Horizont wieder einziehe auf das Jahr 39, auf deinen Roman über Seelenraub und über Goethe, weil es nämlich zu den Veranlassungen meines sogenannten Selbstmords gehörte, daß mir dieser Imbezil von einem adenauerhörigen Verleger nach Cannes schrieb, eine Neupublikation des «Mephistos» käme nicht mehr in Frage, denn, so wörtlich, «Herr Gründgens spielt hier eine bereits sehr bedeutende Rolle».

Jetzt, da ich wieder nachdenke darüber, kommt mir die Idee, ich hätte nach deinem Muster noch einen Roman über den Roman schreiben können, so, wie du versucht hast, mit Schönberg und Adorno fertig zu werden, als sie es darauf anlegten, sich durch deinen «Doktor Faustus» wichtig zu machen. Du weißt, was ich meine. Gründgens/Höfgen macht einen Besuch bei Klaus Mann. Damals fehlte mir solcher Humor, mir blieb die Spucke weg und manch anderes mehr, als ich die Absage las von diesem feinen Verleger. Nun aber endlich: Charlotte Kestner, geborene Buff, das Modell für die Lotte des jungen Werther, besucht 44 Jahre nach erlittenem Seelenraub den Geheimen Rat, den zum führenden Geist der Epoche emporgewachsenen Johann Wolfgang von Goethe. Welch ein Vorwurf! Elektrisiert muß dich's haben, als du beim Blättern in Goethes Tagebüchern auf die unscheinbare Eintragung stießest, an der deine Phantasie sich entzündete, die das Vehikel bot, in das du bloß noch einzusteigen brauchtest, um in aller Gemütlichkeit und ohne Zollkomplikationen hineinzuzockeln ins Innere, in die gichtigen Knochen und in die monströs-majestätische Landschaft der Hirnwindungen des Größten der Großen. Einzig, um diesen unsagbar sublimen Moment zu kosten und in mir selbst zu erleben, muß ich unbedingt, nachdem ich irgendwann ein recht bedeutungsloser Psychoanalytiker, ein Handlanger in Cornelius Burfeinds Orbeswender Malfabrik, dann aber Erika, meine eigene Schwester und deine Tochter gewesen bin und jetzt als dein rechtmäßiger Erbe mit dir korrespondiere, muß ich auch noch du werden, Zauberer sein.

Ein ganzes und nicht einmal dünnes Buch lang wirst du die seelische Eigentumsfrage verhandeln. Gerichtsstand, das ließe sich kritisieren, ist nicht der Tatort, Weimar ist's, eine Stadt, die du zeichnest, als sei sie für Goethe gebaut, ein System von Schalen, um den Frauenplan herum angelegt und bestimmt, den Juwel vor Zudringlichkeit zu schützen, ihn gleichzeitig ungehindert in alle Richtungen ausstrahlen zu lassen. Nicht aus seiner, des Beklagten Perspektive beginnst du, sondern hast, wie sich dies bei einem ordentlichen Prozeß so gehört, bei der Eröffnung deinen allwisserischen Erzählerfokus auf sie, das klageführende Opfer, gestellt.

Gern würd ich's mit meinem Lob überbieten; aber ratsamer ist's, vor der Unternehmung schon die Kapitulation anzubieten. Das hat vor dir nicht Beispiel gehabt, und fraglich ist, ob es je wieder jemand erreicht: diese Nebenfigur, mit der du herangehst an deine Heldin, die komischste Charge unter allen, die du hervorgebracht hast aus dir, und noch dazu ein Katalysator der Handlung und Verhandlung, daß man den Hut zieht vor dem Raffinement deiner Erfindung: Mager, der Kellner des Gasthofs «Zum Elephanten», wo du Lotte absteigen läßt. Vater, seitenlang könnte ich schwärmen über diese Gestalt. Es muß bei deinem Tod knapp ausgegangen sein zugunsten des Castorp. Ebenso vorstellbar, du wärst in diesen Kellner gestorben, oben im Waldgasthof wäre nicht dein alpines Sanatorium, sondern der Weimarer «Elephant», du hießest Tommy Magermann und bedientest Heiner Hesselmann, den Papierfabrikanten aus Netzig …

Du hast diesen Roman, während du ihn erschufst, gelegentlich ein Lustspiel genannt, und obwohl du die bitterernste Absicht verfolgst, dir für dein seelenräuberisches Leben die Absolution von Goethe zu holen, so hat man doch auf keinem Theater der Welt je eine Komödie gesehen, deren Intrige bei perfidester Ausgeklügeltheit so leichtfüßig, schwebend und harmlos ansetzte wie dies erste Kapitel von «Lotte in Weimar». Es ist dieser Mager, mit dem du den Leser so kunstvoll frappierst, daß er sich gar nicht mehr als ein solcher empfindet, sondern wie ein wirklicher Zuschauer fühlt. So trickreich ist deine Erfindung, daß man vor Verblüffung aufgibt, sie dir nachahmen zu wollen, und man wird bei diesem Staunen gar nicht gewahr, daß dein Mager dir auf einer höheren oder, wie man's nimmt, tieferen Ebene treu den Dienst eines Gerichtsbüttels versieht, die Zeugen vor die Schranken führt und sie, sobald sie ausgesagt haben, unverzüglich von der Szene entfernt. Er ist zu splendid, dieser Mager, der beim ersten Hinsehen wie eine tödliche Bremse erscheint und in Wahrheit für die rasanteste Beschleunigung sorgt. Daß du ihm den Namen «Mager» verpaßt hast, das lob ich besonders. Deine Introduktion hat mich gleich an die «Minna von Barnhelm» erinnert, an welcher ich immer am meisten bewundert, wie schlank Lessing seine Geschichte zu machen verstand, und «mager» ist doch noch ein Understatement für «schlank».

Mager. Mit seinen ersten Sätzen schon ein runder Mensch und ein ausgeprägter Charakter, besorgt er alles besser und schneller als eine Maschine, macht jedes zusätzliche Mittel der Dramaturgie oder Komposition entbehrlicher als entbehrlich. Man hat ihn erst ein paar Minuten erlebt – ich erwähnte es ja, daß man sich hier nicht wie vor oder in einem Buche fühlt, man sitzt im Parkett, weiß, die Reihen, Ränge und Logen sind sämtlich verkauft –, und man sieht schon voraus, wie man ihn nach dem letzten Vorhang wieder und wieder hervorklatschen wird. Er ist es auch, aus dessen Händen Lotte ihren Ruhm empfängt, obwohl selbstverständlich nicht er es war, der sie berühmt gemacht, sondern Goethe, durch dessen «Werther» sogar Napoleon von ihrer Existenz Kenntnis genommen. Die zweifelhaften Wonnen des Ruhms, zugeführt, zugefügt werden sie ihr in deiner Erzählung vom Faktotum Mager. Halb Weimar, erfährt sie von ihm, ist durch die Nachricht von ihrer Ankunft in Aufruhr versetzt, das Hotel von Menschenmengen belagert.

Hier, lieber Vater, ich sag es dir offen, ist der Punkt, an welchem mein Mißtrauen einsetzte gegen die ironische Unparteilichkeit des Erzählers. An dieser Stelle kitzelte es mich zum ersten Mal, in diesem großen historischen Seelenräuber-Schauprozeß wegen Befangenheit die Ablehnung des Richters zu fordern. Du korrumpierst deine Lotte, Werthers Lotte, Goethes Lotte, jene Person namens Charlotte Kestner, geborene Buff, die wirklich geleibt und gelebt hat, korrumpierst sie mit diesem Ruhm zweiter Hand, der, verzeih, trotz Mager und aller Magerkeit der zum Einsatz gebrachten Erzählmittel sehr stark aufgebauscht wirkt.

Hast du's mir nicht wieder und wieder einzuimpfen versucht, daß dort, wo die Lauterkeit eines Gedankens beim Künstler nicht makellos ist, kein noch so meisterhaft beherrschtes Kunstwerkzeug taugt, ihm den reinen Schein zu verleihen? Man fühlt sich nicht mehr ganz behaglich in der Haut deiner Heldin, wenn sie davon schwatzt, daß sie auf die Reliquien – Gegenstände profaner und profanster Natur, die deiner Darstellung gemäß geheiligt wurden durch ihre Erwähnung im «Werther» – achtgibt im Interesse der Menschheit. Diese leichte Peinlichkeit wäre gewiß fast unbemerkt vorübergegangen an mir wie an jedem sonstigen Leser auch, hätte ich das Vergnügen gehabt, deine auf schmalster Basis kühn errichtete Konstruktion sich schlank, rank, mager weiter in den Himmel emporstrecken zu sehen. Aber du hast einmal zu schummeln begonnen, als Lotte glaubst du den Schmu, den du ihr als Erzähler einzureden versuchst, und noch im dritten Kapitel während der Unterredung mit Riemer fängt die Chose an, auseinanderzulaufen wie ein überkochender Brei. Dabei war es durchaus genial, diese beiden im Dialog einander gegenüberzustellen. Hie die per Romantechnik Seelengeschädigte, da der im Verkehr von Person zu Person in seiner Entwicklung Verkürzte, der durch direkte Ausbeutung seiner Arbeitskraft in seinem Lebensbogen Verkrümmte. Da sind alle Ohren gespitzt, unter Spannung klopfen die Herzen, wenn du sie ihr respektives Leiden an Goethe vergleichen läßt miteinander. Selbst das wechselseitige Trostspenden ist schön und in seiner Ordnung, aber – magst du auch beim Schreiben dich hinweggetäuscht haben darüber – wer's liest, den sticht's ins Auge, daß es nicht die Gerechtigkeit ist, die hier waltet. Ein bißchen fühlt man sich wie bei Kleist im «Zerbrochenen Krug». Aber da ist's inszeniert und kunstvoll gewollt, daß man allmählich drauf kommt, daß der Übeltäter sich unter der gepuderten Perücke in seiner Robe versteckt. Dir aber unterläuft's, der Roman flutscht aus dem Ruder und segelt auf eigenem Kurs.

Der Erzähler, der allparteiliche und damit parteilose Gott, der hätte richten sollen und Ausgleich schaffen, hat sich aber schon im Verlauf der ersten Zeugenvernehmung heimlich festgelegt und unter dem Tisch sein Urteil geschrieben. Goethe, der Beklagte, wird nicht nur freigesprochen von jeglicher Schuld, nein, sein Opfer hat ihm gar dankbar zu sein, weil Lotte es als eine Auszeichnung auffassen muß, von einem so hoch über ihr Stehenden Seelengewalt erfahren zu haben. Der Prozeß ist überhaupt noch nicht richtig in seinem Gange, man hat weder die Verteidigung selbst noch irgendeinen ihrer Zeugen gehört, da ist die Klägerin schon überreichlich entschädigt. Gegen Ende des dritten Kapitels läßt du Lotte Tränen vergießen in der Befürchtung, diese Entschädigung, nämlich den von Goethe abglänzenden Ruhm, der auf sie gefallen, mit anderen teilen zu müssen; und auch wenn du das ironisch gleich wieder abfederst: Da hast du deine eigene Figur denunziert. Die Fortsetzung der Verhandlung gerät dir zur Farce.

Kläuschen, ach, Kläuschen, herzallerliebstes Eissikindchen, halt ein! Du läßt mir ja kein gutes Haar an dem Roman. Weiß es doch alles. Weiß, was du mir vorhalten willst, weiß, was man aussetzen kann an dem versponnenen Werklein in kompositorischer und manch anderer Hinsicht. Und doch gehörts zu dem Besten, was je gemacht worden ist. Recht hast du mit deinen Ausstellungen, und bin auch nicht geizig, recht dir zu geben, leg ichs doch nur von der einen Hand in die andere. Was sollte da schon zwischen dir und mir für ein Unterschied sein?

Was ists mit der «Lotte»? Schlank, sagst du, fängts an, dann läufts auseinander, bläht sich, wird fett; am Ende aber, hättest du hinzuzufügen gehabt, da zieht sichs wieder zusammen und gewinnt die Leichtigkeit seines Anfangs zurück. So war es mit Goethe, und ich erwähne es mehrfach im Buch, daß er in frühen Jahren etwas spiddelig war, im mittleren Alter Speck angesetzt hatte, doch mit seinen hohen Tagen wieder sich rückverwandelte in die schlanke, ranke Jünglingsfigur.

Nach Riemers Abschied und mit dem Auftritt Adelens geht, wie du richtig bemerkst, die Geschichte auf unschickliche Art in die Breite. Die Protagonistin wird in die Kulisse gedrängt, und auch ihr Gegenspieler, der große Seelenräuber am Frauenplan in seiner Festung, der durch den scheinbar retardierenden Mager mit so hübscher Akzeleration angepeilt wurde, verliert sich fürs erste im hintren Prospekt. Was soll diese Adele, an der allenfalls interessant ist, daß sie Schopenhauer mit dem Nachnamen heißt, woraus aber sträflicherweise nicht das geringste erwächst, außer daß ihr Bruder Arthur, jedoch ohne irgendeine Spezifikation, am Rande einmal genannt wird? Gut, die ersten Stücke ihrer Konversation, das wirst du billigen, geben eine aparte Beleuchtung auf den Koloß Goethe. Diese Passagen erfreuen sich deines Beifalls, denn hier wird die Absolutheit seiner Größe relativiert auf sehr wohltuende Art. Für die junge, aus Goethes übermächtigem Schatten heraus sich zum Licht wälzende Generation von Schriftstellern spricht Adele sich aus. Sie sagt, daß sie den Dichter des «Werther» zwar nicht erreichten, ihn gleichviel jedoch überträfen, nämlich einfach weil sie, ich zitiere mich selbst, «eine neue Stufe repräsentieren, uns näher sind, trauter, verwandter, uns Neueres, Eigeneres zu sagen haben als eine felsstarre Größe, die gebietend und auch wohl verbietend hineinragt in die frische Zeit».

Das hat dir gefallen, dem konntest du beistimmen mit ganzem Verstand und aus prallvollem Herzen, weil dus als Bestätigung der Notwendigkeit deines Nachfolgens auffassen durftest, und es war dir fast immer noch nicht dick genug aufgetragen, als ichs mit leichter Variation am Ende des Buchs wiederholt aus dem Mund Charlottens hervorkommen ließ. Freilich, zu deiner kompletten Satisfaktion dients auch wieder nicht, denn es bezieht sich ja auf Sukzession in einem allgemeinen und nicht in dem persönlichen Sinne, wies dich interessiert, weil dies nun einmal dein ganz spezieller, nicht zu ändernder Fall ist.

Was das anlangt, stehen in dem Büchlein ganz andere Sätze, von denen du dich auf die furchterregendste Art angeschaut fühlen mußt. Es ist keine Façon de parler, wenn ich dir sage, daß du sie besser kennst als ihr Autor. Da schüttelts dich, und du möchtest sonstwo hineinbeißen vor ohnmächtiger Wut, wenn ich Goethe in seinem inneren Monolog sagen lasse: «Es soll wohl Einer nicht egocentrisch sein, der sich Naturziel, Résumé, Vollendung, Apotheose weiß, ein Hoch- und Letztergebnis, das herbeizuführen Natur sich das Umständlichste hat kosten lassen!»

Nicht wahr, das ärgert dich so, daß dein Blut zu köcheln beginnt, wenn ich Goethes Genie aus der Zusammensetzung seiner Erbmasse erkläre. So würde er von sich selbst nie gedacht haben, möchtest du sagen, das ist die fixe Idee von Thomas Mann, die völlig schief in Goethes Kopf hineinprojiziert wird. Was sollte dahinterstecken hinter dieser häufig vorkommenden

Emphase, wie ich sie wieder und wieder gelegt hab auf das lübische Kaufmannsgeschlecht, das über Jahrhunderte sich entwikkelte und verfeinerte, um schließlich durch Zufügung einer genauest abgemessenen Dosis südamerikanischen Blutes den Abschließer und Vollender deutscher Literatur und deutschen Geistes herauszuwerfen aus sich? Ist das nur Größenwahn, oder ist nicht auch schon eine gehörige Portion Antihumanismus dabei, wenn ich erkläre, daß ich der unwiderruflich Letzte war – und damit auch bin und bleibe –, in dem alle Voraussetzungen sich versammelt finden, die notwendig sind, einen gültigen Roman schreiben zu können?

Gotteslästerlich jedenfalls ists und ein Sichherausnehmen aus dem Gesetz der Natur. Im Sohn dem eigenen Samen die Qualität absprechen zu wollen! So redet bei mir Goethes Sproß August über den Vater: «Der Sohn eines Großen – ein hohes Glück, eine schätzbare Annehmlichkeit und eine drückende Last, eine dauernde Entwürdigung der eigenen Selbstheit doch auch wieder.»

Aber sicher, lieber Klaus, habe ich anhand von August und Johann Wolfgang von Goethe nachgedacht über unser Verhältnis. Wie wäre denn sonst mein so häufig wie gerne geäußertes Wort zu verstehen, daß in meinem Werk ausnahmslos alles Autobiographie ist? Unter der Arbeit ist der August bei mir Golo ähnlicher geworden als dir. Das war aber nicht so geplant, es ist so gekommen. Ursprünglich war meine Intention, unser beider Relation ins reine zu bringen, und das ging, wie ich leider feststellen mußte, über Umwege nur. Insofern hast du recht, daß die verhauene Proportionalität des Werkes von dir, von dem Ungeklärten zwischen uns herrührt. Aber prüfe, nachdem ich dir dies zugegeben, noch bevor du es aussprechen konntest, Adeles Erzählung, das fünfte Kapitel, das so schwer und unverdaut in deinem Bauch liegt, bitte noch einmal genauer. Du wirst finden, daß meine väterlichen Sorgen, wie ich sie durch Goethes Maske hindurch zum Ausdruck geführt habe, nur allzu angebracht und vorausschauend waren.

Daß die Adele mit ihrer eingeschobenen Erzählung ein ächzendes, kaum von der Stelle kommendes Vehikül ist, in das umgestiegen zu sein nach den von der trickreich waltenden dramatischen Person Magers verursachten schönen Schüben als um so enervierender empfunden werden muß, das magst du mir ankreiden. Ich widerspreche dem nicht. Auch deinen nächsten Tadel nehme ich an. Der lange und wohl auch langatmige Rekurs auf die Freiheitskriege, auf Goethes Hochachtung für Napoleon und dessen Regime, das ist Konzession an den Zeitgeist, ist Einfluß der Atmosphäre der Jahre 38 und 39, in denen das Büchlein entstand, wenn ich mich auch gleich meinem Vorbilde Goethe enthalten habe, eindeutig gegen die eigene Nation die Partei Frankreichs zu nehmen. Onkel Heiner hat dies, du weißt es, mit seinem «Henri Quatre» getan. Es war aus seinem Werdegang heraus konsequent, aber fatal wars eben auch. Der gute Heinrich war verdorben durch die Erfolge, die seine Voreiligkeit ihm im ersten Krieg eingebracht hatte, und verdummterweise felsenfest überzeugt von seiner welthistorischen Prophetie. Daß sein Roman vom Guten Heinrich den besten der Franzosenkönige nicht zur Auferstehung veranlassen konnte, um die faschistische Pestilenz zu vertilgen vom Globus, daß, ganz anders als vorausgesehen, der alte, schwergewichtige Mann, die deutschen Okkupanten im Rücken, über die Pyrenäen humpeln und wie ein Dieb sich verdrücken mußte aus seinem über alles geliebten Frankreich, was er nicht einmal geschafft haben würde, wäre nicht zu seiner Leitung und Stützung Golo bei ihm gewesen, das war für meinen lieben Bruder eine Enttäuschung, zu groß, um sie noch zu verkraften. Daß Amerika politisch und militärisch die Führung erhielt im Kampf gegen Hitler, das hat er nicht mehr wahrhaben wollen, hat es einfach nicht zur Kenntnis genommen. Ich war gebranntes Kind und klug geworden aus Schaden und muß es, wie du nachlesen kannst, vorausgeahnt haben, in welche Situation die Entwicklung des Kriegsgeschehens uns hineintreiben sollte. Gern hätte ich wie Goethe von hoher, unangreifbarer Warte nur alles beobachtet und registriert. Es kam dahin, daß du, Eissi, mein Sohn, aber auch mein geliebtes Erikind, daß ihr euch durch die Umstände genötigt fühltet, allem literarischen Geschäft und schöngeistigen Treiben Valet zu sagen, um den Waffenrock anzulegen. Gut, es war nicht der preußische, und es galt nicht, wider den bewunderten Korsen zu fechten. Ihr schlüpftet in die Uniform der U.S.-Army, in ihren Reihen die Ursurpatoren der Heimat zu schlagen, aber die Sorge Vater Goethes um August war meine Sorge um euch. Verstehst du jetzt das lange Kapitel, das nicht hineinpaßt in den Roman, ihn mit und wider Willen verdirbt?

Du mußtest dich ja melden zur Armee, hättest sonst Ehre und Glaubwürdigkeit eingebüßt und damit jede schriftstellerische Autorität. Es wäre unrecht gewesen von mir, es dir ausreden zu wollen, und unrechter noch von dir, hättest du tatsächlich auf mich gehört. Und sie wollten dich nicht. Mußtest kämpfen um deine Einbürgerung und um die Zulassung zum Dienst. Aber recht wars, männlich und tapfer, daß du es durchgesetzt hast. Schlimm war es und falsch aus meiner Sicht wiederum auch, einmal ganz abgesehen von der Angst um dein Leben. Daran hattest du uns mit deinen notorischen Todesgesängen und mit den permanenten Attacken auf deinen Leib längst schon gewöhnt. Für die Nachfolge, für die Fortführung der Schriftstellerdynastie Mann in deiner Person, dafür vor allem war es fatal. Konntest du denn als einer, der gekämpft hat gegen Deutschland auf der amerikanischen Seite, nach seiner Kapitulation Repräsentant sein fürs Ganze? Eher schon konntens die, die Hitlers Sturz abgewartet hatten in Moskau, die Exulanten mit «u», wie sie sich nannten. Sie waren niemals Soldaten der Roten Armee. Aber selbst Becher, so gern ich ihn mochte, konnte nicht einstehen für ein einiges Deutschland, denn er war Kommunist und damit zwar nicht dem Anspruch, aber der Sache nach partikular. Das schied also aus. Schon kulturell, und politisch erst recht, das hätten die Westalliierten nicht hinnehmen können. Mit Heinrich im Osten, mir im Westen wäre es vielleicht möglich gewesen.

Das, Eissi, das war der Grund, warum ich nicht gestorben bin rechtzeitig genug, daß du dein Erbe hättest antreten können, wozu du reif warst künstlerisch. Ich habe es dir damals geschrieben aus Noordwijk in meinem Brief über deinen «Vulkan». Politisch, Eissi, politisch paßtest du damals, als Adenauer die deutsche Teilung betrieb, noch nicht hinein in die Rolle, die gespielt werden mußte. Und daß zum Schriftsteller nicht nur das Künstlerische, daß auch das Politische zu ihm gehört in seiner Weise, das habe ich, vielleicht sogar später als du, unter Schmerzen von Heinrich gelernt. Dann wolltest du nicht mehr warten und hast dich vergiftet in deinem Hotel.

Inzwischen ist es egal. Wir leben nicht mehr in unseren Leibern, wir leben in unseren Werken, in unseren Figuren. Sei du Hendrik Höfgen, ich bin gerne Hans Castorp, und der Bruder soll als Diederich Heßling auch versuchen, sich zu gefallen. Für die Ewigkeit aber, da sind wir unzertrennlich und eins, denn ich bin der Vater, du bist der Sohn, oder umgekehrt, ganz wies dir beliebt, und Onkel Heiner, der ist der Heilige Geist.